AMANDA STEVENS

La menace de l'orage

Traduction française de
PIERRE VANDEPLANQUE

BLACK ROSE

HARLEQUIN

Collection : BLACK ROSE

Titre original :
WHISPERING SPRINGS

Ce roman a déjà été publié en 2018

HARPERCOLLINS FRANCE
83-85, boulevard Vincent-Auriol, 75646 PARIS CEDEX 13
Service Lectrices — Tél. : 01 45 82 47 47 - www.harlequin.fr
ISBN 978-2-2804-9821-0 — ISSN 1950-2753

Composé et édité par HarperCollins France.
Imprimé en octobre 2023 par CPI Black Print (Barcelone)
en utilisant 100% d'électricité renouvelable.
Dépôt légal : novembre 2023.

FSC www.fsc.org
MIXTE
Papier issu de sources responsables
FSC® C159065

Pour limiter l'empreinte environnementale de ses livres, HarperCollins France s'engage à n'utiliser que du papier fabriqué à partir de bois provenant de forêts gérées durablement et de manière responsable.

1

Le chauffeur l'attendait à l'arrivée des bagages. L'air de s'ennuyer ferme, il scrutait le flux des passagers. Sur sa pancarte était inscrit son nom en grandes lettres capitales.

AVA NORTH

Elle fut presque gênée de lui faire signe. Ce n'était pas comme si elle avait voyagé quatre ou cinq heures et avait besoin d'assistance pour se rendre d'un point A à un point B. Le vol de Houston à San Antonio avait pris cinquante minutes, c'est-à-dire moins qu'un trajet ordinaire entre son appartement et l'aéroport.

Elle aurait très bien pu s'y rendre dans son propre véhicule par l'Interstate, mais Blair Redding, son ancienne camarade d'université à l'initiative de ces retrouvailles qui ne l'emballaient guère, avait tenu à gérer elle-même la question du transport. Avec l'intention évidente de rendre difficile tout départ de ses invitées avant la fin de la semaine. Ava ne serait pas surprise qu'à leur arrivée elles soient priées de se défaire de leur portable. Blair était ainsi. Elle avait la manie de vouloir toujours tout contrôler.

S'armant de courage pour cette épreuve, Ava leva la main à l'intention du jeune homme. Elle n'aimait pas les vacances en général, et les réunions d'anciens amis en particulier. Passer du temps dans un ranch isolé avec des personnes perdues de vue depuis des années était une version de l'enfer qu'elle aurait préféré éviter. Pourtant elle était là. Un emportement incongru en plein prétoire avait compromis non seulement une affaire considérée comme gagnée d'avance, mais également ses cinq ans de carrière en tant que procureur adjoint. Le juge avait menacé de la sanctionner pour outrage, et son supérieur de la suspendre si elle ne se faisait pas oublier quelque temps.

» Vous êtes épuisée, avait-il dit, non sans une note de sympathie dans la voix. Le nombre d'affaires que nous traitons dans ce bureau finit par prendre le meilleur de nous-mêmes, et vous ne comptez pas vos heures de travail. Depuis combien de temps n'avez-vous pas pris une journée de congé ? Et je ne parle pas de vraies vacances. Sortez, lui avait-il ordonné alors qu'elle tentait de lui opposer une défense de principe. Hors de ma vue, avant que je ne me voie obligé de prendre des mesures drastiques à votre encontre ! »

Ava s'était traînée jusque chez elle, avec l'intention de se servir un verre de quelque chose de fort et de ronchonner le reste de la journée. Mais l'inaction, avait coutume de lui répéter sa mère, était sa pire ennemie, suivie de près par la trilogie pernicieuse de la dramatisation, de l'indignation légitime et de l'autodestruction. Aussi séduisante que soit l'idée d'un laisser-aller total, Ava savait qu'une semaine de rumination dans son appartement ne pouvait rien apporter de bon. Elle avait donc récupéré l'invitation dans la poubelle et répondu *in extremis*.

Puis, ce même après-midi, elle avait rempli une valise et mis le cap sur l'aéroport sans se donner la possibilité de changer d'avis.

Avec un sourire indifférent, l'homme à la pancarte se saisit de la valise.

— C'est tout ? Vous n'avez que ça ?

— Eh oui. Je suis Ava, à propos.

— Moi c'est Noah. Noah Pickett.

— Les autres sont-elles arrivées, Noah ?

— Deux ont débarqué ce week-end. Elles ont voyagé moins léger que vous, se sentit-il obligé d'ajouter.

Ava se demanda s'il y avait un double sens à sa remarque.

— Vous souvenez-vous de leurs noms ?

— Samedi, c'était Jane. Et dimanche... Euh, c'était la rousse. J'ai oublié son nom. Mais je me souviens très bien d'elle, indiqua-t-il en souriant.

Personne ne pouvait oublier Celeste Matthews.

— Et Blair ? Je suppose qu'elle est déjà au ranch ?

— Depuis la semaine dernière, acquiesça-t-il. Son mari doit arriver aujourd'hui.

Donc, elles étaient toutes là, songea Ava avec un frisson. À l'exception de Lily, bien sûr. Lily Callen avait été la première tragédie du groupe, un suicide horrible le week-end de la remise des diplômes, et qui avait laissé tout le monde ébranlé. Les jours qui avaient suivi son saut depuis le toit de cet hôtel avaient été un cauchemar meublé d'interrogatoires de police et de préparatifs de funérailles. Après quoi le groupe s'était séparé dans un flou d'adieux larmoyants et de récriminations silencieuses.

Ava était partie s'isoler pour l'été dans la maison familiale en bord de mer. Blair s'était mariée. Celeste avait traversé l'Europe sac au dos avec un type qu'elle connaissait à peine, avant de se poser à La Nouvelle-Orléans avec un autre. Et Jane avait déménagé en Californie.

Quant à Dylan Burkhart, l'amour de sa vie, il avait purement et simplement disparu de la surface de la Terre.

Drôle comme de temps à autre sa désertion revenait la tirailler. Surtout quand elle se sentait déjà déprimée et vulnérable, comme à présent. Pourtant, il n'y avait aucune raison. N'était-ce pas elle qui avait mis fin à leur relation ? Elle qui l'avait envoyé sur les roses, qui lui avait dit en termes clairs que leur histoire était terminée et qu'elle ne voulait plus le revoir ? L'ennui, c'était qu'elle n'avait jamais imaginé qu'il la prendrait au mot.

Tant pis. Certaines choses n'étaient pas faites pour exister, et elle ne nourrissait aucun regret. Elle était plutôt heureuse dans la voie qu'elle s'était choisie, mais son expérience au bureau du procureur l'avait changée. Pas physiquement, certes. Elle avait toujours les mêmes cheveux châtains, les mêmes yeux verts. Mais elle était devenue plus dure, plus terre à terre. Le cynisme avait remplacé le romantisme de ses jeunes années.

Telle était la vie d'un procureur, songea-t-elle avec un haussement d'épaules intérieur.

Elle se demanda comment Blair avait convaincu les autres d'effectuer le voyage. Jane, surtout. Celle-ci avait été la première à couper les ponts. Depuis le jour où Ava l'avait conduite à l'aéroport, plus jamais elle n'avait entendu parler de Jane Sandoval. Cette étrange rupture lui avait trotté tout l'été dans la tête, mais ensuite l'école de droit avait accaparé tout son temps et son énergie, et elle aussi avait fini par tracer son chemin dans la vie.

Au fil des années, elle avait eu des nouvelles sporadiques des deux autres. Celeste était toujours à La Nouvelle-Orléans, et Blair vivait à Austin. Pendant quelque temps, elles avaient essayé de renouer contact, mais leurs visites avaient été gauches, empruntées. Les circonstances de la mort de Lily avaient sérieusement érodé leur amitié, et Ava n'était que trop contente de laisser cette époque-là derrière elle. Elle n'y pensait plus que rarement. Même Dylan était devenu un souvenir évanescent. Du moins tentait-elle de s'en convaincre.

— Êtes-vous déjà allée à Whispering Springs ?

Le chauffeur lui jeta un regard de biais tout en plaçant sa valise à l'arrière du SUV.

— Plusieurs fois, quand j'étais étudiante. Un petit groupe

d'entre nous aimait escalader les rochers. Je m'en souviens comme d'un endroit lugubre.

— Vous-même, vous pratiquez l'escalade ?

— Pas moi, non. J'ai la phobie des hauteurs. J'aime la randonnée cependant, tant que les chemins ne deviennent pas trop verticaux.

— Vous en trouverez de faciles autour du ranch, assura-t-il. Il y a longtemps que vous n'êtes pas venue ?

— Au moins dix ans.

— Vous n'allez rien reconnaître. Les propriétaires ont entièrement rénové les lieux. J'ai pensé qu'ils étaient fous lorsqu'ils ont débarqué avec leurs dollars et un projet de transformation du vieux ranch délabré en résidence hôtelière, mais depuis son ouverture, il y a sept ans, l'endroit ne désemplit pas.

— Je me rappelle juste combien il était isolé. Et qu'il portait bien son nom. Les sources semblaient vraiment murmurer, surtout la nuit.

Inopinément, une onde glacée lui parcourut le dos au souvenir de leurs excursions du week-end. Son premier voyage à Whispering Springs avait-il marqué l'éclosion de ses sentiments pour Dylan ? Ou l'aimait-elle en secret depuis des années, tout en le cachant à elle-même et aux autres parce qu'il était pris ?

— C'est un phénomène naturel, disait Noah.

— Les sources ?

— Le murmure. C'est dû à la configuration des rochers.

— Oh ! je vois. Pas de fantômes, donc, plaisanta-t-elle.

— Je n'ai pas dit cela.

Son visage s'assombrit tandis qu'il attendait qu'elle se soit installée sur la banquette arrière. Puis il ferma la portière et contourna le véhicule pour prendre place derrière le volant.

— Vous pensez qu'il y en a ? demanda-t-elle aussitôt, piquée par la curiosité.

Il démarra, et inséra le SUV dans la circulation de l'aéroport.

— Mais non, ce n'était qu'une parole en l'air, répondit-il avec un haussement d'épaules.

— Vraiment ? Parce que j'ai la nette impression d'avoir dit quelque chose qui vous a perturbé.

Elle croisa son regard dans le rétroviseur.

— C'est le cas ? insista-t-elle.

— En fait, répondit-il, votre allusion aux fantômes m'a rappelé une vieille histoire. Une légende urbaine, comme on dit aujourd'hui. Je n'y avais plus pensé depuis longtemps.

— J'aime les légendes urbaines, confia Ava. Et si vous me faisiez la conversation pendant que nous roulons ?

Elle cala le dos contre son dossier et tâcha de se détendre, mais leurs regards se croisèrent de nouveau, et une légère angoisse la saisit.

— Il y a eu cette fille, commença-t-il. Une jeune étudiante qui travaillait au ranch au début, à son ouverture. Un soir, après son service, elle est allée se promener sur les chemins pédestres, et n'est jamais revenue. La police a été appelée, un groupe de recherche s'est constitué, mais personne n'a rien trouvé. Pas même une empreinte de chaussure. C'était comme si elle s'était volatilisée dans la nature.

Ava fronça les sourcils.

— Attendez un peu. Je crois me souvenir d'avoir lu quelque part un article au sujet de cette disparition. Elle s'est produite alors que j'étais encore en école de droit. La police a soupçonné son petit ami, mais le corps de la fille n'a jamais été retrouvé.

— C'était une explication bien commode, qui permettait d'éviter une mauvaise publicité à la nouvelle installation hôtelière.

— Et moi qui me croyais cynique, marmonna-t-elle... D'après vous, que lui est-il arrivé ?

— Je n'en sais rien, mais aucune des personnes qui la

connaissaient n'a cru à cette version. Son petit ami avait un alibi en acier trempé. Malgré son acharnement, la police n'a rien pu trouver contre lui.

— Cela ne l'innocente pas pour autant, fit remarquer Ava.

— Il n'était même pas dans le coin, objecta-t-il. Et si elle avait fait une fugue comme certains l'ont pensé, elle aurait informé ses amis ou tout au moins laissé un mot. Une personne normale ne décide pas comme ça, sur un coup de tête, de mettre les voiles et de disparaître.

— Ça arrive, répliqua-t-elle, songeant à Dylan. Vous la connaissiez ?

— Avant mon embauche, répondit-il.

Mais quelque chose dans sa voix la fit tiquer.

— De toute façon, reprit-il, pour en revenir à la partie légende urbaine, lorsque le vent souffle dans le canyon, les gens disent qu'ils l'entendent hurler.

— Vous l'avez entendue ?

— Moi, non. Mais je ne m'aventure jamais loin des sentiers battus après la tombée de la nuit. Même pour ceux qui ont grandi ici, le relief accidenté du terrain le rend dangereux. Évitez de sortir seule, conseilla-t-il. Déplacez-vous en groupe ou prenez un guide. Si vous préférez la solitude, alors ne vous écartez pas des chemins de randonnée près du ranch.

— Merci, c'est enregistré.

Après cela chacun des deux se tut. Ava reposa la tête contre son dossier et regarda défiler le paysage. Le trafic se clairsema à mesure qu'ils quittaient la ville, et la route serpenta dans la campagne tel un ruban gris. Au bout d'un moment, les champs et les prés firent place à un spectacle saisissant de crêtes et de vallées encaissées, dans un éventail de gris, d'ocres et de mousses argentées.

Ava se sentit bizarrement mal à l'aise. À cause de l'histoire que lui avait racontée Noah ? Du chaos qu'elle avait laissé derrière elle à Houston ? Elle était bien en peine de le dire. En réalité, songea-t-elle, elle n'avait pas réfléchi aux implications de ce voyage. Elle ne s'était pas suffisamment préparée à une confrontation avec son groupe d'anciennes amies et leurs vieux démons.

Elle ferma les yeux et s'efforça de bloquer ses sentiments négatifs. Le ronronnement du véhicule avait quelque chose d'hypnotique, et elle se rendit compte soudain qu'ils s'étaient arrêtés. Elle se redressa d'un bond sur son siège.

— Nous y sommes ? s'enquit-elle.

— Non. Encore une quinzaine de kilomètres, répondit Noah. Mais il faut que je fasse le plein. Ça ne vous dérange pas, j'espère.

— Bien sûr que non. Où sommes-nous ?

— À Lawton. C'est la ville la plus proche du ranch. Il n'y a pas grand-chose à voir, mais si vous voulez vous dégourdir les jambes, profitez-en. Je viendrai vous chercher quand j'aurai fini.

— Merci, marcher un peu me fera du bien.

Ava descendit du SUV, s'étira, puis se dirigea vers le centre-ville — si sa mémoire était bonne. Elle passa devant deux restaurants, une boutique d'antiquités encombrée, le bureau de poste, une quincaillerie et une poignée d'autres commerces alignés dans la grand-rue. Il n'y avait ni grand-place pittoresque, ni belvédère désuet, ni colonne à horloge pour inciter les passants à s'arrêter. Le patelin avait connu des jours meilleurs, mais les fenêtres poussiéreuses et les peintures écaillées ne manquaient pas d'un certain charme. Comme une résistance têtue à la marche du temps, qu'Ava trouva rassurante.

À l'extrémité de la ville, le trottoir craquelé fit place à une allée de terre qui disparaissait dans un bouquet de cèdres. Le soleil lui chauffait les épaules tandis qu'elle s'emplissait les poumons d'air frais. Le ciel était très bleu, ponctué de quelques petits cumulus, mais les nuées sombres à l'horizon annonçaient de la pluie.

Elle profita encore un moment du parfum épicé des résineux, du clapotis distant d'un ruisseau alimenté par les sources souterraines. Puis elle tourna les talons et reprit le chemin de la station-service. Elle n'avait pas croisé âme qui vive pendant sa courte balade, même si elle avait pu apercevoir quelques rares clients et commerçants derrière les vitrines, assez pour savoir qu'elle n'était pas seule au monde. Pourtant, une étrange impression de solitude l'envahit, et elle éprouva une brusque envie de regagner la voiture en courant. Au lieu de cela elle s'arrêta pour étudier son environnement, cherchant la raison de son soudain malaise.

Il se tenait de l'autre côté de la rue, abrité sous un vieil auvent métallique, de sorte qu'au début elle n'avait pu discerner qu'une haute silhouette élancée. Elle s'adjura de ne pas regarder...

Continue à marcher, il n'y a rien à voir ici.

Mais elle demeura figée sur place, les yeux rivés sur l'individu. À mesure que sa vue s'adaptait à l'ombre, elle distingua ses vêtements, puis ses traits. Il portait un jean, des boots, une chemise à carreaux commune dans la région, mais elle ne pensait pas qu'il était d'ici. Il y avait dans sa posture, dans la légère inclinaison de sa tête, quelque chose qui faisait vibrer une corde en elle. Un souvenir...

Non, ce n'était pas possible, songea-t-elle, au bord de la panique. Pas après tout ce temps. Elle avait des visions. C'était un mirage, une illusion créée par l'ombre et la lumière. Pourquoi, après toutes ces années, Dylan Burkhart réapparaîtrait-il justement ici ? À Lawton, Texas ?

Elle résista à une folle envie de traverser la rue pour le voir de plus près, et à une envie encore plus forte de fuir dans la direction opposée. Au lieu de cela, elle examina de nouveau les lieux afin de vérifier qu'elle ne souffrait pas de troubles visuels. Non, ce qu'elle voyait était bien réel. Elle ne rêvait pas. Ce n'était pas son imagination.

Mais lorsqu'elle reporta les yeux de l'autre côté de la rue, la silhouette avait disparu.

Dylan Burkhart recula dans la boutique et s'approcha rapidement de la vitre, pour river son regard sur la femme qui se tenait en face. L'espace d'un instant, il se demanda si elle n'allait pas venir vers lui. Il aurait juré l'avoir vue faire un pas pour traverser la rue. Mais elle se retourna avec un haussement d'épaules et poursuivit son chemin.

Il la regarda s'éloigner avec un mélange de soulagement et de regret, saisi d'une brusque sensation de froid. Elle n'était pas censée être ici. Bien sûr, il avait su que le risque existait qu'elle se montre, mais d'après ce qu'il savait d'elle, Ava North ne prenait quasiment jamais de vacances. Elle était devenue un monstre de travail, un procureur infatigable qui ne levait jamais le pied, même pour raisons de santé, et ne s'aventurait que rarement hors du triangle domicile-tribunal-bureau. Et pourtant elle était là.

Depuis leur séparation elle avait changé. Elle pouvait toujours faire tourner les têtes, mais il y avait dans son sourire un pli cynique qui n'existait pas dans le passé. Non qu'il ait remarqué cela dans ces quelques instants d'observation à travers la rue.

Durant l'année qui avait suivi sa réinstallation à Houston, il l'avait revue deux fois. La première par hasard dans un restaurant, et la seconde dans son appartement, depuis une encoignure de porte où il s'était dissimulé. En fait, il n'avait pas décidé de la chercher. Lorsqu'il avait accepté ce travail à Houston, c'était avec la résolution de ne pas déranger les chats qui dorment.

Mais ensuite il avait lu des choses sur elle dans la presse, vu des photos. Elle était une étoile montante au bureau du procureur, ce qui n'avait rien d'une surprise. Elle avait toujours été intelligente et très motivée, mais la femme qui la regardait depuis les pages du *Chronicle* semblait si différente de la jeune fille passionnée qu'il connaissait à l'université. Elle avait toujours sa sauvage crinière châtain, mais attachée sur la nuque compte tenu de son métier. Ses yeux verts n'avaient rien perdu de leur éclat pétillant, mais c'était aujourd'hui celui d'une implacable détermination.

Les deux fois, il ne l'avait pas approchée, se contentant de l'observer à distance jusqu'à ce que sa curiosité soit satisfaite. Puis il s'était investi corps et âme dans son nouveau travail, tout en se cherchant un logement.

Après quoi il avait fait en sorte qu'ils ne se croisent nulle part. Jusqu'à maintenant.

— Je peux vous aider ? lança l'employé depuis le comptoir.

— Je jetais juste un coup d'œil, répondit Dylan d'un ton absent, son attention toujours fixée sur la rue.

— Appelez si vous avez besoin de quoi que ce soit, rétorqua l'homme avec aigreur.

— Merci. Je n'y manquerai pas.

Il attendit jusqu'à ce qu'elle soit hors de vue, puis sortit du magasin avec un salut de la tête à l'adresse de l'employé. Il redescendit la rue, veillant à se tenir du côté ombragé jusqu'à ce qu'il l'aperçoive de nouveau. Elle était en train de monter dans un SUV blanc orné du logo « Whispering Springs » sur le flanc. Le dos collé à un immeuble, il regarda le véhicule quitter la station-service et s'engager sur la route. Une fois le nuage de poussière retombé, il regagna sa propre voiture et fila le SUV à une distance discrète, même si l'éventualité d'être repéré était sans grande importance. Il avait déjà pris possession de sa chambre au ranch, et sa cliente veillerait à ce que les autres croient à sa couverture.

Tout en suivant les méandres de la route, il baissa sa vitre afin de s'imprégner des bruits et parfums de cette campagne rugueuse. Après trois engagements successifs au Moyen-Orient, il lui avait fallu longtemps pour faire taire les fracas de la guerre dans sa tête. Les premiers mois de son retour, il n'avait eu d'autres projets que de trouver un peu de paix et de quiétude. Avec son niveau d'études et ses états de service dans l'armée, les offres d'emploi ne manquaient pas, mais pendant un certain temps il utilisa l'argent légué par sa grand-mère pour se placer en retrait du monde.

Pendant près d'un an, il ne fit rien d'autre que camper, marcher et lire. Puis un dîner avec un pote de l'armée l'avait conduit à Houston et un entretien informel avec Ezra Blackthorn, fondateur et P-DG de Blackthorn SA, une agence de sécurité globale. Malgré les primes alléchantes, Dylan avait décliné les nouvelles propositions de missions à l'étranger. Il en avait assez des déploiements chaotiques. Le côté domestique de l'agence était davantage à son goût, en particulier dans le domaine de la surveillance, où il pouvait se fondre dans le décor.

Moyennant quoi il s'était installé tranquillement dans sa nouvelle vie à Houston. Il remplissait ses missions, ne se faisait pas remarquer et c'était tout. Puis, un jour où il avait poussé la porte du bureau d'Ezra Blackthorn, il avait été confronté à son passé.

Par l'ami d'un ami, Blair Redding avait appris qu'il travaillait là. Elle était à la recherche d'une protection pour son businessman prospère de mari, qui avait reçu des menaces suite à une rumeur de fusion d'entreprises.

Tony Redding avait refusé de prendre ces menaces au sérieux, mais pour Blair une ligne avait été franchie lorsque quelqu'un s'était introduit chez eux et avait gribouillé un message inquiétant sur le miroir de leur salle de bains. Elle avait décidé d'engager Blackthorn SA, et plus précisément Dylan, pour leur assurer une protection incognito durant leur séjour prochain à Whispering Springs.

Sur la liste des invités et du personnel qui lui avait été remise, Dylan avait été soulagé de ne pas voir le nom d'Ava. Dans le cas contraire, s'il y avait figuré, aurait-il refusé la mission ? Il n'en savait rien, et de toute façon peu importait, puisqu'il était là et avait un travail à honorer.

Quittant la route principale, il franchit l'entrée en arcade du ranch, ralentit et jeta un regard panoramique sur les lieux. Niché contre une colline verdoyante envahie de fleurs sauvages et irriguée par des ruisseaux, Whispering Springs était bordé d'un côté par une ligne de chênes tortueux, de cèdres et de pins pignons, et de l'autre par une barrière naturelle d'arroyos et de canyons creusés dans les falaises crayeuses.

Le SUV blanc était arrêté sur l'allée circulaire lorsque Dylan arriva à la grande bâtisse. Il se gara à l'arrière, puis s'empara de son sac à dos et se dirigea à pied vers les collines. Selon Blair, son mari devait arriver au ranch aujourd'hui à l'heure du dîner. Officiellement, Dylan n'était qu'un autre invité. Mais au lieu de se mêler aux autres ou de se détendre, il avait passé les derniers jours à étudier la configuration de la propriété. Il avait exploré l'habitation elle-même, les dépendances, les chemins pédestres, les lits de ruisseaux, les ravines, les excroissances rocheuses, chaque endroit où une personne malintentionnée pouvait se cacher.

Délaissant le chemin, il continua à grimper jusqu'à ce qu'il ait une vue globale de la zone. À l'aide de ses jumelles, il examina la ligne des arbres, fouilla les bouquets d'espèces à feuillage persistant, puis se focalisa sur la maison du ranch, une large structure de roche calcaire à poutres brutes, agrémentée de tonnelles. Il n'y avait pas un chat. Les fauteuils et balancelles placés aux endroits stratégiques pour prendre le soleil et admirer son coucher étaient vides, et les vérandas étaient désertes. Une vague tristesse se dégageait de l'ensemble. C'était bientôt l'heure du dîner. Peut-être que chacun était à l'intérieur, se préparant pour le repas du soir.

Alors qu'il se retournait pour ranger son matériel, quelque chose brilla dans un angle de son champ de vision. Il se retourna, scruta le paysage à l'œil nu, puis leva de nouveau ses jumelles. D'abord il ne vit rien, mais il avait appris depuis longtemps les vertus de la patience.

Après un petit moment, l'éclat revint depuis l'une des fenêtres de l'étage du bâtiment. Il prit note de ce détail, même s'il s'agissait sans doute d'un reflet du soleil sur une vitre. Mais plus il s'attarda, plus il eut la conviction que quelqu'un se tenait juste au-delà, hors de portée de sa vue, et l'observait, également avec des jumelles.

Appuyée à la balustrade du balcon de sa chambre, à l'étage, Ava admira le magnifique paysage. Le soleil couchant teintait d'or les crêtes déchiquetées qui s'élevaient au-delà de la ligne des arbres. Une saute de vent lui souleva les cheveux. D'une main distraite, elle les replaça derrière l'oreille tandis que son regard se posait sur un homme seul qui se dirigeait à pied vers le ranch. Il était encore loin, assez pour qu'elle ne puisse pas distinguer son visage, mais sa démarche assurée lui semblait familière.

Aussitôt, un profond malaise la saisit et elle recula dans l'ombre. Alors qu'il se rapprochait, elle vit qu'il était grand et mince, et que ses cheveux étaient coupés très court. Elle crut même voir une légère nuance auburn dans la lumière rasante de cette fin d'après-midi. Il portait des lunettes de soleil, mais elle savait que derrière les verres ses yeux étaient d'un bleu perçant, presque électrique.

Un souvenir lui revint de ces mêmes yeux qui scrutaient son visage tandis qu'elle s'accrochait à sa décision.

— *S'il te plaît, ne me regarde pas ainsi. Nous savons tous les deux que c'est terminé.*

— *Ce ne l'est pas pour moi, Ava. Je t'aime toujours. Je veux toujours que nous soyons ensemble. Rien n'a changé.*

— *Tout a changé ! Quand nous sommes ensemble, je ne peux penser à autre chose qu'à...*

— *Stop. Tu es bouleversée, désorientée, et tu te sens coupable. Mais ce qui est arrivé n'est pas ta faute. Nous n'avons rien fait de mal.*

— *Alors pourquoi conservons-nous des secrets ?*

Il traversait maintenant le parc. L'espace d'un instant, Ava ressentit un intense désir de sortir de l'ombre et de l'appeler.

Je t'aimais aussi, Dylan. J'avais tort, pour toi et moi. Aujourd'hui, bien sûr, ça n'a plus d'importance, mais je me suis dit qu'il fallait que tu saches...

Mais elle tint bon. Presque au même moment, il marqua une pause comme s'il sentait son regard sur lui. Sa main droite retomba à ses côtés tandis qu'il se retournait avec calme pour étudier l'espace derrière lui. Il scruta les bois, le canyon, et finalement la maison. Lentement, ses yeux se levèrent. Ava était certaine qu'il ne pouvait pas la voir dans l'ombre, pourtant elle aurait juré qu'un contact visuel s'était opéré une fraction de seconde avant qu'il n'ait traversé le parc et ne soit entré par l'une des portes latérales.

Renversant la tête contre le mur, elle laissa échapper un soupir nerveux. C'était aberrant d'être aussi ébranlée à la simple vue d'un ancien petit ami, mais Dylan Burkhart l'avait prise totalement au dépourvu. Il était la dernière personne qu'elle se serait attendue à voir ici. Et elle se fichait du pourquoi et du comment de sa présence à Whispering Springs. Son seul souci était sa propre réaction.

Elle inspira à fond plusieurs fois pour se calmer et ralentir son rythme cardiaque. Ce n'était pas elle. Elle n'était pas cette femme. Elle ne vivait pas dans le passé, ne brûlait pas de cierges du souvenir, ne s'attardait pas sur ce qui aurait pu être. Elle était allée de l'avant, avait tracé sa route à la force du poignet. Elle n'avait eu aucune relation sérieuse depuis Dylan. Pas à cause d'un amour non partagé, non, mais de son ambition professionnelle. Elle n'avait pas de temps pour autre chose que des liaisons sans lendemain. Pas de liens, pas d'engagement, pas d'attentes.

Sa réaction ne signifiait rien. Elle pouvait gérer cela. Déjà, elle se sentait plus forte, plus résolue. Dans un moment, elle s'habillerait et descendrait dîner. Elle passerait une agréable soirée à évoquer le passé avec ses vieilles amies.

Mais avant cela, elle s'offrirait un long bain chaud et un verre d'alcool fort.

2

Le grand salon était vide lorsque Ava descendit de sa chambre un peu plus tard. Elle y déambula un moment, étudia le portrait de William B. Travis au-dessus de la cheminée, les photos encadrées sur les murs de chaque côté, puis poussa les portes à claire-voie qui donnaient sur la terrasse. Le soleil était à présent couché, et la couleur du ciel avait viré à l'indigo. Le vent portait jusqu'à elle un parfum de laurier de montagne, ainsi qu'une vague odeur de pluie.

Le malaise qui, plus tôt, s'était emparé d'elle lui revint avec force devant l'impression de solitude qui émanait de son environnement. S'il n'y avait eu les tintements étouffés des assiettes de porcelaine et des couverts provenant de la salle à manger, elle aurait aussi bien pu être seule.

Elle perçut soudain une autre présence, et dans la seconde qui suivit nota la présence d'un homme dans la partie la plus sombre du patio. Elle voulut se détourner de son regard aigu, se réfugier dans la clarté du grand salon, mais au lieu de cela fit un pas vers lui.

— Dylan ?

— Bonsoir, Ava.

Sa main vola vers son cœur.

— Oh ! mon Dieu. C'est bien toi.

— Tu parais surprise de me voir. Personne ne t'a dit que je serais là ?

Sa voix était riche, profonde, très déstabilisante. Ava frissonna tandis que soufflait le vent à travers le patio.

— Je suis arrivée à la dernière minute, expliqua-t-elle. Je n'ai pas encore eu l'occasion de parler aux autres.

Elle ne le voyait toujours pas avec netteté, mais elle le voulait très fort. Elle voulait savoir si l'homme de chair et de sang devant elle était à la hauteur de son souvenir. Ce n'était pas très gentil, elle le reconnaissait. Le temps avait forcément laissé son empreinte. Elle n'aurait pas aimé être jugée de cette façon-là.

Comme s'il avait lu dans ses pensées, il sortit de l'ombre. La main toujours sur sa poitrine, elle sentit les battements sourds de son cœur sous son pull. Elle ordonna à sa main de retomber.

Il l'observait dans le crépuscule.

— Ma présence ici ne te pose pas de problème, n'est-ce pas ?

— Pourquoi m'en poserait-elle un ? Tu as toujours fait partie du groupe. Tu as ta place ici autant que n'importe quel autre.

Sa voix sonnait naturel, mais elle sentait que son sourire était un peu crispé. Elle prit une lente inspiration et tâcha de se détendre.

— Mais je n'étais pas au courant que tu avais gardé le contact avec les autres, ajouta-t-elle.

— Ce n'est pas le cas. Blair et moi sommes tombés par hasard l'un sur l'autre chez une connaissance commune, et elle m'a invité à ces retrouvailles. Comme je n'avais rien d'autre sur mon agenda, j'ai accepté et me voilà.

— Et te voilà, répéta-t-elle faiblement.

Il lui adressa un sourire aussi crispé que le sien.

— Ça fait plaisir de te voir, dit-il. Tu as l'air en forme.

— Vraiment ? C'est gentil, mais je ne me sens pas au top ces derniers temps.

Elle toucha sa queue-de-cheval, regrettant de ne pas

avoir davantage pris soin de son apparence. Elle aurait dû mettre sa robe fourreau bleu nuit, plutôt que ce pantalon noir et ce pull.

— Toi, en revanche…

La suite mourut sur ses lèvres, tandis qu'elle appréciait à sa juste valeur l'élégant costume anthracite à la coupe impeccable. Elle soupira et décida de jouer la sobriété.

— Tu es superbe. En cet instant, je te hais.

Il éclata d'un rire doux, intime, qui l'enveloppa telle une étreinte.

— Pourquoi ne te sens-tu pas au top ?

— Oh ! le travail. La vie…

Elle haussa les épaules.

— Les tracas habituels.

Son regard s'approfondit tandis qu'il scrutait son visage.

— Je suis sûr que ce n'est que temporaire. On m'a dit des choses impressionnantes sur toi.

Elle feignit l'indifférence.

— Vraiment ? Oh ! c'est vrai. J'oubliais que tu avais vu Blair. On ne peut pas se fier à ce qu'elle dit, tu sais.

— Elle n'a pas besoin d'affabuler en ce qui te concerne. Elle m'a dit que tu étais procureur.

Dans la lumière déclinante du soir, il s'appuya de l'épaule à l'un des poteaux et la dévisagea.

— Je suis content de savoir que tu as persévéré dans ton rêve de suivre des études de droit. Pour autant que je me souvienne, tu n'as jamais voulu autre chose.

— C'est vrai. Même si je n'ai pas commencé sous l'égide de mon père, je travaille au bureau du procureur à Houston.

— Un travail difficile, je suppose.

— Parfois, oui.

Elle fourra les mains dans ses poches tout en l'observant depuis le côté opposé du patio. Après une séparation longue de dix ans, cette conversation à bâtons rompus avait quelque chose d'irréel. Ava fut incapable de dire si leur rencontre était plus facile ou plus dure qu'elle ne l'avait envisagé.

— Tu as un avantage sur moi, déclara-t-elle. Je n'ai eu aucune nouvelle de toi pendant ces dix ans... Rien. Pas un signe.

Malgré ses efforts pour qu'il n'en soit rien, il y avait une note accusatrice dans sa voix.

Il n'y avait rien de tel dans celle de Dylan.

— N'était-ce pas ce que tu voulais ?

— En effet. Mais ça n'interdit pas d'être curieuse, n'est-ce pas ? Qu'as-tu fait depuis l'université ? T'es-tu marié ? Es-tu resté célibataire ? Quel est ton métier ?

Ses questions se succédaient sans qu'elle puisse les retenir. Il répondit enfin, non sans une certaine hésitation :

— Je cherche toujours ce que je voudrais faire. Je n'ai pas de projet précis depuis que j'ai quitté l'armée.

Elle se figea.

— Tu étais militaire ?

— Tu ne le savais pas ? Je me suis engagé le lendemain de l'obtention de mon diplôme.

Ava eut l'impression que l'air s'échappait de ses poumons comme d'une baudruche crevée.

— Je n'en avais pas la moindre idée. Pourquoi ne me l'as-tu pas dit ?

— Tu le sais, pourquoi.

— Et les autres... ?

— Je n'en ai parlé à personne. Il m'a semblé que c'était mieux ainsi. Après ton départ, plus rien ne me retenait à Austin. Ma grand-mère était morte, la plupart de nos amis s'étaient dispersés.

Il pencha la tête, sans cesser de la regarder.

— J'avais besoin d'un but, et je l'ai trouvé.

— L'armée, murmura-t-elle. Combien de temps ?

— Huit ans.

— Tu étais à l'étranger ?

— L'Afghanistan, un moment.

Elle ferma les yeux.

— Si seulement j'avais su... J'aurais dû le savoir.

— Pourquoi ?

— Ça semble injuste. Toi là-bas dans ce cauchemar, et nous ici, avec nos petites existences.

— C'était mon choix. Pour ce que ça vaut, ce fut la deuxième décision la plus importante de ma vie...

Cette fois, ce fut Ava qui hésita.

— Quelle a été la première ?

— Te déclarer mes véritables sentiments. Étaler toutes mes cartes devant toi. Ça m'a évité d'avoir des regrets. Je n'ai jamais eu à me demander « et si... ».

Elle se braqua aussitôt.

— Contrairement à moi ?

— Je n'ai pas dit cela. Je ne parlais que pour moi.

Cette conversation avait pris une tournure un peu trop intime à son goût. Si elle éprouvait un certain soulagement d'avoir survécu au choc de leur rencontre, elle cherchait à présent une excuse plausible pour être seule, même si une partie d'elle-même voulait rester là et le regarder pendant des siècles.

Elle ouvrit la bouche, mais avant qu'elle ne puisse émettre un son, un hurlement déchira la nuit, qui la glaça sur place. Dans le silence qui suivit, elle demeura pétrifiée, saisie d'horreur, incapable de respirer ni de bouger, jusqu'à ce qu'un second hurlement la propulse tout droit dans les bras de Dylan Burkhart.

La réaction instinctive de Dylan fut de la serrer contre lui, de la protéger du danger qui rôdait dans la propriété, quel qu'il soit. Mais pour différentes raisons, ce n'était pas une bonne idée. Trop d'années avaient passé, et il était chargé d'une mission. Il ne la garda ainsi que quelques instants, puis remonta les mains sur ses épaules, moyen subtil de la tenir écartée de lui.

— Tu as entendu ? demanda-t-elle, le souffle court. On aurait dit que c'était juste au-dessus de nos têtes.

— Ne bouge pas.

Il pivota sur lui-même, se plaçant ainsi entre elle et le parc maintenant plongé dans l'obscurité, puis quitta la véranda et examina les chambres à l'étage. Une seule fenêtre était allumée. Il discerna un mouvement dans la pièce, et une seconde plus tard une silhouette féminine se détacha à la porte donnant sur le balcon.

— Blair ? appela-t-il tout bas.

Elle se rua dehors, une robe de chambre blanche serrée sur sa poitrine.

— Dylan ?

— Est-ce que ça va ?

— Je n'ai rien, mais tu ferais mieux de venir.

Elle parlait d'une voix étouffée, qui tremblait d'excitation. Ou était-ce de la panique ?

— Que s'est-il passé ?

— Monte juste. OK ?

À son retour dans la véranda, Ava lui saisit le bras, le regard anxieux.

— Qu'est-il arrivé ?

— C'est ce que j'aimerais savoir, répondit-il en ôtant sa main avec douceur. Attends ici, pendant que je vais jeter un coup d'œil là-haut.

— Quoi ? Non ! Tu es fou ? Je n'attendrai pas seule ici dans le noir.

— Alors viens à l'intérieur.

Il lui prit la main et l'attira vers les portes à claire-voie.

— Je redescends aussitôt que possible.

— Si Blair a des ennuis, je ferais mieux d'aller l'aider. Dylan, ces cris...

Elle s'interrompit net.

— Attends un peu. Comment se fait-il que tu restes aussi calme ? Tu n'as même pas l'air surpris. C'est presque comme si...

— Comme si quoi ? Tu l'as entendue. Elle a dit qu'elle n'avait rien. Il n'y a pas de quoi paniquer.

— On ne hurle pas de la sorte quand on n'a rien.

— Alors que faisons-nous ici à discuter ? demanda-t-il avec agacement ?

— En effet, reconnut-elle en fonçant vers la porte.

Dylan n'hésita qu'un instant avant de la rattraper et de prendre la tête. Il gravit deux par deux les marches de l'escalier. Une fois sur le palier, il s'arrêta et regarda autour de lui. Au plafond, un lustre de cristal tintait sous un courant d'air. Plus loin dans le couloir, une porte se referma dans un petit déclic. Il tendit l'oreille, une main levée pour couper court aux questions d'Ava.

Blair avait pris des mesures pour que le ranch soit entièrement à eux. Les invités s'étaient tous vu attribuer une chambre à l'étage, laissant les chalets extérieurs inoccupés. Dylan était là depuis deux jours, et il avait fait en sorte de se familiariser avec les membres du personnel. Un étranger rôdant dans la maison ou dans le parc devait être facile à repérer.

Il inspecta le couloir à l'affût de tout signe d'intrusion ou de quoi que ce soit sortant de l'ordinaire. En dehors du léger cliquetis d'une porte, rien ne semblait anormal.

La chambre de Blair était la première sur le palier, et lorsque Dylan s'approcha de la porte, elle jaillit dans le couloir, sa robe de chambre flottant derrière elle tel un suaire de fantôme.

— Dylan, Dieu merci. Il faut que tu voies ça...

Elle s'arrêta soudain en remarquant Ava, et sa main vola vers sa gorge. Elle paraissait alarmée.

— Ava ! Je ne savais pas que tu étais là.

— Je suis arrivée il y a peu de temps, répondit-elle avant de contourner Dylan. Blair, que se passe-t-il ? Nous t'avons entendue hurler. C'était toi, n'est-ce pas ?

— Oui...

— Tu nous as fait mourir de peur. À croire que l'on t'assassinait ici, dans ta chambre.

Le regard de Blair se fixa aussitôt sur Dylan. Elle semblait totalement perdue.

— Que l'on m'assassinait ? Non, non... Je...

— Reprends ton souffle, lui conseilla-t-il. Et dis-nous ce qui s'est passé.

Il lui parlait d'un ton calme, mais une lueur d'avertissement brillait dans ses yeux.

Elle se mordit les lèvres et acquiesça.

— Je vais bien. Ce n'est rien, rien du tout. Je me sens vraiment idiote. J'ai simplement vu un scorpion.

— Un scorpion ? répéta Ava, incrédule.

— Sur mon lit, confirma Blair, les mains crispées sur sa robe de chambre. Il y en a partout dans cette région rocheuse. Je ne devrais donc pas être étonnée. Mais tu te souviens de la hantise que j'ai toujours eue des araignées ? Eh bien avec les scorpions c'est mille fois pire.

Ava hocha la tête.

— Oui, je me souviens. Tu as failli nous renverser dans le fossé le jour où tu as vu cette grosse araignée dans ta voiture.

Blair tressaillit.

— Elle était énorme !

— Je vois que tu es bouleversée, dit Ava. Veux-tu que j'appelle en bas pour que quelqu'un vienne régler ce problème ?

Dylan se déplaça subrepticement autour de Blair afin de bloquer à Ava l'accès à la chambre.

— Je vais m'occuper de ce scorpion, annonça-t-il. Mais tu peux descendre expliquer à tout le monde que Blair va bien. Nous ne devons pas être les seuls à l'avoir entendue hurler.

— Oui, ce serait gentil, approuva Blair avec un sourire contraint. Je suis trop embarrassée pour affronter les autres.

— Voyons, dit Ava. Il n'y a aucune raison. Je suis sûre que j'aurais crié, moi aussi, si j'avais trouvé un scorpion dans mon lit.

Elle s'adressait à Blair, mais son regard était rivé sur Dylan.

Il n'était pas très fier de lui. Il entendait presque tourner les rouages de son cerveau. L'excuse du scorpion n'était pas mauvaise, mais Ava North n'avait jamais été une nigaude.

— Merci, murmura Blair.

Ava haussa les épaules, mais Dylan se souvenait très bien de la détermination qui la caractérisait.

— De rien. Je m'occupe de tout. Tu es sûre que ça ira ? Tu es encore un peu pâle. Ma chambre est là, dans le couloir. Tu veux y patienter pendant que Dylan débarrasse la tienne de ces bestioles ?

— Ça va. Je me sens mieux.

— Si tu le dis.

Elle regardait Dylan droit dans les yeux, avec un léger air de défi.

— C'est bon ? s'enquit-elle. Tout est sous contrôle ?

— Oui, ne t'inquiète pas, assura-t-il.

Elle opina du chef, bien que visiblement peu convaincue.

— Dans ce cas je vous attends en bas, tous les deux.

Dylan attendit qu'elle ait disparu dans l'escalier, avant de se tourner vers Blair.

— Que s'est-il passé ?

— Il vaut mieux que je te montre.

Il la suivit dans sa suite. Le petit vestibule s'ouvrait sur un luxueux espace salon avec fauteuils en cuir, une cheminée à feu de bois, et une rangée de portes à claire-voie qui donnaient sur le balcon. S'arrêtant dans la pièce, Blair désigna une porte ouverte par où l'on voyait un lit et une seconde rangée de portes à claire-voie.

— C'est là.

Sur la table de nuit, la lampe de chevet diffusait une douce lumière dans la chambre, à laquelle s'adjoignait celle de la salle de bains. Dylan jeta un regard autour de lui, fouilla des yeux les zones d'ombre et prit note du courant d'air provenant des portes ouvertes du balcon. Comme l'espace salon, la pièce était à la fois rustique et luxueuse, avec ses poutres de chêne au plafond et ses épais tapis sur le plancher ciré. Mais ce fut le lit qui accrocha d'emblée son attention. Ou plutôt ce qu'il y avait dessus.

Couchée sur les riches draps de soie se trouvait une poupée de porcelaine, pareille à celles que sa grand-mère collectionnait et gardait dans un cabinet vitré jalousement fermé à clé. Sauf que celle-ci n'avait pas été aussi bien conservée. Ses membres étaient brisés, et le cou était tordu de façon grotesque afin que le visage regarde la porte. La lumière qui brillait dans les yeux de verre lui hérissa les cheveux sur la nuque lorsqu'il entra dans la pièce.

— Tu l'as vue, n'est-ce pas ? haleta Blair derrière lui.

Il la regarda par-dessus son épaule.

— La poupée ?

— Ce n'est pas une simple poupée. Elle représente quelqu'un. Tu as remarqué la couleur des cheveux ? Celle des yeux ? La manière dont elle a été disposée ? Ça ne peut pas t'échapper.

Une pointe d'hystérie déformait sa voix.

— Dylan, c'est Lily. *Ta* Lily.

3

Dylan se tourna lentement vers elle.

— Que viens-tu de dire ?

Blair s'était réfugiée dans l'encadrement de la porte.

— Je suis sûre que tu le vois aussi.

Il pivota vers le lit, plus secoué qu'il ne daignait l'admettre. L'espace d'un instant, il se laissa presque persuader. Il y avait quelque chose de sinistre et de familier dans cette poupée. Une sorte de perversion dans les membres cassés, le cou tordu et ces yeux ouverts sur un regard fixe. Il avait vu beaucoup de choses laides, d'ignominies, en Afghanistan, mais aucune quantité de morts ou de destructions ne pouvait effacer l'image du corps rompu de Lily Callen après sa chute de vingt étages, cette nuit-là. Il se demanda si les autres en faisaient toujours des cauchemars. Et il s'interrogea sur les mensonges et les secrets jamais dévoilés.

— Je ne te reproche pas d'avoir été choquée, dit-il. Mais dire que cette poupée est une représentation de Lily, c'est aller un peu loin.

— Vraiment ? Les cheveux blonds, les yeux bleus ? Sa position sur le lit ? Tu penses que c'est une coïncidence ?

Quelque chose dans sa voix incita Dylan à regarder de nouveau par-dessus son épaule. Elle était affolée, c'était clair, et pourtant quelque chose sonnait faux dans son attitude. Il ne parvenait pas à mettre le doigt dessus, mais il en éprouvait un certain malaise.

Il se retourna vers la poupée.

— Bien sûr que ce n'est pas une coïncidence. Mais Lily n'était pas la seule fille avec des cheveux blonds et des yeux bleus. Cette description te correspond également, Blair. Si je devais dire qui cette poupée est censée représenter, ce serait toi.

— Moi ? Mais regarde dans quel état on l'a mise ?

— Comme si elle était tombée ? Réfléchis. Tony et toi êtes des fous d'escalade. Il n'y a pas si longtemps, un article a été rédigé sur vous dans *Summit Magazine*.

— Comment le sais-tu ? s'exclama-t-elle.

— C'est mon travail de savoir.

Elle se tut un moment.

— Tu penses que la personne qui a donné ces coups de fil et pénétré dans la maison est la même que celle qui a fait ça ?

— N'est-ce pas pour cette raison que tu m'as engagé ? Parce que tu avais peur que ces menaces te poursuivent jusqu'ici ?

Ôtant son attention de la poupée, Dylan capta le reflet de Blair dans l'une des fenêtres. Elle ne regardait pas le lit. La main gauche déployée devant elle, elle semblait hypnotisée par l'éclat de sa bague ornée de diamants.

— Blair ?

Elle laissa aussitôt retomber sa main.

— Oui ?

— Tu m'as tout dit, n'est-ce pas ?

— Pourquoi me demandes-tu cela ?

— Tu n'as pas reçu d'autres menaces depuis que tu es ici ?

— Non, tout s'est bien passé.

Dylan se déplaça de l'autre côté du lit pour mieux étudier la poupée de porcelaine tout en gardant un œil sur Blair.

— Où te trouvais-tu avant de découvrir cette poupée ?

— Je suis descendue aux sources pour nager. Je me suis absentée environ deux heures.

— Personne d'autre n'a une clé de ta chambre ?

— Le personnel, uniquement.

— En sortant, tu n'as vu personne dissimulé dans le couloir ? Il ne s'est rien passé d'anormal quand tu étais dehors ?

— Rien que j'aie pu noter. Dylan...

Elle revint à contrecœur dans la chambre, détournant les yeux du lit.

— Les autres menaces étaient plus directes. Les coups de téléphone, le message sur le miroir de la salle de bains. Ceci est plus... pervers. Plus démoniaque. Si ce que tu dis est vrai... Que la poupée est censée me représenter, cela signifie que Tony n'est plus la cible. À présent c'est moi.

— Il peut toujours être l'objectif final. Si j'en crois ce que tu m'as dit, c'est un redoutable négociateur. Il ne lâche rien et ne cède jamais. Les menaces personnelles le laissent de marbre. Mais si ses adversaires pensent que tu es son talon d'Achille, ils se figurent peut-être que le meilleur moyen de l'atteindre est de passer par toi.

— Si seulement ils savaient, murmura-t-elle.

— Ce qui veut dire ?

— Rien.

Elle redressa la tête, le menton haut.

— Tu as raison. Tony ne lâche rien et ne cède jamais, pour quoi que ce soit. Au risque de t'étonner, grâce à toi je me sens mieux. Un inconnu qui se sert de moi comme outil pour gagner la haute main sur un marché est infiniment préférable à l'une de mes plus vieilles amies qui me ferait un coup tordu.

— Même dans ce cas, tu ne devrais pas prendre les choses à la légère, souligna-t-il. Cette personne t'a observée. Il ou elle connaît bien tes déplacements. Et s'est débrouillé pour s'introduire non pas une, mais deux fois, dans ton espace privé. Je vais jeter un autre coup d'œil dans le parc et discuter avec le personnel. Je veux savoir si des étrangers ont été remarqués sur la propriété. En attendant, peut-être devrais-tu songer à embaucher plus d'agents de sécurité.

— Tu sais que je ne peux pas. Je t'ai expliqué pourquoi lors de notre première rencontre au bureau d'Ezra Blackthorn. Tony n'acceptera jamais. Il verra cela comme un signe de faiblesse. Si je fais venir un groupe d'inconnus, il comprendra immédiatement et vous enverra tous promener. Que cela nous plaise ou non, tu es notre seule protection, Dylan.

— Je ferai ce qu'il faut pour assurer ta sécurité, mais je suis seul, et cette propriété est vaste et isolée. Je ne peux pas être partout à la fois. Je vais donc me répéter. Ne baisse pas ta garde, et ne fais rien d'inconsidéré.

— Je comprends.

Il s'avança vers les portes à claire-voie.

— Étaient-elles ouvertes lorsque tu es sortie ?

— Oui. La suite était un peu étouffante, et je voulais aérer la chambre avant d'aller nager. Nous sommes au premier étage. Je n'ai pas pensé que quelqu'un pourrait venir.

— Tout est toujours possible. Escalader la façade n'est pas très compliqué. Rappelle-moi encore la disposition des chambres ?

— La tienne est en face dans le couloir, bien sûr, et celle d'Ava juste après. Celeste occupe celle du fond, et Jane se trouve de l'autre côté. Il y a une chambre inoccupée entre la sienne et la mienne, où nous nous trouvons.

Dylan songea à l'éclat de lumière qu'il avait aperçu plus tôt. Il aurait juré qu'on l'avait observé depuis la porte d'un des balcons.

— Tu es sûre que personne ne loge au ranch en dehors du personnel ? Je veux dire, même dans les chalets ?

— Le dernier client est parti au cours du week-end. J'ai

réservé la totalité des lieux pour une semaine, par conséquent personne ne devrait venir avant samedi. À part Tony, bien sûr. Il est toujours censé arriver ce soir.

Dylan sortit sur le balcon. Le crépuscule faisait place à la nuit, et quelques étoiles étaient apparues, bas sur l'horizon. La lune brillait à travers les arbres, mais les feuilles en tamisaient la lumière. Il sortit son portable et en dirigea la torche sur le sol, puis le long de la balustrade, cherchant tout indice potentiel laissé par l'intrus. Après quoi il se redressa et étudia la rangée de balcons. Un rideau se gonfla à la chambre voisine. Il regagna l'intérieur et ferma le loquet des portes à claire-voie.

— Tu m'as dit que la chambre d'à côté était vide, n'est-ce pas ?

— Oui, pourquoi ?

— Attends ici pendant que je vais vérifier quelque chose. Ne laisse personne entrer en mon absence.

Le regard de Blair vola vers le lit et elle frissonna.

— Que faut-il que je fasse de la poupée ?

— Laisse-la où elle est. Ne touche à rien. Je m'en occuperai dès que je serai revenu.

Il quitta la suite, remonta le couloir jusqu'à la chambre suivante, colla son oreille à la porte et frappa. Aucun bruit à l'intérieur, et la porte était verrouillée. Il rebroussa chemin. Lorsque Blair lui ouvrit, il traversa la pièce et sortit sur le balcon. Elle le suivit.

— Dylan ? Que fais-tu ?

— J'essaie de comprendre comment on a pu entrer ici.

Il grimpa sur la rampe de la balustrade, puis se hissa jusqu'au toit. De là où il était, il avait une vue d'ensemble de la propriété. La lumière des fenêtres de l'escalier et des patios diffusait de maigres halos sur le parc, mais les bois au-delà étaient noyés dans une ombre profonde. La nuit était si tranquille qu'il entendait bruisser les feuilles et gargouiller un ruisseau au-delà des arbres. Sur sa droite, le piton était une silhouette déchiquetée sur le ciel nocturne.

Il fouilla les falaises et scruta méthodiquement la ligne des arbres. Si quelqu'un se trouvait là-bas, il était totalement invisible dans la nuit.

Le visage tourné vers le ciel, Dylan ferma un moment les yeux pour calmer une inquiétude croissante. Quelque chose n'allait pas. Il percevait la discorde tout autour de lui, l'entendait dans la lugubre plainte du vent dans les hauts pins pignons, dans les chuchotements de l'eau des sources au milieu des rochers. Quelque part sur la crête, un coyote hurla, suivi par une suite de glapissements et d'abois à glacer le sang. Eux aussi le sentaient, songea-t-il. Il ne possédait pas une acuité mentale exceptionnelle, pas plus qu'il n'était doté d'un don de voyance, mais il avait appris depuis longtemps à se fier à son instinct.

La poupée était un développement néfaste. Pervers et démoniaque, avait dit Blair. Peut-être dramatisaient-ils, l'un et l'autre, mais Dylan ne pouvait se débarrasser de l'idée que d'autres choses couvaient sous la surface. Que les menaces dirigées sur Blair et Tony Redding n'étaient peut-être qu'un artifice pour les attirer tous à Whispering Springs.

Mais pourquoi ?

Quelques minutes plus tard, courbé en deux, Dylan se hâtait sur la bordure du toit, puis se laissait tomber sur le balcon voisin.

Écartant les rideaux soulevés par le vent, il pénétra dans la chambre. La disposition et les meubles étaient les mêmes que dans la sienne. Le lit *king-size* faisait face à un meuble-bar avec téléviseur à écran plat, tandis qu'un bureau et son siège étaient disposés devant les portes à claire-voie. La salle de bains et la penderie étaient contiguës à l'entrée. Une brève fouille des tiroirs de la commode ne donna rien. La pièce était immaculée, le lit fait, et il y avait des serviettes propres dans la salle de bains. Le personnel de nettoyage avait pu laisser les portes du balcon ouvertes par erreur, mais il en revenait toujours à la lumière qu'il avait vue depuis la colline.

Il sortit dans le couloir, l'inspecta de chaque côté, puis regagna la suite de Blair sans repasser par le toit. Elle lui ouvrit tout de suite lorsqu'il frappa.

— Ava est là, lui glissa-t-elle à l'oreille, avant qu'il ne puisse dire un mot.

— Où ?

Elle désigna la chambre.

— La porte était ouverte et elle a vu la poupée. Je n'ai pas pu la retenir.

Sans un mot, il quitta le vestibule et entra dans l'espace salon. Ava se tenait juste de l'autre côté de la porte de la chambre, le dos tourné. Dès qu'elle l'entendit, elle se retourna.

— Tu as vu cela ? lui demanda-t-elle.

Elle était pâle, et ses yeux étaient écarquillés.

— Oui, je l'ai vu.

— Et qu'en penses-tu ? Il faut avoir un esprit malade pour faire une blague pareille.

Avant qu'il ne puisse répondre, Blair les rejoignit dans la chambre, tout en se tenant éloignée du lit.

— Ce n'est pas une blague, dit-elle. C'est une effigie humaine placée là comme avertissement.

Ava écarquilla les yeux.

— Je te demande pardon ?

— Blair..., intervint Dylan.

Elle haussa les épaules avec résignation.

— À quoi bon la maintenir dans le noir ? soupira-t-elle. Elle a vu la poupée. Du reste, elle peut nous aider en ouvrant l'œil.

— En ouvrant l'œil pour quoi ? Pour qui ?

Le regard d'Ava passa de Blair à Dylan. Son expression était à présent un mélange de résolution et de suspicion.

— L'un de vous deux ferait mieux de commencer à parler, déclara-t-elle avec autorité. Et ne me servez pas ces balivernes au sujet de scorpions et d'araignées. Dites-moi la vérité, sans détour. Que se passe-t-il ici au juste ?

Dylan jeta à Blair un regard prudent.

— C'est à toi de parler.

Blair acquiesça, puis se tourna de nouveau vers Ava.

— Pour simplifier, expliqua-t-elle, Tony négocie actuellement une fusion pour son entreprise, Redding Technologies. Il y a de fortes oppositions au sein des deux sociétés, ainsi que des concurrents externes. Cela n'a rien d'inhabituel, mais il y a deux semaines, il a reçu des menaces téléphoniques à son bureau. Puis la semaine dernière quelqu'un s'est introduit chez nous et a laissé un message sur le miroir de la salle de bains.

— Quel était ce message ?

— « Dis la vérité. »

— Dis la vérité, répéta Ava, la mine soucieuse. Et tu crois que ce message a quelque chose à voir avec cette fusion d'entreprises ?

— Comme ça s'est produit peu de temps après les coups de fil, ça paraît logique, indiqua Dylan.

Ava lui jeta un regard acéré, avant de se tourner de nouveau vers le lit. Elle affichait cette expression qu'il connaissait, et qui disait qu'elle n'était pas disposée à prendre quoi que ce soit pour argent comptant.

— Tu sais de quelle vérité il s'agit ? demanda-t-elle, s'adressant à Blair.

— Tony ne parle pas beaucoup de ses affaires, répondit cette dernière, éludant la question.

— Tu as appelé la police ?

— Non, parce qu'il ne prend pas ces menaces au sérieux. Il pense que ses adversaires cherchent juste à l'intimider. Si nous allons voir la police, ils sauront qu'ils ont appuyé là où ça fait mal et cela affaiblira d'autant plus sa force de conviction.

— Il joue un jeu dangereux avec votre sécurité, fit remarquer Ava en contournant le lit.

Elle semblait vouloir garder un œil sur l'un et l'autre tout en examinant la poupée de porcelaine.

— Je suis d'accord, dit Blair. C'est risqué. C'est pourquoi j'ai agi dans le dos de mon mari et engagé Dylan. Pour Tony et tous les autres, il est juste un invité.

Ava dressa immédiatement la tête.

— Qu'entends-tu par là, *engagé* Dylan ?

Il s'était tu pendant tout l'échange, préférant laisser sa cliente en divulguer autant — ou aussi peu — qu'elle se sentait en droit de le faire. Mais il avait gardé les yeux fixés sur Ava, et c'était une bataille d'émotions qui sévissait sur son visage tandis qu'elle essayait de comprendre pourquoi il lui avait caché une telle information.

— Je travaille pour une agence de sécurité privée de Houston, expliqua-t-il. Peut-être en as-tu entendu parler. L'agence Blackthorn.

— Oui, je connais, répondit-elle d'un ton pincé. Depuis quand ?

— Un peu plus d'un an.

Elle haussa les épaules mais ses traits se durcirent.

— Et tu étais désœuvré, hein ?

Je peux t'expliquer, voulut-il dire, mais il jugea préférable de lui laisser tirer ses propres conclusions.

— S'il te plaît, ne dis rien aux autres, la supplia Blair. Je leur ai tous demandé de venir pour nous retrouver après tout ce temps et passer un bon moment. Peut-être même réparer quelques accrocs. N'étions-nous pas comme une famille ?

— C'était il y a longtemps, souligna Ava.

Son regard glissa sur Dylan, froid comme la pierre, avant de s'en détourner.

— Pourtant vous êtes là, fit remarquer Blair, le sourire nostalgique. Peut-être suis-je trop sentimentale, mais ce que nous partagions à l'époque me manque toujours. *Vous* me manquez toujours. J'ai pensé que si nous pouvions nous retrouver tous ensemble une nouvelle fois, peut-être la magie opérerait-elle de nouveau. D'accord, peut-être est-ce un vœu pieux. En tout cas, je ne veux pas jeter une ombre sur cette réunion que j'ai tant souhaitée.

— Tout cela ne me plaît pas, dit Ava. Je crois que tu devrais aller voir la police, quoi qu'ait pu dire Tony. Ne pas le faire serait dangereux et irresponsable. Je ne dirai rien pour le moment, mais s'il arrive autre chose, je t'aurai prévenue.

Son regard dériva vers le lit.

— Que vas-tu faire de cette chose ?

Dylan s'approcha d'elle.

— Je me charge de tout, déclara-t-il. Pourquoi n'emmènerais-tu pas Blair dans l'espace salon pour lui servir un verre ? Elle semble encore bien secouée.

Ava opina de la tête.

— Bonne idée. Par la même occasion, je m'en prendrai un aussi.

4

Une petite demi-heure plus tard, Dylan ouvrit la porte de sa chambre à Ava. Elle semblait calme et détendue, mais quelque chose dans son attitude le mit en alerte.

— Puis-je entrer une minute ?

Il s'écarta pour la laisser entrer.

— Qu'y a-t-il ?

Elle s'avança dans la chambre puis se retourna, un éclat mauvais dans le regard.

— Si nous commencions par la poupée ? commença-t-elle sans préambule. Tu ne crois pas qu'elle soit arrivée dans le lit de Blair pour des raisons de deal commercial, n'est-ce pas ?

Dylan prit son temps avant de répondre, surpris par les difficultés qu'il éprouvait à demeurer détaché. Il n'avait pas imaginé que la présence d'Ava l'affecterait autant, mais c'est avec un nœud dans la poitrine qu'il la suivit à l'intérieur. Elle tournait le dos aux portes du balcon, les bras relâchés, le menton levé. Toute de noir vêtue, elle avait quelque chose d'éthéré et de mystérieux, telle une séductrice de film noir. Ses cheveux scintillaient dans la lumière de la lampe, et un éclat indéfinissable brillait dans ses yeux verts.

L'avalanche de souvenirs était presque douloureuse tandis qu'il s'appuyait de la hanche à la commode, les bras croisés.

— Si tu as une autre idée, répondit-il, je suis preneur.

Elle hocha la tête d'un air hostile.

— Les membres brisés ? Le cou tordu ? Et nous, qui nous retrouvons à Whispering Springs après dix ans ? Ne me dis pas que ce n'est qu'une coïncidence. Quelqu'un joue avec nous tous.

— Tu n'étais même pas censée venir, lui rappela-t-il.

— Là n'est pas la question.

— Tu ignores aussi commodément les autres incidents. L'intrusion chez Blair et les menaces téléphoniques se sont produites il y a plusieurs semaines. Si l'on jette un œil global sur tout cela, cette poupée occupe une place logique dans le schéma d'ensemble.

Ava haussa un sourcil.

— D'accord, mais pourquoi une poupée ? Et plus encore une poupée brisée ?

— Ce secteur n'est pas connu seulement pour ses sources, indiqua-t-il. Tu te souviens, au début, quand nous avons commencé à venir ici ? Tony et Blair voulaient se lancer à l'assaut de Bishop's Rock.

— Toi aussi. Même Jane était partante. Mais elle est restée derrière pour me tenir compagnie parce qu'elle savait que j'avais une peur bleue des sommets.

— Tu penses vraiment que c'est pour cela qu'elle voulait rester derrière ?

— Pourquoi, pas toi ?

Dylan haussa les épaules.

— Jane était une fille difficile à cerner.

— C'est vrai, reconnut Ava. Elle a toujours eu un farouche esprit d'indépendance.

Elle se tourna vers la fenêtre, la mine pensive.

— Te souviens-tu de la dernière fois où nous étions tous là ? Nous ne le savions pas encore, mais ce voyage a été le début de la fin pour l'équipe.

Non, songea Dylan. Sa rupture avec Lily avait été la première fracture d'un groupe jusque-là très soudé.

Lily Callen avait fait partie de la vie de Dylan depuis l'enfance. Ils avaient été inséparables durant toutes les années de lycée et au-delà, jusqu'à ce qu'il se découvre des sentiments croissants pour une autre. Leur séparation s'était faite à l'amiable. Lily avait même paru soulagée. Il était temps qu'ils volent chacun de leurs propres ailes, avait-elle alors déclaré. Mais au fur et à mesure que les semaines s'écoulaient, elle s'était un peu plus repliée sur elle-même et son humeur s'était dégradée. Puis les coups de téléphone étaient arrivés, décousus, à la limite de la paranoïa, suivis par ce message final qui avait porté un coup fatal à sa relation naissante avec Ava :

« Je t'ai dit que j'allais mal. Pourquoi ne m'as-tu pas aidée ? »

Ava l'observa avec acuité, comme pour capter ses pensées les plus intimes.

— Tu as fait une mauvaise chute, ce week-end-là. Ton image dégringolant de Bishop's Rock me donne toujours des cauchemars.

Dylan ne put retenir un sourire.

— J'ai réussi à m'en tirer en un seul morceau.

— Oui. Heureusement.

Ils ignoraient toujours le fantôme dans la pièce. Ni l'un ni l'autre ne semblait vouloir prononcer à voix haute le nom de Lily, comme si cela pouvait réveiller leur vieux sentiment de culpabilité.

Un silence tendu suivit.

— Ce que je veux dire, reprit-il, c'est que Blair et Tony sont des passionnés d'escalade. Tous leurs amis le savent.

— Tu crois que quelqu'un dans l'ombre veut menacer Blair d'une chute ? Je ne sais pas, Dylan. Mais même dans cette hypothèse, tu ne peux en aucune façon nier que cette poupée ressemble à Lily.

Et voilà. Le nom flotta un instant dans la pièce comme

un rêve ancien, et le nœud dans la poitrine de Dylan se mua en une autre sorte de douleur.

— Elle ressemble tout autant à Blair, objecta-t-il.

— Possible. Mais j'ai toujours beaucoup de mal à croire que ce soit lié à une affaire de fusion commerciale. C'est trop personnel, ajouta-t-elle, le regard froid, calculateur.

Les sentiments que le nom de Lily avait pu susciter étaient maintenant occultés par le masque de juriste d'Ava.

— Je ne peux m'empêcher de me demander si tu ne me caches pas encore quelque chose.

— Même si c'était le cas, répondit-il, je ne suis pas autorisé à parler de ma cliente ni de sa situation. Tu le sais mieux que personne.

— D'accord, convint-elle. Mais pour reprendre les mots de Blair, comment puis-je vous aider à ouvrir l'œil si tu me laisses dans le noir ?

Dylan s'écarta de la commode, pressé de mettre fin à cette conversation. Il se souvenait trop bien de l'obstination d'Ava. Rien de positif ne pouvait sortir d'une confrontation prolongée avec elle.

— Tu n'as pas besoin d'ouvrir l'œil. Ça, c'est mon boulot.

— Maintenant c'est aussi le mien. Je ne peux pas ne pas voir cette poupée cassée. Et je ne peux pas vaquer tranquillement à mes occupations en sachant ce que je sais.

— Tu peux essayer.

Elle lui jeta un regard appuyé.

— J'ai une question à te poser, reprit-elle. Tu n'es pas obligé de répondre, si ça viole ton éthique professionnelle.

— Je t'écoute.

— Es-tu sûr de connaître *toute* l'histoire ?

Il haussa les sourcils, déconcerté.

— De quoi veux-tu parler ?

— Tu ne trouves pas un peu bizarre que Tony Redding

refuse d'appeler la police après cette intrusion inopinée dans son domicile ?

— Blair a expliqué son raisonnement.

— En effet. Mais elle n'a pas pu expliquer le message laissé sur le miroir de la salle de bains, n'est-ce pas ? « Dis la vérité. » Quelle vérité ?

Il ne répondit pas.

Ava fronça les sourcils devant son silence.

— Une photo du miroir a-t-elle été prise ? Avec quoi ce message a-t-il été écrit ?

— Ava...

La remontrance contenue dans ce mot ne fit que l'agacer encore plus.

— Je peux toujours demander à Blair.

— Avec du rouge à lèvres, soupira-t-il.

— Le sien ?

— Apparemment.

— Le bâton a été laissé sur place ?

— Oui.

— Des lettres cursives ou d'imprimerie ?

Il marqua une pause.

— D'imprimerie.

— Une photo a-t-elle été prise ?

— Oui, mais il te faudra sa permission si tu veux la voir.

Ava hocha la tête d'un air absent.

— Comment le visiteur a-t-il fait pour pénétrer dans la résidence ?

— Par une porte de patio non verrouillée.

— L'alarme n'était pas branchée ?

— Ils habitent dans un lotissement protégé avec grilles et gardiens vingt-quatre heures sur vingt-quatre, ce qui fait qu'ils n'ont pas pris l'habitude de brancher le système.

— Pratique. Que peux-tu me dire sur l'entreprise de Tony Redding ?

— Je t'en ai déjà trop dit.

Elle balaya son objection d'un revers de la main.

— Je peux toujours faire une recherche Internet. Mais ce serait cent fois plus facile et rapide si tu me le disais maintenant. Il n'y a rien de secret, n'est-ce pas ?

— Tu n'as pas changé d'un iota, dit-il.

— Oh ! si. Crois-moi. Mais nous parlons ici de Tony Redding.

— Tony est le cofondateur et P-DG de Redding Technologies, commença-t-il. Ils développent des applications pour l'armée. Dans tous les domaines, de la navigation aux balises et aux guides, en passant par une foule d'autres choses pour lesquelles ils ne font pas de publicité. Dans ce milieu la concurrence est féroce, et d'après ce que je sais, ils mangent des start-up au petit déjeuner.

— Donc il s'est fait des ennemis.

— On peut l'affirmer sans risque.

Ava pivota pour regarder par la fenêtre tandis qu'il fournissait ses informations. Il était fâché contre lui-même pour avoir cédé aussi facilement à son interrogatoire, mais il ne lui avait rien dit qu'elle n'aurait pu trouver par elle-même. Le tout, maintenant, était de la maintenir à distance de l'affaire. Ce ne serait pas facile. Elle avait toujours été du genre déterminé. Avec son intelligence et son ambition elle écrasait tout le monde, même à l'université. En disant qu'elle n'avait pas changé, il s'était trompé. Elle était encore plus inflexible qu'avant.

Il étudia son profil tandis que les souvenirs l'assaillaient.

Ils se connaissaient depuis longtemps, mais leur couple avait été éphémère et en grande partie clandestin. Ç'avait été son choix à elle. Elle avait jugé qu'il valait mieux garder leur liaison incognito, le temps que Lily ait digéré leur rupture et tourné la page. Avec le recul, Dylan comprenait que ç'avait été une erreur. Ils n'avaient rien fait de mal en dissimulant leurs sentiments, mais les apparences laissaient penser le contraire. Une confiance bâtie sur le secret et le mensonge ne pouvait qu'aboutir à la catastrophe, et ils l'avaient payé au prix fort.

Quoi qu'il en soit, Dylan n'avait jamais pu l'oublier, même au cœur de la guerre. Il avait passé d'innombrables nuits sans sommeil, à contempler les étoiles dans le ciel du désert, à se languir de ses caresses, de son sourire, du contact de son corps contre le sien... Pendant un temps, c'était cela qui lui avait permis d'avancer. Mais à la fin, il avait écarté tous ces souvenirs, les avait enfouis dans le tréfonds de son âme et s'était concentré sur l'essentiel : survivre.

Lorsqu'il était enfin revenu chez lui, il avait eu beaucoup d'autres soucis en tête. Trop d'autres monstres à vaincre.

Mais maintenant elle était là, à quelques centimètres de ses bras. Il la détailla avec avidité, ému par la façon dont son pull-over et son pantalon épousaient ses formes douces. Elle portait des escarpins à hauts talons et un parfum boisé, exotique... Oh ! Seigneur ! Comment avait-il pu oublier Ava North même un moment ?

— Tu as entendu ce que je disais ? demanda-t-elle.

— Pardon ?

— Tu es à des kilomètres, l'accusa-t-elle.

— Non. Je suis ici, avec toi, répliqua-t-il en s'efforçant de remettre les pieds sur terre. Tu as dit : « quelque chose ne colle pas ».

— OK, donc tu écoutais.

Elle posa la main sur le dossier d'un fauteuil.

— Je ne sais pas comment te l'expliquer, dit-elle, mais tout à l'heure, quand nous étions avec Blair dans cette chambre, j'ai eu une impression très étrange. Son émoi semblait sincère, et elle disait des choses appropriées, mais quelque chose ne collait pas. Quelque chose sonnait faux. Est-ce que je suis folle ?

— Non, tu n'es pas folle.

Ses yeux s'arrondirent aussitôt.

— Tu l'as senti aussi ?

— Tu n'es pas folle, répéta-t-il.

— Je prends donc ta réponse pour un oui. J'étais là, à repenser à nos années d'université...

Un sentier dangereux, Dylan ne le savait que trop.

— En général, ou un point en particulier ?

— Les deux. Tony Redding n'a jamais réellement fait partie du groupe, mais il était souvent avec nous à cause de Blair. En surface il avait l'air d'un type sympa, mais pour je ne sais quelle raison je ne me suis jamais sentie très à l'aise avec lui. J'ai toujours eu le sentiment confus qu'il nous cachait certaines choses, des trucs qu'il ne voulait pas que les autres sachent.

Dylan se fendit d'un sourire ironique.

— Tu disais la même chose de moi.

Elle glissa l'index sur le dos du fauteuil.

— Ce n'était pas pareil.

— En quoi n'était-ce pas pareil ?

— C'était différent, c'est tout. L'ambiguïté de Tony avait quelque chose de vil. Comme s'il avait un secret inavouable. Jusqu'à ce qu'il séduise Blair, c'était un type charmant, attentionné. Ensuite il a changé. Elle aussi. Tu te rappelles comment elle était avant de sortir avec lui ? Si joyeuse, si extravertie. Mais après cela elle s'est éteinte. Comme si elle avait été absorbée par son ombre.

— Tu es sûre que tes souvenirs n'ont pas été altérés par le temps ? La fac, ça ne date pas d'hier. Il s'est passé beaucoup de choses depuis.

— Possible. Mon malaise vient peut-être du fait d'être revenue ici. D'avoir revu Blair. De t'avoir revu toi.

Elle se mordit aussitôt la lèvre, comme si elle avait laissé fourcher sa langue, révélant une chose qu'elle ne devait pas.

Presque contre sa volonté, sa voix s'adoucit et se teinta de nostalgie.

— Tu te souviens quand nous sommes descendus aux sources, la dernière fois que nous étions ici ? C'était une chaude nuit d'été, mais l'eau était fraîche, aussi limpide que du cristal. La lune faisait briller le sable du lit. Nous avons flotté un temps infini sur le dos, à contempler les étoiles.

— Je me souviens de tout.

De son goût, de son odeur. De leurs promesses interdites.

Le regard d'Ava dériva vers le sol, comme si elle pensait à la même chose que lui...

— Bref, Blair devait faire des efforts inouïs pour attirer l'attention de Tony. Il semblait toujours la placer en dernier, après tout le monde, comme si elle était un personnage accessoire. Je me rappelle cette fois où elle a voulu organiser un voyage à South Padre pour les vacances de printemps. Elle avait pris tous les arrangements nécessaires, mais au dernier moment Tony lui a dit qu'il préférait aller skier avec ses potes. Elle en a été affreusement mortifiée. Mais plutôt que de le montrer, elle s'est contentée de sourire et de hausser les épaules. La veille du départ prévu de Tony, Blair a été agressée au retour de la bibliothèque. Son assaillant l'a jetée au sol d'un coup de poing, puis a placé un couteau sur sa gorge et menacé de la tuer si elle criait. Après quoi il lui a arraché son sac et s'est enfui. Lorsque nous avons appris ce qui s'était passé, Tony a annulé son voyage pour être avec elle, et finalement ils sont partis à deux à Cancún.

— Je me souviens de cet épisode, dit Dylan. Mais je ne vois pas très bien où tu veux en venir.

— Blair était très choquée, et longtemps après cette attaque elle est restée nerveuse. Maintenant écoute. J'étais avec elle à la bibliothèque ce soir-là, et je me souviens très bien de son sac en cuir rouge. C'était un modèle coûteux et elle l'avait convoité très longtemps avant que sa mère finisse par craquer et le lui acheter. Quelques mois après l'agression, alors que Blair avait proposé de me prêter l'une de ses robes pour une soirée habillée, j'ai vu le même sac dans sa garde-robe.

— Sa mère a pu le lui racheter pour remplacer l'exemplaire volé.

— C'est possible.

— Ou la police l'a retrouvé et le lui a rendu.

— Possible également.

— Mais tu ne le crois pas. Tu l'as interrogée à ce sujet ?

— Non, répondit-elle avec un geste désabusé de la main. Peut-être ne voulais-je pas vraiment savoir. Ce jour-là, dans son appartement, j'ai ressenti la même chose que tout à l'heure dans sa suite. Quelque chose ne collait pas. Peut-être qu'à l'époque je me trompais et qu'aujourd'hui encore je me trompe. Mais, Dylan...

— Oui ?

— Sois prudent, OK ? Mon intuition est particulièrement développée ces jours-ci.

— Tu penses qu'on me manipule ?

— Sois prudent... C'est tout.

— Je le serai.

Ava hocha la tête, et d'un geste distrait se frotta le bras comme si elle se sentait soudain glacée.

— Je ferais mieux de descendre. Les autres doivent être en train de m'attendre.

Mais elle ne fit aucun geste vers la porte.

— Il y a autre chose ? s'enquit-il.

Son regard était celui d'une personne qui a envie de s'enfuir, mais au lieu de cela elle carra les épaules, leva la tête et Dylan assista, fasciné, au changement radical de son expression.

— Pourquoi m'as-tu menti, plus tôt, lorsque nous étions

sur la terrasse ? demanda-t-elle. Travailler pour une agence de sécurité, ce n'est pas vraiment ne pas savoir quoi faire.

Il y avait plus de curiosité que de reproche dans sa voix.

— Ce n'était pas à moi de révéler la vraie raison de ma présence ici, mais je n'ai pas menti. Il y a des moments où j'éprouve vraiment un sentiment d'inutilité.

— Tu n'aimes pas ton job ?

— Ça n'a rien à voir avec le job.

Il hésita, ne sachant jusqu'où il était disposé à lui révéler son état d'esprit.

— C'est difficile à expliquer, mais quand on revient d'une zone de conflit, on ressent comme un phénomène de dissociation. L'impression de ne pas être à sa place, pour être précis. D'être un étranger chez soi. Ça ne disparaît pas du jour au lendemain.

— Je suis désolée.

— Ne le sois pas. Tu m'as demandé, et j'ai essayé de t'expliquer. J'ai déjà de la chance d'être revenu entier. Mais il faut un certain temps pour se sentir de nouveau normal. Personne ne nous dit comment redevenir ce que l'on était.

Personne ne vous dit que même les petites choses comme dormir dans un vrai lit et manger à des heures régulières demandent une réadaptation. On devient si habitué à vivre en hyperalerte que l'ennui peut aisément vous prendre, même au milieu d'une tâche. On se retrouve agité et anxieux aux moments les plus inopportuns. Ensuite, quand on croit s'être enfin réintégré, les cauchemars reviennent et l'on se réveille en pensant aux amis qu'on a perdus et à ceux qui sont restés là-bas, ceux qui ne reviendront jamais à la maison. On apprend qu'il y a eu un suicide, puis un autre, et avant même qu'on ne s'en rende compte, on est de retour dans un endroit très sombre.

— Dylan ?

Il s'écarta du bord du meuble.

— Oui ?

— Pourquoi ai-je le sentiment que tu ne me dis toujours pas toute l'histoire ? demanda-t-elle d'une voix douce.

— Je ne veux pas t'ennuyer.

— Comme si tu avais jamais pu.

Il se sentit frappé en traître par son sourire.

— Ce n'est qu'une question de temps.

— Je suis contente que tu sois revenu, confia-t-elle en recouvrant son sérieux. Je suis contente que tu sois loin du danger.

— Merci.

Elle regarda autour d'elle comme si elle cherchait une sortie élégante.

— Il faut vraiment que j'y aille, dit-elle.

Au moment où elle se dirigeait vers la porte, il lui saisit le bras. Le geste les surprit tous les deux. Elle leva la tête, fouilla son visage, mais ne chercha pas à se libérer.

— Merci, répéta-t-il. Vraiment.

Elle riva son regard dans le sien.

— De quoi ?

— De m'aimer, je suppose.

— C'est peut-être une surprise pour toi, mais je n'ai jamais vraiment cessé.

Ava se précipita vers sa chambre, se jeta sur le lit, puis, après quelques instants, se leva pour s'asperger d'eau le visage. Elle avait gâché son maquillage et devait le refaire. Mais cela lui donnait un point sur lequel se concentrer en dehors de Dylan Burkhart. Et des battements effrénés de son cœur.

Quelle mouche l'avait piquée de se rendre seule dans sa chambre et d'instaurer un nouveau tête-à-tête, quand pour sa tranquillité d'esprit il aurait été tellement plus simple de l'éviter ? Whispering Springs était une vaste propriété. Elle pouvait fort bien passer les prochains jours sans plus se retrouver seul à seul avec lui. La dernière chose dont elle avait besoin était de succomber aux vieux souvenirs — pire, de se laisser happer par une autre des intrigues de Blair. Elle avait ses propres problèmes, merci. Dylan n'avait qu'à s'occuper de ceux des Redding. Pour elle, ce voyage devait être placé sous le signe de la détente et du repos. Une remise de compteurs à zéro, en quelque sorte. Afin de rentrer en forme à Houston pour reprendre le travail.

Elle s'examina dans la glace et inspira à fond. Elle était encore jeune, pleine de vie, séduisante. Mais tout à coup elle ne vit plus que les défauts. La queue-de-cheval négligée. La ligne blasée de la bouche. Les cernes sous les yeux, dus aux couchers trop tardifs.

Que voyait Dylan quand il la regardait ?

Car il était naturel de se demander quelle image on donnait de soi devant un ex, non ? Dix ans c'était une longue période, et elle n'avait pas surveillé comme elle l'aurait dû son bien-être mental ni sa condition physique. D'accord, elle fréquentait avec assiduité la salle de sport, mais elle avait une mauvaise alimentation et se gavait de café. Elle passait trop d'heures au bureau et emportait du travail chez elle le week-end. Elle ne se couchait jamais avant minuit, et se levait souvent avant l'aube. Tôt ou tard, inévitablement, ce genre d'excès devait se voir sur son visage et ses hanches.

Mais Dylan. Après tout ce qu'il avait traversé, il était demeuré magnifique.

Les mains serrées sur le rebord du lavabo, elle continua de fixer le miroir, mais elle ne vit plus son reflet. À la place, elle vit l'image de Dylan le jour où elle l'avait rejeté. Il en avait été meurtri, irrité, avait refusé d'endosser avec elle cette culpabilité qui l'avait écrasée après la mort de Lily. Mais elle avait été inflexible. Comment pouvaient-ils rester ensemble après avoir fait à ce point souffrir une personne qu'ils aimaient tous les deux ?

Aujourd'hui, elle pouvait porter un regard plus objectif sur ce drame. Ni elle ni lui n'étaient responsables de ce qui était arrivé à Lily. Ils ne l'avaient pas trahie. Ils ne lui avaient jamais voulu le moindre mal. Ils étaient simplement tombés amoureux l'un de l'autre. Mais Ava s'était servie de sa culpabilité comme d'une excuse pour rompre leur relation. En partie parce qu'elle se souciait trop de ce que les autres penseraient d'elle, mais surtout parce qu'à l'époque l'idée d'un engagement à long terme la terrifiait. Il la terrifiait d'ailleurs encore. Étonnant, la clarté avec laquelle elle voyait tout cela aujourd'hui. La peur des hauteurs n'était pas son unique phobie.

Alors que, son bâton de rouge à la main, elle s'en appliquait de nouveau sur les lèvres, elle repensa au message laissé sur le miroir de Blair. « Dis la vérité. » Et une fois de plus elle songea à cette poupée cassée disposée avec tant de soin sur son lit. Peut-être Dylan avait-il raison, et les incidents n'étaient-ils rien d'autre qu'une brutale tentative d'intimidation de la part d'un concurrent commercial, mais elle eut beau faire, elle ne put se débarrasser de la déplaisante impression que les choses n'étaient pas ce qu'elles semblaient être.

Une fois son maquillage rangé, elle se rinça les mains et regagna la chambre. Là, elle remit ses escarpins, poussa les portes du balcon et sortit respirer une goulée d'air frais pour se calmer les nerfs avant de descendre affronter les autres. Celeste, ce serait facile. Elle avait toujours été un esprit libre, le parfait contrepoint aux ambitions d'Ava. Blair était l'organisatrice, tandis que Lily avait été la rêveuse. Jane était celle qu'elle redoutait le plus d'affronter. Calme mais d'un tempérament intense, elle était demeurée à la lisière du groupe, jamais tout à fait dedans, jamais tout à fait dehors, présence insondable qui avait toujours mis Ava un peu mal à l'aise.

Et puis il y avait Tony, l'homme d'affaires intransigeant, et Dylan, le protecteur énigmatique.

Le soir s'installait tandis qu'elle scannait l'horizon qui s'assombrissait. La lune s'était levée, en même temps que quelques étoiles éparses. Une brise légère soufflait sur le balcon, chargée de parfums d'espèces locales. En tournant la tête vers sa droite, elle pouvait entendre le murmure distant des sources. Le son était à la fois lugubre et envoûtant, comme un appel de sirène. Ava inspira une bouffée d'air revigorante puis se retourna pour regagner l'intérieur.

À l'orée de son champ de vision, un mouvement la fit pivoter de nouveau sur elle-même. Elle scruta la pénombre des bois. D'abord, elle crut à une branche qui bougeait sous le vent, ou à un animal qui s'était accoutumé à la présence humaine.

Mais plus elle regardait, plus elle avait la certitude que quelqu'un était tapi juste au-delà du halo de lumière, dissimulé dans une zone d'ombre dense. Elle distingua même une silhouette. Quelqu'un l'épiait. Les épiait tous, peut-être.

Un frisson glacé lui parcourut le dos tandis qu'elle reculait vers la porte, les yeux rivés sur la forme. Elle éprouva une brutale envie d'interpeller l'individu, d'exiger de savoir son identité et ce qu'il fichait au ranch. Au lieu de cela, elle demeura immobile, silencieuse, jusqu'à ce que le hurlement d'un coyote l'expédie vers la sûreté de sa chambre.

Elle ferma sa porte, la verrouilla, puis tira les rideaux afin de se couper de la nuit et de ce regard sournois.

5

À son arrivée au rez-de-chaussée, Ava fut surprise de ne trouver personne dans le grand salon. Pourtant, la grande table de la salle à manger était entièrement dressée avec de la porcelaine et du cristal étincelants, et des arômes alléchants lui parvenaient depuis la cuisine.

Les portes à claire-voie étaient ouvertes sur la terrasse, où les flammes des bougies vacillaient dans la brise du soir. Des torches à la citronnelle avaient été allumées le long des allées, projetant des ombres fantomatiques dans le parc et parmi les arbres. Ava se demanda si ce n'était pas une de ces ombres dansantes qu'elle avait vue plut tôt, et si elle ne s'était pas laissé abuser par les caprices de son imagination.

Quoi qu'il en soit, c'est le cœur battant qu'elle s'aventura dehors, ne s'arrêtant qu'à l'extrême limite du patio. Sortant la petite lampe torche glissée dans son sac, elle éclaira de son faisceau la pelouse et la ligne des arbres. Soulagée de ne rien voir d'anormal, elle quitta la couverture treillissée afin de pouvoir observer les balcons de l'étage.

La suite de Blair était juste au-dessus d'elle, encore brillamment éclairée, ses rideaux toujours ouverts sur la nuit. Une lumière plus douce brillait à la dernière chambre, mais celle du milieu demeurait obscure. La pièce qu'occupait Dylan se trouvait de l'autre côté de la maison. S'y trouvait-il encore ?

Ou était-il sorti explorer le parc à la recherche d'indices de la présence d'un intrus ?

Lentement, elle pivota vers les arbres et orienta de nouveau son faisceau lumineux sur eux. Tout avait beau être calme et paisible, elle avait l'impression extrêmement perturbante de ne pas être seule.

— Ava ?

Elle était si concentrée sur sa tâche qu'elle n'avait entendu personne s'approcher. Surprise, elle tournoya sur elle-même et la lumière de sa torche balaya le visage de la nouvelle arrivante. Elle l'éteignit aussitôt.

— Jane ?

Elle revint dans le patio.

— J'ai failli ne pas te reconnaître, reprit-elle. Ça fait si longtemps, et tu es si différente avec des cheveux courts.

— Vraiment ? minauda Jane en touchant les mèches de sa nuque.

— C'est un grand changement pour celle que l'on appelait « la fille aux longs cheveux ».

— Je pouvais m'asseoir dessus à l'époque.

— En effet, je me souviens. Mais ce style te va bien. Il me plaît beaucoup.

Durant ce court échange, Jane était restée sur le pas de la porte comme si elle rechignait à de véritables retrouvailles. Puis, avec un haussement d'épaules imperceptible, elle traversa la terrasse, s'appuya à la balustrade et plongea son regard dans l'obscurité. Ava s'avança à son côté et, tout en s'accrochant à l'un des poteaux, étudia longuement son profil. La lumière des bougies et celle, assourdie, des lanternes au-dessus de leurs têtes enveloppaient Jane d'une douce aura, et Ava se rendit compte que la coupe de cheveux n'était pas l'unique changement. Jane avait abandonné le jean et le petit haut d'occasion qu'elle affectionnait étant étudiante, pour une robe droite d'une coupe raffinée. Ava nota aussi les sandales de marque qui ceignaient ses fines chevilles, et l'éclat d'or des bracelets qui lui ornaient les poignets.

Cette apparente aisance matérielle ne la surprit pas. Jane avait toujours été une personne exigeante. Mais ce qui frappa Ava fut le sourire narquois qui étirait les commissures de ses lèvres tandis qu'elle scrutait la nuit. Il lui revint à la mémoire un vieux dicton où il était question d'un chat qui a avalé un canari.

Saisie d'un malaise indéfinissable, elle reporta son attention sur le parc.

— Que cherchais-tu à l'instant ? lui demanda Jane.

— Pardon ?

Elle hocha la tête en direction de la torche électrique qu'elle tenait toujours à la main.

— Au moment où je t'ai aperçue, reprit-elle, j'ai remarqué que tu cherchais quelque chose. Tu promenais ta lumière sur les premiers arbres.

— Oh ! ça. Je croyais avoir vu un mouvement. Peut-être une biche.

Ou un intrus. Un voyeur... Elle réprima un frisson.

— Je pencherais plutôt pour un coyote, dit Jane. Ils sont très nerveux depuis que je suis arrivée ici, et on dirait qu'ils s'approchent un peu plus chaque nuit. Comme s'ils sentaient la tension.

— Quelle tension ?

Le sourire du chat qui a avalé le canari réapparut.

— Tu le découvriras bien assez tôt.

Jane quitta le dessous du treillage, puis tourna la tête vers les bois et leva les yeux vers le piton rocheux. Avec la lumière tremblante de la torche sur son visage mince, aux traits anguleux, elle faisait penser à un animal fantastique.

Malgré elle, Ava repensa à la poupée déposée sur le lit de Blair, et s'interrogea. Et si l'objet n'avait rien à voir avec un quelconque litige d'entreprises, et tout avec une rancune entretenue au sein de leur groupe en dépit du temps ?

— Donc il y aurait de la tension dans nos rangs, conclut-elle d'un ton léger. Ne me dis pas que Celeste et Blair sont déjà prêtes à se jeter à la tête l'une de l'autre.

— J'avais oublié leurs querelles mesquines, dit Jane. Elles peuvent être si sociables un moment, et celui d'après se comporter comme les pires ennemies. Seule, Blair me tape un peu sur les nerfs. Mais ensemble elles sont aussi insupportables l'une que l'autre.

Ava éclata de rire.

— Elles ont toujours été excessives et d'une rivalité ridicule. Nous ne valions pas mieux, si j'ai bonne mémoire. Mais elles pouvaient aussi se montrer charmantes.

— Pourquoi te sens-tu obligée de les défendre ? demanda Jane. Tu n'es pas du tout comme elles. Toi tu as quelque chose dans la tête. Je me suis toujours demandé comment tu pouvais être amie avec des filles aussi creuses et narcissiques.

Ava se retourna, surprise.

— Toi aussi tu l'étais.

— Pas vraiment.

— Pourquoi dis-tu cela ? Nous étions proches les unes des autres à la fac.

— Si tu cherches à ménager mes sentiments, ne te fatigue pas, répliqua Jane avec désinvolture. Je sais que j'étais le mouton noir du groupe, mais cela ne me dérange pas. Avec le recul, je ne vois rien que j'aie pu avoir en commun avec vous.

— Dans ce cas pourquoi es-tu ici ? demanda Ava d'un ton abrupt.

Jane haussa les épaules.

— La curiosité. L'ennui. Une tâche inachevée.

Ava scruta le visage de Jane.

— Quel genre de tâche ?

— Tu le sais bien.

— Non, je ne le sais pas. Pourquoi ne me dis-tu pas de quoi il s'agit ?

Jane fit un pas vers elle, et Ava réprima une brutale envie de battre en retraite. Quelque chose dans son ton, dans toute son attitude déclenchait des dizaines de sirènes d'alarme sous son crâne, mais la voix de la raison prit le dessus. Jane était une vieille amie. Elle avait toujours été une personnalité obscure, énigmatique. Mais imaginer qu'elle puisse être dangereuse était tout à fait aberrant.

Vraiment ?

Comme si elle avait perçu sa nervosité, Jane s'immobilisa. Elle fourra les deux mains dans ses poches, se tourna vers les falaises, prit une longue inspiration et relâcha lentement l'air de ses poumons, comme pour évacuer sa tension intérieure.

— En tant que groupe, reprit-elle, nous n'avons jamais vraiment assumé le suicide de Lily. Oh ! nous avons versé des larmes et exprimé notre chagrin, mais juste après nous avons balayé notre culpabilité collective sous le tapis et repris nos vies comme si rien ne s'était passé. Comme si elle n'avait jamais vraiment compté pour nous.

— Ce n'est pas vrai. Sa mort nous a tous durement frappés.

— Certains plus que d'autres, peut-être.

Cette insinuation agaça Ava.

— Tu crois que le moment est le mieux choisi pour nous repencher sur ce qui est arrivé à Lily ? Après toutes ces années ?

— Tu ne penses donc plus à elle ?

Avait-elle perçu une vague note accusatrice dans la voix de Jane ?

— Bien sûr que je pense encore à elle. Simplement je ne me complais pas dans le passé. Je ne vois pas en quoi remuer ces événements peut servir à quelque chose.

— N'est-ce pas le but des retrouvailles ?

Ava haussa les épaules.

— Je pensais que c'était de renouer contact, de s'informer de nos vies respectives. Peut-être aussi de s'amuser un peu.

Jane éclata d'un rire grave, dépourvu d'humour.

— Tu crois vraiment que c'est une réunion de vieilles copines pour bien rigoler ?

— Je veux rester optimiste, répondit Ava.

Jane se tut un moment, les yeux toujours rivés aux siens.

— Tu te souviens de ce jeu auquel nous jouions ?

— Le Jeu des Secrets. C'était notre version de « La vérité ou un gage ». Prends un verre et révèle-nous un secret.

— Prends plein de verres et révèle-nous tes plus noirs secrets, ironisa Jane, un rien théâtrale. Ou ceux de quelqu'un d'autre. Nous y avons joué le soir précédant la mort de Lily. Ce fut la dernière fois.

— Ça semblait trop frivole. Du reste, nous avons tous pris des chemins séparés après nos diplômes.

— Je me suis toujours demandé si l'un des secrets dévoilés lors de cette dernière partie n'a pas servi de déclencheur pour Lily. Le jeu est parti un peu en vrille. Des choses ont été dites qui n'auraient pas dû.

— Nous ne le saurons jamais, soupira Ava en observant le jeu des ombres sur le visage de Jane. Mais cette idée du secret qui l'aurait poussée à l'acte, je n'y crois pas. De toute évidence, Lily luttait contre quelque chose de sombre que tout le monde ignorait.

— Un autre tas de poussière balayé sous le tapis, dit Jane.

— C'est une façon de voir les choses, convint Ava.

Jane lui adressa un long regard inquisiteur.

— Puis-je te poser une question ? demanda-t-elle. On m'avait dit que tu ne venais pas. Qu'est-ce qui t'a fait changer d'avis ?

— J'avais besoin d'un break au travail, et l'invitation tombait à point nommé. Je n'avais qu'un vol à prendre depuis Houston.

Elle ne résista pas au désir d'ajouter :

— Tu as fait un long voyage pour passer du temps avec des personnes que tu n'aimes pas.

— Personne ne te l'a dit ? Je suis revenue à Austin. Cela fait plusieurs années maintenant. La boîte où je travaillais a mis la clé sous la porte. Rien ne me retenait plus en Californie.

— Je n'en savais rien. Tu vois donc Blair de temps en temps, je suppose.

— Ça arrive. Nous appartenons au même club d'escalade, mais en dehors de cela nous ne nous voyons guère.

— Un club d'escalade. Oh mon Dieu, j'en ai des frissons dans le dos !

Le sourire de Jane se fit de nouveau narquois.

— J'imagine que tu n'as pas l'intention d'en pratiquer pendant que nous sommes ici.

Ava s'appuya de l'épaule au poteau et croisa les bras.

— Non. Je ne suis toujours pas une fan des hauteurs. En revanche, me balader dans le canyon me plairait beaucoup. J'ai toujours aimé la randonnée.

— Ça peut être aussi dangereux que la grimpe. Tu savais qu'une jeune fille avait disparu d'un des chemins peu après l'ouverture de l'établissement ? Elle s'appelait Sara.

— C'est drôle que tu m'en parles. Le chauffeur qui est venu me prendre à l'aéroport me parlait justement de cette disparition.

— Noah Pickett ? Il est plus qu'un chauffeur. Il aide à faire tourner l'établissement. Il sert un peu à tout, il fait même le guide.

Ava hocha la tête.

— C'est l'impression que j'ai eue. En tout cas, reprit-elle, si je me rappelle l'histoire, d'après la police elle a été victime d'un acte criminel.

Jane revint vers le patio.

— Oh ! je ne pense pas qu'elle ait été assassinée, indiqua-t-elle, toujours vaguement narquoise. Je crois qu'elle a été avalée par quelque chose de beaucoup plus puissant.

Une onde glacée parcourut l'échine d'Ava.

— Que veux-tu dire ?

Jane leva son visage vers la nuit.

— Ne le sens-tu pas ? Il y a quelque chose de surnaturel dans cet endroit. Peut-être est-ce la façon dont l'eau murmure sur les pierres, ou les lumières qui dansent au sommet de Bishop's Rock.

Le scintillement de la lune se reflétait dans ses yeux.

— Il paraît qu'on entend toujours l'écho des hurlements de Sara depuis le fond du canyon quand le vent souffle tout droit.

Ava tâcha de ne pas se laisser déstabiliser par l'étrange vibration dans la voix de Jane, par la lueur presque primale dans ses yeux. Si elle cherchait délibérément à l'effrayer, c'était réussi.

— Je ne crois pas qu'il y ait quoi que ce soit de surnaturel dans cette disparition. Les seuls monstres à redouter sont les monstres humains.

— Et pourtant il y a cinq minutes tu étais là dans le noir à chercher je ne sais quoi avec ta torche, répliqua Jane. Et plus tôt j'ai vu Dylan Burkhart sur les falaises avec ses jumelles. Si j'étais suspicieuse, je pourrais penser que vous savez tous les deux quelque chose que le reste d'entre nous ignore.

— Comme quoi ?

— À toi de me le dire.

Ava détourna les yeux pour fouiller les ombres, tandis qu'un ancien échange avec Dylan lui revenait à l'esprit.

— As-tu déjà remarqué comme Jane se montre étouffante avec Lily ?

— Elles sont amies, Dylan. Je ne vois rien d'anormal dans son comportement.

— Allons, elle est comme son ombre. Elle cherche même à s'habiller comme elle. Ça n'a rien de flatteur. C'est possessif, malsain, à donner la chair de poule.

— Ce n'est pas très gentil de dire ça d'une de nos amies.

— Je ne pense pas que Jane soit une fille bien.

Ava n'y avait plus pensé depuis des années. Tant de souvenirs s'étaient perdus à la suite du suicide de Lily et de la défection de Dylan... Une autre conversation se rappela à elle. Elle était avec Jane dans la voiture qui les emmenait à l'aéroport, quelques jours après la remise des diplômes. Elles étaient toutes deux silencieuses et moroses, l'une et l'autre plongées dans de sombres pensées. Mais alors qu'elles s'approchaient de l'aéroport, Jane s'était soudain tournée vers elle.

— Tu penses qu'elle a eu mal ?

— Je n'en sais rien, Jane. J'essaie de ne pas y penser. J'espère qu'elle n'a pas eu le temps de souffrir.

— Mais il a dû y avoir un moment. Durant une brève seconde... une douleur fulgurante...

— Il vaut mieux ne pas s'attarder là-dessus.

— Je ne peux pas m'en empêcher. Je ferme les yeux et je la vois sur ce toit, seule et désespérée. Personne à qui parler. Nulle part où aller. Elle nous a tendu la main, a cherché notre aide, mais nous l'avons laissée tomber. Tous. Et à présent nous devons vivre avec ça. Ces derniers textos qu'elle a envoyés m'obsèdent, Ava. Si seulement l'un de nous s'était soucié de la chercher...

— Jane, non.

— Je me demande ce qu'elle s'est dit en ne voyant personne venir. À qui elle a pensé avant de faire le grand saut.

— Je me fais du mauvais sang pour toi, Janie. Tu n'es plus toi-même depuis les funérailles. Je comprends ce besoin que tu éprouves de t'en aller, crois-moi. Mais ne monte pas dans cet

avion. C'est trop tôt. Tu ne devrais pas être seule en ce moment. Aucune d'entre nous ne le devrait.

— Mais nous sommes seules, Ava. Ne le comprends-tu pas ? Toi, moi, les autres. Ôte les masques, et il ne reste plus que des étrangères. Nous nous cachons derrière nos secrets et nos mensonges, parce que aucune de nous n'est qui elle prétend être.

— Ah, c'est donc ici que tout le monde se cache !

C'est avec soulagement qu'Ava se tourna vers la voix un peu cassée de Celeste Matthews. Avec l'évocation de ces pénibles événements et les réflexions sibyllines de Jane, un silence pesant était tombé sur le patio.

Celeste les considéra l'une après l'autre.

— Ai-je interrompu quelque chose ?

— Bien sûr que non, répondit Ava avec un peu trop d'enthousiasme. Joins-toi à nous.

— Si tu insistes.

Porté par la brise, le parfum de Celeste flotta autour d'elle tandis qu'elle pénétrait dans le patio. Elle était vêtue d'un pantalon blanc à pli et d'un haut vert chartreuse qui laissait nues ses pâles épaules. Elle s'accouda à la balustrade et promena son regard sur le parc.

— J'avais oublié combien cette région était une féerie la nuit. Toutes ces senteurs boisées et ces millions d'étoiles dans le ciel. L'air ici est un véritable élixir de jouvence, le respirer est comme un réveil spirituel.

— C'est une délicieuse soirée, convint Ava, même si elle ne partageait pas la réflexion de son amie sur l'élixir de jouvence et le réveil spirituel.

Elle sentait cependant que quelque chose n'était pas à sa place, percevait de curieuses vibrations. Elle se retourna une fois encore pour inspecter la ligne des arbres.

— Autant en profiter tant que nous le pouvons, dit Celeste. D'après la météo, un front orageux se dirige vers nous.

— Un gros ?

Ava haussa les épaules.

— Qui sait ? Mère Nature a toujours été imprévisible. Tu as bien fait de choisir ce moment pour venir. S'il pleut un peu trop, les routes deviennent impraticables dans le secteur. Ces retrouvailles ne seraient pas les mêmes sans toi.

— Fadaises. Mais c'est gentil de me le dire.

— Non, non, je le pense. Et c'est bon d'avoir un peu de sang frais dans le coin. N'est-ce pas, Janie ?

— Personne ne m'appelle plus ainsi depuis longtemps, répondit cette dernière.

Elle s'était rembrunie avec l'arrivée de Celeste, et maintenant Ava percevait en filigrane une tonalité déplaisante dans sa voix. Elle repensa à l'observation de Dylan selon laquelle Jane avait un attachement malsain pour Lily. À « donner la chair de poule ».

— Aussi beau que soit cet endroit, dit Celeste, l'isolement peut être difficile à vivre. Peut-être suis-je trop habituée à dormir avec le bruit du Vieux Carré français, à La Nouvelle-Orléans, mais le silence peut être très angoissant. Et les journées paraître interminables.

— Interminables ? Et moi qui croyais que tu serais dans ton élément, s'étonna Ava. Autrefois tu adorais l'escalade et la randonnée. Sans parler des bains bouillonnants.

— Oui, les bains bouillonnants sont un vrai bonheur. Mais pour le reste, je crains que mes aptitudes pour les activités de plein air ne soient plus ce qu'elles étaient. Je suis restée trop longtemps en ville. Hier j'ai effectué une petite grimpe dans la partie basse du canyon, et aujourd'hui mes muscles me maudissent.

— Tu ne vas pas faire l'ascension de Bishop's Rock ? se désola Jane. C'est dommage. On dirait que je vais devoir affronter Blair seule, dans ce cas.

Celeste la fixa d'un regard inquisiteur.

— Depuis quand es-tu devenue une fan de l'escalade ? Si j'ai bonne mémoire, jadis tu te cachais derrière la phobie des hauteurs dont souffrait Ava.

— Je pratique l'escalade depuis des années, affirma Jane. Boulder Canyon, le Pinnacle... Bishop's Rock ne devrait pas être un si gros défi.

Celeste ébaucha un sourire.

— Sois prudente, Janie. Tu sais ce qui arrive aux grimpeurs trop présomptueux.

Jane se crispa, mais Ava ne lui laissa pas le temps de répliquer.

— Assez, avec l'escalade ! décréta-t-elle. Qui est partante pour un verre ?

— Voilà qui est parlé ! approuva Celeste en glissant son bras sous le sien. Tu nous accompagnes, Janie ?

— Non, répondit celle-ci avec froideur. Mais allez-y toutes les deux. Je vais rester en retrait et attendre le feu d'artifice.

— L'arrogante petite peste, grommela Celeste dès qu'elle fut hors de portée d'oreille. Elle a toujours été comme ça, ou j'ai oublié ?

— Elle semble un peu plus acide que dans mon souvenir. Mais pour le comportement, toi-même tu n'as pas toujours été exemplaire.

Celeste lui jeta un regard pointu par-dessus son épaule.

— C'est vrai. Mais quelqu'un devrait néanmoins lui rabattre son caquet.

— Eh bien, tu as le reste de la semaine pour y travailler, rétorqua Ava, tout aussi acerbe. Qu'entendait-elle par « feu d'artifice » ?

— Oh ! ça ? Il y a eu un incident le soir de mon arrivée. Blair et moi avions bu un verre de trop, et les choses sont devenues, disons, un peu tendues.

— Plus que ce à quoi je viens d'assister dans le patio ?

Celeste se fendit d'un sourire candide.

— Jane mord aux chevilles, et Blair à la jugulaire.

— Et moi qui espérais une retraite calme et reposante, soupira-t-elle.

— Qu'est-ce qui t'a mis cette drôle d'idée en tête ? On commence par la tequila ?

— Je suis tentée. Mais je m'en tiendrai au vin, du moins jusqu'après le dîner.

— Je vais voir ce que je peux trouver.

Celeste s'avança vers la porte de la salle à manger et fit signe à l'un des commis. Le jeune homme revint rapidement avec deux verres de merlot du Texas. Celeste tendit le sien à Ava, qui le leva pour porter un toast.

— À quoi buvons-nous ? Au bon vieux temps ?

— Pourquoi pas à une semaine sans morts ni blessés ?

Elles firent tinter leurs verres et goûtèrent leur vin.

— Tu sais, bien sûr, que maintenant je suis obligée d'escalader Bishop's Rock, confia Celeste.

— Pourquoi ? N'as-tu pas dit que tes aptitudes physiques n'étaient plus ce qu'elles étaient ?

— Je n'ai pas le choix. Jane m'a mise au défi, et je ne veux pas qu'elle s'imagine pouvoir me battre.

Ses yeux pétillaient d'anticipation.

— Tu es ridicule, dit Ava.

— Toute cette rencontre est ridicule, répliqua Celeste. Pourquoi sommes-nous seulement ici ? Comment avons-nous pu nous laisser persuader par Blair ?

— Parce que Blair obtient toujours ce qu'elle veut.

— C'est vrai, hélas.

Elle regarda par-dessus l'épaule d'Ava, et son expression se durcit.

— Et pourquoi ne cesse-t-il de me fixer, celui-là ?

— Qui ?

Ava se retourna, s'attendant presque à voir Dylan de retour d'une autre ronde de reconnaissance. Mais c'était Noah, le chauffeur, qui se tenait à l'entrée du patio, les yeux rivés sur sa rousse compagne.

— On dirait que quelqu'un a un petit coup de cœur, la taquina-t-elle.

Celeste fronça le nez.

— Trop brut aux entournures.

— Il est sympa, pourtant.

— Je suis sûre que c'est un garçon adorable. Mais je les préfère plus raffinés.

Son regard devint pensif.

— Il ne te dit pas quelque chose, Ava ? Je suis sûre de l'avoir déjà vu, mais où ? Impossible de m'en souvenir. Ça me rend folle depuis mon arrivée ici.

— Peut-être est-ce la raison pour laquelle il te dévisage ainsi. Lui aussi te reconnaît. Tu ne lui as pas demandé où vos chemins avaient pu se croiser ?

— Il m'a dit qu'il avait l'un de ces visages banals que tout le monde croit connaître, mais je ne pense pas que ce soit ça.

Elle lui jeta un autre regard et haussa les épaules.

— Ce n'est pas grave. Je trouverai.

— J'aimerais pouvoir t'aider, mais je ne l'avais jamais vu avant qu'il vienne me chercher à l'aéroport.

Au moment même où les mots sortaient de sa bouche, une impression de déjà-vu la fit frissonner. Son regard croisa celui de Noah à travers la pièce, et l'espace d'un instant elle sentit chez lui une vague hostilité qu'elle n'avait pas notée sur le trajet depuis l'aéroport. Sur un hochement de la tête, il tourna les talons et disparut par une autre porte.

— Tu as peut-être raison, murmura-t-elle. Nous l'avons peut-être rencontré quelque part auparavant.

— Tu vois ? Je te l'avais dit. Je n'oublie jamais un visage. Puisque nous en parlons, j'ai trouvé quelque chose d'intéressant sur lui. Tu savais que jadis le ranch appartenait à sa famille ?

— Vraiment ? Il ne m'en a absolument rien dit, sur la route.

— À moi non plus. Je l'ai appris par quelqu'un d'autre. Apparemment, Whispering Springs a été dans sa famille pendant des générations. Les Pickett ont connu des temps difficiles et ont dû vendre la propriété à un promoteur. Puis la banque de ce dernier a dû saisir son bien, qui était hypothéqué, et pour finir Tony Redding a sauté à pieds joints sur l'occasion.

— Tony Redding ? Il en est propriétaire ? Je pensais que Blair l'avait juste loué pour la semaine. À quand remonte tout cela ?

— Des années. Je suis sûre que Blair t'en a parlé.

— Si elle l'a fait, ça m'est sorti de la tête.

— Ou alors tu ne l'écoutais pas vraiment, l'accusa Celeste. J'ai toujours eu le sentiment que tu ne faisais pas attention à nous.

— C'est faux.

Celeste se contenta de sourire.

— On peut dire ce que l'on veut de Tony, mais cet homme sait repérer un diamant dans un tas de gravats.

— Peut-être le ranch est-il l'endroit où nous avons vu Noah, suggéra Ava. Si sa famille était toujours propriétaire de Whispering Springs quand nous avons commencé à venir, il se trouvait sans doute dans le coin.

— Oui, j'y ai songé. Et ce serait une explication logique. Mais je n'y crois pas davantage. De toute façon, ça me reviendra tôt ou tard.

— Je me demande ce que ça lui fait d'être employé ici maintenant, dit Ava.

— C'est peut-être un soulagement de ne plus devoir se préoccuper des finances. C'est sans doute ce qu'il doit se dire en rentrant chez lui une fois sa journée terminée.

— Comment savoir ? murmura Ava. Si Tony a acheté

le ranch il y a plusieurs années, alors il devait en être le propriétaire lors de la disparition de cette fille.

Celeste plissa les yeux.

— Quelle fille ?

— Elle s'appelait Sara. Elle travaillait ici à l'ouverture. D'après Noah, un jour après son service elle est sortie explorer les chemins de randonnée, et on ne l'a plus jamais revue. Il a ajouté que la police avait tenté d'incriminer son petit ami afin d'éviter une mauvaise publicité à l'établissement.

— Ça ne me surprendrait pas. Tony est tout à fait capable de graisser quelques pattes.

Ava haussa un sourcil.

— On dirait que tu le connais bien.

— Autant que je vous connais, toi, Jane, ou Blair, je suppose. C'est-à-dire plus aussi bien qu'avant.

— Tu es restée en contact avec Blair, depuis que nous avons cessé de nous voir toutes les trois ?

— Ce n'est que récemment que nous nous sommes parlé. J'avais oublié combien elle a un caractère difficile. Eh bien il ne s'est pas amélioré.

— Tu sais pourquoi ? s'enquit Ava d'un ton prudent.

Celeste regarda autour d'elle, puis se pencha à son oreille.

— Ce n'est pas moi qui te l'ai dit, OK ?

— Bien sûr que non.

— Blair essaie sans succès d'être enceinte. Toutes les femmes de ses relations ont des bébés, et tu connais son esprit de compétition. Elle voit sa stérilité comme un échec personnel.

— C'est absurde.

— C'est Blair.

Celeste passa une main sur sa taille.

— Elle croit sans doute qu'avoir un enfant empêchera Tony d'aller voir ailleurs. Mais entre toi et moi, leur navire ne vogue plus depuis longtemps. De toute façon, je n'ai jamais pensé qu'ils étaient faits l'un pour l'autre. Blair est trop capricieuse avec lui. Elle n'est jamais satisfaite.

— Elle doit avoir des qualités qu'il apprécie. Ils sont ensemble depuis longtemps.

— Oui, l'argent. C'est elle qui l'a.

Ava haussa un sourcil.

— Tu veux dire que c'est à cause de son héritage que Tony est toujours avec elle ? Allons. Nous ne sommes pas cyniques à ce point, si ?

Celeste eut une moue irritée.

— Elle est également une manipulatrice de premier plan, mais tôt ou tard les gens ouvrent les yeux.

— Les gens… Tu veux dire Tony ?

Elle adressa à Ava un étrange regard.

— Bon. Assez parlé de Blair. Et toi ?

Avec un sourire, Ava refoula au fond d'elle-même les autres questions qui lui brûlaient la langue.

— Moi ? Oh ! il n'y a pas grand-chose à en dire. Je suis une célibataire droguée de travail.

— Tu vois quelqu'un en ce moment ? Il doit bien exister un mâle à ton goût à Houston.

— Peut-être, mais je ne cherche pas.

— Eh bien, qui sait ? Tu auras peut-être un coup de chance en étant ici, même si les perspectives sont plutôt minces. Il y a toujours Dylan Burkhart. J'ai cru comprendre qu'il était libre.

Ava tâcha de rester détachée, mais son pouls s'était mis à battre à plein régime à la mention de ce nom.

— Et si tu t'occupais de ta propre vie amoureuse ? lui lança-t-elle d'un ton piquant.

— Je m'en occupe, sois tranquille, répondit Celeste.

Elle sirota son vin d'un air pensif.

— Ne te fâche pas, reprit-elle, mais j'ai toujours soupçonné qu'il y avait quelque chose entre Dylan et toi. Après sa rupture avec Lily, j'ai senti certaines vibrations entre vous. Je me trompais ?

Ava leva son verre et fit mine d'y tremper les lèvres, tout en réfléchissant à sa réponse. Pourquoi ne pas simplement lui dire la vérité ? Qu'elle avait été éperdument amoureuse de Dylan Burkhart, même avant sa rupture avec Lily. Pourquoi gardait-elle encore leur liaison secrète après toutes ces années ? Ce que Celeste penserait d'elle avait-il tant d'importance ? Ou avait-elle trop peur d'admettre qu'elle entretenait encore aujourd'hui une flamme qui appartenait à un passé révolu.

— C'était il y a longtemps, répondit-elle. Il a pu y avoir une étincelle entre nous, mais à présent ce n'est plus qu'un souvenir. Nous sommes comme deux étrangers. De toute façon, après ce qui est arrivé à Lily...

— Je sais. C'est une croix que nous portons tous encore.

Le regard perdu au fond de son verre, elle poussa un gros soupir.

— Les secrets de Lily sont morts avec elle ce soir-là. Mais nous-mêmes avons dû vivre avec les nôtres.

Ava releva vivement la tête.

— Les nôtres ? De quoi parles-tu ?

Une ombre traversa le visage de Celeste, et elle se détourna.

— Quoi que nous ayons pu raconter, aucune d'entre nous n'a jamais vraiment révélé ses secrets. Je ne l'ai pas fait, tu ne l'as pas fait.

Elle marqua une pause, avant de reprendre :

— Lily n'était pas l'innocente qu'elle prétendait être lors de ces jeux auxquels nous nous adonnions. Mais ne parlons plus de ça. Dire du mal des morts porte malheur.

C'est avec soulagement que Dylan regagna sa chambre, quelques heures plus tard. La partie « sociale » de la soirée s'était enfin terminée. Assis en face d'Ava à la table du dîner, il avait eu toutes les peines du monde à s'intéresser aux bavardages futiles autour de lui.

Le repas terminé, Blair avait invité tout le monde dans le grand salon pour le café et les digestifs. Mais l'esprit visiblement ailleurs, elle avait passé le reste de la soirée à consulter l'écran de son téléphone et à scruter la nuit par les fenêtres de devant. Tony n'était pas arrivé à l'heure convenue, et Blair avait montré une agitation croissante à mesure que les minutes s'écoulaient, quand bien même il l'avait appelée pour l'informer qu'il serait en retard.

Ava fut la première à s'excuser, plaidant la fatigue et une migraine. Jane n'avait pas tardé à se lever de table à son tour, laissant Dylan jouer les arbitres entre Blair et Celeste. Mais Tony était enfin arrivé, et Blair avait abandonné le débat pour se retirer dans leur suite. Celeste était alors sortie faire une promenade. Dylan l'avait observée depuis le patio. Elle s'était éloignée dans l'allée jusqu'à être hors de portée d'oreille, et s'était nichée dans l'ombre pour passer un coup de fil. Dylan était trop loin pour entendre quoi que ce soit, mais quelque chose dans ses mouvements furtifs l'avait mis en alerte.

Il attendit qu'elle soit montée à sa chambre, puis commença ses rondes nocturnes. Tout était tranquille dans la maison. La majeure partie du personnel était rentrée chez soi. À leur arrivée, les hôtes recevaient les clés des entrées extérieures en même temps que celle de leur chambre. Ils pouvaient aller et venir à leur guise, mais s'ils commettaient l'erreur de s'enfermer dehors après 22 heures, c'était tant pis pour eux. Ils ne pouvaient plus compter que sur leurs visiteurs.

Dylan remonta le couloir, s'arrêta à la chambre inoccupée et colla son oreille à la porte. Il ne perçut aucun bruit et la porte était verrouillée. Il poursuivit sa route. De la musique lui parvint depuis la suite de Jane, et le son de la télé depuis celle de Celeste. Celle d'Ava était silencieuse. Il s'arrêta néanmoins. Il leva même la main pour frapper, mais la laissa aussitôt retomber, un peu honteux, avant de continuer jusqu'à ses propres quartiers.

Une fois dans sa chambre, il ôta sa veste, fit sauter ses chaussures et s'allongea sur le lit. Il était trop tendu pour dormir. Du moins le crut-il, car un bruit le réveilla soudain en sursaut. Se levant du lit, il s'avança à pas de loup vers la porte, l'ouvrit sans bruit et inspecta le couloir de chaque côté. Rassuré de ne rien y voir d'anormal, il fit demi-tour et sortit sur le balcon. La nuit était très sombre. La lune était levée, mais des nuages bas en occultaient la clarté. Les torches qui longeaient l'allée avaient été éteintes, et la maigre lumière des lampes de sécurité qui entouraient la propriété ne parvenait pas à percer l'ombre des arbres.

Quelque chose n'allait pas. Dylan le sentait au léger chatouillement dans son épine dorsale. Sur la pointe des pieds, il regagna l'intérieur pour remettre ses chaussures et prendre son arme sur la table de nuit. De retour sur le balcon, il se colla le dos au mur et fouilla le parc des yeux, scruta les espaces entre les arbres, explora avec soin le pied de l'escarpement.

Plusieurs secondes s'écoulèrent ainsi, jusqu'à ce qu'il remarque enfin quelque chose. Une voiture était garée juste à l'intérieur de l'arcade qui marquait l'entrée du ranch. Son chauffeur s'était garé sur le côté de la route de sorte que le véhicule était noyé dans l'ombre.

Dylan remarqua soudain une silhouette qui s'éloignait d'un pas pressé de la maison. À la faveur d'une ouverture dans les nuages, le scintillement de la lune traversa les feuillages et nimba la personne d'une aura argentée, tandis qu'elle tournait la tête vers le ranch.

Celeste.

Vêtue de sombre, elle était presque invisible dans la nuit. Comme si elle sentait sur elle l'attention de Dylan, elle dressa la tête pour étudier les balcons de l'étage. L'espace d'un instant, il aurait juré que leurs regards s'étaient croisés. Il demeura immobile, jusqu'à ce qu'elle se tourne de nouveau vers l'allée.

De toutes les personnes réunies à Whispering Springs, Celeste était celle que Dylan connaissait le moins. À l'université ils n'avaient jamais été proches, et comme pour le reste du groupe il avait perdu toute trace d'elle après les diplômes. Mais en étudiant sa fiche, il avait appris que jusqu'à l'année précédente elle était associée dans une boutique de vêtements haut de gamme de La Nouvelle-Orléans. Elle avait arrêté du jour au lendemain, et en dépit du fait qu'elle était sans ressources apparentes, elle louait un appartement chic dans le Vieux Carré et conduisait le dernier modèle de décapotable Mercedes. Son niveau de vie fastueux pouvait être attribué à la vente de sa boutique, voire à un héritage, mais son absence d'empreintes numériques avait allumé une petite lampe rouge dans la tête de Dylan. Celeste était un fantôme des réseaux sociaux.

Ce qui le fit s'interroger sur ce qu'elle pouvait bien cacher en agissant de la sorte. Elle n'était plus qu'à quelques mètres de la voiture lorsque les feux de celle-ci s'allumèrent brièvement. C'était à l'évidence un signal, mais elle sembla surprise et se figea comme une biche éblouie.

Il entendit le véhicule redémarrer, puis le ronronnement sourd d'un puissant moteur tandis qu'il se dirigeait vers Celeste. Celle-ci s'avança à sa rencontre et attendit qu'il se soit garé à côté d'elle. Elle échangea quelques mots avec le chauffeur, mais alors qu'elle s'écartait de la voiture, une main jaillit par la vitre baissée et lui attrapa le bras. Elle se libéra d'une secousse et tituba en arrière. La portière s'ouvrit et dans la lumière de l'habitacle, Dylan reconnut Tony Redding.

Tony bondit si rapidement sur elle que Celeste n'eut pas le temps de lui échapper. Il lui empoigna le bras et la força à se tourner vers lui. Elle le gifla, et une bagarre s'ensuivit.

Dylan en avait assez vu. Il enjamba la balustrade du balcon, se laissa tomber sans bruit sur le sol, puis il longea la rangée de cèdres, veillant à demeurer dans l'ombre. Mais lorsqu'il fut assez près pour entendre leurs voix étouffées, la bataille était terminée. Tony remonta dans sa voiture, claqua sa portière et, sans aucun souci de discrétion, fit rugir le moteur et remonta en trombe l'allée jusqu'à l'arrière de la maison, là où Dylan s'était garé plus tôt. Puis le moteur fut coupé et la portière claqua de nouveau.

Celeste demeura là où elle était, la tête penchée, l'expression énigmatique, comme si elle attendait d'entendre Tony s'en aller. Puis elle poussa un long soupir et le suivit vers le ranch.

6

Le lendemain matin, le plus gros de la troupe, y compris Dylan, se leva aux aurores pour l'escalade de Bishop's Rock. Ava déclina l'invitation à se joindre à eux. Grimper les 122 mètres d'un piton de granite ne figurait pas sur son organigramme de la journée. Cela étant, elle n'avait pas non plus l'intention d'attendre en bas et d'observer l'ascension de loin. Le souvenir de la chute de Dylan était encore vivace dans sa mémoire, et maintenant qu'elle s'était astreinte à ces vacances imprévues, l'idée d'avoir toute une matinée à elle ne lui paraissait plus aussi rébarbative.

En temps ordinaire, elle se serait cloîtrée dans sa chambre avec son ordinateur et un jerrican de 4 litres de café, et aurait admiré le superbe paysage de Hill Country par la fenêtre. Mais elle avait des ordres, et s'abstraire un moment de son travail lui ferait sans doute le plus grand bien. Lorsqu'elle pointa le nez dehors, la caresse du soleil sur son visage lui procura une sensation divine, tandis que l'odeur des résineux et autres espèces montagnardes l'enivrait littéralement. Elle résista à un besoin fugace d'appeler le bureau, et au lieu de cela coupa le son de son portable et l'enferma dans la poche de son sweat à capuche.

Un sentier usé par des milliers de pieds descendait en pente douce vers le fond du canyon. Ava prit tout son temps pour le descendre, admirant les taches rouges des cactus en floraison qui croissaient dans les crevasses. Ici et là, elle apercevait dans la roche des anfractuosités qui conduisaient à des grottes étroites qu'elle n'avait aucune intention d'explorer.

Très vite l'air se réchauffa et se chargea de parfums. Elle ôta son sweat-shirt, en noua les manches autour de sa taille, puis reprit son chemin sur la piste rudimentaire. À dire vrai, elle n'avait jamais été une adepte de la vie au grand air. Même étudiante, elle préférait camper dans la bibliothèque ou cocooner dans son lit avec un bon livre. Cela étant, elle avait toujours pris plaisir à rechercher les pointes de flèches et autres fossiles, témoignages historiques cachés au milieu des cailloux des rivières asséchées.

Avec le soleil qui tapait sur ses épaules nues, un sentiment d'harmonie inattendu l'envahit. Elle s'aventura plus loin qu'elle ne l'avait décidé, s'arrêtant ici et là pour fouiller dans les galets et placer ses trouvailles dans son sac à dos.

Elle aurait pu continuer ainsi, laissant l'air frais évacuer ses soucis professionnels et l'image obstinée de Dylan, mais les premières gouttes de pluie l'arrêtèrent sur ses pas. Elle leva la tête et étudia le ciel avec inquiétude.

Celeste avait laissé entendre que la perturbation orageuse n'arriverait pas avant plusieurs jours, mais les nuages s'accumulaient déjà au-dessus de sa tête et un vent fort soufflait dans le canyon. Ava tendit l'oreille, se demandant si l'on entendait crier le fantôme de la pauvre Sara. Mais la légende urbaine évoquée par Noah Pickett était le cadet de ses soucis.

Texane de naissance, elle était habituée aux brusques changements de temps. Les nuages ne l'angoissaient pas spécialement, mais elle n'était pas trop emballée à l'idée de se retrouver piégée au fond d'un canyon sous une averse diluvienne.

Renfilant son sweat-shirt, elle rabattit la capuche et rebroussa chemin à contrecœur, peu désireuse de retrouver les autres. Elle avait l'étrange intuition que si elle poursuivait sa route, elle tomberait fatalement sur eux, et elle n'avait nul désir d'être prise dans leurs minables petites intrigues et récriminations mesquines. Ils n'avaient qu'à régler entre eux leurs propres problèmes.

Malgré cela, elle ne put s'empêcher de songer à la poupée déposée sur le lit de Blair et au refus de Tony d'appeler la police. Son entêtement n'avait aucun sens, surtout après l'intrusion survenue chez eux. Une enquête aurait dû être lancée dès la première menace téléphonique, mais Blair avait dû agir à l'insu de son mari pour faire appel à une agence de sécurité.

Était-elle devenue trop cynique ? Sans doute. Une réunion d'anciens amis ne pouvait que remuer de mauvais souvenirs et des sentiments négatifs, n'est-ce pas ? Mais elle ne pouvait se débarrasser de l'idée que sous la quiétude de Whispering Springs était tapi quelque chose de très sombre.

Elle se rappela sa conversation avec Jane, la veille au soir, au sujet d'une tâche inachevée. Et s'ils avaient tous été convoqués au ranch non pas pour des retrouvailles, mais pour régler des comptes ?

Pensée absurde. Quels comptes ? Qu'avait fait chacun d'eux qui soit si mauvais ?

Tout en remontant le sentier, Ava se morigéna pour ces vaines spéculations. Elle devait rester concentrée sur ses pas. La pluie se renforçait, et les pierres lisses deviendraient très vite glissantes. Elle ne connaissait qu'une voie de sortie du canyon, et c'était celle qu'elle avait empruntée pour y entrer. Un bon grimpeur serait peut-être capable d'en escalader la paroi, en se hissant des mains et des pieds grâce aux failles et aspérités, mais pour elle cette option était exclue.

Elle ne s'inquiéta pas pour autant. La pluie venait juste de commencer, et il faudrait un déluge pour que le canyon se remplisse. Mais elle avait un jour était surprise par une brusque inondation, à Houston, et n'avait jamais oublié la terreur qu'elle avait éprouvée à la rapide montée des eaux. C'était arrivé si vite que tous les conducteurs avaient dû quitter leur voiture pour courir se réfugier en terrain sec. En quelques instants, les rues du centre-ville s'étaient transformées en un vaste dépotoir de voitures abandonnées et de flots enragés.

Absorbée par ce souvenir, elle perdit pied, chuta sur un genou et l'arête d'un rocher lui entailla la chair. La douleur cuisante et le sang qui coulait sur son tibia la forcèrent à s'arrêter pour évaluer les dégâts. Elle venait juste de se pencher pour examiner la plaie lorsqu'un énorme bruit la tétanisa. Elle songea d'abord au tonnerre, et de fait elle entendait à distance le grondement de l'orage. Mais le bruit était juste au-dessus d'elle.

Un puissant craquement marqua le déclenchement de l'éboulement dans une douche de graviers. Ava leva les yeux, plus curieuse qu'effrayée. Le danger n'avait pas encore pris corps dans son esprit. Elle était encore trop polarisée sur l'orage. Quelque chose bougea en haut du canyon, un flash jaune qu'elle put à peine discerner à travers les gouttes qui s'accrochaient à ses cils, puis dans un fracas d'enfer un rocher dégringola la paroi du canyon.

Son poids et sa dynamique délogèrent d'autres pierres, et Ava contempla, ébahie, l'éboulement qui semblait vouloir l'engloutir. Puis son instinct prit le dessus, et elle sortit tant bien que mal du chemin, trébuchant dans sa hâte à éviter les chutes de débris de toutes sortes. Des cailloux pointus lui bombardèrent la peau avant qu'elle ne parvienne à se réfugier sous une étroite corniche.

Couverte de bleus et d'écorchures, elle se redressa, rentra la tête dans les épaules, replia les jambes et se colla contre la paroi. Lorsque les tremblements s'atténuèrent, elle quitta avec prudence son abri, pour découvrir avec effroi qu'une véritable barricade condamnait à présent la sortie du canyon.

Pourtant, elle ne paniqua pas. Elle pouvait franchir les rochers, elle en était sûre. La piste de l'autre côté devait être dégagée. Ce n'était qu'une question de temps avant qu'elle puisse regagner le ranch et siroter une tequila sunrise avec Celeste.

Non, elle ne paniqua pas. Jusqu'à ce qu'elle découvre que son portable avait été écrasé dans sa chute, et maintenant elle était totalement coupée du monde.

— Tout va bien, tout va bien, marmonna-t-elle en s'approchant de la paroi précaire.

Lorsqu'elle essaya de se mettre debout, une des pierres se déplaça sous son poids, et elle se rendit compte que leur accumulation risquait de s'abattre sur elle au moindre faux mouvement de sa part.

Mieux valait éviter ce risque. Si elle se retrouvait immobilisée, elle n'avait aucun moyen d'appeler à l'aide. Sa seule option était de faire demi-tour et de reprendre le chemin par où elle était venue. Il devait forcément y avoir une autre issue.

Dylan observait la pluie depuis le patio. D'un commun accord, les grimpeurs et lui avaient décidé de reporter leur escalade en voyant les nuages s'amonceler dans le ciel. Bien leur avait pris. À leur départ, ce matin, la journée était ensoleillée, mais le ciel s'était rapidement obscurci. Jane avait eu beau affirmer que la tempête n'arriverait pas avant des heures, le bon sens avait prévalu. Vexée, elle était partie seule, et tout le monde était revenu au ranch. Celeste était descendue aux sources avant l'arrivée de la pluie, et Blair avait disparu à l'étage après que Tony lui avait annoncé qu'il devait rentrer à Austin pour une réunion d'affaires et serait de retour dans l'après-midi. Dylan avait demandé si elle voulait qu'il le suive, mais elle s'était montrée inflexible : il devait rester au ranch pour surveiller les lieux. Pour ce qu'ils en savaient, elle était à présent la cible d'un concurrent de son mari, et ne voulait pas se retrouver sans protection.

Dylan s'était plié à sa décision, mais pour le moment Blair et Tony Redding étaient refoulés à la dernière place de ses préoccupations. À chaque seconde qui passait, son inquiétude croissait au sujet d'Ava. Où était-elle ?

Au début, il avait simplement été contrarié qu'elle sorte seule. Mais en voyant le ciel prendre une couleur de plomb et la pluie s'alourdir, sa colère se mua très vite en malaise, puis en peur.

Il n'avait plus le choix. Il devait se mettre à sa recherche.

Quelqu'un se hâtait à travers le parc. Dylan dressa la tête, le regard fixé sur la silhouette couverte d'un ciré jaune. Dans de grandes éclaboussures, Noah Pickett atteignit enfin le refuge du patio. Il baissa sa capuche et se secoua comme un chien mouillé.

— Bon Dieu, quelle averse ! grogna-t-il. J'ai rangé mon matériel dans l'un des chalets. Je me suis dit qu'il valait mieux garder un œil sur la rivière.

— Vous n'avez vu personne de ce côté-là, par hasard ?

Noah, qui défaisait les boutons-pressions de son ciré, releva aussitôt la tête.

— Non, pourquoi ?

— Ava a disparu. Elle n'était pas là à notre retour de Bishop's Rock. Personne ne l'a vue depuis ce matin.

Quelque chose brilla dans les yeux de Noah, et il observa l'intérieur de la maison par-dessus son épaule.

— Vous vous êtes renseigné auprès du personnel ? Peut-être a-t-elle dit quelque chose avant de sortir ?

— J'ai voulu le faire, mais ils sont presque tous rentrés chez eux dès l'annonce par la météo de menaces d'inondations dans le secteur.

Noah hocha la tête.

— Ils ont une famille, expliqua-t-il. Ils ne peuvent pas se permettre de passer la nuit dehors, et moins encore d'être bloqués ici indéfiniment. Je vais d'ailleurs libérer ceux qui restent, de sorte qu'il faudra vous débrouiller seuls jusqu'à ce que le temps s'éclaircisse.

— Ne serait-il pas plus sage d'évacuer le ranch ? demanda Dylan.

— Non. Vous serez mieux ici que sur la route. La voie express est peut-être déjà fermée par endroits. Je vais aller parler à ceux qui sont encore là. Peut-être l'un d'eux a-t-il vu Ava partir.

— Merci, c'est gentil.

— Tâchez de ne pas trop vous inquiéter. Nous avons eu une gentille conversation sur la route depuis l'aéroport. Elle m'a l'air d'une personne qui a la tête sur les épaules. Elle aura trouvé un abri quelque part pour attendre la fin de l'orage.

Dylan le dévisagea.

— Où, par exemple ?

Le regard perdu au loin, Noah ne répondit pas tout de suite.

— Il y a de nombreuses grottes par ici, dit-il enfin d'une voix assourdie, presque peinée. Je connais les environs mieux que personne, et il reste encore aujourd'hui des endroits que je n'ai pas découverts.

Les tripes de Dylan se nouèrent. Il ne pouvait se défaire de l'impression qu'avec l'arrivée de l'orage, un malheur imminent planait sur le ranch.

— À pied, elle ne peut pas être allée bien loin, indiqua Noah. Vous avez essayé de l'appeler sur son portable ?

— Je suis tombé sur sa boîte vocale, marmonna-t-il.

Noah avait raison. Ava avait la tête solidement vissée sur les épaules. Si elle l'avait pu, elle serait revenue au ranch avant le déclenchement de l'orage. Si elle avait trouvé un abri quelque part, elle aurait appelé.

Son angoisse était de plus en plus oppressante.

Il étudia le ciel, cherchant une ouverture dans les nuages.

— J'ai un mauvais pressentiment, murmura-t-il.

Noah fouilla son regard.

— Où sont les autres ?

— Blair est en haut. Quant à Jane et Celeste, je ne sais pas. Pourquoi ?

— Je voulais juste savoir s'il fallait chercher autre chose ? L'eau monte vite ici en cas d'orage. On se fait facilement piéger.

— Il ne pleut pas depuis si longtemps, objecta Dylan.

— Il faut peu de temps, vous savez, souligna Noah.

Dylan étudia le paysage lugubre.

— Je sors me mettre à sa recherche, annonça-t-il.

— Vous êtes sûr que c'est une bonne idée ? Il vaut peut-être mieux attendre. Si la pluie diminue, elle tentera peut-être sa chance.

— J'y vais, persista-t-il d'une voix ferme.

— Dans ce cas je viens avec vous. Je rassemble tous ceux qui sont encore là pour nous aider. Plus nous serons, mieux ce sera.

Dylan opina du chef.

— Nous allons commencer par le canyon. Jadis, quand nous venions ici, elle aimait se lancer à la recherche de fossiles pendant que nous grimpions.

Noah s'alarma aussitôt.

— Le canyon ? C'est le pire endroit où se trouver lors d'une crue d'orage !

— Alors ne perdons pas de temps, répliqua Dylan.

— Vous trouverez des vêtements de pluie dans la remise, à l'arrière. Il doit également y avoir des torches étanches.

Ils se séparèrent dans le vestibule, Noah pour rameuter les autres, Dylan pour s'équiper de torches. Il ne se donna pas la peine de se munir d'un ciré.

Quelqu'un d'autre l'avait fait, cependant. Accroché à une patère dans un coin, il en remarqua un qui dégoulinait.

La pluie tombait si fort qu'Ava ne voyait pratiquement plus rien devant elle. « Il pleut des chats et des chiens », aurait dit sa grand-mère.

C'était à la fois stupéfiant et terrifiant la vitesse à laquelle le paysage était passé d'un lit de rivière asséché à un rapide en furie. L'eau s'enroulait autour de ses chevilles, pas encore assez profonde ni assez forte pour la faire tomber, mais la pression constante rendait sa progression périlleuse. Ava caressait le vain espoir que les pierres et rochers qui s'étaient amassés dans le canyon forment également un barrage naturel qui ralentirait le flot jusqu'à ce qu'elle trouve une autre issue.

Mouillée jusqu'aux os, frigorifiée, elle sortit son portable et tenta de nouveau de passer un appel ou d'envoyer un texto. Mais l'écran fissuré était le moindre des dégâts. Elle rangea l'appareil dans sa poche et leva les yeux vers le ciel, d'un gris sombre, opaque, sauf pour la foudre qui précédait de puissantes déflagrations. Elle regarda un moment le spectacle, puis se jeta en avant, malgré son genou entaillé, les contusions dues aux chutes de pierres, et le sentiment d'impuissance qui commençait à saper sa résolution.

Quelle idiote était-elle de s'être laissé surprendre au fond d'un canyon par un orage ! Pourquoi n'était-elle pas allée avec les autres à Bishop's Rock. Et puis qu'y avait-il de si génial dans le fait d'être seule ?

Au prix d'un gros effort de volonté, elle se secoua de son découragement.

Garde la tête baissée et continue d'avancer, s'enjoignit-elle. *Trouve une sortie, ou du moins cherche un endroit en hauteur.*

La crue était maintenant à hauteur de ses mollets, et le courant si fort qu'elle devait se battre à chaque seconde pour ne pas perdre pied. L'eau était froide, également. Elle claquait des dents, et ses orteils et ses doigts s'engourdissaient. Remonter la fermeture Éclair de sa veste ne lui offrit qu'une protection symbolique. Le tissu était trempé. Elle était trempée. Elle ne pouvait penser à rien d'autre qu'à un bain chaud.

Continue d'avancer. Ne t'arrête pas. Un pied après l'autre...

L'épuisement la gagna, suivi par un dangereux début de léthargie. Elle avait besoin de se reposer un peu. Juste fermer les yeux quelques instants. Elle était si fatiguée qu'elle aurait pu s'asseoir dans l'eau.

Elle s'autorisa une courte pause pour chercher des yeux un surplomb, ou même une grotte où grimper. Mais dans son état actuel elle doutait d'être en mesure de s'élever ne serait-ce que de quelques coudées. Elle risquait de tomber, de se faire une entorse, voire une fracture...

Non, ne pas songer au scénario du pire. Au ranch, quelqu'un devait sûrement s'inquiéter de sa disparition. Ils finiraient par envoyer une équipe, cela ne faisait aucun doute. Mais même si tout le monde s'y mettait, cela prendrait des heures pour la trouver dans cette tourmente. Elle était à des kilomètres de l'entrée du canyon, et les amas de rochers bloquaient sa route. Elle voulait hurler à l'aide de toutes ses forces, mais le vacarme de l'orage noierait sa voix. Ce serait un gaspillage d'énergie.

Il n'y avait rien d'autre à faire que de continuer.

L'eau lui montait maintenant aux genoux. Soudain, elle fut soulevée du sol et emportée par le courant avant de pouvoir trouver une prise où se retenir dans la paroi du canyon. Du bout des doigts elle s'accrocha à la roche glissante jusqu'à ce que la force du flot l'en arrache. Puis elle retomba dans l'eau et lutta comme une forcenée contre Dame Nature, s'étranglant, toussant, crachant pour inhaler de l'air et gagner du temps.

Lorsqu'elle refit surface, elle lança les mains vers la paroi, désespérée. La roche lacéra la chair tendre de ses doigts, mais elle ignora la douleur et répéta son effort, encore et encore.

Rassemblant toute son énergie, elle contra le courant petit à petit, centimètre par centimètre.

Ne t'arrête pas, continue d'avancer.

Bientôt elle perdit toute notion du temps. Elle ne pensait pas être partie depuis plus de quelques heures, mais son environnement était plus noir que la poix. L'eau ne cessait de monter. Bientôt elle atteindrait sa taille, puis sa poitrine, puis son menton. Par intervalles, elle perdait de nouveau pied, pour être ballottée à travers le canyon jusqu'à ce qu'elle ne sache plus où s'achevait une douleur et où en commençait une autre. À bout de souffle, éreintée, elle éprouva une fois de plus l'envie tentante de lâcher prise.

Tu n'as qu'à fermer les yeux et te laisser aller...

Des doigts lui empoignèrent les cheveux, arrachant des mèches de son crâne. Ava hurla sous la cuisante douleur, tenta de se battre contre son assaillant, de se libérer, mais elle était si lasse. Elle avait si froid.

Je ne peux pas...

« Si, tu peux, Ava. Tu peux te battre autant qu'il le faut. Tu m'entends ? »

Elle n'en fut pas certaine, mais elle crut que la voix dans sa tête était celle de Dylan. Où était-il ? S'était-il aperçu, maintenant, de son absence ? Comprenant qu'elle était en danger, s'était-il lancé à sa recherche ? Ou ne se souciait-il plus du tout d'elle ?

Ne fais pas cela. Ne t'apitoie pas sur toi-même. Continue, Ava. Tu peux le faire.

Les doigts arrachèrent une autre touffe de son crâne. Elle lança les mains en l'air pour se libérer, et réalisa aussitôt que son agresseur n'était autre qu'un arbre mort qui était tombé dans l'eau et s'était coincé entre les parois.

Le salut.

S'accrochant à l'une de ses branches, Ava se hissa à force de contorsions sur le tronc. L'arbre ne résisterait pas bien longtemps. La force de l'eau qui s'engouffrait dans la faille allait bientôt le déloger, mais en attendant il lui donnait un répit, une occasion de reprendre son souffle et de se ressaisir.

L'eau était à présent trop haute pour qu'elle puisse s'extraire à pied du canyon. Elle était bonne nageuse, mais pas en état de tenter sa chance, et pas dans un tel courant. Dès l'instant où elle lâcherait le tronc elle serait emportée, bousculée, jetée contre ces parois rugueuses telle une poupée de chiffon. Sa seule issue était par le haut.

Elle leva la tête pour étudier le bord du canyon sous la pluie battante. L'espace d'un instant, elle crut voir quelqu'un qui la regardait d'en haut, mais ce ne pouvait être que son imagination.

— Ava ! Ava ! Tu m'entends ?

Dylan était revenu dans sa tête et l'appelait.

— Je ne pourrai plus tenir longtemps, murmura-t-elle.

— Ava !

Sa voix lui fit relever encore la tête. Était-il vraiment là, ou son épuisement lui jouait-il un tour cruel ?

— Ava !

— Dylan !

Ce ne fut qu'un cri étranglé qui s'échappa de sa gorge.

Elle inspira et fit une nouvelle tentative.

— Ici, en dessous de toi ! Je suis piégée. Tu peux me voir ?

— Oui, je te vois ! N'aie pas peur, je vais te sortir de là. Tiens bon, OK ? Je descends.

— Non ! Ne fais pas ça ! Il n'y a pas d'issue !

— Accroche-toi simplement !

Le tronc bougea de quelques centimètres, puis s'arc-bouta de nouveau contre la paroi du canyon. Ava lança les bras autour d'une branche et s'y accrocha avec l'énergie du désespoir. Relevant les yeux sous l'averse, elle pria pour que Dylan l'atteigne à temps tout en priant pour qu'il n'essaie même pas. Le canyon était un piège mortel. Même s'il trouvait un itinéraire pour descendre, il n'y avait aucune issue. Ils seraient tous les deux emportés. Déjà, l'arbre était à deux doigts d'être submergé.

Elle poussa un petit cri d'horreur lorsque, franchissant le bord du canyon, Dylan chercha des appuis pour son pied, puis entama la descente de la paroi, accroché à la roche glissante. Ava ne pouvait à la fois ni regarder ni détourner les yeux. Elle l'avait vu tomber une fois. Si elle devait être la cause d'une sévère blessure ou pire, elle ne le supporterait pas.

Lentement mais sûrement, doté de nerfs d'acier, il progressa vers elle sur le dangereux à-pic. Il perdit prise un instant, mais s'accrocha aussitôt de son autre main jusqu'à ce qu'il trouve un autre trou. Lorsqu'il fut près du fond du canyon, il s'arrêta pour étudier son environnement, puis se déplaça horizontalement jusqu'à une étroite corniche. Si proche, et pourtant si loin...

Ava l'observa, le souffle court, haletant.

Il pêcha une lampe dans son sac, et elle l'entendit appeler quelqu'un tout en haut, en même temps qu'il promenait le faisceau de lumière sur le tronc. Il la repéra très vite.

— Tu es blessée ? lança-t-il par-dessus le grondement de la pluie et le fracas du torrent.

— Non, je ne pense pas. Rien de grave en tout cas.

— Bon, écoute-moi bien. Je vais te lancer une corde. Passe la boucle autour de ta taille, ensuite accroche-toi aussi solidement que tu le peux. Je m'occupe du reste.

— Je ne peux pas lâcher le tronc, le courant est trop puissant.

— Dans ce cas je viens.

— Non ! C'est trop risqué ! Lance-moi la corde.

— Tout de suite. Attrape-la et serre-la bien. Fais-moi confiance, OK ? Je vais te sortir de là.

Ava tâcha de se mettre en position de réception, mais au moindre de ses mouvements l'arbre bougeait. Elle bloqua sa respiration et attendit. Il était difficile d'y voir quoi que ce soit dans l'averse. La corde se balança près d'elle, mais elle la rata. La boucle s'accrocha à une branche, juste hors de sa portée.

— Tu l'as vue ? cria Dylan.

— Oui. Elle est prise dans l'arbre.

— Tu peux la toucher ?

— Je vais essayer.

— Sois prudente, Ava.

À la façon dont il prononça son nom un frisson la saisit, pas de froid ni de peur, mais de dix années de sentiments refoulés. Dix années de déni de ce qu'elle éprouvait en réalité. Si elle s'en sortait vivante, s'ils parvenaient tous les deux à regagner le ranch entiers...

Ne pense pas à cela maintenant. Attrape juste la corde.

Elle tenta de ramper le long du tronc, mais sans succès. Alors elle se laissa descendre dans l'eau. Le courant la prit par surprise et faillit l'emporter. S'agrippant d'une main à l'une des branches, elle saisit la corde et tira dessus, mais cela ne fit que resserrer la boucle. Elle prit alors une profonde inspiration et plongea. Des bras et des jambes, elle se propulsa vers l'avant, puis vers le haut. Le mouvement libéra l'arbre, qui se retourna sous la puissance du courant et la frappa si fort qu'elle se heurta le dos à la paroi. Elle se retrouva de nouveau sous l'eau, piégée par un enchevêtrement de branches.

Sa veste s'y accrocha, l'attirant vers le fond. Elle se débattit avec frénésie pour s'en défaire, laissant échapper des chapelets de bulles. Après être parvenue à sortir ses bras des manches, elle refit surface et aspira goulûment l'air, trop épuisée et effrayée pour penser droit. Ce fut sans doute l'instinct de survie qui lui permit de ne pas lâcher la corde.

— Ava !

— C'est bon ! Je l'ai !

Elle enfila la boucle par la tête et se la passa sous les bras, puis s'y accrocha comme à un filin de survie, ce qu'elle était au sens propre du terme.

Plus tard, elle devait apprendre que Noah et l'un des employés accourus avaient attaché une seconde corde à un gros rocher en haut du canyon. Ils l'avaient laissée descendre jusqu'à Dylan, qui se l'était nouée autour de la taille afin de pouvoir l'extraire de l'eau contre la force du courant.

La partie sauvetage, quant à elle, était tout embrouillée dans sa tête.

La première chose dont elle se souvint, après cela, fut qu'elle se trouvait sur la petite corniche à côté de Dylan. Après quoi, grâce à son baudrier de fortune, des mains solides la hissèrent mètre par mètre le long de la paroi tandis qu'elle repoussait celle-ci des pieds pour ne pas s'y cogner.

Un long moment plus tard, de retour dans sa chambre du ranch, elle savourait un délicieux bain fumant, sans autre souci que de garder sec son genou soigné et bandé, posé sur le rebord de la baignoire.

Ce n'est qu'au moment où elle se sécha les cheveux qu'elle se rappela ce bizarre éclat jaune qu'elle avait aperçu une fraction de seconde avant que les parois du canyon ne dégringolent sur elle.

7

Vers la fin de l'après-midi, la cour n'était plus qu'un vaste marécage et les fossés avaient débordé sur l'allée. Bâtie sur un soubassement élevé, la maison était restée sèche, mais il en allait tout autrement pour la route. Après avoir laissé Ava entre de bonnes mains, Dylan s'était rendu à pied jusqu'à la voie express pour évaluer les dégâts. Où que portât le regard, l'on ne voyait que de l'eau, assez profonde même pour immobiliser un véhicule 4x4.

Les seuls moyens d'accès et de sortie pour Whispering Springs étaient le bateau ou l'hélicoptère, mais de son point de vue cet isolement n'était pas nécessairement une mauvaise chose. Si personne ne pouvait quitter le ranch, personne non plus ne pouvait y pénétrer sans qu'il le sache.

Cela étant, ils n'étaient pas totalement coupés du monde. Son téléphone fonctionnait toujours. Il passa un appel à ses collaborateurs à Houston, et un autre au poste de police le plus proche pour les informer sur la situation. Il ne pouvait rien faire de plus, à part prendre son mal en patience et rester en alerte.

Délaissant la voie express, il descendit jusqu'à la rivière. D'ordinaire lent et sinueux, le cours d'eau était devenu un fleuve sauvage. Posté en haut des berges, il contempla, sidéré, les arbres, débris divers, et même une voiture emportés par le courant. Dieu merci, elle était vide, et il pria pour que ses occupants aient pu rejoindre sains et saufs un terrain sec. Quoi qu'il en soit, ce spectacle témoignait de la puissance et de la férocité de cet orage.

Lorsqu'il revint au ranch, le rez-de-chaussée était désert. Après le sauvetage, Noah avait renvoyé les derniers employés chez eux, et les autres membres du groupe étaient remontés dans leurs chambres. Ce qui était arrivé à Ava les avait secouées, et Dylan doutait qu'aucune n'aurait l'inconscience de s'aventurer dehors jusqu'à la fin de la journée.

Il acheva ses tours de garde, puis regagna sa chambre pour une douche rapide et des vêtements secs. Puis il frappa à la porte voisine pour s'enquérir de l'état d'Ava. Elle lui ouvrit en peignoir de bain. Avant de l'inviter à entrer, elle inspecta le couloir de chaque côté.

Tout en franchissant la porte, il nota les griffures et contusions sur son visage. Mais plus que ses blessures, ce fut son attitude qui retint son attention. Manifestement, elle était encore sous le coup de la frayeur. Par expérience, il savait qu'une fois que l'adrénaline se serait dissipée, l'état de choc prendrait le relais.

— Ça va ?

— Mes nerfs sont encore un peu à vif, répondit-elle en refermant la porte. Mais je suis en vie. Grâce à toi.

Elle serra les bras sur sa taille.

— Et ton genou ? Cette entaille m'avait l'air assez profonde pour nécessiter des points de suture.

— Blair a apporté des pansements et du désinfectant. Une fois nettoyé, ce n'était pas si vilain. Elle a bien fait, je dois dire.

Elle désigna les portes ouvertes du balcon. Dehors, la pluie s'était réduite à un crachin, mais Dylan entendait le grondement lointain d'un nouvel orage qui approchait.

— Je ne pense pas qu'un aller-retour à l'hôpital figure dans mon avenir proche, ajouta-t-elle. Qu'en penses-tu ?

— Tu as sans doute raison. Je suis sorti jeter un coup d'œil aux routes. À moins d'une urgence absolue, je dirais que nous sommes bloqués ici pour encore au moins quarante-huit heures. Les équipes de secours sont déjà débordées, et la situation risque d'empirer si l'eau continue de monter.

— Deux jours de plus...

Elle s'avança vers les portes ouvertes pour regarder dehors.

— Tu sais le plus drôle ? reprit-elle, le dos tourné. J'avais prévu de rester jusqu'au week-end, de toute façon. Mais de me retrouver cloîtrée ici de force, eh bien c'est autre chose. Ça me rend claustrophobe. Un autre jour comme celui-ci, et je vais grimper aux murs. J'aurais dû me renseigner sur les prévisions météo avant de venir.

— Personne n'aurait pu prédire une telle perturbation, indiqua-t-il.

Il la rejoignit devant le balcon, s'appuya au chambranle des portes et contempla le gris du ciel.

— L'orage est arrivé d'un seul coup, il nous a tous pris par surprise, ajouta-t-il.

— Au moins, toi et les autres avez eu le bon sens d'éviter le canyon. Je n'en reviens toujours pas de m'être laissé piéger par cette crue soudaine.

— Allons, ne te frappe pas pour ça. Si nous n'avions pas programmé une escalade, n'importe qui parmi nous aurait pu t'accompagner.

— Oui, j'imagine.

— Essaie de te détendre. Nous n'avons d'autre solution que d'attendre que ce soit passé.

— Plus facile à dire qu'à faire.

— J'ai dit « essaie ».

Un sourire flotta sur ses lèvres avant qu'elle ne se tourne de nouveau vers le paysage inondé.

— Tu penses vraiment que nous sommes en sécurité ici ?

— J'ai parlé à Noah, tout à l'heure. Le ranch possède un

groupe électrogène, et nous avons assez de nourriture et d'eau minérale pour tenir un siège. Il n'y a pas d'inquiétude à avoir.

Elle lui jeta un étrange regard.

— Je ne parlais pas des inondations.

— Que se passe-t-il, Ava ?

Elle hésita.

— Je ne sais pas... Ce n'est peut-être rien.

— Dis-le-moi quand même.

Elle glissa les mains dans les poches de son peignoir et rentra la tête dans les épaules, comme pour chercher refuge dans le moelleux du tissu-éponge.

— C'est arrivé juste avant que le rocher ne se détache. J'ai entendu un grand bruit, et quand j'ai levé les yeux j'ai vu quelque chose de jaune en haut du canyon. Ça n'a duré qu'une demi-seconde, ajouta-t-elle très vite. Je ne saurais dire ce que c'était.

Dylan se revit au fond du canyon, il sentait encore les tremblements de son corps alors qu'il la sortait du flot bouillonnant, les battements sourds de son cœur tandis qu'il la serrait contre lui.

« Je vais bien, je vais bien », avait-elle murmuré, encore et encore, jusqu'à ce qu'il se souvienne qu'il avait une tâche à accomplir. Il l'avait alors relâchée, s'était retourné et avait procédé à l'étape finale de son sauvetage. Lorsqu'elle avait enfin disparu par-dessus le bord du canyon, retrouvant ainsi la sécurité, l'émotion qui l'avait saisi avait été si intense qu'il avait été heureux d'avoir quelques instants à lui pour reprendre ses esprits, avant de remonter à son tour la paroi.

Il la considéra d'un air intrigué.

— C'est tout ? Tu as aperçu quelque chose de jaune en haut du canyon ?

— À ce moment-là je n'avais pas le temps d'y réfléchir. J'étais trop occupée à esquiver les pierres. Ce n'est que plus tard, une fois de retour au ranch et capable de respirer de nouveau normalement, que je me suis souvenue de tout. Je crois que ce que j'ai vu était un ciré de pluie.

Dylan se raidit, et une onde glacée le traversa.

— Tu es sûre que ce n'était pas Noah ou l'un des autres employés ?

— Le déplacement de ce rocher a eu lieu longtemps avant que tu n'arrives. Ça m'a semblé des heures.

— Tu as vu un visage, entendu une voix ? Réfléchis bien.

— Je n'ai pas eu grand-chose d'autre à quoi penser cet après-midi, répondit-elle avec un geste agacé. Je sais que c'est peu, et pour être tout à fait franche, ce n'était peut-être qu'un effet de mon imagination. J'étais déjà stressée, et il pleuvait si fort que c'est à peine si je voyais ma main devant moi, alors le haut du canyon... Mais je ne peux pas écarter la possibilité qu'il y ait eu quelqu'un.

Il posa lentement sa question.

— Tu penses que c'est ce quelqu'un qui a fait bouger ce rocher ?

Elle se recroquevilla un peu plus dans son peignoir.

— Je... Je n'en sais rien. Je n'ai pas voulu aller jusque-là.

— Il le faut, insista-t-il. Commençons par une question de base. Parmi les personnes que tu connais, y en a-t-il une qui te voudrait du mal ?

Elle lui jeta un regard inquisiteur.

— D'une manière générale ? Sans doute une bonne douzaine de détenus de la prison du comté de Harris. On ne travaille pas aussi longtemps que moi au bureau du procureur sans s'être créé quelques inimitiés. Mais quelqu'un d'ici, qui en aurait après moi ? Non, bien sûr que non. Et pourtant...

— Tu as vu quelque chose.

— J'ai vu quelque chose.

— Une hypothèse ?

— Pas vraiment, répondit-elle avec un haussement d'épaules. Peut-être un étranger de passage. Un grimpeur ou un randonneur surpris par l'orage, comme moi. Peut-être ne m'a-t-il même pas vue dans le canyon. C'est l'explication la plus plausible.

— Mais ?

Elle observa la pluie, la mine sombre.

— Mais depuis l'apparition de cette poupée dans la chambre de Blair, j'ai un mauvais pressentiment concernant ces retrouvailles. Je veux bien croire que les menaces téléphoniques, et même le message sur le miroir, soient le fruit d'un litige d'affaires, mais je persiste à penser que cette poupée cassée posée sur le lit a un sens beaucoup plus personnel. Comme si quelqu'un se servait de cette réunion pour nous transmettre un message. Appelle cela comme tu veux, prémonition, sixième sens, je sais que tu le sens également.

Oui, il l'avait senti. Mais de façon si obscure qu'il n'aurait su l'exprimer par des mots. Il l'avait perçu sur le toit, la veille au soir, et de nouveau aujourd'hui en traversant la propriété inondée. Ce n'était rien de concret, juste une petite voix agaçante qui lui disait que quelque chose n'allait pas. Qu'il avait été amené à Whispering Springs pour de plus sombres desseins. Les autres aussi, peut-être.

— Je ne cesse de repenser à une conversation que j'ai eue hier avec Jane, reprit-elle.

— À quel sujet ?

— Elle semble croire que nous ne nous sommes pas comportés comme il fallait après le suicide de Lily. D'après elle, nous avons balayé notre culpabilité sous le tapis et repris nos vies comme s'il ne s'était rien passé. Comme si Lily n'avait jamais compté. Mais ce qui m'a frappée, c'est moins ce qu'elle a dit que son attitude. Tu aurais dû la voir, Dylan. Il y avait cet éclat dans ses yeux... Cela m'a fait penser à une chose que tu m'as dite, à l'époque, concernant son amitié pour Lily. Tu la trouvais étouffante avec elle, tu te souviens ? Elle était abusivement possessive, disais-tu.

C'était une observation très précise, et j'en ai été choquée. Après cela, je ne pouvais plus la regarder de la même façon.

Il se représenta Jane Sandoval dix ans plus tôt, et maintenant. Elle avait toujours été différente. Renfermée, et rancunière à un point maladif. D'après leur bref échange au ranch, il ne pensait pas qu'elle ait beaucoup changé avec les années, même si, à l'évidence, elle avait réussi dans sa vie professionnelle. Une vérification de sa fiche avait montré une rapide ascension dans une société de communication d'Austin. Pendant un moment, Dylan l'avait considérée comme suspecte potentielle dans les actes de malveillance à l'encontre de Tony, mais une enquête poussée de Blackthorn SA n'avait révélé aucune implication ni aucun lien avec Redding Technologies et la fusion future.

À la lumière de ce qu'Ava venait de lui dire, cependant, Dylan décida que le cas Jane Sandoval méritait un examen plus approfondi. À tout le moins, garder un œil sur elle n'était peut-être pas un gaspillage de temps.

Ava avait raison, songea-t-il. Les coups de fil de menaces, l'intrusion chez Blair, et plus spécifiquement la poupée cassée déposée sur son lit n'avaient rien à voir avec un conflit d'entreprises, et tout avec une vieille rancœur personnelle.

Peut-être quelqu'un essayait-il de faire un tapage délibéré.

Il se passa une main sur le visage.

— Crois-tu possible que Jane ait nourri, toutes ces années, un quelconque ressentiment à cause du suicide de Lily ?

— Comme je te l'ai dit, je ne voulais pas aller jusque-là. Mais elle ne fait pas mystère de son mépris pour nous, et elle a tout de la personnalité obsessionnelle. Je me demande pourquoi je ne m'en étais pas aperçue avant. Tu l'as bien cernée. Je la croyais juste en manque d'attention. Mais je me suis souvenue de certaines choses troublantes… D'autres conversations…

Dylan la dévisagea.

— Mais encore ?

— Jane était sur le point de commencer un troisième cycle universitaire, à Austin. Et voilà qu'elle change d'avis au dernier moment et accepte un job en Californie. Peut-être n'y a-t-il rien de suspect dans cette décision, peut-être avait-elle juste besoin de changer d'air. Nous nous sommes tous dispersés cet été-là.

Fut-ce une note accusatrice qu'il perçut dans sa voix ? Soucieux de demeurer concentré, il préféra ne pas relever.

— Tu penses que ce soudain changement de cap cachait quelque chose ?

— Je l'ignore. Mais ce n'est que lorsqu'elle a été prête à partir, valises bouclées, qu'elle m'a parlé de cette offre d'emploi. C'était comme si elle ne pouvait pas attendre de fuir la ville. C'est moi qui l'ai conduite à l'aéroport. Ce jour-là, elle semblait rongée par les aspects les plus glauques des derniers moments de Lily. À qui et à quoi elle pensait, si elle avait eu mal, ce genre de choses. D'accord, il est naturel de ressasser une telle tragédie, de se demander ce qui aurait pu être fait autrement, et cetera. Moi aussi je suis passée par là après son suicide. Mais même alors, aussi bouleversées que nous ayons été l'une et l'autre, j'ai trouvé quelque chose de bizarre dans la fixation que faisait Jane.

— Tu n'en as jamais rien dit.

— Comment l'aurais-je pu ? Tu étais déjà parti. Et je n'ai rien dit aux autres parce que je pensais que Jane avait peut-être raison. Au fond, peut-être que ce que je voulais c'était balayer mes sentiments sous un tapis, pour reprendre ses termes, et poursuivre ma vie comme si de rien n'était. Mais si tu l'avais entendue, hier soir dans le patio, ce qu'elle disait de cet endroit et de nous tous… C'étaient les paroles d'une déséquilibrée.

— C'est un jugement très grave, Ava.

— Je sais, et je ne le porte pas à la légère. Des déséquilibrés, j'en ai vu, crois-moi. Des maniaques dangereux, et d'autres encore.

Dylan songea à tous ces articles de journaux qui vantaient l'implication totale d'Ava dans sa fonction de procureur, sa volonté inflexible, sa ferveur même, dans le traitement d'affaires judiciaires auxquelles personne d'autre ne voulait toucher.

— Dans ton métier, j'imagine que tu as dû voir un peu de tout, n'est-ce pas ?

Elle eut un haussement d'épaules imperceptible.

— Tu n'as pas idée. C'est la raison pour laquelle l'attitude de Jane, hier soir, a déclenché en moi une sirène d'alarme. Elle a évoqué la disparition d'une fille à Whispering Springs il y a quelques années. Sur la route depuis l'aéroport, Noah m'a raconté cette affaire. Il a dû lui en parler également. Un soir, la fille était allée se promener sur les chemins de randonnée, et on ne l'a jamais revue. Selon Jane, il lui est arrivé quelque chose de surnaturel.

Un mauvais pressentiment saisit Dylan alors qu'il observait le crépuscule. Il ne croyait pas au surnaturel. Il n'avait jamais vu la moindre preuve de l'existence de fantômes ou de créatures diaboliques. Mais il avait rencontré les ténèbres. Il avait vu le mal de ses propres yeux, dans les villages ravagés et le long des routes minées d'Afghanistan. Et même s'il attribuait cela à l'influence que le temps orageux et les doutes d'Ava avaient sur lui, il percevait en cet instant même l'imminence de quelque chose de sombre, de malveillant.

— Tu es sûre que Jane ne se moquait pas de toi ? Autrefois, c'était à celui qui raconterait l'histoire la plus extravagante.

Il essayait de présenter ses inquiétudes sous un jour plus acceptable.

— Je sais, répondit-elle. Et je suis sûre qu'elle ne cherchait qu'à me déstabiliser. Mais tu disais toi-même qu'elle avait toujours été difficile à saisir. Te souviens-tu seulement de la façon dont elle est entrée dans notre groupe ?

— J'ai toujours pensé que c'était toi qui l'avais amenée.

— Moi ? Non, c'était Lily. Ou alors Blair. Étrange, n'est-ce pas ? Que nous soyons incapables de nous rappeler comment elle est devenue l'une des nôtres. Un jour elle a été là, et personne ne s'est interrogé sur sa présence. En tout cas, si je sais une chose, c'est qu'il n'y a pas une once d'amour entre elle et Celeste.

— Celeste semble avoir le chic pour porter sur les nerfs des gens.

Ava se retourna, surprise.

— Pourquoi dis-tu cela ?

Il hésita un instant.

— Parce que moi aussi j'ai vu quelque chose.

La pluie se mit à tomber plus fort. Son tambourinement sur le toit faisait écho aux battements accélérés du cœur d'Ava. Dylan contemplait l'averse avec un froncement de sourcils soucieux, apparemment inconscient du regard insistant qu'elle posait sur lui.

Elle étudia ses traits tandis que les souvenirs remontaient à la surface. Drôle comme après toutes ces années il suscitait encore en elle un mélange de désir et de mélancolie.

— Qu'as-tu vu ? le pressa-t-elle.

Il lui adressa un regard gêné.

— Je vais y venir. Je veux d'abord te poser une question. Durant toutes ces années, as-tu gardé des contacts avec Celeste ? Sais-tu quelque chose de sa vie à La Nouvelle-Orléans ?

Ava fronça les sourcils.

— Pas vraiment. Les premiers temps, elle, Blair et moi passions volontiers des week-ends ensemble. Au début c'était chouette, mais petit à petit il devint évident que nous n'avions rien en commun. Les rencontres sont devenues pesantes, superficielles, et à la fin nous n'avons plus cherché à nous voir. Celeste a continué à passer un coup de fil ici ou là, mais ses appels se sont peu à peu espacés pour s'arrêter tout à fait.

Dylan demeura un moment silencieux, avant de demander, en détachant bien ses mots :

— Lui est-il arrivé de se confier à toi ?

— À quel propos ?

— Sa vie intime, ses soucis professionnels, que sais-je encore ?

Quelque chose, comme un avertissement, chatouilla la nuque d'Ava.

— Pourquoi ai-je le sentiment que tu vas à la pêche à une information précise ? Que cherches-tu à savoir au juste, Dylan ?

— Je dois me montrer prudent sur ce que je dis ici, répondit-il en baissant la voix. Il s'agit d'un sujet sensible, et je n'en ai pas encore parlé à Blair. Elle est toujours ma cliente.

— Je comprends que tu aies des obligations professionnelles envers elle. Comme je te l'ai dit hier soir, je respecte ton éthique et je comprends ton dilemme. Mais nous avons tous les deux le devoir de faire la lumière sur ce qui se passe avant que quelqu'un n'ait à en pâtir. Même si nous écartons ce que j'ai vu en haut du canyon, il reste la question de la poupée cassée sur le lit de Blair et les menaces à l'encontre de Tony. Si une entité néfaste a envahi Whispering Springs, nous devons surveiller mutuellement nos arrières. Nous sommes coupés du monde extérieur jusqu'à ce que l'eau baisse. S'il se produit un autre événement, nous ne pouvons pas compter sur la cavalerie. Nous ne sommes que toi et moi.

Il lui adressa un regard circonspect.

— Et les autres ?

— Je ne les connais plus, et je n'ai plus confiance en elles, répondit-elle sans détour.

— Tu ne me connais pas non plus. Dix ans, c'est long. Les gens changent.

Elle esquissa un sourire.

— Pas toi. Je ne te crois pas. Tu n'aurais pas risqué ta vie à descendre la paroi de ce canyon au beau milieu d'une averse d'orage si tu n'étais pas resté le Dylan Burkhart que je connaissais.

— N'en tire pas de conclusions hâtives. N'importe qui aurait fait la même chose.

Elle haussa une épaule.

— Peut-être, peut-être pas. Mais toi tu n'as pas hésité.

Elle posa la nuque sur le chambranle de la porte et l'observa avec attention. Il en parut déconcerté, et cela l'amusa.

— Tu as toujours été un boy-scout, dit-elle enfin.

Dylan réprima un sourire.

— Un boy-scout ? C'est ce que tu pensais de moi ?

— Avec un côté brut de brut, mais un boy-scout quand même. La seule différence, c'est que je te soupçonne d'être aujourd'hui l'inverse : un type brut de brut avec un côté boy-scout. Là où je veux en venir, c'est que par la force des choses je suis devenue un bon juge des caractères. Et mon intuition me pousse toujours à te faire confiance. Et crois-le ou non, tu peux me faire confiance également.

Il se massa le front comme s'il avait une soudaine migraine.

— Très bien, soupira-t-il. Mais tout ce que nous dirons restera entre nous.

— Cela va sans dire.

— Hier soir, Celeste a quitté sa chambre pour rejoindre Tony Redding dehors.

Ava se raidit, frappée de stupeur.

— Tony ? Tu es sûr ?

— Je les ai vus ensemble.

— Ensemble ?

— Pas dans le sens que tu crois. J'ai vu sa voiture à l'entrée de l'allée. Il s'était garé sur le côté de la route pour se dissimuler dans l'ombre. Quand Celeste est sortie de la maison, il a fait un appel de phares pour lui signaler sa présence. Puis ils se sont disputés.

— Disputés ? Comment cela, disputés ?

— Je n'ai pas entendu ce qu'ils se disaient, mais à un moment donné j'ai vu Tony sortir de sa voiture et lui agripper le bras. Celeste a tenté de le gifler et ils se sont bagarrés. Lorsque je suis arrivé, Tony était remonté dans sa voiture. Il a conduit jusqu'au ranch et Celeste l'a suivi à pied.

Ava prit un moment pour digérer l'information. Tony et Celeste. Depuis combien de temps cela durait-il ?

— Ils t'ont vu ? demanda-t-elle d'un ton anxieux.

— Non. Je suis resté dans l'ombre, moi aussi. Mais j'ai eu le sentiment que c'était tout sauf une rencontre par hasard. Il y a quelque chose entre ces deux-là.

— Une liaison ?

Il haussa les épaules.

— Ou une rupture. Tony n'a jamais été du genre à accepter un non comme réponse.

Ava s'appuya de nouveau au bâti de la porte et réfléchit aux implications de ce fait nouveau.

— Tout cela est bien sordide, n'est-ce pas ? Je crois que j'ai toujours été aveugle sur le côté incestueux de notre groupe. Ou peut-être pas, en fin de compte. Peut-être est-ce la raison pour laquelle je n'ai jamais pu accepter le couple que nous étions.

Quelque chose brilla dans le regard de Dylan, mais sa voix demeura très calme.

— Toi et moi n'avons rien fait de mal, Ava. Mais, sapristi, tu as fait tout ton possible pour que ça y ressemble !

Elle soupira.

— Je suppose que c'était plus facile de cette façon.

— Plus facile ? répéta-t-il d'un ton âpre.

— Oui, plus facile de rompre avec toi par culpabilité, plutôt que d'admettre au fond de moi que j'avais peur.

Il se figea.

— De moi ?

— Non, pas de toi. Enfin, pas physiquement. Ce qui se passait était si fort...

Elle s'interrompit, se demandant pourquoi elle se sentait obligée de s'expliquer après toutes ces années. Des couples se séparaient tous les jours. Des histoires d'amour se terminaient. Quelle importance tout cela pouvait-il encore avoir aujourd'hui ? Pourtant, les mots sortaient sans artifice de sa bouche, comme si la vérité pouvait la racheter aux yeux de Dylan. Elle refusa de s'attarder sur les raisons pour lesquelles son opinion comptait encore autant.

— Il n'y a pas d'hommes dans ma vie. Il n'y en a pas, c'est tout. Je crois qu'il manque quelque chose en moi.

Son silence sceptique en disait long. Il n'allait pas lui faciliter la tâche.

— Je sais que ça sonne un peu autocomplaisant, mais je ne suis pas capable de l'expliquer autrement. Mes parents viennent de fêter leur quarantième anniversaire de mariage. Mes grands-parents des deux côtés ne se sont jamais quittés. Ma sœur forme un couple heureux avec son mari. Mon frère est engagé dans une relation sérieuse. Et il y a moi. Dès que je commence à me rapprocher de quelqu'un, je fais marche arrière. Je romps les choses. Je tourne les talons et je m'enfuis.

Dylan fouilla son regard.

— Tu n'aurais pas pu me le dire ?

— Je crois qu'à l'époque je n'en avais même pas conscience. Il m'a fallu de nombreuses années de réflexion sur moi-même pour le comprendre. Non que ce soit aujourd'hui parfaitement clair dans ma tête. Mais j'ai pensé que tu devais savoir.

Elle posa cette fois sa joue contre le bois.

— Ça n'a jamais été à cause de toi, et un tout petit peu seulement à cause de Lily. Non, le problème était chez moi.

— Pourquoi me dis-tu tout cela maintenant ?

Il ne semblait pas en colère, juste vaguement contrarié.

Malgré elle, Ava se sentit découragée par sa réaction. Si elle n'avait su à quoi s'attendre, ce n'était certes pas à cette simple perplexité.

— Pour clarifier les choses, je suppose.

Il n'ajouta rien, et ils tournèrent en même temps la tête pour contempler la pluie. Le paysage avait un aspect lugubre, angoissant, et le ranch faisait penser à un sinistre avant-poste de zone de guerre.

Quel lieu solitaire, songea Ava en déambulant parmi ses souvenirs.

Dix ans avaient passé depuis la dernière fois où elle avait vu Dylan, et elle s'interrogeait encore sur la raison pour laquelle elle l'avait envoyé au diable. Un bref instant, une décision, et deux vies avaient été changées irrémédiablement. Jamais elle n'avait éprouvé de regrets aussi amers.

Sentant son regard sur elle, elle lui offrit un sourire contraint.

— Je n'avais pas l'intention de remuer ainsi notre passé. J'ai toujours eu un besoin maniaque de tout analyser, et je déteste les équations non résolues. Tout doit être clarifié, sérié, classé avant de pouvoir être rangé dans sa boîte. J'imagine que c'est la juriste en moi.

Dylan ne lui rendit pas son sourire.

— Ça vaut ce que ça vaut, mais j'ai compris assez vite que tu avais fait le bon choix.

Une douleur irraisonnée lui contracta la poitrine.

— Quoi ?

— J'étais très immature à l'époque. Tout m'avait toujours

été acquis trop facilement. Les études, le sport, Lily. J'avais besoin que quelqu'un me fasse un tacle bien vicieux.

— Dylan, tu as perdu tes deux parents à l'âge de quinze ans. Comment peux-tu parler de facilité ?

— J'ai été anéanti, c'est vrai. Mais j'ai eu une grand-mère formidable qui m'a pris en charge et aimé comme son fils. Je n'aurais pas pu rêver meilleur foyer. Je n'ai jamais eu besoin de rien, jusqu'à ta rencontre.

Une bouffée de colère saisit Ava.

— Je te fais un tacle vicieux, et toi tu files t'engager dans l'armée ?

— Ce n'était pas une fuite. La décision fut tout sauf irréfléchie. En réalité, j'y pensais depuis très longtemps.

— Tu ne me l'as jamais dit.

Il sourit enfin.

— Nous ne parlions pas beaucoup, en ce temps-là.

Et voilà. En un clin d'œil, la colère d'Ava retomba et l'impact de son sourire se propagea jusqu'à la pointe de ses orteils.

— Mais ça n'a plus d'importance aujourd'hui.

— En effet.

Elle leva son visage vers le ciel crépusculaire et, tout en observant la lueur lointaine d'un éclair, tenta de chasser un relent de tristesse.

— La vie peut être si étrange. Après toutes ces années, après avoir servi ton pays à l'autre bout du monde, tu débarques à Houston. Ma ville. Je n'arrive toujours pas à croire que nos chemins aient pu ne pas se croiser. Cela nous dit peut-être quelque chose.

— Que toi et moi, ça n'aurait jamais dû exister ? À ta place je ne croirais pas trop au destin. Depuis, nos chemins se sont croisés une fois. Deux, en fait.

Elle se retourna, surprise.

— Quand était-ce ?

— Environ un mois après mon arrivée à Houston. Je t'ai

vue dans un restaurant. Pendant deux secondes j'ai envisagé de venir te dire bonjour, puis j'ai changé d'avis. Je ne savais pas trop comment je serais accueilli. De plus, apparemment tu étais plongée dans une intense conversation, et je ne voulais pas te déranger. Quelques jours plus tard, j'ai roulé jusqu'à ton appartement.

— Comment savais-tu où j'habitais ?

— Dans mon métier, trouver une adresse est un jeu d'enfant.

— Apparemment. Waouh ! soupira-t-elle en secouant la tête d'un air incrédule. Je ne sais même pas quoi répondre.

— Ce n'est arrivé qu'une fois, précisa-t-il. Ne sois pas inquiète. Je ne te suis pas comme un pervers.

Elle éclata d'un rire doux.

— Je ne suis pas du tout inquiète. Pour être franche, si j'avais su que tu étais en ville, j'aurais sans doute fait la même chose avec toi. C'est dans la nature humaine d'être curieux.

— Merci pour ton indulgence.

Elle lui adressa un regard attendri.

— Ce n'est pas comme si je n'avais pas pensé à toi toutes ces années. Comme si je ne m'étais pas demandé où tu étais, ce que tu faisais. Si tu te souvenais encore de moi.

— Je te l'ai dit déjà. Je me souviens de tout.

Seigneur, il savait comment la troubler.

Elle ramena ses cheveux derrière l'oreille, surprise de découvrir autant de faiblesse dans ses doigts.

— Pourquoi es-tu venu frapper à ma chambre, Dylan ? Dis-moi la vérité.

— Je voulais m'assurer que tout allait bien.

— Et maintenant ?

— Je suis là comme un idiot à me poser les mêmes questions. Pourquoi y suis-je encore ? Pourquoi nous livrons-nous à cette danse.

— Tu ne le sais pas ?

Elle posa une main à la fois douce et hésitante sur son bras.

— Ce n'est pas une bonne idée, Ava.

Elle frissonna et ferma les yeux.

— J'ai toujours adoré ta façon de prononcer mon nom.

Levant sa main, elle glissa le dos de ses doigts repliés sur sa joue. Il la lui attrapa, et pendant un moment ils s'immobilisèrent, les yeux dans les yeux. Le pouls d'Ava s'emballa. Ses idées s'embrouillèrent, et elle peina à respirer. Comment ces dix années pouvaient-elles se volatiliser ainsi ? Le temps d'un battement de cœur, elle était de nouveau à la fac, de nouveau amoureuse, de nouveau dans les bras de Dylan Burkhart.

— Ava…

Un murmure. Un avertissement.

— Tout va bien.

— Je suis sûr que tu ne veux pas vraiment faire cela…

Son regard brillait dans la pénombre grisâtre.

— En dehors des pièges évidents, les parties de sexe entre anciens potes sont affreusement convenues, ajouta-t-il.

— Peut-être le mot « convenues » signifie-t-il simplement : sans complications ?

Il leva les yeux vers le ciel.

— Toi, moi, le sexe. Ça rime avec compliqué, objecta-t-il.

— Ça n'a pas besoin de l'être, répliqua-t-elle comme pour elle-même, afin d'accepter sa réticence et de changer de sujet.

Mais c'était plus fort qu'elle. Elle avait une folle envie de lui. Peut-être était-ce l'isolement du ranch ou son expérience éprouvante dans le canyon qui lui donnait ce besoin féroce de s'affirmer et d'être en compagnie d'un être humain. Ou peut-être cela faisait-il trop longtemps qu'elle n'avait pas été en contact avec un homme qui l'intrigue vraiment. Un homme qui, d'un regard ou d'un sourire, avait la capacité de lui enflammer les sens — ou était-ce sa manière particulière de prononcer son nom.

— Nous sommes tous les deux adultes, Dylan. Quel mal y a-t-il, tant que nous avons conscience que ce n'est que l'affaire d'un soir ?

Il eut un sourire amusé.

— L'affaire d'un soir. Tu me prends vraiment pour ce genre de type ? Je suis un boy-scout, tu te souviens ?

— Avec un côté brut de brut. Ne l'oublie pas.

Son sourire retomba. Il glissa un bras autour de sa taille et l'attira à lui.

— Ça fait longtemps, Ava.

— Tu crois que je ne le sais pas ?

Elle mourait d'envie de se fondre en lui. Au lieu de cela, elle plaqua les mains sur son torse, élevant ainsi un mur entre eux tout en l'adjurant de capituler.

— Je n'espérais rien de particulier en venant dans ta chambre, se sentit-il obligé d'ajouter.

— Je sais. Moi non plus je n'espérais rien de particulier en venant à Whispering Springs. Pourtant nous sommes là.

Elle se hissa sur la pointe des pieds et leva son visage vers le sien. Dylan plongea les doigts dans ses cheveux, avant de s'emparer de sa bouche. Délicatement, d'abord, puis avec une ardeur croissante tandis qu'elle le tirait en arrière, vers le lit.

— Juste comme ça ? murmura-t-il contre ses lèvres.

— Juste comme ça.

Elle tomba sur les oreillers, l'entraînant avec elle.

Il se souleva pour ne pas l'écraser.

— Tu n'es que plaies et bosses. Je ne veux pas te faire mal.

— C'est moi que ça regarde si j'ai mal, rétorqua-t-elle. Contente-toi d'ôter ton T-shirt.

Il se débarrassa d'abord de son arme, qu'il déposa sur le meuble de chevet. Puis il fit passer le T-shirt par-dessus sa tête et le jeta de côté. Ava déploya ses mains sur son torse nu et, l'œil admiratif, fit courir ses doigts sur les muscles durs de ses épaules et de ses bras.

Sa gorge se crispa.

— Comment fais-tu ? demanda-t-elle.

— Comment je fais quoi ?

— Pour être ainsi.

Elle traça du doigt le dessin de ses abdominaux.

— Ça ne paraît même pas réel. Personne ne devrait être aussi parfait.

— À t'entendre, ce n'est pas une bonne chose.

— Alors c'est que tu ne t'es pas regardé dans le miroir récemment.

— Enlève ton peignoir.

Elle le serra davantage sur elle.

— Pas question. Je suis trop intimidée, maintenant.

— Tu n'as jamais été intimidée, répliqua-t-il.

Il dénoua la ceinture, puis écarta les pans de tissu-éponge et admira chaque centimètre carré de son corps nu, l'œil lascif.

Tout en l'embrassant de nouveau avec ferveur, il se positionna à côté d'elle et enveloppa de sa main chaque sein, l'un après l'autre. Il la glissa ensuite sur son ventre et la nicha entre ses cuisses, jusqu'à ce qu'elle sente son pouls s'accélérer et ses joues lui chauffer.

— À présent ton jean, murmura-t-elle en plaquant la main sur la fermeture Éclair.

— J'avais oublié comme tu peux être directive, observa-t-il d'un ton espiègle.

Il se leva pour se débarrasser du reste de ses vêtements.

Elle se dressa sur un coude afin de ne rien perdre du spectacle.

— Je sais ce qui me plaît.

— Et ça te plaît de me regarder, hein ?

— Absolument.

Regagnant le lit, il plaça une jambe en travers de son bassin et l'attira contre lui.

— Donc, nous le faisons vraiment, déclara-t-il.

— Oui, nous le faisons vraiment.

— Ava...

Elle posa un doigt sur ses lèvres.

— Plus un mot.

— Tes désirs sont des ordres.

Il se remit à l'embrasser, encore et encore. Avec douceur et doigté, il lui écarta les jambes et entreprit de taquiner son sexe de ses doigts, puis de sa langue, jusqu'à ce qu'ils soient prêts tous les deux.

— Dans le meuble de chevet, indiqua-t-elle avec un soupir. Gracieuse attention de la direction.

— Comme c'est gentil.

— Et un brin optimiste, ajouta-t-elle avec perfidie.

Elle s'allongea sur lui, l'embrassa, l'excita par ses caresses. Tout était simple et ludique. Jusqu'à ce que Dylan la bascule sur le dos et la couve longuement de son regard bleu, ses iris assombris par le désir. Les souvenirs se remirent à bouillonner au fond d'elle, et elle se remémora le passé, leur première fois, la profondeur de leur amour. Et la façon dont tout était parti de travers.

Il y avait si longtemps, se souvint-elle. Les choses ne devaient pas se passer ainsi. Ils étaient plus âgés, plus réfléchis, plus mûrs — du moins l'espérait-elle. Le sexe ne devait pas constituer un problème. C'était juste pour cette fois. Cette seule et unique fois...

Elle plongea les doigts dans ses cheveux, cambra les reins pour aller à sa rencontre, puis l'emprisonna entre ses jambes, le serrant si fort qu'il n'y eut plus le moindre espace entre leurs deux corps.

Et ils firent l'amour sans retenue, aussi loin que leur permettait la puissance souveraine de leur désir.

Une éternité plus tard ils reprenaient leur souffle, épuisés et repus, tout tremblants de bonheur et de volupté.

8

La joue posée sur l'épaule de Dylan, Ava écouta la pluie tomber. Le tambourinement sur les vitres n'était plus lugubre, mais apaisant. Le malaise qu'elle avait éprouvé plus tôt finirait par revenir, mais pour le moment elle se sentait paresseuse et comblée, sans autre ambition que de se blottir sous les couvertures avec un vieil amant.

— Il tombe toujours des cordes, murmura-t-elle.

Il resserra son bras sur elle.

— Tout ira bien, répondit-il. Mais il faut que je me lève pour faire un autre tour d'inspection de la propriété. J'ai toujours un travail à accomplir.

— Donne-moi une minute et je viens avec toi. Je me sens trop bien pour bouger, là tout de suite.

Il posa un baiser sur ses cheveux.

— Non, reste ici. Je vais faire ma ronde.

— Nous sommes censés surveiller mutuellement nos arrières, tu as oublié ? J'étais sérieuse sur ce point.

— Je sais. Mais nous n'avons pas besoin de sortir tous les deux par ce temps. Quelqu'un doit garder un œil sur l'intérieur de la maison.

De l'ongle de son index, Ava dessina des cercles sur sa poitrine.

— Que font les autres d'après toi ?

— Ils se tiennent à l'écart des problèmes, j'espère. Je

compte sur la pluie pour garder tout le monde dans la maison jusqu'à demain.

— Il n'y a personne en dehors de notre groupe. Blair a dit que le personnel était parti dès le début de l'averse.

— Ce dont j'ai peur, c'est que quelqu'un soit arrivé avant que les routes ne soient inondées, et se retrouve enfermé ici avec nous.

— Raison de plus pour ne pas nous séparer, dit Ava en quittant le creux de son bras.

Elle roula sur le dos, en proie à un regain d'inquiétude.

— Pourquoi Tony est-il parti aussi brusquement d'après toi ? Qu'y a-t-il eu de si urgent pour qu'il laisse Blair ici après tout ce qui s'est passé ? Tu crois qu'elle lui a dit, pour la poupée ?

Il glissa les mains sous sa nuque et fixa le plafond.

— Nous en parlerons plus tard, d'accord ? Blair est toujours ma cliente. Je dois discuter de certaines choses avec elle avant de pouvoir aborder cette question avec toi.

— Tu n'avais pas de problème de confidentialité tout à l'heure.

— Ava.

— OK. J'ai compris.

Elle s'efforça de ne pas le prendre mal. Elle connaissait bien ses devoirs et ses prérogatives. À la place de Dylan, elle se serait montrée aussi prudente et tatillonne. Mais cette petite distance qu'il avait créée la blessait un peu, ce qui était absurde. N'était-ce pas ce qu'elle voulait ? Ni lien ni complication. L'affaire d'un soir. Normalement c'était elle qui dressait des barrières au moment de rassembler ses vêtements et de se diriger vers la porte. Que Dylan lui administre sa propre médecine lui servirait de leçon, supposa-t-elle.

— Puis-je dire une dernière chose ?

Il lui adressa un regard prudent.

— Je t'écoute.

Elle glissa sa main sur la sienne et la serra.

— Je n'oublierai pas ce que tu as fait aujourd'hui, les risques que tu as pris. Tu aurais pu te tuer en essayant de sauver ma vie.

— Mais je ne suis pas mort. Nous sommes tous les deux sains et saufs. Enfin, à peu près, précisa-t-il en louchant sur ses bleus et ses égratignures. Tu aurais fait la même chose pour moi.

— J'aurais sans doute essayé. Mais nous savons l'un comme l'autre que je n'aurais jamais pu descendre cette paroi abrupte.

— Dans ce cas tu aurais trouvé un autre moyen. Te souviens-tu de ce que tu as fait lorsque tu m'as vu dévisser ce jour-là ? Tu étais à mi-hauteur de Bishop's Rock quand j'ai pu te faire le signal que tout allait bien.

— À mi-hauteur est très exagéré, et si j'ai bonne mémoire, tu as eu le plus grand mal à me descendre de là. Ne compare pas ce qui n'est pas comparable. Il n'y a qu'un héros dans cette pièce.

Il la considéra d'un air renfrogné.

— Je ne suis pas un héros.

— Army Ranger, trois engagements successifs, la Silver Star ? Dans mon livre de référence, c'est aussi héroïque qu'il est possible de l'être.

Elle sourit de nouveau devant sa gêne.

— Blair m'a instruite de tes états de service. Dire que tu as passé un moment à l'armée ne rend pas justice à ton sens du sacrifice. À côté de toi, on passe tous pour des petits-bourgeois frileux.

— C'est faux. Il y a plus d'une façon de servir son pays. Ce que tu fais, par exemple, est important.

— Peut-être. Avant je le croyais.

Elle s'interrompit et tripota les draps d'un air pensif.

— Sais-tu pourquoi je suis venue à ces retrouvailles ? J'ai

dû quitter Houston parce que j'avais piqué une crise en plein prétoire. Je me suis rabaissée professionnellement tout en fichant la honte à mon patron. Il a menacé de me suspendre si je ne me faisais pas oublier pendant une semaine. Et je suis venue ici parce que j'avais peur de ce que j'allais faire si je restais en ville. Comme Blair avait déjà pris toutes les dispositions, j'ai choisi la solution de facilité.

Dylan se retourna.

— C'est une confession, ou tu veux en venir à quelque chose ?

— En toute franchise, je n'en sais rien. Peut-être ai-je juste besoin d'une oreille compréhensive. À moins que je ne découvre seulement maintenant que choisir la solution de facilité est ma façon d'être depuis très longtemps.

Il demeura un moment silencieux.

— Tu sembles croire que tu me dois une explication. Ce n'est pas le cas. Le passé est le passé. Comme tu l'as dit plus tôt, rien de tout cela ne devrait être compliqué.

— C'est ce que j'ai dit, en effet.

Il bascula sur le flanc, glissa ses doigts dans ses cheveux et baissa les yeux sur elle.

— Peut-être faut-il que tu acceptes que certaines choses ne puissent jamais rentrer dans tes jolies boîtes bien rangées. La vie ne fonctionne pas ainsi.

— C'est une réalité que je commence aussi à comprendre.

Il l'embrassa, la serra un moment dans ses bras, puis s'écarta.

— Il faut que j'y aille, annonça-t-il.

— Je sais. Fais ce que tu dois faire.

Jetant les jambes hors du lit, il se baissa pour ramasser ses vêtements. Lorsqu'il ressortit de la salle de bains, quelques instants plus tard, Ava était habillée et se tenait devant les portes ouvertes du balcon et contemplait la pluie. Il était encore tôt, mais le ciel s'était assombri et une nuit brumeuse s'installait. Sans la lune ni les étoiles, le paysage avait quelque chose de sinistre et menaçant. Elle arrivait à peine à distinguer la silhouette de Bishop's Rock, et rien de ce qui était plus petit. Si un simple mortel se déplaçait dans le parc détrempé, l'obscurité le rendrait invisible.

Emmitouflée dans son cardigan, elle serra les bras sur sa taille et se retourna vers Dylan.

— Ça va ? demanda-t-il en s'asseyant sur le bord du lit pour enfiler ses chaussures.

— Bien sûr. Pourquoi cette question ?

— Cela fait une éternité que tu es absorbée par ce qui se passe dehors.

— Je réfléchissais. Nous ne sommes pas obligés d'en parler maintenant, mais je pensais vraiment ce que je disais tout à l'heure. Il faut que nous sachions ce qui se passe ici avant qu'un drame ne se produise. J'ai une très mauvaise intuition, Dylan. Quelque chose se prépare dont nous ignorons tout. Appelle cela de la paranoïa, un excès d'imagination, mais j'ai appris à écouter mon instinct.

— Je suis d'accord. Mais il nous faut être discrets. Évitons de provoquer une panique inutile chez les autres ou de mettre la puce à l'oreille du suspect.

Il s'empara de son arme sur le meuble de chevet et la glissa sous sa ceinture, dans son dos.

— Garde les yeux et les oreilles ouverts, mais limite les questions au minimum, OK ?

— Contrairement à mon récent grillage de fusible, je sais être subtile quand la situation l'exige.

— Je ne voulais pas t'offenser.

— Tu ne l'as pas fait. Et j'ai bien compris le message. Nous devons nous montrer prudents.

— Dans tout ce que nous faisons. Tourne le verrou derrière toi quand tu es ici, et veille à ce que les portes du balcon soient fermées à double tour quand tu sors.

Elle frissonna à la gravité de son ton.

— Maintenant tu me fais peur.

— Parfait. Je veux que tu aies peur. Tu seras plus encline à être sur tes gardes.

— Sois vigilant, toi aussi, dit-elle. Euh, Dylan...

Ce qu'elle allait dire resta bloqué dans sa gorge tandis qu'un cri leur parvenait à travers les murs. Ils échangèrent un bref regard, puis Dylan fonça vers la porte.

— Attends ici, lança-t-il par-dessus son épaule.

Mais elle était déjà sur ses talons.

La porte d'en face s'ouvrit, et Blair apparut, l'air d'une personne que l'on vient d'arracher au sommeil : les yeux bouffis et les vêtements fripés. Ramenant en arrière ses cheveux défaits, elle cligna des yeux comme si elle ne les voyait pas bien net.

— Je faisais une sieste, expliqua-t-elle, et quelque chose m'a réveillée. Ça ressemblait à un cri... Ai-je rêvé ?

— Non, tu n'as pas rêvé, dit Ava. Nous l'avons entendu, nous aussi.

— Reste dans ta chambre et verrouille ta porte, Blair, ordonna Dylan.

Mais elle lui avait déjà emboîté le pas.

Ava la considéra avec inquiétude.

— Est-ce que ça va ?

— Je suis juste un peu groggy.

Elle se secoua comme pour recouvrer sa clarté d'esprit, mais elle semblait si égarée qu'Ava se demanda si elle n'avait pas pris quelque chose.

— Que s'est-il passé ? s'enquit-elle en passant une main sur ses yeux endormis.

— Nous l'ignorons encore, répondit Ava. Peut-être devrais-tu rentrer dans ta chambre.

Dylan leur lança un regard qui semblait dire : « Cessez donc votre bavardage. »

Blair glissa son bras sous celui de son amie et frissonna.

— Seigneur, mais que se passe-t-il dans ce ranch ? Ce n'est pas du tout la semaine que j'avais prévue.

— Je sais. Reste auprès de nous, OK ?

Alors qu'ils arrivaient au bout du couloir, la porte de Celeste s'ouvrit à son tour, et elle pointa la tête hors de sa chambre. Par contraste avec l'aspect avachi de Blair, elle semblait vibrer d'énergie.

— Qu'y a-t-il ? Que se passe-t-il ?

— C'est ce que nous essayons de savoir, répondit Dylan d'une voix sourde. Allons, mesdames, regagnez vos chambres et verrouillez vos portes. Je vous préviendrai quand vous pourrez sortir en toute sécurité.

— Pour être les seuls à vous amuser ? S'il te plaît. C'est le premier moment un peu excitant de la journée. Abstraction faite, bien sûr, de la mésaventure d'Ava.

Elle referma sa porte derrière elle et s'avança dans le couloir. Remarquant la chemise ouverte de Dylan et les pieds nus d'Ava, elle haussa très légèrement un sourcil à l'adresse de celle-ci. Puis elle se tourna de nouveau vers Dylan.

— On aurait dit que ça venait de la chambre de Jane.

— C'est aussi mon avis, approuva Blair en agrippant le bras d'Ava. J'espère qu'il ne lui est rien arrivé. Que devons-nous faire ? Appeler en bas pour avoir une clé ?

— Dylan pourrait défoncer la porte d'un coup de pied, suggéra Celeste, à qui cette idée semblait beaucoup plaire.

— Calmez-vous, tout le monde ! s'agaça Dylan. Pourquoi ne frapperais-je pas d'abord ?

Il traversa le couloir et donna trois coups secs.

— Jane ? C'est Dylan Burkhart. Est-ce que tout va bien ?

Il y eut un moment de silence, auquel succéda une bordée de jurons, puis la porte s'ouvrit à la volée et Jane franchit le seuil, l'œil incendiaire. Ses cheveux coupés façon « pixie » étaient mouillés, et des taches rouges coloraient ses joues habituellement pâles. Elle serrait les poings comme si elle se retenait de frapper un mur. Ou quelqu'un.

— Jane ? s'inquiéta Ava. Tu vas bien ?

— Est-ce que j'ai l'air d'aller bien ?

— Tu as l'air sur le point d'exploser, observa Celeste d'un ton non dépourvu d'un certain sarcasme.

— Je sors prendre un peu l'air, et je reviens pour trouver *ça* ! dit Jane en tournant les yeux vers l'intérieur de sa chambre.

— Ça quoi ? s'enquit Dylan ? Qu'est-il arrivé ?

Elle bloqua l'entrée et fusilla Celeste du regard.

— Demande-lui.

Celeste fronça les sourcils.

— Me demander quoi ?

Les jointures de Jane blanchirent, révélatrices de son état d'extrême tension.

— C'est toi qui as fait cela, Celeste. Ne te fatigue même pas à nier. Je n'ai dit à personne que je sortais, mais ta chambre est juste en face de la mienne. Tu as dû m'entendre.

Celeste regarda autour d'elle, la mine candide.

— Je suis désolée. Quelqu'un a-t-il une idée de ce dont elle veut parler ?

— Cesse de mentir ! s'écria Jane en se précipitant dans le couloir.

Dylan eut juste le temps de s'interposer entre les deux femmes.

— Au nom du ciel, Jane, calme-toi ! s'offusqua Celeste en lissant sa manche comme une paonne ses plumes.

Jane parut se radoucir, mais ses yeux lançaient des éclairs à travers le couloir.

— Dis-nous ce qui s'est passé, Jane, demanda Dylan d'une voix calme, apaisante.

— Elle est venue dans ma chambre pendant que j'étais

sortie. Je sais que c'est elle parce que j'ai senti son parfum écœurant à la seconde où j'ai ouvert la porte.

— Oh ! Seigneur, je ne porte même pas de parfum, répliqua Celeste en présentant son poignet. Tu peux vérifier.

Jane se rembrunit.

— Tu as dû prendre une douche et te changer depuis.

— Bon, d'accord. Je me suis aspergée de parfum *avant* de venir dans ta chambre, ironisa Celeste, avant de pencher la tête d'un air faussement perplexe. Maintenant j'aimerais savoir *pourquoi* j'y serais entrée. Et de quelle manière.

— Je n'avais pas verrouillé la porte. Il t'a suffi de tourner le bouton, c'est aussi simple que ça.

— Tu nages en plein délire, objecta Celeste avec un geste méprisant de la main.

— Stop ! intervint Dylan, le regard menaçant. Cessez cette dispute, toutes les deux, afin que nous puissions savoir de quoi il retourne.

Ava s'avança vers elles.

— Il a raison. Respirons un grand coup et calmons-nous, conseilla-t-elle. Jane, explique-nous ce qui s'est passé. Qu'est-ce qui t'a mise dans un tel état ?

Elle écarta ses cheveux humides de son visage.

— Comme si vous vous souciiez de ce qui peut m'arriver.

Appuyée au mur, Celeste leva les yeux au ciel.

— Bien sûr que nous nous en soucions, assura Ava. Dis-nous juste ce qui s'est passé.

Jane s'écarta et les invita à entrer dans la chambre.

— Le mieux est que chacun voie de ses propres yeux, dit-elle.

— Enfin, marmonna Celeste.

Dylan prit la tête dans le petit couloir. Ava le suivit. Il eut beau n'afficher aucune réaction particulière au spectacle qui les attendait, elle perçut sa tension une fraction de seconde avant de découvrir elle-même la poupée déposée sur le lit impeccablement fait de Jane.

Comme pour celle déposée dans la chambre de Blair, les membres avaient été mutilés, et le cou tordu pour que la tête soit tournée vers la porte. La lumière se reflétait dans les yeux de verre, créant une saisissante impression de vie. La poupée semblait les fixer.

Un doigt glacé courut le long de l'échine d'Ava. Elle voulut s'arracher à la vue de ce regard obscène, mais elle avait trop de détails à enregistrer. Cette poupée n'était pas un objet de collection, mais un modèle ordinaire que l'on trouve dans n'importe quel supermarché. Les habits étaient maculés de boue, et les cheveux noirs tout mouillés étaient grossièrement coupés afin de ressembler à ceux de Jane. Cela seul fit tiquer Ava, mais ce n'était pas la seule différence. Une entaille rouge avait été pratiquée d'une oreille à l'autre dans le cou de plastique.

Elle ravala son souffle, choquée, et se rappela qu'une poupée saccagée n'était pas ce qu'elle avait vu de pire dans sa vie. Certes, dans son métier elle avait vu les spectacles les plus atroces. En soi, un jouet estropié n'était rien du tout. Pourtant, elle ne pouvait se défaire du sentiment que quelque chose de vraiment malveillant avait envahi Whispering Springs. Pour l'avoir déjà éprouvée à la prison du comté et au tribunal, elle connaissait trop bien cette sensation. Oui, c'était la même. Une sorte de pressentiment maléfique qui se collait à elle tel un résidu huileux.

Elle se secoua intérieurement. *Ressaisis-toi*, s'enjoignit-elle. *Ce n'est qu'une poupée.*

Mais cette nouvelle découverte changeait tout. La copie modèle réduit de Jane pouvait passer pour une manœuvre d'intimidation à l'adresse de Tony. Mais pour des raisons qui lui échappaient, leur groupe était pris pour cible par une entité extrêmement maléfique.

Ava se frotta les bras pour évacuer la sensation de froid qui les avait gagnés. La menace venait-elle de l'intérieur, ou de l'extérieur ? D'une personne bloquée ici par les inondations, comme Dylan l'avait suggéré ? Elle visualisa les dépendances, le dortoir du personnel et tous ces chalets vides du côté de la rivière. La propriété était immense, et regorgeait de cachettes possibles. Quelqu'un pouvait s'y terrer pendant des jours sans être découvert.

Alors qu'elle croisait le regard de Dylan, il hocha discrètement la tête pour lui signifier qu'il pensait la même chose. Puis ses yeux se plissèrent, comme pour lui enjoindre de ne pas trop parler.

Les autres étaient entrées dans la pièce derrière eux. Ava étudia chaque visage, notant l'expression ulcérée de Jane, la froide assurance de Celeste et la fébrilité inquiète de Blair. Ces trois femmes avaient un jour été ses plus proches amies, mais toutes lui étaient devenues des étrangères. Chacune pouvait avoir déposé cette poupée sur le lit de Jane, ou poussé le rocher qui l'avait piégée dans le flot en crue du canyon. Pourquoi avait-on fait une telle chose, elle l'ignorait encore, mais elle était bien placée pour savoir que la raison d'un méfait n'était parfois compréhensible que par son seul auteur.

Elle laissa son regard s'attarder sur ces visages, cherchant un quelconque indice de culpabilité, tout en se demandant si elle ne faisait pas l'objet de la même interrogation de la part des autres.

Bouche bée, les yeux écarquillés, Blair avait porté la main à sa gorge à la vue de la poupée. Elle voulut dire quelque chose, mais changea d'avis et se recroquevilla contre le mur. Jane s'avança vers le pied du lit, et Celeste s'assit sur le siège le plus proche.

Ava demeura aux côtés de Dylan, heureuse de sa présence impavide. Oubliant les trois femmes, elle se concentra sur son environnement et tâcha de faire appel à la même objectivité que lorsqu'elle se trouvait face à une scène de crime. Elle enregistra l'heure que marquait le réveil, la disposition du mobilier, la présence de l'ordinateur sur le bureau. Puis son regard accrocha les boots mouillées laissées dans un coin de la pièce.

Elle reporta son attention sur Jane.

— Tu as précisé que tu n'avais pas verrouillé ta porte en sortant, n'est-ce pas ? Dis-moi ce qui est arrivé à ton retour. Raconte-moi l'enchaînement des faits.

Jane haussa les épaules.

— Il n'y a pas grand-chose à raconter. J'étais trempée, alors je suis allée tout droit à la salle de bains. Là, je me suis déshabillée et j'ai pris une douche rapide. Ce n'est qu'en arrivant ici pour m'habiller que j'ai vu la poupée.

— Et tu as hurlé.

— Je l'ai d'abord vue dans le miroir. C'était si inattendu. J'ai réagi d'instinct.

Ava acquiesça.

— C'est compréhensible. Tu as dit que tu étais sortie pour prendre l'air. Combien de temps es-tu restée dehors ?

Jane dressa la tête, l'expression belliqueuse.

— Pourquoi toutes ces questions ? Pourquoi me traites-tu comme une suspecte ? C'est *moi* la victime, ici.

— Je cherche juste à rassembler des faits, Jane.

Celle-ci marqua un temps, comme si elle hésitait à lui répondre. Puis elle haussa les épaules.

— Je ne sais pas combien de temps je suis restée dehors. Je suis descendue à la rivière pour regarder l'eau, et j'ai perdu la notion du temps.

Ava n'en croyait pas ses oreilles.

— Tu es descendue là-bas sous cette pluie ? Après ce qui m'est arrivé ce matin ? Pourquoi as-tu fait cela ?

Jane parut aussitôt sur la défensive.

— Le fait que tu sois insouciante ne signifie pas que nous le sommes tous. Je ne pouvais pas rester enfermée dans la maison. Je devenais folle.

— Insouciante ou pas, là n'est pas la question, souligna Dylan. Tu ne devrais pas sortir par ce temps. Surtout de nuit, avec l'eau qui continue à monter.

Jane lui jeta un regard noir.

— Je suis claustrophobe. Il fallait que je sorte.

— Claustrophobe ? s'exclama Celeste. Je n'ai pas le souvenir que tu l'aies jamais été.

— Parce que tu ne sais rien de moi, répliqua Jane.

— Étonnant, de la bouche de quelqu'un qui affirme me connaître par cœur.

— Tu es si facile à deviner, ma pauvre fille.

Ava leva la main.

— Assez, toutes les deux ! S'il vous plaît. Ce n'est pas en nous disputant que nous allons faire avancer les choses.

— Je ne comprends pas, dit Blair d'une voix tremblante. Dylan, tu avais dit que la poupée cassée n'était qu'un moyen pour les concurrents de Tony de se servir de moi pour l'atteindre.

— Quoi ? s'étonna Celeste. Quand a-t-il dit cela ?

Dylan fit mine de l'ignorer.

— J'ai dit que c'était une possibilité. À ce moment-là, ça m'a paru une conclusion logique.

Blair lui lança un regard chargé de reproche.

— Mais j'avais raison, n'est-ce pas ? Ça n'a rien à voir avec cette fusion d'entreprises. C'est nous que ça concerne.

— Attends un peu, dit Celeste en se levant de son siège pour s'approcher du lit. De quoi parlez-vous ? Que vient faire Tony dans ce qui se passe ici ? Et pourquoi est-il parti comme ça, sans prévenir ? Dis-nous ce qui se passe, Blair. Nous avons le droit de savoir.

Blair consulta aussitôt Dylan du regard.

— Elle a raison. Nous ne pouvons pas les laisser dans l'ignorance. Chacun doit savoir, afin de prendre ses précautions...

— « Précautions » ? s'écria Celeste. Mais que se passe-t-il, pour l'amour du ciel ?

— Calme-toi, l'adjura Dylan. Il n'y a aucune raison de paniquer ?

— Comment puis-je me calmer avec cette chose qui me regarde ?

Elle détourna ses yeux de la poupée.

— Quelqu'un peut-il jeter une couverture sur cette horrible marionnette ?

— Non, personne ne doit y toucher ! intervint Ava. Il faut la placer dans un sachet et la mettre avec l'autre. La police y trouvera peut-être des empreintes.

Les yeux de Celeste s'arrondirent.

— « L'autre » ?

— Oui, répondit Blair d'une voix blanche. J'en ai trouvé une également dans ma chambre.

— Quand ? Pourquoi n'as-tu rien dit ?

Jane, qui était restée silencieuse depuis un moment, fit un pas vers Ava.

— Pourquoi penses-tu que c'est l'affaire de la police ? Ce n'est qu'une blague sordide, non ? Rien n'a été volé. Aucun crime, véritablement, n'a été commis.

— Ce n'est pas tout à fait vrai, répondit-elle en tournant les yeux vers Blair. Il est arrivé des choses dont tu ignores tout.

— À l'évidence, marmonna Celeste.

Blair prit une profonde inspiration.

— Il y a deux semaines, Tony a commencé à recevoir des menaces téléphoniques au travail. Quelques jours plus tard, un inconnu s'est introduit dans notre maison et a inscrit un message sur le miroir de la salle de bains. Nous avons pensé que ces incidents étaient liés à un projet d'affaires dans lequel mon mari s'était engagé, mais voilà qu'hier soir j'ai trouvé une poupée dans ma chambre, ici au ranch.

Celeste tomba assise sur le bord du lit comme si ses genoux s'étaient soudain dérobés sous elle.

— Une menace contre Tony ?

— C'est ce que nous avons d'abord pensé. Mais à présent...

Blair haussa les épaules d'un air impuissant.

Jane reporta les yeux sur la poupée, puis afficha une expression circonspecte.

— À quoi ressemblait cette poupée ?

— Elle était en porcelaine, je crois. Comme ces modèles de collection que l'on peut voir sur les chaînes de télé-achat. Les yeux bleus, les cheveux blonds. D'après Dylan, elle était censée me ressembler.

— Une poupée de porcelaine, dis-tu ?

Blair hocha la tête.

— Les bras et les jambes étaient brisés comme si on l'avait laissée tomber d'un endroit élevé. Pour simuler un accident d'escalade, peut-être ?

— Et son cou ?

— Je...

Elle se tourna vers Dylan, comme si elle ne comprenait que maintenant la signification des questions de Jane.

— Il était tordu, dit-il. Comme pour celle-ci.

— Mais pas tranché.

— Non.

Celeste proféra un juron bien salé, et pointa le doigt alternativement sur Ava et lui.

— Vous étiez au courant tous les deux, n'est-ce pas ? Et ni l'un ni l'autre n'a jugé bon de nous en parler ?

— Ne leur jette pas la pierre, dit Blair. C'est moi qui les ai suppliés de se taire. Je ne voulais pas gâcher notre réunion.

— Gâcher notre réunion ?

Celeste la dévisagea d'un air incrédule.

— Tu n'avais pas le droit de ne pas nous informer !

Blair tendit les mains en un geste suppliant.

— Je sais. C'est pourquoi je vous le dis maintenant.

— Ce n'est pas suffisant. Tu aurais dû nous parler de ces menaces téléphoniques et de cette intrusion chez vous avant de tous nous faire venir à Whispering Springs. Maintenant nous sommes coincés dans ce trou perdu avec un malade qui dépose des poupées massacrées sur nos lits.

— Waouh, fit Jane. Impressionnant. Quelle belle manifestation d'indignation, Celeste ! Tu étais presque convaincante.

Celle-ci virevolta sur elle-même.

— Tu ne crois quand même pas que c'est moi qui ai fait ça !

Jane laissa échapper un petit rire sec.

— Oh ! allons. Blair a un modèle de collection en porcelaine, et moi un jouet en plastique bon marché. Tu n'as jamais brillé par ta subtilité, mais là, tu t'es surpassée. Cela étant, je comprends ton manque d'imagination. Pourquoi te fatiguer à nous rouler dans la farine quand tu m'as déjà menacée devant témoin ?

— Mais de quoi parles-tu ?

— Demande à Ava. Elle se trouvait là, sur la terrasse, avec nous. Elle t'a entendue elle aussi.

Ava grimaça. Être entraînée dans leurs chamailleries était la dernière chose qu'elle souhaitait, mais une accusation avait été lancée. Il était temps d'aplanir la situation avant qu'elle n'échappe à tout contrôle.

— Il ne s'agissait pas d'une menace de sa part, Jane. Elle voulait juste te rappeler ce qui peut arriver à un grimpeur trop sûr de lui.

— Elle ne l'a peut-être pas dit comme une menace, mais tu ne peux pas nier qu'elle me cherchait. Elle voulait me déstabiliser avant l'ascension de Bishop's Rock. Elle savait que c'était le seul moyen pour elle d'arriver la première au sommet.

— Seigneur, c'est d'un infantilisme affligeant, même pour toi, se moqua Celeste. Pour ton information, sache que je peux te battre les yeux fermés à Bishop's Rock. J'ai oublié plus de choses sur l'escalade que tu n'en connaîtras jamais.

— Nous verrons cela quand le temps se sera éclairci.

— C'est tout vu, Janie.

Celeste se tut un instant, avant de reprendre :

— Je voudrais te poser une question. Puisque tu es si convaincue que j'ai mis cette poupée dans ton lit pour te tourmenter, comment expliques-tu celle dans la chambre de Blair ? Quelle raison valable aurais-je eue de vouloir la tourmenter, elle ?

Jane eut un rictus mauvais.

— Tu veux vraiment que nous parlions de cela ?

Quelque chose de dangereux brilla une brève seconde dans les yeux de Celeste. Mais elle se leva et se dirigea vers la porte.

— Peu importe, lâcha-t-elle. Tu es une vraie timbrée.

— C'est toi qui me dis cela ? Toi qui as fait un séjour en psychiatrie ?

Celeste s'arrêta net, puis se retourna lentement.

— Je te demande pardon ?

Jane haussa le menton avec un air de défi.

— Tu m'as bien entendue. Je suis au courant du temps que tu as passé à l'hôpital de Cross Creek, et de ces petites pilules que tu devais prendre tous les jours. Lily m'a tout dit, *tout*.

Le visage de Celeste se mua en masque de pierre.

— Jamais elle ne t'aurait dit une chose aussi personnelle à mon sujet. Je crois plutôt que tu es allée fourrer ton nez dans ce qui ne te regardait pas.

— Oh si, elle me l'a dit. Et tu sais pourquoi ? Parce qu'elle avait peur de toi.

— Ne sois pas ridicule.

— C'est la vérité. Tu n'as jamais remarqué comme elle

t'évitait ? Elle avait toujours des cours à revoir quand tu voulais lui rendre visite, et d'autres projets quand tu voulais faire du shopping avec elle. Tous les prétextes étaient bons pour ne pas se retrouver seule avec toi.

Un mélange de confusion et de stupéfaction traversa le visage de Celeste. L'espace d'un instant, elle sembla prête à capituler, mais au lieu de cela elle redressa les épaules et la toisa d'un regard d'acier.

— Je soignais une dépression, espèce d'idiote. Une dépression provoquée par la digoxine que je prenais pour traiter une déficience cardiaque congénitale. Il a fallu un moment aux médecins pour ajuster la prescription. Non seulement Lily n'avait pas peur de moi, mais elle a été la seule d'entre vous à avoir cherché à m'aider.

Le regard passant de l'une à l'autre, Ava contempla, fascinée, la scène qui se déroulait sous ses yeux. Puis, sans savoir pourquoi elle chercha Blair des yeux. Réfugiée dans un coin, celle-ci se tenait à l'écart du groupe comme pour s'éloigner le plus possible de ce psychodrame déplaisant. Les bras croisés, la tête légèrement penchée, elle observait Celeste par-dessous ses longs cils. Tout, dans son expression et l'éclat de ses yeux, indiquait qu'elle jouissait du spectacle.

Ava tenta d'attirer l'attention de Dylan, mais il fixait les portes du balcon, de l'autre côté de la pièce, avec une telle intensité qu'elle en eut la chair de poule. Elle suivit son regard, anxieuse à l'idée que quelqu'un les observait peut-être depuis l'extérieur.

— Qu'y a-t-il ? demanda-t-elle à mi-voix.

Il inclina la tête.

— Tu vois ces traces sur le verre ? Leurs formes ne sont pas dues au hasard. Pas toutes, en tout cas. Si tu y prêtes bien attention, tu verras qu'elles forment des lettres.

— Des lettres ? s'étonna-t-elle en scrutant la porte.

— C'est écrit à l'extérieur, il faut donc lire de droite à gauche. C'est un message.

Avec le taux d'humidité élevé dû à la pluie et à la climatisation dans la chambre, les vitres s'étaient embuées, de sorte que les traces ressortaient avec netteté dans la nuit. Malgré cela, il fallut un moment à Ava pour relier les lettres entre elles.

Lorsqu'elle saisit enfin le message, son cœur se mit à battre à grands coups violents contre ses côtes.

Jouez au jeu.

9

— « Jouez au jeu. »

Jane lut le message à voix haute tandis que chacune contemplait la vitre, horrifiée.

Elle respirait en accéléré, comme si l'émotion était trop vive. Quelqu'un d'autre formula une remarque entre ses dents, et un silence sépulcral tomba dans la chambre.

Si la découverte de la poupée avait alimenté les suspicions et les accusations au sein du groupe, le message eut un effet unificateur. D'un même mouvement spontané, les femmes s'étaient regroupées comme pour faire bloc face à une menace extérieure.

Dylan ouvrit la porte. Son regard survola le balcon et le parc au-dessous, puis revint se poser sur les lettres. Elles avaient été tracées à l'aide de quelque chose de transparent et de cireux. Il en préleva sur son doigt et le renifla. Revenant dans la chambre, il se plaça devant la porte afin d'avoir l'ensemble de la pièce dans son champ de vision. D'un mouvement subtil, Ava s'écarta du groupe et contourna le lit pour le rejoindre.

Elle l'interrogea du regard. Il secoua la tête pour l'engager au silence. Serrant son cardigan sur elle, elle survola la pièce des yeux. Elle était choquée, il le sentait, mais cela ne l'empêchait pas d'afficher une expression déterminée, implacable, qui donnait une idée de ce qu'elle devait être dans un prétoire. Sa jeunesse et sa beauté travaillaient peut-être contre elle au début, mais ça ne durait pas. Il l'imaginait aisément. Elle devait se tenir un peu en retrait, observait, attendait, laissant son adversaire la sous-estimer, jusqu'à ce que le moment soit venu pour elle de la mise à mort.

Elle reporta son regard sur le trio, de l'autre côté de la chambre, comme pour inciter Dylan à bien étudier leurs visages. Ce qu'il fit.

Trois paires d'yeux les fixaient.

Ce fut Jane qui brisa le silence.

— « Jouez au jeu », répéta-t-elle d'un ton las.

— Tu l'as déjà dit ! la tança Celeste. Et puis nous savons lire ! Elle se renversa contre son dossier, les mains jointes sur ses cuisses comme pour les empêcher de trembler.

Blair toussota.

— Vous croyez qu'il faisait allusion à *notre* jeu ?

— À quoi d'autre ? répliqua aussitôt Celeste. Mais il n'y a pas de « il ».

Elle se tourna vers Jane.

— La personne qui a écrit ces mots se trouve dans cette pièce, déclara-t-elle. C'est forcé. Comment quelqu'un d'autre saurait-il ?

La trêve fragile qui s'était établie vola en éclats, tandis que Jane lui adressait un regard glacial.

— Si tu insinues que c'est moi qui ai écrit ce message et que j'ai moi-même posé cette poupée sur mon lit, c'est que tu es encore plus folle que je ne le pensais, et ce n'est pas peu dire !

— Tu te trompes aussi en pensant que personne d'autre ne savait, souligna Ava. Tu ne te souviens pas ? Nous invitions parfois certaines des filles à se joindre à nous dans l'appartement de Blair.

Celeste désigna la chambre d'un geste circulaire.

— Vois-tu l'une d'elles ici ?

— Et toi, Dylan ? demanda Jane en le considérant d'un œil acéré. Tu as dû être au courant, pour le jeu. Lily t'en aura parlé. Ou Ava, peut-être...

Son regard était chargé de sous-entendus.

— C'est la première fois que j'en entends parler, répondit-il, impassible.

Jane se tourna vers Blair.

— Et Tony ? Est-ce qu'il sait ?

Celeste leva les deux mains en un geste de dépit.

— Quelle importance ? Au cas où vous ne l'auriez pas remarqué, il n'est pas là non plus.

— Et si tu laissais Blair répondre ? la tança Jane.

Blair haussa les épaules.

— J'ai certainement dû lui en parler à un moment ou à un autre. Je n'ai pas de secrets pour mon mari.

— Tout le monde a ses secrets, marmonna Celeste.

— Tu es la mieux placée pour le savoir, observa Jane.

— Mesdames, mesdames, intervint Ava. Nous sommes toutes à cran et nous voulons toutes des réponses à nos questions, mais ces chicaneries incessantes ne nous mènent à rien. Et elles me donnent la migraine, ajouta-t-elle en se massant les tempes.

— Est-ce que tout va bien ? murmura Dylan à son côté.

— Oui. Je suis un peu à cran, c'est tout.

Ils se retournèrent tous les deux tandis qu'Ava ouvrait la porte pour étudier de plus près le message.

— Baume labial à la cerise, l'informa-t-il.

Elle haussa un sourcil.

— Ça ne manque pas de cohérence, je suppose. Sur le miroir de Blair, c'était du rouge à lèvres. Ce que je ne comprends pas, en revanche, c'est pourquoi l'avoir écrit à l'extérieur, cette fois ?

— Son auteur est peut-être reparti à la hâte par le balcon.

— Et le message aurait été une décision de dernière

minute ? Hum, j'en doute. Tout cela a été mûrement réfléchi. Simplement nous n'en connaissons encore ni le motif ni le sens. Comme s'il avait délibérément voulu le brouiller. Mais pourquoi ? S'il n'y avait pas eu cette buée, personne ne l'aurait remarqué dans la nuit. Et puis pourquoi se servir d'un baume transparent, plutôt que d'un rouge bien voyant ? Pourquoi même en rédiger un s'il n'était pas destiné à être vu ? Ça n'a pas de sens.

— Rien de tout cela n'a de sens, convint-il, avant de jeter un coup d'œil par-dessus son épaule. Je doute que notre oiseau se soit envolé en oubliant le bâton de baume derrière lui, mais on ne sait jamais. Je vais explorer les lieux. Vois si tu peux rassembler tout le monde en bas, Ava.

Elle fronça les sourcils.

— Tiens donc. Et je m'y prends comment ?

— Tu trouveras bien une idée.

— Qu'êtes-vous en train de comploter, tous les deux ?

Celeste était arrivée derrière eux.

— Rien, répondit Ava. Nous calculons juste notre prochain mouvement.

Sur un regard entendu à l'adresse de Dylan, elle se tourna vers le groupe, à présent toute professionnelle : épaules rigides, mâchoires serrées, posture déterminée. Pourtant, dans cet instant de connivence, dans ses paupières mi-closes et l'intimité de son regard, le souvenir vivace de ce qu'ils avaient partagé à peine une heure plus tôt revint le tirailler.

Il chassa ces pensées malvenues et reporta son attention sur la fenêtre, tout en écoutant la conversation derrière lui.

— Quel est-il exactement ? demanda Celeste.

Ava souleva les cheveux de sa nuque et les torsada pour se dégager le cou.

— Nous avons fait tout ce qui était possible. Ç'a été une longue journée. Pourquoi ne descendrions-nous pas prendre un verre et nous remettre les idées en place ? Par la même occasion, nous pourrions unir nos talents et préparer le dîner. Cela nous donnera quelque chose d'utile à quoi nous occuper. Ce n'est pas en nous chamaillant que la tension retombera.

Celeste bondit sur ses pieds.

— Je ne sais pas cuisiner, mais je prendrais volontiers un verre.

Jane se plaça près du lit, la mine butée.

— Attendez une minute ! grogna-t-elle. Ne devrions-nous pas parler de *cela* ? ajouta-t-elle, le doigt pointé vers le message.

— Que crois-tu que nous faisons depuis tout à l'heure ? lui lança Celeste en se dirigeant vers la porte.

— Nous pouvons étudier la question en bas de façon calme et civilisée, dit Ava. Dylan s'occupera de tout ici.

Elle se renfrogna encore plus.

— Comment cela, il s'occupera de tout ?

— Je me charge de la poupée et de l'inscription sur la fenêtre, confirma-t-il. Descends donc te détendre avec les autres.

Jane croisa les bras.

— On dirait que tu cherches à te débarrasser de nous. Ou pire, que tu veux tout balayer sous le tapis comme nous l'avons fait après le suicide de Lily.

Ces mots provoquèrent un silence tendu, peut-être parce que l'accusation portait sur un sujet encore très sensible. Après la mort de Lily, Dylan avait refusé de s'autoflageller à l'exemple d'Ava, même s'il éprouvait parfois, de temps en temps, une pointe de culpabilité. Combien de nuits n'était-il pas resté allongé sans trouver le sommeil, à se demander ce qu'il aurait pu faire autrement. Peut-être, s'il avait trouvé un moyen plus doux de terminer les choses… S'il avait davantage insisté pour qu'elle lui parle lorsqu'elle avait paru si bouleversée au téléphone... S'il lui avait prêté une épaule accueillante, une oreille attentive...

L'eau coulera toujours sous les ponts, se dit-il avec amertume. Lily était morte, et la vie avait continué. Du moins pour la plupart d'entre eux.

Il se tourna de nouveau vers ses compagnes. Peut-être était-ce son imagination, mais elles avaient toutes l'air coupables de quelque chose. Même Ava. Elle détourna les yeux tout en tirant sur les manches de son lainage.

— J'ai touché un point sensible, n'est-ce pas ? dit Jane dans un silence chargé d'électricité. Bien, bien. Je veux vous mettre mal à l'aise, vous obliger tous à réfléchir. Je ne quitterai pas cette pièce avant d'avoir vidé mon sac.

Ava soupira.

— Alors vas-y.

Jane promena lentement son regard autour d'elle, s'attardant sur chacun d'entre eux.

— Nous avons toujours abordé la question du suicide de Lily de façon très superficielle. Nous n'avons jamais pris la peine de creuser. Nous n'avons jamais exprimé aux autres nos véritables sentiments ni reconnu notre culpabilité. Car coupables, nous l'étions. Tous. Nous savions qu'elle traversait une mauvaise passe, mais nous n'avons rien fait pour l'aider.

— Parle pour toi, marmotta Celeste.

Jane l'ignora.

— Que faisait-elle sur le toit de cet hôtel, pour commencer ? Vous êtes-vous seulement posé la question ?

— Que tu sois obligée de le demander montre combien tu la connaissais peu, répliqua Celeste. Elle y montait tout le temps. Elle aimait regarder les lumières de là-haut.

— Ça n'explique pas pourquoi elle a sauté.

— Il n'y a pas eu de réponse satisfaisante il y a dix ans, et il n'y en aura pas plus maintenant, déclara Ava, évitant de croiser le regard de Dylan.

— Tu n'en sais rien, rétorqua Jane. C'est pourquoi nous devons jouer au jeu. C'est le seul moyen de tout révéler au grand jour.

— As-tu oublié ce qui s'est passé la dernière fois que nous y avons joué ? demanda Ava.

Dylan plissa les yeux, intrigué.

— Que s'est-il passé ?

— C'est une longue histoire, murmura-t-elle. Le moment n'est peut-être pas le mieux choisi pour en parler.

— Il est parfait, au contraire, objecta Jane en se tournant vers Dylan. C'était le soir précédant la mort de Lily. Des choses ont été dites qui ne pouvaient être rattrapées.

— Telles que ?

— Tout d'abord, des explications s'imposent.

Elle s'assit sur le bord du lit, savourant à l'évidence le fait d'occuper le centre de la scène.

— Nous l'avions appelé le Jeu des Secrets. Le but était de révéler des choses que tout le monde ignorait, sur soi ou sur quelqu'un d'autre. Ces secrets étaient écrits sur des morceaux de papier, qui étaient ensuite pliés et placés dans un récipient. Il fallait bien sûr que l'on ne puisse pas en deviner l'auteur, soit en modifiant notre écriture, soit en choisissant des papiers identiques aux autres. Cette opération durait ainsi toute la soirée. Après quelques heures, quand le récipient était plein, le jeu à proprement parler pouvait commencer.

— En quoi consistait-il ?

— On pêchait nos papiers un par un, comme à la loterie, et on lisait à voix haute ce qui était inscrit dessus.

— Un excellent moyen de créer des tensions, observa Dylan.

— La plupart du temps, il s'agissait de petites indiscrétions sans conséquence, expliqua Ava, un peu nerveuse. Une tricherie à un examen, une infidélité avec le petit ami d'une copine, ce genre de choses. Des trucs de lycée, en fait.

Des comportements qui se seraient corrigés d'eux-mêmes. Mais parfois, c'était un moyen de soulager sa conscience, comme au confessionnal. De vider de façon anonyme ce que l'on avait sur le cœur...

— Mais il y a eu escalade.

— Oui. Nous allions toujours plus loin. De plus en plus d'alcool, des révélations de plus en plus gênantes...

Elle hésita.

— Tu vois le tableau. Les choses partaient parfois en roue libre, rouvrant d'anciennes blessures.

— Que s'est-il passé la dernière fois que vous y avez joué ?

Ava tripota un bouton de son cardigan.

— À dire vrai, je ne vois pas l'intérêt d'aborder cet épisode maintenant. Nous sommes toutes sur les nerfs. Faisons une pause. Toutes, insista-t-elle en s'adressant aux autres.

Jane haussa le menton.

— Je ne quitterai cette chambre que lorsque vous aurez accepté de jouer, décréta-t-elle.

— Jane, pour l'amour du ciel...

— Allons, Ava. Si tu es d'accord, les autres suivront. Même Celeste. Juste une dernière fois. Si ce n'est pour moi, faisons-le pour Lily. Nous ne nous reverrons peut-être jamais, et certaines choses attendent toujours d'être dites.

Ava cessa de jouer avec son bouton et regarda Jane droit dans les yeux.

— Non. Je n'y participerai pas. Je pense que c'est une idée horrible. La dernière chose dont nous avons besoin est de nous quereller de nouveau. Si vous voulez jouer au jeu, libre à vous. Mais ne comptez pas sur moi.

Celeste sembla trop heureuse de prendre son parti.

— Sur moi non plus. Je suis avec toi, Ava.

— Moi pas.

La décision de Blair fut si inattendue que toutes se tournèrent vers elle d'un même mouvement stupéfait.

Elle haussa les épaules.

— Désolée, Ava. Mais cette fois je suis du côté de Jane. Je pense que nous devrions y jouer. C'est pour le mieux.

Ava la dévisagea d'un air incrédule.

— Le mieux pour qui ?

— Pour tout le monde. Jane a raison. Certaines choses attendent toujours d'être dites. Des questions qui ont besoin de réponses.

Elle s'adressait à Ava, mais c'était Celeste qu'elle regardait.

— Des secrets qui ont besoin d'être dévoilés.

— Tu cherches les problèmes, l'avertit Ava.

Blair sourit.

— Quand cela nous a-t-il jamais arrêtées ?

C'est avec soulagement que Dylan regarda les femmes sortir l'une derrière l'autre dans le couloir. Il avait fallu une bonne dose d'autorité et de persuasion, mais Ava avait enfin réussi à les faire sortir de la chambre. Plus têtue qu'un pitbull, Jane avait discuté jusqu'au bout, usant et abusant de sa patience jusqu'à ce qu'elle accepte au moins de réfléchir à sa participation au jeu. Ava en était sortie d'assez mauvaise humeur, et le regard qu'elle avait lancé à Dylan par-dessus son épaule lui enjoignait de réduire ses recherches au minimum. Elle n'avait nulle intention de jouer le rôle d'arbitre pour le reste de la soirée.

À l'aide de son portable, il prit quelques photos de la poupée, puis du message de chaque côté de la vitre. Après quoi il fouilla la chambre et la salle de bains, explora les tiroirs, inventoria les accessoires de toilette de Jane, mais ne trouva aucun bâton de baume labial. Pas vraiment surpris, il glissa la poupée dans le sac qui garnissait la poubelle, et l'emporta dans sa chambre pour un examen ultérieur. Lorsqu'il en ressortit pour regagner celle de Jane, Ava l'attendait dans le couloir.

— Je te croyais descendue, dit-il.

Il inspecta brièvement le couloir, puis l'invita à entrer.

Elle semblait nerveuse.

— Je l'étais, répondit-elle en franchissant le seuil, mais je leur ai dit que je voulais me doucher et me changer avant le dîner. Les autres vont peut-être en faire autant, donc si tu n'en as pas terminé dans la chambre de Jane, essaie de faire vite.

— Pas de souci. J'ai fini.

— Tu as trouvé quelque chose ?

— Rien de déterminant.

— Qu'as-tu fait de la poupée ?

— Je l'ai mise de côté avec l'autre. Jusqu'à ce que nous sachions à quoi nous avons affaire, il faut préserver autant d'indices que possible. Nous ignorons combien de temps nous resterons coincés ici.

Ni ce qui peut encore se produire...

Elle se plaça le dos à la fenêtre.

— Dylan, à quoi avons-nous affaire ? Tout cela est si étrange. D'abord Blair trouve une poupée qui lui ressemble dans son lit, et maintenant Jane ? Ensuite ce sera le tour de qui ? Moi ? Celeste ? Toi ? Ça ne peut pas être lié aux affaires de Tony. Il n'est même pas ici, et il se passe des choses de plus en plus bizarres.

Elle avait l'air si déboussolée que Dylan dut se faire violence pour ne pas la prendre dans ses bras. Mais il doutait que son instinct protecteur soit le bienvenu en cet instant précis. Il se passait des choses négatives, et ils avaient tous les deux besoin d'avoir les idées claires.

— Il est possible que l'absence de Tony soit intentionnelle, plutôt qu'accidentelle.

— Tu penses qu'il a quelque chose à voir avec tout cela ? Y compris les menaces téléphoniques et cette intrusion chez lui ?

— Au point où nous en sommes, on ne peut rien exclure.
Ava pressa les doigts sur ses sinus.
— Seigneur, cette migraine…
— Tu as pris un antalgique ou quelque chose ?
— Ce n'est que la tension. J'ai appris à vivre avec.
— Écoute, laisse-moi essayer un truc.

Il se plaça dans son dos, et de ses pouces effectua des mouvements circulaires sur ses tempes, puis chercha les nœuds de tension à la base de son crâne. Après un petit moment, Ava laissa aller sa tête en arrière contre lui.

— Ça va mieux ?
— Oui, merci. Tu as des mains magiques.

Levant les siennes, elle mêla ses doigts aux siens et attira ses bras par-dessus ses épaules pour s'en entourer comme d'une écharpe. La douceur et la tendresse de ce geste surprirent Dylan. Ce fut comme s'ils étaient ensemble depuis des années, mais il ignorait si c'était une bonne chose ou pas. Il la tint ainsi un moment contre lui, avant de la relâcher.

Elle croisa les bras sur sa poitrine et reprit le fil de leur conversation comme s'il n'y avait pas eu d'interruption.

— Tu sais ce que je pense de Tony Redding. Il ne m'a jamais inspiré confiance, et après ce que tu m'as dit de sa rencontre avec Celeste hier soir, il mijote quelque chose. Mais ces poupées… Ce n'est pas son style.
— Peut-être est-ce délibéré, suggéra Dylan.
— Il s'en servirait pour nous envoyer sur une fausse piste ? C'est possible, après tout. Tony n'est pas un idiot, bien au contraire. Il m'a toujours donné l'impression d'être très malin, pour ne pas dire roublard. Peut-être Celeste et lui manigancent-ils quelque chose ensemble. Tu remarqueras qu'elle et moi sommes les seules à ne pas avoir eu de poupée.
— Pas encore.
— Pas encore, convint-elle.

— Qu'entends-tu par « manigancent quelque chose » ? À quel genre de manœuvre fais-tu allusion ?

Ava baissa la voix.

— Hier, Celeste m'a rappelé que dans leur couple c'était Blair qui avait l'argent. Si Tony voulait divorcer, il se retrouverait sans le sou. Il ne serait pas le premier mari à concevoir un plan alternatif.

— N'allons pas trop vite en besogne ! Il y a un monde entre des poupées mutilées et un meurtre de sang-froid.

Elle haussa les épaules.

— Pas tant que ça. Tu serais surpris du nombre d'affaires d'épouses assassinées qui atterrissent chaque année sur mon bureau. Certaines des méthodes sont si primaires qu'on les croirait sorties du cerveau d'un enfant de deux ans. Comme dans beaucoup de cas, le plus judicieux est de suivre l'argent. En matière de crimes, les principaux mobiles sont la vengeance, le sexe et la cupidité.

— Où Jane se situe-t-elle dans ce schéma ?

— Nulle part. J'ai une autre hypothèse à son sujet. Puisque nous parlions de fausse piste, déposer une poupée sur son propre lit et laisser un message sur la vitre de sa chambre serait un procédé tout à fait classique.

— Dans quel but ?

Dylan étudia les traits d'Ava tandis qu'elle soupesait la question. Suivre le cheminement de sa pensée était une expérience fascinante.

— Nous faire participer au jeu, bien sûr. De toute évidence, elle a quelque chose à révéler sur elle-même ou quelqu'un d'autre, et elle veut à tout prix un public. Tu as vu comme elle est obstinée. Pour ne pas dire obsédée.

Ava se tut un moment, plongée dans une sorte de contemplation.

— Je dois avouer, reprit-elle, que ces retrouvailles m'ont ouvert les yeux. Je ne parle pas seulement des poupées, des messages, ou de ce qui m'est arrivé dans le canyon. Je parle d'elles, ces femmes qui étaient jadis mes plus proches amies. Peut-être suis-je trop sévère, mais je ne peux m'empêcher de me demander ce que j'ai bien pu leur trouver. Jane ne parlait pas autrement hier soir. Elle a beau dire que je n'étais pas comme les autres, je n'en suis pas aussi convaincue. J'ignore quoi, mais quelque chose m'attirait dans leur mesquinerie, leur duplicité, leurs petits jeux méchants. Personne ne m'a forcée. Ce ne sont pas des personnes aimables, Dylan. Peut-être n'en suis-je pas une non plus.

— Il y a une raison pour que tu aies coupé les ponts, dit-il. Tu as mûri, évolué, tu es allée de l'avant dans ta vie. Elles non.

— J'aimais à le penser. Mais voilà que je fais quelque chose de totalement stupide : je perds mes nerfs en plein tribunal.

Elle grimaça.

— Enfin bref, tu as raison pour les autres. La dynamique n'a pas changé. Celeste et Jane ont déjà déterré la hache de guerre, et la rivalité entre Celeste et Blair ne fera que tourner au vinaigre si nous jouons au jeu. Pour elles, il n'est pas un exorcisme ou une sorte de grand coup d'éponge, mais une embuscade psychologique.

— Alors joues-y, conseilla Dylan. Laisse-les dévoiler leurs batteries.

— Même si cela devient malsain ?

— C'est peut-être la meilleure chance que nous ayons de connaître le fin mot de l'histoire avant que quelqu'un n'ait à en pâtir.

— Oui, je suppose.

Mais elle ne semblait pas convaincue.

— Ava ?

Elle ferma les yeux un court instant, comme si elle connaissait déjà sa question.

— Que s'est-il passé la dernière fois que tu y as joué ? Tu as dit que les choses pouvaient partir en roue libre.

Elle soupira.

— Je n'aime pas en parler, Dylan. La façon dont je me suis comportée m'ennuie toujours, même après toutes ces années.

— Qu'as-tu fait ?

Elle se tourna vers lui avec une moue rétive.

— Lily et moi avons eu une violente dispute ce soir-là.

— À quel propos ?

— Toi.

— Elle était au courant pour nous ? s'étonna-t-il. Tu ne me l'as jamais dit.

— Je voulais le faire, mais j'avais trop honte. Ce fut un moment extrêmement pénible. Certaines des choses qu'elle a dites m'ont fait très mal. Et d'autres...

Elle s'interrompit, saisie d'un frisson.

— Elle n'était pas elle-même. Par moments, elle était à la limite de l'incohérence. Je pensais qu'elle avait trop bu, mais à présent je sais qu'elle s'était perdue dans un endroit très sombre. Cette attaque contre moi ne lui ressemblait pas du tout. D'après moi, c'était un moyen de me faire savoir qu'elle n'allait pas bien. Mais je ne l'ai pas vu. Peut-être parce que je ne voulais pas le voir.

— Les autres ont assisté à cette dispute ?

— Je ne le crois pas, mais ça a été l'hécatombe ce soir-là, au point que nous avons décidé de faire un break. Lily et moi sommes sorties sur le balcon pour respirer un peu. Elle s'est penchée par-dessus la balustrade, trop à mon goût. Lorsque je lui ai saisi le bras pour la tirer en arrière, elle a explosé. Elle s'est littéralement déchaînée contre moi. J'ai été prise par surprise. D'instinct je me suis défendue, et nous nous sommes jeté des choses terribles à la figure. Ce fut notre dernière conversation. Et la toute dernière fois que je l'ai vue.

Dylan lui saisit la main. Elle leva les yeux et eut un mouvement de recul. Il lisait la résistance dans son regard.

Elle demeura hostile, même lorsqu'il glissa ses doigts sur son épaule.

— Maintenant je commence à comprendre, dit-il. Tu te sentais coupable, mais ce n'était pas à cause de nous. En fait, tu t'es reproché la mort de Lily.

— Ma raison me disait que je n'étais pas responsable. Mais au plan émotionnel...

Elle prit une inspiration nerveuse, saccadée.

— Tu ne peux pas imaginer combien de fois j'ai revécu cette dispute dans ma tête.

Il posa ses deux mains sur ses épaules.

— Tu as dit des choses dans le feu de l'action. Tu es humaine. En aucune façon tu n'es responsable du suicide de Lily. Quelque chose est allé de travers dans son univers intime, et aucun de nous ne l'a vu. Je l'ai dit mille fois, et je le redis ici : nous n'avons rien fait de mal.

— Mais suppose que quelqu'un pense le contraire ?

10

— Tu veux parler de Jane ?

Ava acquiesça.

— J'en reviens toujours à ce que tu m'as dit au sujet de cette fixation malsaine qu'elle faisait sur Lily.

— Cela ne la rend pas coupable de quoi que ce soit, répliqua Dylan.

— Je sais. Mais quelque chose chez elle a piqué ta curiosité, à l'époque. Tu as vu dans son comportement un travers que personne d'autre n'a noté.

Ava marqua une pause.

— Maintenant, je m'en prends peut-être à Jane parce que je préfère la croire capable d'actes malveillants que d'imaginer quelque chose de beaucoup plus radical de la part de Tony Redding. Ce qui est parfaitement envisageable…

Elle s'interrompit et se tourna vers la porte du couloir. Un bruit lui était parvenu, trop faible pour qu'elle puisse l'identifier, mais assez fort pour l'alarmer.

— Tu as entendu ?

Dylan tendit l'oreille, puis posa un doigt sur sa bouche et s'avança sans bruit vers la porte. Ava le suivit. Elle demeura en retrait tandis qu'il ouvrait celle-ci et regardait de chaque côté dans le couloir. Puis il disparut, pour revenir trente secondes plus tard avec un haussement d'épaules.

— S'il y avait quelqu'un, cette personne a dû entrer dans

une autre pièce. Ces murs sont très minces. Allons sur le balcon terminer notre discussion.

— Il faut vraiment que je redescende avant que Celeste et Jane ne s'entretuent, dit-elle sans le moindre humour. J'aimerais pouvoir en plaisanter, mais ce n'est pas le cas.

Leurs regards se croisèrent. Il y avait une telle intensité dans celui de Dylan que son cœur rata un battement. Étonnant, songea-t-elle, le pouvoir que cet homme avait sur elle sans rien faire.

— Attends un peu. Il y a encore une chose dont je veux te parler.

Il la contourna pour ouvrir les portes vitrées, et elle sortit sur le balcon plongé dans l'ombre. Seule la lumière provenant de la chambre en éclairait les recoins. Personne ne pouvait les voir depuis le parc, et la pluie battante étoufferait le son des voix. C'était comme de se réfugier dans un cocon, songea Ava. Dans un petit monde bien à eux.

Les choses évoluaient si vite qu'elle n'avait pas eu le temps de s'appesantir sur ce qui se passait entre eux. Mais à présent, dans ce moment d'accalmie, des images flottantes lui revenaient à l'esprit. Un murmure brûlant. Un baiser qui s'attarde. L'effleurement de ses lèvres sur sa gorge...

Elle se tenait face à la nuit, mais l'observait du coin de l'œil. Il était grand, le corps souple et costaud, et pourtant il y avait une grâce inattendue dans sa façon de se déplacer, une sensualité tranquille dans la manière dont il inclinait la tête pour recevoir les fines éclaboussures des gouttes tombant sur l'avancée du toit.

Les bras serrés sur sa taille, Ava dessina des yeux sa silhouette. Elle se souvenait de son poids, de son contact, de son odeur... Mais alors même que son pouls se réveillait, l'épuisement s'abattit sur ses épaules. Elle se sentait vidée de ses forces, pas tant à cause des intrigues et du danger ambiants que du poids des anciens souvenirs — et de trop nombreux regrets.

Car elle en avait, ô combien. Jusque-là, jamais elle ne l'aurait admis, même pour elle-même, parce que les conséquences de sa décision avaient été trop douloureuses. Elle avait jugé préférable de poursuivre son chemin, de rester concentrée, de vivre chaque jour comme il venait. À cet égard, Houston lui avait été bénéfique. Sa carrière la comblait, et elle avait une famille affectueuse à proximité. Elle était aussi proche de la satisfaction absolue qu'un monstre de travail pouvait l'être, et mieux que personne elle savait qu'il ne sert à rien de se lamenter sur ce que l'on a raté.

Mais de revoir Dylan avait exhumé une âpre vérité. Le quitter avait été la pire erreur de sa vie, quelles qu'aient été ses justifications. Il y avait entre eux quelque chose de spécial, une qualité d'amour qui se serait renforcée et approfondie avec le temps. Mais elle avait tout jeté aux orties pour des raisons en grande partie ineptes. Par certains côtés, c'était la partie la plus douloureuse. La vérité la plus dure à accepter. Peut-être aurait-elle été moins désemparée si l'un des deux s'était rendu coupable d'une trahison ou d'un grave mensonge. Peut-être ne regarderait-elle pas ces dix années écoulées en pensant : *Mon Dieu, quel gâchis !*

— Ava ?

Elle réprima un soupir.

— Oui ?

Il avait les yeux posés sur elle, la tête légèrement penchée.

— Où étais-tu ? Tu es devenue si calme, tout à coup. Comme si tu étais à des années-lumière.

— Oh ! je pensais juste à tout ce qui s'est passé.

Elle leva les mains pour rabattre ses cheveux vers l'arrière, surprise de découvrir qu'elles tremblaient.

— Tout ?

Elle voyait avec netteté son expression dans la pénombre,

mais quelque chose s'était modifié dans sa voix. Elle était plus grave, plus rauque.

— Jusqu' ici nous n'avons guère eu l'occasion de parler de ce qui s'était passé entre nous.

Elle sourit.

— Qu'y a-t-il à en dire, en vérité ? Ça s'est passé. C'était extra. Fin de l'histoire, n'est-ce pas ?

— Il le faut, je suppose. Allons, nous avons du pain sur la planche.

Était-ce du regret qu'elle percevait dans son ton ? Ou prenait-elle ses fantasmes pour la réalité ?

— En effet. Nous ferions mieux de nous y remettre.

— Ava.

C'était un murmure, une prière...

Elle fondit.

Il l'attira contre lui, baisa ses cheveux, son front, puis ses lèvres. Elle l'entoura de ses bras et le serra fort. Puis elle l'embrassa à son tour avec une ferveur qu'elle n'avait pas éprouvée depuis des années.

Il s'écarta, les yeux scintillant dans la nuit.

— C'était quoi, ça ?

— Rien. Tout. À présent nous pouvons revenir à nos moutons.

Sa voix était posée, mais à l'intérieur elle vacillait. Une partie d'elle-même voulait s'accrocher à lui à jamais, tandis que son cerveau l'avertissait qu'ils allaient trop vite. Ils devaient ralentir. Peser chaque mouvement avec soin. Se servir de leur cervelle. L'impétuosité ne lui avait jamais réussi.

Elle pivota vers la pluie, instaurant ainsi une subtile distance entre eux, et toucha ses lèvres du bout des doigts.

— Dans toute cette partie relative aux motifs, nous n'avons pas encore parlé de Blair, indiqua-t-elle.

— Quoi, Blair ?

— J'ai remarqué une chose, tout à l'heure. Je ne crois pas

que tu pouvais la voir de là où tu étais, mais elle a eu cet éclat dans les yeux quand Celeste et Jane se sont accrochées, ainsi qu'un étrange sourire. Comme si elle se délectait de l'échange. Ensuite elle a été prompte à prendre le parti de Jane. Alors je m'interroge. Est-elle au courant pour Celeste et Tony, et si oui est-ce la raison pour laquelle elle veut jouer au jeu ?

— Pour pousser Celeste à des aveux ?

— Ou l'humilier devant tout le monde. Je ne peux que supputer. Mais son attitude avait quelque chose d'intrigant. Et puisque nous parlons de Blair, il m'est venu autre chose à l'esprit. Penses-tu pouvoir retourner dans sa chambre sans être vu ?

— Ce ne sera pas facile, mais oui. Pourquoi ?

— Si la vitre n'avait pas été embuée dans la chambre de Jane, nous n'aurions vu le message qu'à la lumière du jour, n'est-ce pas ? Et si nous avions raté quelque chose dans celle de Blair ?

— Un autre message, tu veux dire ?

— C'est peut-être demander la lune, mais il ne coûte rien de vérifier.

— J'irai jeter un coup d'œil ce soir, si tu peux occuper notre petit monde en bas.

— Comment entreras-tu ?

— Ne t'inquiète pas pour ça. Assure-toi simplement que personne ne montera tant que je ne t'aurai pas fait signe.

— Le seul moyen d'y arriver, c'est de participer à leur jeu stupide, lâcha-t-elle avec une grimace.

— Il a déjà commencé, Ava. Depuis notre arrivée à Whispering Springs, quelqu'un joue avec nous.

— Je sais.

— C'est bien que tu m'aies suggéré d'aller examiner la chambre de Blair. Il faut en faire autant avec les autres. Surveiller mutuellement nos arrières ne suffit pas. Il faut que nous passions à l'offensive.

Elle hocha la tête, tout en balayant du regard le paysage détrempé. La nuit semblait être devenue encore plus sombre, si c'était possible. Elle pouvait à peine distinguer le piton contre le noir du ciel. Poussés vers les hauteurs par la crue, les coyotes s'étaient tus, mais la soirée était tout sauf silencieuse. Par-dessus le tambourinement constant de la pluie, elle percevait les grondements du tonnerre et le fracas distant de la rivière dans le canyon.

À côté d'elle, Dylan s'était soudain figé, les yeux fixés sur les bois. Sa main se déplaça vers son dos et ses doigts touchèrent son arme, mais sans la sortir.

— Qu'y a-t-il ? murmura-t-elle.

— Il y a quelqu'un là-bas.

Dylan étudia la ligne des arbres. Il ne voyait plus rien, aucune différence entre l'ombre et la nuit, mais il avait capté une lumière fugitive quelques secondes plus tôt, et ce qui lui avait semblé être une silhouette recroquevillée épiant la maison.

— J'ai vu une lumière, dit-il. Juste derrière cette rangée de pins pignons.

Ava plissa les yeux sur la zone qu'il désignait.

— Tu es sûr que ce n'était pas celle d'un éclair ?

— Oui, elle était trop basse, et trop proche. Là, là. Est-ce que tu l'as vue ? Quelqu'un rôde dans les bois avec une torche électrique.

Elle s'approcha de lui.

— Ça y est, je la vois. Elle s'éloigne de la maison. Qui cela peut-il être, Dylan ? Tu penses qu'il nous a vus ?

— Peut-être lui avons-nous fait peur. Derrière ces arbres, il y a un chemin qui mène aux chalets.

— Mais ils sont vides, objecta-t-elle. Blair me l'a dit elle-même. Elle a veillé à ce que tous les clients soient partis avant notre arrivée, afin que nous ayons la totalité de la propriété à notre disposition.

Elle scruta les bois avec plus d'insistance.

— Que peut faire là cette personne par un temps pareil ?

— C'est peut-être Noah. Il m'a dit plus tôt qu'il s'était installé dans un des chalets jusqu'à la décrue. C'est un bon observatoire pour surveiller la rivière, mais aussi pour repérer les pillards.

— Les pillards ? Nous sommes à des kilomètres de tout, et les routes sont inondées.

— Ce n'est pas cela qui les arrêterait. Un canot peut venir et repartir. Une personne seule ne représente pas une grosse menace, mais un groupe... Ça peut être dangereux.

Dylan sortit son pistolet et le lui plaça dans la main.

— Prends ça et redescends. Assure-toi que les rideaux sont tirés, les portes verrouillées, et garde tout le monde à l'intérieur.

Elle le considéra d'un air anxieux.

— Tu ne vas pas là-bas, n'est-ce pas ? Tu viens de me dire que ça pouvait être dangereux.

— C'est mon job d'y aller. C'est pour cela que Blair m'a engagé, je te le rappelle.

— Mais tu ne peux pas y aller désarmé. C'est de la folie.

Elle lui plaqua l'arme dans la main.

— Tu en as besoin plus que nous. Il peut s'agir de n'importe qui. Un pillard, un criminel, Dieu sait quoi encore. Nous n'avons rien à craindre, en bas. La sécurité par le nombre, tu te souviens ?

Il rangea le pistolet sous sa ceinture.

— Empêche tout le monde de sortir jusqu'à mon retour.

— D'accord. Mais sois prudent, OK ?

Il lui toucha brièvement la joue et se retourna. Franchissant la balustrade, il s'accroupit, s'accrocha au rebord du balcon puis se laissa tomber sur le sol dans un bruit d'éclaboussure.

L'odeur terreuse de l'inondation était prenante tandis qu'il suivait le chemin rugueux. Dans les bois, l'obscurité était impénétrable. Sans la lune et les étoiles pour le guider, il ne pouvait guère compter que sur son instinct et sa mémoire. Il se félicita d'avoir mis à profit ses jours supplémentaires pour se familiariser avec la géographie des lieux. Il se déplaça plein ouest, se fiant au tumulte de la rivière en crue.

La nuit était si opaque que ses souvenirs du désert lui revinrent par flashs. Le manque de diversité du terrain pouvait être perturbant, même dans de bonnes conditions. Mais dans une tempête de sable avec des vents tournoyants de 80 km/h, il était difficile de discerner le haut du bas, et encore plus l'est de l'ouest. Il avait vite appris à ne pas paniquer. Il était si facile de perdre la tête et d'errer pendant des heures. En terrain inconnu et entouré par l'ennemi, mieux valait s'accroupir quelque part et attendre, mais cela exigeait un solide caractère.

Ces jours-là étaient loin derrière, mais son instinct ne l'avait pas quitté. Un frisson sur sa nuque l'immobilisa, tous les sens aux aguets. Occultant le bruit de la pluie, il se concentra sur un froissement ténu. Rien de précis, mais il se demanda si quelqu'un ne s'approchait pas de lui par-derrière. Prudent, il quitta le sentier et se réfugia dans les arbres jusqu'à ce que ses antennes lui disent que la voie était libre.

La pluie lui mitraillait le visage et coulait dans son cou tandis qu'il attendait. Il ne voyait rien devant ni derrière lui, hormis l'obscurité. Il fut tenté de se servir de son portable pour faire un peu de lumière, mais s'il était suivi il ne voulait pas révéler sa position, ou pire, endommager son seul lien avec le monde extérieur. Alors qu'il regagnait le chemin, il se demanda si l'on ne l'avait pas éloigné à dessein de la maison. Il faisait confiance à Ava pour verrouiller les portes et maintenir les femmes à l'intérieur. Mais sans arme, celles-ci étaient vulnérables.

En outre, *quid* des dangers internes ?

Une dizaine de scénarios se succédèrent sous son crâne, moins rassurants les uns que les autres, et chose inhabituelle il eut un moment de doute. Mais garder la tête froide était la règle d'or de toute opération, il en avait assez bavé pour le savoir. Aussi se remit-il en route avec détermination, n'écoutant que son instinct et le grondement de la rivière.

Celui-ci s'amplifia lorsqu'il sortit du couvert des arbres. Planté sur la berge du canyon, il contempla le flot enragé en contrebas, mais rester là trop longtemps, le dos tourné aux arbres, n'était pas prudent. S'essuyant les yeux, il suivit l'escarpement et fut bientôt en vue du premier chalet. Construit en haut de la falaise, il possédait à l'arrière une terrasse qui dominait la rivière. L'endroit était parfait pour garder l'œil sur l'évolution de la crue.

Tout en le contournant pour accéder à l'avant, Dylan l'examina. Pendant quelques instants, il se retrouva noyé dans une obscurité totale. Les fenêtres étaient sombres, et il ne nota aucun signe de vie, ni dedans ni dehors. Sans faire de bruit, il s'approcha des marches du perron de bois. Une paire de bottes de pluie y avait été laissée, et un ciré était accroché à une patère à côté de la porte. Alors qu'il commençait à appeler Noah, il remarqua que celle-ci était entrouverte de quelques millimètres.

Il sortit son arme, se plaqua le dos au mur et tendit l'oreille. Ne percevant aucun bruit, il poussa le battant et franchit le seuil. Il n'alluma pas le plafonnier, mais activa la fonction torche de son portable et promena le faisceau dans la pièce.

L'aménagement du chalet était à l'image de celui de la grande maison. Un rustique plancher de cèdre, d'épais tapis et des fauteuils de cuir patiné groupés autour d'une cheminée de pierre. Un bar séparait la minuscule kitchenette du séjour, et un étroit couloir menait à la chambre et à la salle de bains. Des portes vitrées s'ouvraient sur la terrasse à l'arrière. De jour et par beau temps, la vue devait être époustouflante.

Mais cette pensée s'envola lorsque son attention fut accrochée par les papiers dispersés, devant l'âtre. Puis il remarqua les tiroirs ouverts, les coussins jetés n'importe où, les livres éparpillés et les objets décoratifs abîmés. L'endroit avait été proprement mis à sac, peut-être par des pilleurs à la recherche d'argent liquide et d'objets de valeur.

Dylan resta sur le seuil le temps de prendre la mesure du chaos. Il dirigea ensuite sa lumière vers la terrasse, où, à travers les vitres des portes, il nota la présence d'un jacuzzi couvert. Si le ciré et les bottes appartenaient à Noah, où était-il ?

À pas de loup, il traversa la pièce et écouta les bruits de la nuit : la pluie, la rivière, le bruissement du vent dans les arbres… Quelque part dans le chalet, on entendait un robinet goutter. S'engageant dans le couloir, il ouvrit la première porte du bout du pied, se mit en position de défense et éclaira l'intérieur. La literie avait été arrachée des matelas, et un sac marin était posé sur le plancher, chargé de vêtements et d'objets de toilette. La penderie était vide, tout comme les tiroirs de la commode, laissés ouverts.

Une fois ressorti de la chambre, il suivit le bruit des gouttes, qui le mena à la salle de bains. La porte était ouverte. Après un rapide coup d'œil d'inspection, il alluma la lumière. Un mouvement soudain fit grimper son pouls, mais il se rendit compte que ce n'était que son reflet dans le miroir.

Rangeant son portable, il empoigna son arme des deux mains tandis qu'une sombre prémonition lui hérissait les cheveux sur la nuque. Les gouttes tombant du robinet étaient pareilles à un métronome qui ponctuait l'accélération de son cœur. Il entendait le crépitement de la pluie sur le toit et le grondement de la rivière sous le chalet, mais tous les bruits extérieurs étaient estompés par le *ploc... ploc... ploc...* des gouttes sur de la porcelaine.

Ce ne fut pas tant la fuite du robinet qui l'alarma, mais, sous le parfum de détergent au pin, une odeur fade et cuivrée d'étal de boucher.

Lentement, il se tourna vers le rideau de la douche. Détail ironique, le nylon s'ornait d'images de pins, en harmonie avec le parfum qui lui taquinait les narines. Dans la seconde où il leva une main pour l'écarter, il remarqua une trace rouge sur le mur. Pivotant vers le lavabo, il en vit une autre sur le meuble au-dessous, puis une autre sur le carrelage derrière. Comme si une personne aux mains ensanglantées avait voulu les laver à la hâte avant de fuir le chalet.

Il reporta son attention sur le rideau.

Ploc... ploc... ploc...

Arma son pistolet.

Ploc... ploc... ploc...

Écarta le nylon.

La baignoire à pieds était vide. Vide et immaculée. Rien à voir. Pas de corps gisant au fond. Pas de taches cramoisies sur le carrelage du sol.

Dylan poussa un soupir, et évacua cette image de film d'angoisse qui flottait dans son esprit. Puis il se livra à un nouvel et rapide examen de la salle de bains, du couloir et de la chambre. De retour dans le séjour, il alluma la lampe du plafond tout en contemplant, dérouté, le désordre ambiant. Pendant une longue minute, il écouta le silence. Pas de mouvements furtifs, pas de craquements de plancher, mais il avait le net sentiment de ne pas être seul. Il examina avec attention les portes de la terrasse et toutes les fenêtres du séjour, s'attendant presque à voir quelqu'un l'épier depuis l'obscurité. Rien. Absolument rien.

Il était rare qu'il ait ainsi les nerfs à vif. Cela lui rappela son premier déploiement, quand le moindre mouvement, le moindre son, agissait sur lui comme un grincement de craie sur un tableau noir.

Il se secoua mentalement et sortit sur la terrasse.

Réactivant la fonction torche du portable, il dirigea le faisceau sur les planchers, puis le long de la balustrade. La pluie tombait dru, avec une ardeur désespérante qui mettait un peu plus ses nerfs à l'épreuve. Il se pencha par-dessus la rampe, étudia les marches de bois qui descendaient vers la rivière, observa l'écume qui se formait dans les bouquets de pins, sans pouvoir un seul instant se débarrasser de l'idée que dans l'ombre, quelque part, quelqu'un scrutait ses moindres mouvements.

Il se retourna et, tout en conservant les arbres dans son champ visuel, fouilla de nouveau la terrasse de sa lampe, explorant chaque détail, et même le toit. Puis ses yeux se posèrent sur le jacuzzi. Une bâche bleue avait été jetée dessus pour le protéger des feuilles mortes et débris divers. Posant de côté son portable, il la retira. L'obscurité était si dense qu'au début il ne vit rien. Il récupéra son appareil et éclaira l'eau du bassin.

Des yeux vitreux le regardaient.

Pas d'une poupée, cette fois, mais d'un homme mort.

11

Dylan avait déjà vu des cadavres, et assez de sang et d'horreurs pour alimenter une vie entière en cauchemars. Mais quelque chose dans ces yeux éteints qui le fixaient sous l'eau réussissait néanmoins à le choquer.

Noah Pickett gisait au fond du jacuzzi, tourné vers le ciel comme s'il attendait que quelqu'un vienne ôter le toit de sa prison. Dylan avait beau savoir qu'il était mort, il se sentit obligé de tâter son pouls. Plongeant la main dans l'eau, il l'en sortit à demi, le retint d'un bras et chercha une pulsation sur le cou, puis au poignet.

La peau était froide, les articulations rigides. Il devait être mort depuis plusieurs heures, estima-t-il. Frappé à la tempe, au visage et à l'occiput. Il avait peut-être d'autres blessures, mais invisibles dans l'obscurité. Dylan n'était pas un expert de la police scientifique, mais tout semblait indiquer que Noah avait été attaqué par surprise sur la terrasse. Le coup par-derrière avait dû l'assommer, et les autres témoignaient de la fureur de son assaillant. Si cet assaut vicieux ne l'avait pas tué, il serait mort noyé.

Dylan laissa le corps retomber dans l'eau, puis s'écarta et se secoua les mains, saisi d'une peur glacée. Pas pour lui-même, mais pour Ava et les autres dans la maison du ranch. Les poupées mutilées faisaient déjà froid dans le dos, mais un homicide... Cela portait les choses à un niveau nettement supérieur.

Après avoir repris possession de son portable et de son arme, il fit face à la nuit. Il ne voulait pas subir le sort de ce pauvre Noah. Perplexe, il scanna les arbres, puis l'escalier.

Où es-tu ? Qui es-tu ?

L'absence de signal déclencha un nouveau frisson le long de son échine. Soit l'orage avait fait tomber l'antenne-relais la plus proche, soit le signal avait été volontairement coupé. Dans les deux cas, Dylan était obligé de regagner la maison pour pouvoir utiliser la ligne fixe.

Une fois la bâche replacée sur le jacuzzi, il regarda autour de lui. Il avait déjà souillé la scène de crime, et ne pouvait rien y faire. Aiguillonné par son instinct de survie, il se leva rapidement et étudia une dernière fois son environnement avant de regagner l'intérieur du chalet. La pagaille qui y régnait prenait une connotation nouvelle : ce n'était plus la fouille désordonnée d'un pillard. Selon toute vraisemblance, l'assassin de Noah était à la recherche de quelque chose de bien précis.

Dylan remonta le couloir jusqu'à la chambre. Là, il explora avec minutie la literie jetée en vrac sur le sol, les vêtements dans le sac marin, puis se rendit de nouveau dans la salle de bains. Se servant d'un pan de sa chemise, il ouvrit les tiroirs du meuble sous-vasque, les placards et même le couvercle des W-C, tout en se disant qu'il perdait un temps précieux. Il devait rejoindre le ranch au plus vite. Il avait grand besoin de la ligne fixe.

Au moment où il ouvrait la porte du chalet pour repartir, un brusque courant d'air souleva les papiers qui jonchaient le plancher. Il referma la porte, ralluma le plafonnier et revint sur ses pas. Une fois devant l'âtre, il déplaça du canon de son arme une bonne douzaine d'articles de presse, notant au passage les dates et les gros titres. Intrigué, il s'attarda sur ceux qui se rapportaient à une certaine Sara Rainey. Jeune employée du ranch, elle avait disparu de Whispering Springs sept ans plus tôt. Les articles relataient la recherche qui avait suivi et l'enquête de police, qui s'était étalée sur plusieurs semaines sans qu'aucune piste n'ait jamais été trouvée.

Quelques photos étaient mélangées à ces coupures. L'une d'elles montrait un couple d'adolescents prenant la pose au sommet de Bishop's Rock. Même plus jeune et avec une autre coiffure, Noah Pickett était immédiatement reconnaissable. La fille à son côté était celle des articles de presse. Le jeune couple rayonnait devant l'objectif, deux amoureux en sortie d'escalade, sans se douter de l'avenir dramatique qui les attendait.

Les autres clichés avaient été pris dans des lieux divers autour de Whispering Strings, dont le canyon où Ava s'était retrouvée piégée par l'orage. Étalant tous les documents sur le sol, Dylan en photographia quelques-uns de son portable, puis se releva.

Il n'avait aucune idée de ce sur quoi il était tombé, ni s'il existait un lien avec les retrouvailles du groupe, les poupées estropiées ou les activités de Tony Redding. Mais il ne s'était pas trompé concernant le jeu. Il avait commencé longtemps avant leur arrivée, à Ava et lui, à Whispering Springs.

Et les enjeux ne pouvaient être plus élevés.

— Allô, Ava ? Ici la Terre.

Blair agita la main devant son visage. Elle sursauta.

— Oh ! pardon. Quoi ?

Blair sourit.

— J'ai enfin capté ton attention. Je t'appelle depuis ma descente de l'escalier. J'ai cru que tu m'ignorais.

Elle était très jolie dans un pull à col en V bleu turquoise, qui mettait en valeur celui de ses yeux. Malheureusement, tout ce que vit Ava en la regardant fut la poupée brisée sur son lit.

— Désolée, je ne t'avais pas entendue, répondit-elle, avant de jeter un coup d'œil autour d'elle. Où sont les autres ?

— Je ne sais pas. En haut, sans doute. Qu'est-ce qui te captivait autant ?

— Je regardais la pluie.

Blair pencha la tête et la dévisagea avec attention.

— Je me disais que tu cherchais peut-être Dylan. Je l'ai vu se diriger vers les bois, tout à l'heure. Il avait l'air pressé. Une idée d'où il allait ?

D'une main, Ava ramena ses cheveux sur sa nuque.

— J'imagine qu'il partait effectuer sa ronde. Tu l'as engagé pour surveiller le ranch, pas vrai ?

— Oui. Pour ce que ça m'apporte...

— Tu es injuste ! s'insurgea Ava malgré elle. Whispering Springs est une vaste propriété, avec de nombreuses zones difficiles d'accès et une quantité d'endroits où se cacher. Il ne peut pas être partout à la fois.

— Je sais. Loin de moi l'idée de lui faire des reproches. Il m'a d'ailleurs conseillé d'étoffer la sécurité. C'est moi qui ai décidé de ne pas le faire.

— Parce que tu ne voulais pas que Tony l'apprenne.

— Je t'ai expliqué tout cela hier. Et en dépit de ce que je viens de dire, j'ai une totale confiance en Dylan. Je ne vois personne faire ce travail mieux que lui. Je suis juste un peu sur les nerfs.

— Nous le sommes toutes, dit Ava. Mais il faut que nous restions calmes et vigilantes, et tout ira bien.

— Je n'arrive pas à croire à tout ce qui se passe, se lamenta Blair. L'intrusion dans notre maison était déjà assez pénible, mais ces poupées sur nos lits... C'est tout simplement sinistre. Pardonne-moi de dire cela, mais j'espère juste que quelqu'un joue un jeu cruel avec nous. Parce qu'une idée ne cesse de me tarauder. Les membres brisés, la gorge tranchée. Ava... Et si c'était une façon pour l'auteur de ces faits de nous informer de ses intentions ?

Cette possibilité avait aussi traversé l'esprit d'Ava, mais elle préférait garder ses inquiétudes pour elle. Blair était assez agitée comme cela.

— Ne te laisse pas emporter par ton imagination. Comme je viens de le dire, nous devons rester calmes et attentives. Pas de sorties sans en avertir quelqu'un. Pas de randonnées, ni d'escalades, ni de promenades non accompagnées. Les fenêtres et les portes doivent rester fermées, même de jour. En gros, faisons preuve de bon sens. Nous ne devons pas nous séparer, jusqu'à ce que nous puissions partir d'ici. À ce propos, cesser de nous crêper le chignon ne serait peut-être pas un luxe.

— Plus facile à dire qu'à faire. Celeste veut du sang, et Jane n'est pas dans de meilleures dispositions.

D'un geste distrait, Blair dessina un cœur sur la fenêtre.

— T'es-tu demandé pourquoi Celeste et toi êtes les seules à ne pas avoir reçu de poupées ?

— Je ne suis ici que depuis deux jours, souligna Ava. Peut-être ce mystérieux individu n'a-t-il pas encore eu le temps de s'occuper de moi. Ce n'est pas trop tard. Nous pouvons être bloquées ici jusqu'à la fin de la semaine.

Blair dessina un second cœur à l'intérieur du premier.

— Et s'il était dehors à nous épier en cet instant même ? Nous ne pouvons pas le voir, mais lui, si.

— Blair, arrête.

Elle ferma un œil, puis posa le doigt sur le centre du second cœur comme si elle visait quelque chose.

— Je sens une présence dehors. Pas toi ?

— Il n'y a personne dehors.

— Mais s'il y avait quelqu'un ? Si l'on nous avait suivies jusqu'ici.

— De quoi parles-tu, Blair ? Tu as vu quelqu'un de suspect rôder autour du ranch ?

— Non, mais si l'on y pense, ça pourrait être n'importe qui. Un ancien employé aigri. Un ex-petit ami. Qui sait ? Quelqu'un que nous aurions côtoyé à la fac ? As-tu pensé à cela ? Nous n'étions pas les personnes les plus sympas, à l'époque. Enfermés dans notre petite bulle, ne songeant qu'à nous-mêmes, convaincus d'être supérieurs aux autres... Nous n'avions même pas de temps pour une amie proche.

— Tu veux parler de Lily ?

Blair lui jeta un regard de biais.

— Jane n'a pas tort, tu sais. Nous n'avons jamais vraiment parlé de ce qui s'est passé.

Ava fronça les sourcils.

— C'est pour cela que tu veux jouer au jeu ?

— Il n'est qu'un moyen de nous distraire.

— Nous distraire de quoi ?

— Du mauvais temps. Des autres. De la personne qui rôde autour du ranch.

Elle se tourna vers la fenêtre.

— Parfois, j'ai peur que notre passé nous rattrape. Peut-être avons-nous des ennemis dont nous ignorons tout.

Cette étrange conversation mit Ava mal à l'aise.

— Parce que nous étions un peu trop imbus de nos petites personnes ? Allons, Blair. Ne te laisse pas influencer par ce qui se passe ici.

— Ces poupées, je ne les ai pas inventées. Ni le message sur la fenêtre de Jane, pas vrai ?

Elle laissa retomber son doigt de la vitre, révélant un trou au centre du cœur.

— Quelqu'un en a après nous. J'essaie juste de deviner qui ça peut être.

— C'est forcément quelqu'un qui a accès aux clés des chambres, observa Ava d'un ton réticent.

— Ou qui sait crocheter une serrure. Ce n'est pas si compliqué. Je l'ai moi-même appris il y a quelques années grâce à des vidéos sur YouTube. J'en avais jusque-là de m'enfermer tout le temps dehors.

Elle jeta un coup d'œil par-dessus son épaule, puis approcha ses lèvres de l'oreille d'Ava.

— Tu as confiance dans les autres ?

Ava se figea, tandis que son haleine tiède lui caressait la joue. L'espace d'un instant, elle aurait juré reconnaître un parfum de baume à la cerise. Elle s'écarta, tentant de cacher son émoi, mais son cœur s'était mis à battre si fort qu'elle pouvait à peine respirer. Elle eut le plus grand mal à s'empêcher de reculer.

— Je ne sais pas, répondit-elle. Nous n'avons plus aucun contact depuis des années, alors... Et toi ?

— En Celeste, pas du tout. Elle a toujours été du genre à poignarder les gens dans le dos.

Blair se retourna et reporta son attention sur la vitre, où elle dessina des cœurs en série, jusqu'à en avoir une demi-douzaine, insérés les uns dans les autres.

Ce dessin a un sens, songea Ava, même si elle ne savait encore lequel.

— Et Jane ?

— Jane a un côté mauvais. Mais je ne pense pas qu'elle soit dangereuse.

— Et tu penses que Celeste l'est ?

— Elle est prête à tout pour avoir ce qu'elle veut, mais il n'y a là rien d'exceptionnel.

Blair effaça les cœurs d'un balayage de la main sur la vitre.

— Moi-même je suis ainsi, ajouta-t-elle.

Ava s'efforça de garder un ton égal.

— Que veut-elle, d'après toi ?

— Waouh, la foudre est tombée tout près ! murmura Blair.

— Réponds à ma question.

— Oublie Celeste. Nous avons des motifs d'inquiétude bien plus importants.

Ava étudia son profil.

— Comme quoi ?

Elle haussa les épaules.

— Le temps, bien sûr. Un autre orage s'annonce. Tu sais ce que ça veut dire, n'est-ce pas ? Les choses vont s'aggraver avant qu'elles ne s'améliorent.

— Si tu dis cela pour me rassurer, c'est raté, marmonna Ava, tout en fouillant des yeux la nuit en direction des bois.

Si seulement Dylan pouvait revenir, songea-t-elle. Cela faisait un bon moment qu'il était parti, et elle commençait à se faire du mauvais sang. Elle se répéta qu'il était un ex-Army Ranger surentraîné, capable de se débrouiller dans n'importe quelle situation. Il n'y avait pas lieu de s'inquiéter. Il était peut-être plus en sécurité là où il était qu'elle-même dans cette maison, avec Blair et les autres. Malgré cela, en son for intérieur elle sentait que quelque chose n'allait pas.

Elle observa le reflet de Blair dans la fenêtre. Les mains levées devant elle, son amie regardait les éclairs tout en jouant d'une main nerveuse avec sa bague de fiançailles.

— Blair ? Ça va ?

Elle se tourna vers elle.

— Oui. Pourquoi ?

— Je ne sais pas. C'est la façon dont tu tournes et retournes cette bague sur ton doigt, comme si tu voulais l'enlever.

Blair laissa retomber ses deux mains.

— C'est un tic. Je la tripote quand je suis angoissée. Je me sentirai mieux quand Dylan sera de retour. Ne va pas imaginer que je sois le genre de femme qui a toujours besoin de la protection d'un homme, mais...

Elle tourna les yeux vers le couloir.

— On ne sait jamais. Quelqu'un pourrait tenter d'entrer dans la maison en son absence.

— Tais-toi, tu vas nous porter malheur.

— Je sais, je sais. Ne m'en veux pas. C'est le temps qui me rend comme ça. Nous avons toutes un peu les nerfs à fleur de peau. Où m'as-tu dit que Dylan était allé ?

— Effectuer ses rondes. Il ne devrait plus tarder. Tâche de te détendre, OK ? Et si nous allions à la cuisine préparer le dîner ? Cela nous occupera les mains et l'esprit.

— Je n'ai pas faim.

La foudre craqua quelque part, et les lumières vacillèrent. Blair ravala son souffle.

— Oh ! non...

— N'aie crainte, dit Ava. Si le courant est coupé, le groupe électrogène se déclenchera tout seul. Tout ira bien. Mais écartons-nous des fenêtres. Tu as raison, l'orage approche. Allons chercher des bougies, par précaution.

— Tu veux me changer les idées, n'est-ce pas ?

— Ça marche ? plaisanta Ava.

— Je te le dirai quand je les aurai allumées.

S'approchant de la cheminée, Blair sortit une longue allumette d'une boîte posée dans l'âtre, puis alluma les grosses bougies disposées sur le manteau. Ava la regarda évoluer dans la pièce, et faire de même avec des bougies parfumées dans des verres colorés. Après quoi elle sortit d'un placard un saladier de cristal, le plaça au centre la table basse, puis baissa les lumières et admira son travail.

— Le saladier, c'est pour quoi ? demanda Ava.

Son amie haussa un sourcil.

— Tu me le demandes ? Pour les secrets, bien sûr.

— Chouette ambiance ! fit une voix depuis l'entrée en arcade. Ça fait presque oublier que nous sommes coincés ici.

Blair plissa les yeux sur la nouvelle arrivante.

— Celeste ?

S'avançant d'un pas nonchalant dans le grand salon,

celle-ci se laissa choir dans un fauteuil de cuir et jeta négligemment ses jambes sur un accoudoir.

— Qui d'autre cela pourrait-il être ?

— Jane, par exemple.

— Le jour où tu me confondras avec Jane Sandoval, je me trancherai les poignets.

— Ne sois donc pas aussi mélo, la tança Blair. Où est-elle, à propos ?

— Je ne l'ai pas vue depuis que Dylan nous a chassées de sa chambre. Et *lui* ? Où est-il, si je puis me permettre ?

— Dehors, répondit Blair.

— Par ce temps ?

— Il explore le parc, précisa Ava. Afin de s'assurer que tout est en ordre.

— Notre héros. J'espère qu'il sera revenu pour le début de notre captivant Jeu des Secrets. Je doute qu'il veuille rater cela. Dommage que Tony ne soit pas là, ajouta-t-elle, la voix chargée de sarcasme.

Si elle voulait provoquer une réaction de colère chez son hôtesse, elle en fut pour ses frais. Blair se contenta de sourire.

— Oui, ça pourrait être intéressant.

— Comme si ce ne l'était pas déjà, observa Celeste.

— Oh ! attends seulement.

— Attendre quoi ? répliqua-t-elle d'un ton sec, tout en se levant lentement. Si tu as quelque chose à me dire, Blair, dis-le. Ne te cache pas derrière un jeu stupide.

— Tu es complètement parano, ma chérie.

— Nous avons toutes le droit de l'être, me semble-t-il.

Celeste promena son regard autour d'elle dans la pièce.

— Ces bougies me gênent.

— Je pensais que tu aimais l'ambiance, répondit Blair sans se départir de son sourire.

— C'est le parfum. Je ne sais plus d'où je le connais.

— Mandarine et grenade, suppléa Jane depuis l'entrée. C'était le préféré de Lily.

Celeste semblait de plus en plus crispée.

— J'aurais dû savoir que tu étais derrière ça ! Te servir de son parfum est une idée atroce, Janie. À glacer le sang.

Ava en avait également la chair de poule.

— D'accord, je n'ai peut-être pas été bien inspirée...

Blair se tourna vers Jane.

— Tu les as changées ? s'écria-t-elle. Mais pourquoi ?

Jane haussa les épaules.

— Pourquoi pas ? C'est comme d'avoir Lily ici, avec nous. Elle adorait le Jeu des Secrets. Personne n'y jouait mieux qu'elle. Ne soyez pas surprises qu'elle ait encore quelque chose à révéler.

— Jane, stop, dit sèchement Ava.

— Qu'y a-t-il ? Tu as peur de ce qu'elle pourrait dire sur toi ? Tu n'es pas le parangon de vertu que tu voudrais nous faire croire, Ava. Je me trompe ?

Blair détailla Jane de la tête aux pieds à travers la pièce, et sa main se porta à sa gorge.

— Qu'est-ce que tu portes ? demanda-t-elle.

— Tu n'aimes pas ?

Jane s'avança dans la pièce en virevoltant. Elle portait une robe blanche identique à celle que portait Lily le soir de sa mort. Et ses cheveux étaient différents, également. D'abord, Ava crut qu'elle les avait décolorés. Puis elle se rendit compte qu'elle s'était coiffée d'une perruque en une parodie soit très cruelle, soit très malsaine de leur amie décédée.

— Jane, on peut savoir ce que tu fais au juste ? demanda-t-elle, choquée.

— Appelle-moi Lily.

Devant leurs mines stupéfaites, elle éclata de rire et se remit à tournoyer, les bras déployés et le visage tourné vers le ciel. Il fallut à Ava un moment pour comprendre que Jane simulait une chute depuis le toit d'un haut immeuble.

Elle se précipita sur elle et lui empoigna les bras.

— Jane, arrête !

Jane la poussa de côté.

— Ne me dis pas ce que je dois faire, Ava ! Les autres non plus ! Ce n'est plus à vous d'édicter les règles.

— Tu es folle, dit Celeste. Tu as vraiment vrillé du bonnet.

— Dans ce cas je suis en bonne compagnie ! rétorqua-t-elle avec un sourire démoniaque.

Comme elle l'avait fait plus tôt, elle balaya la pièce du regard. Sauf qu'entre-temps son comportement était passé de mesquin à vindicatif, puis à déséquilibré, et enfin carrément insane.

— Je sais ce que vous lui avez fait ! lança-t-elle au groupe, avant de s'adresser à Ava : Chacune d'entre vous. Vous croyez qu'elle a emporté vos secrets dans la tombe, pas vrai ? Mais elle ne l'a pas fait. Ils sont ici, dans le creux de ma main.

Elle ouvrit son poing, révélant trois morceaux de papier pliés avec soin. Puis releva les yeux, tout sourire.

— Vous ne pouvez pas imaginer depuis combien de temps j'attends cette soirée.

12

Dylan sortit du chalet et se tint un moment immobile, les sens en alerte. Puis, tout en marchant de long en large sur le perron de bois, il tenta de nouveau de téléphoner. Toujours aucun signal. Sans plus attendre, il remisa l'appareil dans sa poche, descendit les marches et se dirigea vers le sentier. Le crépitement obstiné de la pluie s'accompagnait à présent du grondement du tonnerre et des déflagrations de la foudre au-dessus des bois. L'orage s'approchait. Il devait regagner le ranch avant que la situation n'empire.

Déjà, il se sentait ralenti par le poids de l'inquiétude, de la peur et de la boue qui lui collait aux semelles.

Son arme à la main, il progressait aussi vite qu'il le pouvait sur la corniche. Sept mètres en contrebas, la rivière bouillonnait dans un nuage de vapeur dû au mélange souterrain des sources chaudes et des eaux froides. Il perdit soudain pied, et dans la fraction de seconde qu'il lui fallut pour recouvrer son équilibre, il vit quelqu'un devant lui.

L'individu portait une capuche qui lui cachait le visage, et lui faisait face. Les épaules courbées contre la pluie, il serrait les poings sur ses flancs comme s'il s'apprêtait à le charger. Dylan se mit en position de défense, et empoigna son pistolet des deux mains.

— Restez où vous êtes ! lui cria-t-il dans la tempête. Je suis armé.

Le type ne bougea pas. Pendant quelques secondes ce fut comme s'il mettait Dylan au défi de venir vers lui, mais il se retourna, quitta le sentier et s'enfuit dans les bois.

Dylan essuya la pluie de son visage et le prit en chasse. Il sprinta entre les arbres, s'arrêtant ici et là pour tendre l'oreille, mais l'orage noyait tout bruit provenant de l'inconnu, et il lui fut bientôt impossible de le localiser. Si c'était un habitant du coin, il connaissait mieux que lui le terrain.

Laisse-le filer, se dit-il. *Cesse de perdre du temps et retourne à la maison.*

Alors qu'il pivotait en direction de la corniche, il aperçut brièvement une tache jaune vif. Son arme se leva avant même qu'il n'ait repéré le ciré abandonné. Celui-ci avait été roulé sur lui-même et fourré dans un buisson de mûres. Dylan tenta de l'extraire à l'aide d'un bâton, mais il s'accrochait aux ronces. Après avoir jeté un nouveau coup d'œil autour de lui, il s'accroupit sur le sol, plongea la main dans le buisson et grimaça, les bras griffés par les redoutables épines. Il parvint néanmoins à attraper le ciré entre deux doigts, et lorsqu'il le sortit enfin, quelque chose en tomba dans un bruit mat.

Aveuglé par la pluie et l'obscurité, il sortit son portable et éclaira l'objet. Un démonte-pneu reposait à ses pieds. Un genou au sol, il passa le faisceau le long de l'objet d'acier, à la recherche de tout ce qui pouvait livrer une parcelle d'ADN avant d'être éliminé par les intempéries. Puis il dirigea la lumière sur l'intérieur du buisson. Il était si accaparé par sa tâche qu'il faillit ignorer les signaux. Un froissement de feuilles, un craquement de brindille. En fait, il les sentit plus qu'il ne les entendit.

Il releva les yeux. Juché sur une branche basse, quelqu'un le regardait. Avant qu'il ne puisse le viser, l'autre bondit sur lui et le renversa sous son poids. L'étau formé par le sol et un genou sur la poitrine lui coupa la respiration. Malgré cela, il parvint à garder prise sur son arme. Malheureusement, une main lui saisit aussitôt le poignet. Un coup de feu partit, puis un autre. Puis le pistolet s'envola de sa main.

Pendant que son assaillant tentait de lui agripper la gorge, Dylan lui asséna une série de puissants crochets au menton. Il entendit quelque chose craquer puis un liquide chaud lui coula sur le visage. Clignant des yeux pour s'éclaircir la vue, il gratifia la mâchoire de son adversaire d'un violent coup de poing. Ils se battirent dans une obscurité totale, vautrés sur le sol détrempé, roulant dans la boue, les ronces et les projections de leur propre sang.

Pas une fois Dylan ne vit avec netteté le visage de l'homme, mais à en juger par sa taille et sa puissance, c'était un adulte d'environ son âge, en excellente condition physique. Quelqu'un qui n'avait pas peur des combats sans règles. Et qui avait peut-être tué Noah Pickett à l'aide d'un démonte-pneu.

Dans la lumière blanche d'un éclair, Dylan aperçut son pistolet et plongea pour le récupérer. Au moment où ses doigts se refermaient sur la crosse, il reçut un coup brutal derrière la tête. Des lumières explosèrent derrière ses yeux tandis qu'une douleur fulgurante lui traversait le crâne.

Il s'affaissa face contre terre, pas inconscient mais trop sonné pour tenter la moindre contre-attaque. Dans un coin de son esprit, l'image du démonte-pneu lui apparut, dégoulinant de sang. Il attendit la balle fatale, le coup qui le mettrait K-O à jamais, mais rien ne se passa.

L'homme se releva. Dylan bascula sur le dos et chercha à distinguer ses traits. Mais tout ce qu'il vit fut une silhouette brouillée penchée sur lui.

Jane avait quitté la pièce quelques minutes plus tôt, mais les trois autres étaient demeurées figées, telles des statues, trop secouées pour bouger ou articuler un mot, trop choquées pour pouvoir analyser ce qui s'était passé.

Ce fut Celeste qui brisa le silence.

— Elle a perdu la boule. Elle est devenue complètement folle. J'ai toujours su qu'il lui manquait une case, mais jamais je n'aurais imaginé que c'était à ce point-là.

— Elle n'a pas toute sa tête, c'est clair, commenta Blair. Maintenant, que devons-nous faire ?

— Faire ? Vous, je ne sais pas, mais moi je me tire d'ici ! répondit Celeste en se dirigeant vers la porte. Si vous pensez que je vais passer une autre nuit sous le même toit que cette tarée, vous vous fourrez le doigt dans l'œil.

— Et où iras-tu ? s'enquit Ava. La première ville est à quinze kilomètres, et la route est impraticable. Tu ne peux pas y aller à pied, et tu n'as aucun moyen de transport. Si malgré tout tu pars là-bas, nous serons obligées de venir te chercher.

Cela ne sembla pas la décourager.

— Alors j'appellerai les flics. Quelqu'un doit savoir à quoi nous sommes confrontées ici. De sorte que lorsque nos corps seront retrouvés après la décrue, ils sauront qui chercher. À ce moment-là, bien sûr, Jane sera probablement déjà loin.

— Tu ne trouves pas que tu dramatises un peu trop ? la tança Ava.

— Du reste, tu ne peux pas appeler les flics, fit remarquer Blair. J'ai essayé de joindre Tony il y a un moment, mais je n'ai pas eu de signal.

Ava se retourna d'un bond.

— Quoi ? Quand était-ce ?

— Je ne sais pas. J'ai essayé plusieurs fois. L'orage doit avoir endommagé l'antenne-relais.

Celeste sortit aussitôt son portable et consulta l'écran.

— Pas de réseau. Et le tien, Ava ?

— Je l'ai abîmé dans le canyon ce matin. Quelqu'un a essayé le poste fixe ?

— Il n'y a pas de ligne non plus, dit Blair. Que de l'électricité statique.

Un lourd silence tomba dans la pièce à la suite de cette dernière information.

— Dites-moi si j'ai bien compris, déclara Celeste avec lenteur. Nous ne pouvons pas partir, nous ne pouvons pas appeler à l'extérieur, bref, nous sommes totalement coupés du monde...

Elle se tourna vers l'entrée de la pièce, et son regard se porta sur l'escalier, au-delà du vestibule.

— L'une ou l'autre d'entre vous croit-elle qu'il peut s'agir d'une coïncidence ? demanda-t-elle enfin.

Non, songea Ava. C'était hautement improbable. Elle essaya de garder la tête froide, mais l'étau glacé de la panique lui comprimait déjà l'échine. Elle prit une profonde inspiration et s'enjoignit de garder son sang-froid.

— On ne peut pas mettre le mauvais temps sur le dos de Jane, dit-elle. Quant à une panne d'antenne-relais à cause d'un orage, ce n'est pas si rare, surtout lors d'inondations à l'échelle du comté.

— Elle a raison, acquiesça Blair. La plupart du temps, le signal est plutôt aléatoire.

— Tâchons de rester calmes, reprit Ava.

Elle plaqua les deux mains sur ses flancs, comme si ce geste pouvait atténuer sa nervosité.

— La seule chose que nous pouvons faire à l'heure qu'il est, c'est de nous asseoir tranquillement. Nous sommes plus en sécurité ici que dehors. Le show de Jane était un peu perturbant, je veux bien l'admettre. Mais c'est tout ce que c'était. Un show. Elle cherche à nous provoquer. Je vais monter lui parler.

Celeste roula les yeux.

— Pour lui dire quoi, nom de Dieu ? Tu as une jolie robe ?

— Pour lui faire comprendre qu'elle n'a pas intérêt à recommencer.

— Quelle autorité ! Si tu crois qu'elle t'écoutera, tu te

fourres le doigt dans l'œil. Mais vas-y, amuse-toi. Suis ton idée, je suivrai la mienne.

Sur ce, Celeste se tourna vers la porte.

— Où vas-tu ? l'interpella Ava.

— Je monte à ma chambre. J'ai le droit ?

— Promets-moi de ne pas tenter de filer à l'anglaise.

— Oh ! Seigneur. Épargne-moi ces divagations.

Tandis qu'elle disparaissait dans le vestibule, Ava s'approcha de Blair.

— Tu ne plaisantais pas en disant que ce pouvait être une soirée intéressante.

— Ce n'est pas tout à fait ce que j'avais en tête, répondit Blair, une main sur le cœur. Cette robe que portait Jane... Ça ne peut pas être l'originale, n'est-ce pas ? Oh ! Ava, ça me rend malade rien que de l'imaginer.

— Non, ce n'est pas l'originale. Jane aimait copier le style de Lily, tu te souviens ? Elle a juste dû acheter la même.

— Et elle l'aura gardée toutes ces années ? Pour *ça* ?

— Je n'affirmerai pas que je comprends le comportement de Jane, mais quoi qu'elle ait projeté de faire, elle n'est pas venue les mains vides.

Ava regarda autour d'elle, mal à l'aise.

— Cette robe, la perruque, ces bougies. Pas étonnant qu'elle ait tant insisté pour que nous jouions au jeu. À l'évidence, elle avait planifié toute la soirée.

Blair tripotait de nouveau sa bague.

— Qu'a-t-elle écrit sur ces papiers, d'après toi ? Elle a dit que c'était les secrets de Lily.

Ava frissonna.

— Je n'en sais rien.

Blair retourna devant la fenêtre et observa l'orage.

— Si seulement Tony était là. Il saurait quoi faire.

— Tout à l'heure tu as dit que cela faisait des heures que tu ne parvenais pas à le joindre.

— En effet, pourquoi ? Tu ne crois pas qu'il lui est arrivé quelque chose, n'est-ce pas ?

Son visage exprimait un profond désarroi.

— Non, bien sûr que non. Tu l'as toi-même expliqué : l'antenne-relais a pu être endommagée par l'orage. N'envisageons pas le pire, OK ? Nous devrions peut-être parler d'autre chose. Quitte donc cette fenêtre et viens te détendre, ajouta-t-elle en s'installant sur le canapé.

Blair prit place dans le fauteuil que Celeste venait de libérer.

— De quoi veux-tu parler ?

— Je ne sais pas. Tiens, raconte-moi, pour Whispering Springs. Tu as participé à la décoration ?

— J'ai eu quelques idées, c'est vrai.

— Je reconnais ta patte ici, dit Ava en hochant la tête. C'est un très bel endroit. Sais-tu que j'ignorais que Tony et toi en étiez propriétaires, jusqu'à ce que Celeste m'en parle ?

Elle gardait un ton bas et intimiste, autant pour apaiser ses propres angoisses que celles de Blair. Elle devait cesser de se tracasser pour Dylan. Bon sang, où était-il ?

— Tony en a toujours été fou. Tu te souviens comme il y était attaché à l'époque ? Dès qu'il a appris que la propriété était à vendre, il a littéralement bondi sur l'occasion. Au début, il prévoyait d'en faire une sorte d'ermitage privé, un lieu de retraite et de détente pour les week-ends et les vacances. Mais très vite il a vu le potentiel de l'endroit et contacté des investisseurs. J'ai émis quelques suggestions, mais il s'est adressé à un cabinet d'architectes et de designers qui ont effectué tout le travail. Tony ne fait jamais les choses à moitié.

— C'est sans doute la clé de sa réussite, observa Ava.

— Oui. Il mène de nombreuses affaires ici. Certains décideurs aiment négocier sur un parcours de golf, mais Tony dit qu'il n'y a pas mieux pour remporter un deal que de piéger sa cible à mi-hauteur de Bishop's Rock.

— Je le comprends aisément, murmura Ava. Il ne t'en a pas voulu d'accaparer toute la propriété pour ces retrouvailles ?

— Non. En fait, c'était son idée.

Ava haussa un sourcil.

— Son idée ? Vraiment ? Dommage qu'il ne soit pas là pour en profiter, alors.

Elle s'interrompit, songeuse.

— Il paraît que la famille Pickett était propriétaire du ranch, dans le temps. Comment Noah en est-il venu à travailler ici ?

Blair semblait s'être calmée. Sa main levée devant elle, elle considérait sa bague d'un air absent.

— Je ne connais pas les détails, répondit-elle. Je me souviens juste d'un jour où Tony m'a dit que Noah avait terminé son temps dans l'armée, et qu'il cherchait un emploi. Whispering Springs avait besoin d'un guide, et personne ne connaissait mieux le secteur que lui. Il a commencé à temps partiel, et aujourd'hui il nous aide à faire tourner l'endroit. Il est devenu indispensable.

— Sur la route de l'aéroport, il m'a parlé d'une fille qui avait disparu d'un des chemins de randonnée. Elle était allée se promener après le travail, et ensuite n'a plus donné signe de vie. Elle s'appelait Sara.

— Sara Rainey.

— Tu la connaissais ? demanda Ava.

Blair haussa les épaules.

— Pas vraiment, même si j'ai dû rencontrer la plupart des employés lorsque le ranch a ouvert. Tony a été anéanti quand c'est arrivé. Je ne l'avais jamais vu aussi bouleversé. Nous n'accueillions les clients que depuis quelques mois. La relation aux médias a été un cauchemar, mais il n'y avait pas que cela. La fille était une employée, et Tony se sentait personnellement responsable. Sa disparition lui a porté un coup brutal.

— Qu'a-t-il cru qu'il lui était arrivé ?

Blair bougea sa main pour faire briller le diamant sous la lumière des bougies.

— Il n'a jamais aimé en parler. Dès que son nom était prononcé, il le prenait très mal. La seule autre fois où je l'ai vu aussi ébranlé, c'est...

Elle laissa sa phrase en suspens, comme si elle craignait d'en dire trop.

— Oui ?

— Non, rien. C'est sans importance.

— Tu allais dire après le suicide de Lily ? Je ne savais pas que Tony et elle étaient particulièrement proches.

Blair haussa le menton.

— Un suicide est toujours un événement pénible, quelles que soient les circonstances.

— Oui, bien sûr. Je n'entendais pas autre chose.

Blair demeura un moment silencieuse. La lumière dansante des bougies lui donnait un air sournois, mystérieux.

— En fait, ils étaient plus proches que tu ne l'imagines.

Ava ne put dissimuler sa surprise.

— Pardon ?

Blair reporta les yeux sur la cage d'escalier, de l'autre côté de la porte.

— J'ai le sentiment que c'est l'un des secrets que Jane tenait dans sa main.

— Lily et Tony ?

— Lily en pinçait pour lui. Peut-être même ont-ils eu une brève aventure à l'époque.

— Qu'est-ce qui te fait penser cela ? demanda Ava, choquée.

— Oh ! des petites choses que je voyais. Des regards furtifs, des contacts involontaires. Tout cela, je l'ai remarqué après sa rupture avec Dylan. Je pense que c'est pour tourner la page de cette rupture qu'elle est sortie avec Tony.

— Tu l'as interrogé ?

— Mon mari ? Bien sûr que non. Pourquoi l'aurais-je fait ?

Elle haussa les épaules.

— Même s'ils sont sortis ensemble, ce n'était pas sérieux. Ce n'était que pour le sexe.

— Et elle ? Tu lui as demandé des explications ?

Elle marqua une légère hésitation avant de répondre :

— Quelquefois, il vaut mieux laisser certaines choses suivre leur cours.

Elle parlait comme si elle avait une certaine expérience de ce genre de situations. Ava repensa au rendez-vous clandestin de Tony et Celeste, la veille au soir.

— C'est une façon comme une autre de réagir, je suppose. Mais je ne pense pas que ce serait la mienne.

Blair se fendit d'un large sourire.

— Peut-être est-ce pour cela que tu es toujours célibataire. Tu n'es pas prête à faire les sacrifices nécessaires.

Tout le monde avait regagné l'étage, et Ava était seule dans le grand salon. Malgré sa mise en garde à Blair, elle se tenait devant les fenêtres et contemplait l'orage en attendant Dylan. Lorsque enfin elle le vit apparaître, chancelant, à la lisière des arbres, elle sortit en courant à sa rencontre, puis lui enlaça la taille pour le soutenir. Ses vêtements étaient maculés de boue et imprégnés de sang. Elle resserra sa prise et l'aida à regagner le patio.

— Dylan, que s'est-il passé ? Mon Dieu, tout ce sang... Tu es blessé. Où ?

— J'ai reçu un vilain coup sur le crâne, mais ce n'est pas aussi grave que ça en a l'air, indiqua-t-il, une main plaquée sur sa nuque. On m'a tendu une embuscade.

Ava déglutit avec peine.

— La personne qui t'a suivi dans les bois ?

— Je n'en suis pas certain. Je n'ai pas pu voir son visage.

Elle l'attira sous les lampes afin d'examiner la blessure.

— Je ne peux pas voir si la plaie est profonde, murmura-t-elle. Il faut la nettoyer d'abord.

— Dans un petit instant. Il faut que je te dise d'abord quelque chose.

Il s'appuya au mur du patio et poussa un lourd soupir.

— Noah Pickett est mort. Assassiné.

— Quoi ? *Comment ? Quand ?*

— Je l'ai trouvé dans l'un des chalets. Il était mort depuis plusieurs heures. Peut-être bien la fin de la matinée.

Oh Seigneur.

Elle le repoussa contre le mur.

— Tu crois que la personne qui t'a attaqué est aussi celle qui l'a tué ?

— Je ne sais pas. L'intérieur du chalet était sens dessus dessous. Je ne pense pas que ce soit l'œuvre d'un pillard. Le visiteur cherchait quelque chose de précis.

— C'est incroyable. Moi qui pensais qu'il n'y avait qu'ici que se passaient des trucs aberrants.

— Que veux-tu dire ? demanda-t-il en lui saisissant le bras. Il t'est arrivé quelque chose ?

— Non, je vais bien. Mais on dirait que mes trois camarades sont devenues dingues. Elles agissent de façon si étrange, Dylan. Mais ce n'est rien par rapport à ce que tu viens de vivre. Comment Noah a-t-il été tué ?

— Des coups violents à la tête, avec un démonte-pneu, semble-t-il. Son corps a ensuite été plongé dans le jacuzzi. Il faudra une autopsie pour déterminer la cause du décès.

Il jeta un coup d'œil au salon par les portes à claire-voie.

— Où est tout le monde ?

— À l'étage. Jane nous a fait un drôle de numéro. Mais je t'en parlerai plus tard. Pour le moment, il faut nous occuper de cette blessure, Dylan.

Elle se rapprocha de lui.

— Le réseau cellulaire est hors service, et la ligne fixe est coupée. J'ai tenté de convaincre les autres que c'était à cause de l'orage, mais à présent je me demande si quelqu'un n'a pas délibérément décidé de nous isoler.

— Je n'ai pas de signal non plus sur mon portable. Ça peut être l'orage, mais aussi un brouilleur.

— La plupart ont un rayon d'action réduit, indiqua Ava. Un pâté de maisons, par exemple.

— Pas les gros. Pas ceux qui sont branchés sur un groupe électrogène de forte puissance. Ils peuvent bloquer un signal sur des kilomètres carrés.

— Ce qui impliquerait un gros investissement en argent et en logistique, n'est-ce pas ? Les concurrents de Tony sont peut-être derrière tout cela, finalement. En tout cas ils en ont les capacités. D'un autre côté, je vois mal où la mort de Noah se situerait dans le tableau. Sauf s'il a vu quelque chose qu'il ne devait pas voir. Et puis, pourquoi terroriser le reste d'entre nous juste pour atteindre Tony Redding ?

— C'est ce qu'il nous faut découvrir, dit-il.

Ava jeta un regard par-dessus son épaule.

— Il faut informer les autres pour Noah. On ne peut pas le leur cacher.

— Je ne sais pas si c'est une bonne idée. Réfléchis. Nous sommes bel et bien piégés ici. Une panique collective est la dernière chose dont nous avons besoin. Nous devons veiller à ce que chacun reste calme et ne sorte pas de la maison. Tu as toi-même parlé de sécurité par le nombre. J'ai besoin de ton aide sur ce coup.

— Je ferai ce que je pourrai, répondit-elle. Mais Celeste a déjà menacé de partir. J'espère que ce n'était qu'une fanfaronnade.

— Nous nous occuperons d'elle le moment venu. Mais une chose à la fois. Il faut que je monte me nettoyer avant que l'on me voie ainsi.

Ava opina du chef, et s'accrocha un instant à sa main avant

de se glisser dans le vestibule. Une fois assurée que la voie était libre, elle le lui signala et il se hâta de disparaître dans l'escalier. À l'aide d'une serviette provenant des toilettes visiteurs, elle effaça avec soin ses traces derrière lui. Cette tâche était la bienvenue : elle la détournait de la pensée de Noah Pickett assassiné.

Relevant les yeux, elle découvrit que Celeste l'observait depuis le palier. Ses yeux brillaient d'intérêt.

— Que fais-tu là, Ava ? demanda-t-elle, la tête penchée. Pourquoi ton chemisier est-il mouillé ? Tu n'es pas sortie, n'est-ce pas, après nous avoir ordonné à toutes de rester confinées ici ?

Ava haussa les épaules.

— Je suis sortie un moment dans le patio. La pluie était plus forte que je ne l'avais cru. J'allais justement monter me changer. Tu as vu Blair ? Ou Jane ?

Celeste continuait à la regarder d'un air étrange.

— Je pensais que Blair était avec toi.

— Non, elle est montée dans sa chambre il y a quelques minutes. Du moins, c'est ce que j'ai cru.

Celeste descendit lentement les marches.

— Elle a abandonné l'idée de jouer au jeu ? Je me disais que j'allais peut-être y participer, finalement.

Elle ouvrit sa main, révélant le papier plié qui s'y trouvait. Ava fronça les sourcils.

— Il y a un saladier sur la table du grand salon. Mais tu es sûre de vouloir l'y encourager ? Ou Jane ? Jane, surtout ? ajouta-t-elle avec une grimace.

— Elles ont peut-être raison, répliqua-t-elle. Peut-être que jouer à ce maudit jeu est la seule façon de découvrir le fin mot de ce qui se passe dans ce ranch.

— On dirait que tu as changé ton fusil d'épaule, observa Ava, suspicieuse.

— J'essaie juste de m'adapter à la situation. Après le

spectacle grotesque que nous a servi Jane, peut-on encore douter que ces poupées suppliciées soient *son* idée ? En tout cas, il est clair qu'elle a quelque chose à dire, un secret à dévoiler, et elle se sert de ces retrouvailles — et du jeu — comme d'un confessionnal. Qui suis-je pour vouloir l'empêcher de s'auto-incriminer ?

— Tu crois vraiment que c'est ce qu'elle veut faire ?

— Nous verrons bien, pas vrai ? En attendant, je vais me trouver une bouteille de whisky et m'enfermer dans ma chambre. Appelle-moi quand le jeu commencera pour de bon.

Elles s'éloignèrent de l'escalier. Ava capta des effluves du parfum de Celeste, quelque chose de lourd, musqué, vaguement écœurant. Elle se tourna vers elle et fixa son dos. Il y avait quelque chose d'inquiétant dans son soudain revirement, dans son comportement général. Elle semblait un peu trop sûre que Jane serait confondue. Mais confondue pour quoi ? Pour avoir nourri de la rancœur toutes ces années ? Avoir disposé ces poupées mutilées dans les chambres ?

Ava la regarda disparaître dans le grand salon, puis tourna les talons et se hâta de gravir l'escalier.

Elle s'arrêta dans sa chambre pour se changer, puis, munie de la trousse de premiers secours laissée plus tôt par Blair, mit le cap sur la chambre voisine. Dylan lui ouvrit vêtu d'un simple jean, l'expression lugubre. Elle s'installa sur le siège le plus proche tandis qu'il sortait un maillot de sa valise et l'enfilait.

En toute autre circonstance, l'intimité de la situation aurait suscité en elle un certain émoi. Mais le meurtre de sang-froid qui venait d'être commis suffisait à l'annihiler.

— J'ai apporté une trousse médicale, annonça-t-elle. Laisse-moi jeter un coup d'œil à ta blessure.

— C'est trois fois rien. Je l'ai nettoyée sous la douche et le sang a cessé de couler. Nous avons des soucis plus importants dans l'immédiat.

Elle ne se fatigua pas à protester.

— Dylan, que s'est-il passé au chalet ? Raconte-moi tout.

Il s'appuya du bassin à la commode.

— Quand je suis arrivé, commença-t-il, la porte n'était pas fermée. Je suis entré pour inspecter les lieux. Comme je l'ai déjà dit, il y régnait une pagaille épouvantable. Les tiroirs étaient sortis, des dizaines de documents jonchaient le sol. Mais pas de Noah. Ensuite j'ai trouvé du sang à la salle de bains. Pas beaucoup. Juste quelques traces sur le lavabo et le carrelage derrière, comme si quelqu'un avait voulu faire une toilette précipitée.

La main d'Ava se dirigea vers sa gorge.

— Continue.

— Je suis sorti sur la terrasse pour jeter un coup d'œil au ruisseau en contrebas. C'est alors que je l'ai trouvé.

— Tu as essayé d'appeler la police depuis le chalet ?

— Oui, bien sûr. C'est à ce moment-là que je me suis rendu compte qu'il y avait un problème de signal. J'ai passé des appels plus tôt dans la journée, à mon bureau de Houston et aux autorités locales pour les informer de notre situation.

— Donc ils savent que nous sommes ici.

— Oui. Mais à leurs yeux nous ne constituons pas une priorité. Nous sommes en terrain élevé, avec des provisions en suffisance et un groupe électrogène.

Ava soupira.

— Donc, nous ne pouvons pas compter sur la cavalerie.

Il la gratifia d'un regard acéré.

— Ava, nous sommes la cavalerie. Toi et moi.

— Je ne trouve pas cela beaucoup plus rassurant. Nous ne disposons que d'une seule arme.

— Il existe d'autres moyens de neutraliser un ennemi. Surtout maintenant que nous savons à quoi nous faisons face. J'ai sous-estimé le danger. J'ai baissé ma garde et on m'a attaqué par surprise, mais je ne répéterai pas cette erreur. Tout ira bien. Il faut juste que nous gardions la tête froide. Du courage, OK ?

— OK.

Mais Ava ne pouvait supprimer la terreur qui lui nouait l'estomac. C'était une chose d'affronter des criminels dans un tribunal, c'en était une autre, tout à fait différente, de chercher un tueur dans un ranch isolé.

— Tu as trouvé autre chose dans le chalet ?

— Quelqu'un a fouillé dans un paquet de vieux articles de presse et d'anciennes photos de Whispering Springs, relatifs à la disparition de cette jeune employée, Sara. Jane s'est monté la tête avec cette histoire, m'as-tu dit ?

— Oui. Elle affirmait qu'elle avait été emportée par une entité surnaturelle. À l'époque j'ai pensé qu'elle plaisantait mais vu son comportement de tout à l'heure, je n'en suis plus aussi sûre.

Ava marqua une pause, la mine grave.

— J'ai beaucoup de choses à te dire au sujet de Jane, mais j'aimerais en savoir plus sur ces documents. Je trouve bizarre que Noah ait gardé tous ces articles et ces photos. Sur la route depuis l'aéroport, il a laissé entendre que l'événement s'était produit avant son embauche ici.

Dylan croisa les bras.

— Alors il t'a induite en erreur. Il connaissait bien cette fille. J'ai vu une photo d'eux ensemble au sommet de Bishop's Rock. Visiblement, ils formaient un couple.

— Il a expliqué que les flics s'étaient focalisés sur le petit ami, mais que ce n'était qu'un moyen d'éviter une mauvaise publicité pour le ranch. D'après toi Noah est-il le suspect ?

— Non, je ne le pense pas. Nous avons vérifié le CV de tout le personnel. Noah s'est engagé à l'armée juste après le lycée. Je dois vérifier les dates, mais il était toujours déployé à l'étranger au moment de la disparition.

— Ensuite, une fois rentré chez lui, il se fait recruter justement ici ? Pourquoi ?

— Tu as une idée ?

Elle secoua la tête.

— Pas vraiment. Mais j'ai l'impression que nous passons à côté de quelque chose. Simplement, je n'arrive pas encore à voir le lien entre les différents éléments. C'est très frustrant.

— Patience, Ava.

— Ce n'est pas ma vertu première.

Elle se leva et se mit à marcher de long en large dans la pièce.

— Je suppose que tu sais déjà que Whispering Springs appartenait jadis à la famille Pickett, n'est-ce pas ? Ils ont traversé une période difficile, et c'est ainsi que Tony a racheté l'endroit. Il en était propriétaire lorsque cette fille a disparu.

Dylan délaissa la commode pour s'approcher de la fenêtre et regarder dehors.

— Quand nous nous apprêtions à partir à ta recherche, Noah m'a confié qu'il connaissait cet endroit mieux que personne, et qu'il existe encore des cachettes qu'il n'a pas trouvées.

Il pivota vers elle.

— Tu veux savoir pourquoi il est revenu ici ? Eh bien, je pense que depuis toutes ces années il cherche son corps.

Ava se représenta Noah passant la propriété au peigne fin, affrontant le mauvais temps semaine après semaine, mois après mois, fouillant sans relâche grottes et canyons pour découvrir les restes de sa bien-aimée. Comparée à sa propre inaction, son opiniâtreté avait quelque chose de poignant. Lorsque Dylan avait disparu de sa vie, elle s'était contentée de poursuivre ses activités. Jamais elle ne s'était sentie plus lâche, plus insignifiante.

Elle le rejoignit devant la fenêtre.

— Tu penses qu'il l'a trouvé ? Peut-être est-ce pour cela qu'on l'a tué ?

— C'est possible. Surtout s'il a commencé à assembler les pièces du puzzle.

— Dylan, et si nous avions tout faux depuis le début ? Si rien de ce qui se passe ici n'était lié à Lily, à nous, ou à une quelconque fusion d'entreprises ? S'il n'y avait toujours eu qu'une fille disparue ? Les poupées, les messages, et même les menaces téléphoniques... Ils n'auraient servi qu'à nous fourvoyer. Un moyen retors pour le tueur de dissimuler ses vrais motifs.

Dylan haussa un sourcil.

— *Le* tueur ?

— C'est un homme qui t'a attaqué, n'est-ce pas ? Réfléchis bien. La seule personne qui est absente depuis le début.

— Tony Redding.

Ava fouilla son regard.

— Ta réponse est éloquente : tu en étais arrivé à la même conclusion que moi.

Il haussa les épaules.

— Il était solide physiquement. À peu près de même taille et de même poids que moi. Et il connaissait bien la propriété, les sentiers...

— Et tu n'as jamais vraiment pu voir son visage. Sans doute est-ce pure spéculation de ma part, mais imagine qu'il ait eu une liaison avec cette fille, et que celle-ci ait menacé de le révéler à Blair. C'était au début de leur mariage, quand elle contrôlait tout l'argent. Projetons-nous maintenant aujourd'hui. Noah additionne les différents éléments. En dehors de toi, qui dans le groupe a les moyens et le savoir-faire pour installer un brouilleur de longue portée.

— Ce n'est pas si difficile.

Ava marqua une pause, songeuse.

— Ce que je ne comprends pas, c'est pourquoi il t'a laissé en vie.

— Je l'ignore. Ce que je sais, par contre, c'est qu'il nous faut toujours examiner ces chambres. Et par conséquent faire descendre tout le monde au…

Un coup de tonnerre éclata soudain au-dessus de leurs têtes, et les lumières vacillèrent. Puis toutes les lampes s'éteignirent en même temps. Ava serra son cardigan sur elle et attendit dans le noir.

— Le groupe électrogène n'aurait-il pas dû s'enclencher ? demanda-t-elle.

Dylan farfouilla dans la pièce. Un instant plus tard, une torche électrique s'alluma.

— Il y a un problème, dit-il. Il faut que je sorte jeter un coup d'œil.

— Je viens avec toi.

— Ava…

Un cri étouffé l'interrompit. Ils se crispèrent tous les deux, puis Ava s'accrocha à lui.

— Ça venait d'en bas.

Il glissa son bras sous le sien et l'attira contre lui.

— Reste près de moi, chuchota-t-il.

— N'aie crainte, murmura-t-elle.

13

Dylan ouvrit la porte sans bruit. Ava le suivit dans le couloir. Il longea celui-ci légèrement penché, sa torche dans sa main gauche, son pistolet dans la droite. Étrange que personne d'autre ne soit sorti, songea Ava tandis qu'ils s'avançaient vers l'escalier. La danse fantomatique des ombres sur les murs accélérait les battements de son cœur.

Ils étaient au bord du palier lorsqu'un second cri leur parvint depuis le rez-de-chaussée. Ils descendirent les marches à la hâte, puis s'arrêtèrent un instant devant la porte du grand salon avant d'y entrer.

Le cœur cognant contre ses côtes, Ava suivit des yeux le faisceau lumineux sur le mobilier et dans les recoins sombres. Dylan balança la torche de droite à gauche, puis braqua soudain la lumière sur la cheminée, capturant le visage livide de Blair.

Elle se tenait à genoux devant l'âtre. De découvrir là son amie fut une telle surprise qu'il fallut à Ava plusieurs secondes pour remarquer le couteau ensanglanté dans sa main.

— Pose ce couteau par terre et lève les mains, ordonna Dylan d'un ton sec.

Blair le considéra d'un œil fixe.

Ava le contourna pour s'approcher d'elle.

— Blair, s'il te plaît, lâche ce couteau.

— Couteau ? Je ne...

Elle se retourna, lâcha un bruit étranglé puis s'écarta, révélant un corps inerte sur le sol derrière elle.

Dylan s'avança.

— C'est Celeste, dit-il.

Cela sembla sortir Blair de son état de transe.

— Ce n'est pas moi, protesta-t-elle. Il faut me croire. Je l'ai trouvée comme ça.

— Alors pose ce couteau et parlons-en, proposa Dylan.

Elle se pencha et le déposa devant lui. Il l'écarta d'un coup de pied et tendit la torche à Ava. Celle-ci s'efforça de stabiliser le faisceau tandis qu'il cherchait le pouls sur le cou. Il y avait tant de sang. Le chemisier de Blair en était couvert. Ses mains aussi.

Et Celeste était si pâle, si immobile…

— Est-elle…

— Il y a un pouls, annonça-t-il à Ava. Tiens, prends ça, ajouta-t-il en lui remettant son arme. Il faut la placer en sécurité quelque part.

— Tu es sûr que nous pouvons la bouger ?

— Je me sentirais beaucoup mieux si elle était derrière une porte fermée à clé. Cette pièce est trop exposée. Transportons-la à l'étage, ensuite nous verrons, pour le sang.

Ava se tint en retrait tandis qu'il soulevait Celeste et se dirigeait vers l'escalier.

— Ne touche pas au couteau, l'avertit-il. Trouve quelque chose dans quoi l'envelopper et prends-le avec toi. Emmène également Blair en haut.

Le pistolet glissé sous sa ceinture, Ava ôta l'un des plaids du canapé. Alors qu'elle se penchait pour ramasser le couteau, la torche fit briller le saladier de cristal disposé sur la table basse plus tôt dans la soirée. Il y avait un papier plié dedans. Un secret.

— Dylan.

Il était déjà à mi-chemin de la porte, Celeste dans les bras.

— Oui ?

— Il y a un papier dans le saladier. Quelqu'un a commencé à jouer.

— Nous le savions déjà, répliqua-t-il en s'avançant vers l'escalier.

Après avoir enveloppé le couteau dans le plaid, elle glissa le papier dans sa poche puis empoigna Blair par le bras.

— Allons. Nous ne pouvons pas te laisser ici. Il faut que tu nous accompagnes.

— Ce n'est pas moi, Ava. J'étais dans l'escalier quand la lumière s'est éteinte. Je l'ai entendue crier, et lorsque je suis arrivée, j'ai vu une silhouette dans le patio. Puis j'ai remarqué Celeste étendue par terre...

— Allez, viens. Nous en discuterons là-haut.

Elle poussa Blair hors du salon, puis elles rejoignirent Dylan sur le palier.

— Mets-la dans ma chambre, dit Ava en le précédant pour ouvrir sa porte, tout en lui éclairant le chemin.

Blair entra avec eux, puis demeura au pied du lit tandis que Dylan allongeait Celeste sur les couvertures.

— Apporte-moi des serviettes, dit-il.

Après avoir déposé la torche et le plaid sur le meuble de chevet, Ava se précipita dans la salle de bains, s'empara d'une poignée de serviettes et revint vers le lit. Dylan en plia une, qu'il appliqua sur le flanc de Celeste, où le sang continuait de couler.

— Garde-la pressée dessus, indiqua-t-il en changeant de place avec elle.

— Où vas-tu ?

— Je reconduis Blair à sa chambre, ensuite il faut que je trouve Jane.

— Et le groupe électrogène ?

— Je m'en occuperai aussi.

Il désigna le lit du menton.

— Ça ira, pour toi ?

— Oui, ne t'inquiète pas.

Blair se colla contre le mur.

— Ne me fais pas sortir, supplia-t-elle. S'il te plaît. Je ne veux pas être seule.

— Tu seras très bien dans ta chambre, répliqua Dylan avec fermeté. Verrouille la porte et ne laisse entrer personne.

Ava leva les yeux vers lui.

— Tu es sûr que c'est une bonne idée ? Il vaut peut-être mieux que nous restions ensemble.

Il se pencha à son oreille afin de n'être entendu que d'elle.

— Je ne veux pas la laisser seule ici avec toi, tu comprends ?

Le cœur d'Ava fit un bond dans sa poitrine.

— Oui.

Il se redressa.

— Je verrouillerai la porte en sortant. Ce que j'ai dit à Blair vaut également pour toi. Ne laisse entrer personne. Que ce soit Blair, Jane, ou n'importe qui d'autre.

— C'est noté.

— Tu as mon pistolet. Si quelqu'un tente de s'introduire de force, tire. N'hésite pas.

Elle acquiesça et reporta son attention sur sa patiente.

Jane ne répondit pas à ses coups. Dylan l'appela à travers sa porte, sans plus de résultat. Il rebroussa chemin, redescendit l'escalier et se déplaça dans la maison en s'éclairant grâce à son portable. Muni d'un couteau puisé dans la cuisine, il sortit par la porte de derrière. La pluie tombait sans faiblir et le vent avait pris de la vigueur, projetant les gouttes froides sur son visage tandis qu'il se pressait sur le chemin menant à la remise. Dans la lumière d'un éclair, il vit quelqu'un penché sur le groupe électrogène.

— Eh là !

L'homme se retourna d'un bond et Dylan vit enfin son visage.

— Reste où tu es, Dylan !

— Je ne peux pas, Tony ! répliqua-t-il en marchant droit sur lui. Mets tes mains bien en évidence et écarte-toi du générateur.

Tony se planta face à lui.

— Tu ignores à quoi tu t'attaques. Tu ne connais pas toute l'histoire.

— Il me semble assez évident que tu cherches à saboter cette fichue machine.

— J'essaie de la réparer, au contraire ! Quelqu'un l'a mise en panne, mais ce n'est pas moi.

Dylan essuya la pluie de son visage.

— Qui est-ce, alors ?

— Je n'ai pas le temps de t'expliquer. Laisse-moi juste la remettre en route avant qu'il n'y ait des victimes.

— Il y en a déjà une : Noah Pickett. Il est mort, mais cela, tu le sais déjà, n'est-ce pas ?

— Ce n'est pas moi qui l'ai tué. J'ai découvert son corps de la même manière que toi.

— Dans ce cas pourquoi t'es-tu enfui ? Pourquoi m'as-tu attaqué ?

— Parce que j'ai pensé que tu travaillais peut-être pour elle. Ce ne serait pas la première fois qu'elle engage quelqu'un pour s'en prendre à moi.

— Qu'est-ce que tu racontes ?

Un nouvel éclair illumina le visage de Tony.

— Tu ne saisis pas, hein ? Tu ne saisis toujours pas. Pourquoi suis-je donc le seul à voir qui elle est vraiment ? C'est une psychopathe, Dylan. Une meurtrière. Il faut la mettre une fois pour toutes hors d'état de nuire.

Dylan serra la main sur son couteau.

— On se calme, OK ?

La foudre fit briller le revolver dans le poing de Tony.

— Tiens-toi en dehors de ça, Dylan. Ou je serai obligé de te neutraliser, toi aussi.

Ava perdit conscience du temps. Elle avait souillé une demi-douzaine de serviettes avant que le saignement s'arrête enfin. Le pouls de Celeste était maintenant plus net, et elle semblait respirer mieux. Après avoir placé une serviette propre sur la plaie, Ava se leva pour chasser les fourmis dans ses bras et ses épaules.

L'orage s'était amplifié au cours des dernières minutes. Le tonnerre secouait les murs et faisait trembler les vitres. S'approchant d'une fenêtre, elle contempla les illuminations dans le ciel et au-dessus du parc, tout en se demandant où était passé Dylan.

Elle scrutait la nuit avec tant d'intensité que lorsqu'un éclair révéla un visage, elle crut un bref instant que quelqu'un la regardait depuis le balcon. Elle déglutit et plaqua une main sur le verre. Le visage lui sourit.

— Lis le secret, dit une voix derrière elle. Lis-le à voix haute, et tu connaîtras enfin la vérité.

Ava virevolta sur elle-même.

— Celeste... Que fais-tu ? Tu ne peux pas être debout...

Sa main vola vers sa ceinture. Oh non. Elle avait posé l'arme de Dylan sur le meuble de chevet.

Celeste souleva le pistolet d'une main, tout en posant l'autre sur son flanc.

— Ce n'est pas si grave. Aucun organe n'a été touché, j'y ai veillé. Je voulais juste qu'il y ait beaucoup de sang.

Ava écarquilla les yeux, stupéfaite.

— Pourquoi as-tu fait cela ?

— Parce que c'est l'alibi parfait.

— L'alibi...

La main qui tenait le pistolet se dressa.

— J'ai dit : lis le secret ! Il est toujours dans ta poche, n'est-ce pas ? Lis-le, Ava. Tout de suite !

Affolée, Ava chercha une arme autour d'elle tout en sortant le papier de sa poche.

— Allez. Lis-le.

— Je ne peux pas, il fait trop sombre. Laisse-moi prendre ma torche.

Sans cesser de tenir Ava en respect, Celeste fit quelques pas dans la chambre et pointa le menton en direction du meuble de chevet, ou était posé l'objet.

— Vas-y.

Ava ramassa la torche de Dylan, et la soupesa discrètement tout en éclairant le morceau de papier ouvert.

Elle releva vivement la tête.

— À voix haute !

— « Lily n'a pas sauté. Je l'ai poussée. »

Celeste se fendit d'un sourire autosatisfait.

— Jane avait raison, tu sais. Lily a encore des secrets à nous révéler.

Le papier flotta telle une feuille morte jusqu'au sol.

— Tu l'as tuée ? Mais pourquoi ?

— Elle avait besoin d'une leçon. On ne prend pas ce qui ne nous appartient pas.

— Qu'avait-elle pris ?

La voix d'Ava était à peine plus forte qu'un soupir. Elle tremblait de partout, mais s'efforça de demeurer concentrée. Ses doigts se serrèrent sur la torche. Faite de gomme dure, celle-ci ne constituait pas une arme redoutable, mais le couteau était toujours sur le meuble. Si seulement elle pouvait ouvrir le plaid...

Les yeux de Celeste étincelèrent dans la lumière brutale d'un éclair.

— C'est moi qu'aime Tony, dit-elle. Ça a toujours été moi. Pas Lily, pas Blair, pas cette stupide gamine qui travaillait ici. Elle pensait pouvoir l'enjôler en le suivant partout, en jouant les filles éthérées aux yeux énamourés. Comme s'il pouvait jamais s'intéresser à ce genre de donzelles.

La main d'Ava se posa sur le meuble de chevet.

— Je ne comprends rien à tout cela.

— Évidemment. Tu n'as jamais eu un homme qui t'aimait comme Tony m'aimait. Lily pensait pouvoir briser notre couple en révélant tout à Blair. Cela, je ne pouvais pas le permettre. Je ne pouvais pas la laisser trahir notre secret. Ce secret est tout. Le ciment qui nous unit. Le lien qui rend notre amour si fort.

Ava avança sa main vers le couteau, centimètre par centimètre.

— Mais il est avec Blair.

— Parce qu'il le doit. Il doit protéger notre secret. Tout allait bien, jusqu'à ce que Blair décide d'avoir un enfant. Un enfant ruinerait tout, le piégerait à jamais. Il n'est pas question que cela arrive.

— Tu es donc venue à ces retrouvailles pour la tuer. Les poupées, les menaces téléphoniques, la mystérieuse intrusion chez eux et le message sur le miroir, tout cela c'était toi ?

— Il fallait que je protège notre secret.

— Et Noah ? Il l'a découvert ?

— Sept ans, soupira-t-elle avec une grimace étonnée. Sept ans, et personne ne s'est jamais douté de rien. Puis il a fallu que je vienne ici et qu'il me reconnaisse. Il s'est rappelé m'avoir vue avec Sara. Au début, il voulait juste me poser des questions. Puis il est devenu arrogant. Il avait une photo, disait-il. Il pouvait prouver que j'étais ici le jour où cette petite garce a disparu.

Quelqu'un frappa à la porte.

— Ava, c'est Dylan ! Ouvre-moi !

Dans la fraction de seconde où l'attention de Celeste fut

détournée, Ava tira sur le plaid et le couteau tomba par terre. Elle se jeta dessus et se rua sur Celeste.

Déséquilibrée, celle-ci heurta les portes, qui s'ouvrirent à la volée. Dans leur élan, les deux femmes traversèrent le balcon et percutèrent la balustrade, qui craqua sous leur poids. Ava se sentit tomber dans le vide. Dieu sait comment, elle parvint à s'accrocher à une traverse, mais elle entendit Celeste toucher le sol au-dessous d'elle.

Ouvrant la porte d'un grand coup de pied, Dylan se précipita vers elle, la hissa vers lui et la remit sur ses pieds. Puis il se saisit de la torche et sauta du balcon.

Ava mit un moment à recouvrer son souffle. Après quoi elle ferma les yeux, se suspendit par les mains au bord du balcon et se laissa tomber.

La pluie criblait le visage de Dylan. Même avec la torche, c'est à peine s'il distinguait le sentier devant lui. Il voyait encore moins Celeste, mais c'était sans importance. Il savait où elle allait. Elle se dirigeait vers le seul endroit où elle pouvait se sentir à l'abri, en sécurité : Bishop's Rock.

Lorsqu'il atteignit la base du piton rocheux, elle était déjà parvenue à une corniche.

Elle fit feu, deux fois, la seconde balle ricocha et lui toucha un bras avant qu'il ne puisse se mettre à l'abri. Le ressaut suivant se trouvait à cinq, six mètres au-dessus d'elle. Elle gravit la paroi à une vitesse terrifiante, trouvant d'instinct ses prises dans la nuit. Dylan dirigea le faisceau lumineux de la torche vers le ciel, au-dessus de sa tête. Celeste se figea un moment telle une biche éblouie par des feux. Accrochée d'une seule main à la roche, elle tira de nouveau sur lui. Puis elle rangea l'arme et grimpa encore de trois bons mètres. Dylan la suivit.

— Il n'y a nulle part où aller, Celeste ! cria-t-il dans la tempête. C'est fini. Tony m'a tout dit.

— Il a dit ce qu'il devait ! Il protège notre secret !

— Il n'y a aucun secret, Celeste ! Tony aime Blair ! Il faut l'accepter et les laisser tranquilles. Descends, nous allons t'emmener à un hôpital.

— Je ne descendrai pas ! Tony m'a dit de l'attendre au sommet !

— Tony est rentré au ranch, il est avec Blair. Descends et arrêtons ça avant que quelqu'un d'autre n'ait à en souffrir.

Il était maintenant assez près pour la voir sans la lampe. Elle était à plat ventre contre la paroi, se soutenant des deux mains, et tentait d'effectuer un rétablissement sur le ressaut de pierre. Ses doigts glissèrent et elle faillit tomber, mais parvint de justesse à se raccrocher.

Mais elle était trop faible pour s'y hisser.

Dylan tenta de la rejoindre.

— Tiens bon, Celeste. Je suis presque là.

Elle baissa les yeux sur lui.

— Je ne voulais pas tuer Lily. Elle était mon amie, et je l'aimais. Mais elle allait parler. Elle allait tout ruiner.

— Je sais. Ne lâche pas, OK ?

— Je ne peux pas vivre sans Tony.

— Celeste...

Elle repoussa la paroi des deux mains, puis écarta les bras lorsqu'elle tomba en arrière.

Ava avait gravi la moitié de la hauteur qui l'en séparait lorsqu'il la repéra dans l'averse. Tant bien que mal, il descendit jusqu'à un rocher plat qui offrait une protection relative, et l'attira à lui. Ils se blottirent l'un contre l'autre dans leur abri à flanc de piton.

— Je peux savoir ce que tu fais ? demanda-t-il. Tu as une trouille bleue des hauteurs.

— C'est vrai, mais j'ai entendu des coups de feu, et j'ai eu encore plus la trouille que tu ne sois touché...

— Donc, tu as pensé : je vais grimper le sauver.

— Manifestement, je n'ai pas pensé. J'ai juste grimpé.

Il la serra contre lui.

— Celeste est morte.

— Je sais. Je l'ai vue tomber. Dylan, que s'est-il passé ?

— Elle ne cessait de me répéter que c'était elle que Tony aimait, mais je dois t'avouer que je n'ai pas compris grand-chose à la situation.

— C'est une longue histoire. Je te dirai ce que j'en sais. Mais avant toute chose il faut descendre d'ici.

Il plaqua ses deux mains sur ses joues.

— Non. Avant toute chose, il faut que tu m'embrasses.

14

— Les choses ont commencé quand nous étions étudiants, expliqua Tony. Elle avait un comportement étrange, obsessionnel, mais j'étais le seul à le voir. Avec vous, elle agissait de façon tout à fait normale. C'était comme s'il y avait deux personnes en elle. Au début, j'étais flatté par l'attention qu'elle me portait. Puis elle a tué Lily, et tout a basculé. Ma vie n'a plus jamais été la même.

— Pourquoi n'es-tu pas allé trouver la police ? demanda Ava.

Il la considéra d'un air hautain.

— Tu crois que je ne le voulais pas ? Elle menaçait de s'en prendre à Blair. Après ce qu'elle avait fait à Lily, je ne pouvais prendre ce risque.

— J'ai toujours su qu'elle était folle, dit Jane. Un jour elle a mis quelque chose dans mon verre, et j'ai failli partir dans le décor au volant de ma voiture. Je crois qu'elle a fait la même chose à Lily. C'est pourquoi elle était si perturbée avant sa mort.

Ils étaient tous installés dans le grand salon. Tony et Blair se tenaient l'un contre l'autre sur le canapé, Jane avait jeté son dévolu sur un fauteuil, et Dylan était appuyé au mur, les bras croisés, les yeux tournés vers la fenêtre. Assise sur l'avancée de l'âtre, Ava observait Dylan observant l'orage.

Tout en écoutant les explications de part et d'autre, elle

se demanda quand ils pourraient enfin être seuls. Tant de choses s'étaient produites, et il restait tant de choses à dire. Tant de secrets à dévoiler...

Elle frissonna, et tâcha de se concentrer sur la conversation.

— Blair lui servait de levier, poursuivit Tony. Elle savait que j'aurais fait n'importe quoi pour la protéger. Et tant qu'elle pouvait feindre d'être son amie, Celeste conservait un contact avec moi.

Il serra la main de sa femme.

— Vous n'imaginez pas ce que j'ai vécu. Les problèmes qu'elle m'a causés, personnels autant que professionnels. Elle était persuadée que j'étais amoureux d'elle, et dans sa tête quoi que je puisse dire ou faire pour me débarrasser d'elle n'obéissait qu'à une raison, protéger notre secret. Sa pathologie porte un nom : l'érotomanie. Parfois elle reportait son affection sur une autre personne. Il pouvait y avoir de longues périodes de calme, et puis soudain son obsession se réveillait et elle tentait de gagner les bonnes grâces de Blair. Lorsqu'elle a découvert notre projet d'avoir un enfant, les choses ont empiré. Elle a menacé de tuer Blair. J'ai alors compris qu'il fallait que je fasse quelque chose. Comme la police ne pouvait pas l'arrêter, c'était à moi d'agir.

— C'est ainsi que tu as eu l'idée de ces retrouvailles à Whispering Springs, déclara Ava. C'est un endroit isolé, et tu connais parfaitement le terrain.

— Malheureusement, tu as pris Ava pour elle, dans le canyon, précisa Dylan, qui ne semblait guère impressionné par les révélations de Tony.

— En effet, reconnut-il. Je lui ai dit de me retrouver sur le chemin du fond, puis j'ai fait semblant de partir.

Il se tourna vers Ava.

— Je te demande pardon. Je ne t'ai jamais voulu le moindre mal.

— Tu étais au bout de ce que tu pouvais supporter,

répondit-elle. Je comprends. J'ai poursuivi en justice des suiveurs de femmes obsessionnels. Je sais combien ils peuvent être retors et têtus, mais aux yeux de la loi ils sont pratiquement intouchables tant qu'ils n'ont pas franchi une ligne rouge. Il est alors souvent trop tard.

— En tout cas, je suis heureuse que tout cela soit terminé, déclara Jane. Et que justice ait enfin été rendue à Lily.

— Tout le mérite t'en revient, dit Ava. Tu nous as bluffées, tout à l'heure. Selon moi, c'est peut-être cela qui a fait craquer Celeste.

— Je ne voulais pas qu'elle en arrive à une telle extrémité. J'espérais juste qu'elle avoue ce qu'elle avait fait.

— Eh bien, c'est mission accomplie.

— L'orage s'éloigne, fit remarquer Dylan.

Tout le monde se leva pour s'approcher des fenêtres.

Il jeta un œil à son téléphone.

— Toujours pas de signal.

— Ne t'inquiète pas pour moi, dit Tony. Lorsque les routes seront dégagées, j'irai me rendre à la police.

Il gratifia Blair d'une tendre étreinte.

— Finis les secrets.

Quelques minutes plus tard, Ava rejoignit Dylan dans le patio.

— Quelle soirée ! Je me sens épuisée, et en même temps branchée sur 10 000 volts.

Il posa la main sur l'un des poteaux.

— Je sais ce que tu veux dire. Moi non plus je n'ai aucune envie de dormir.

— Comment va ton bras ? Et ta tête ? Seigneur, toutes ces blessures ! Nous faisons la paire, tous les deux.

Il croisa son regard dans la nuit.

— Je te crois.

Elle réprima un frisson, s'approcha de la balustrade et fouilla la nuit des yeux.

— Je vois quelques étoiles scintiller. C'est vraiment fini, n'est-ce pas ?

— Autant que tu le désires, Ava.

Elle se tourna vers lui.

— Tout dépend de moi, donc.

Il plongea ses doigts dans ses cheveux.

— Je t'appellerai quand nous serons de retour à Houston.

— Tu as intérêt.

Le sourire qu'il lui adressa fit grimper en flèche son rythme cardiaque.

— Il est tard. Nous devrions probablement essayer de dormir.

— Ma chambre ou la tienne ?

— Aussi simple que ça, hein ?

— Aussi simple que ça.

Elle l'attira entre ses bras.

— Je t'ai laissé partir une fois, Dylan. Cette fois-ci, je m'accrocherai à toi comme si ma vie en dépendait.

— Tu as intérêt, répondit-il contre ses lèvres.

DANICA WINTERS

Le piège du glacier

Traduction française de
ISABEL WOLFF-PERRY

BLACK ROSE

HARLEQUIN

Titre original :
WILD MONTANA

Ce roman a déjà été publié en 2018.

Prologue

Sept...

Le numéro de la chance pour la plupart des gens — lui-même l'avait d'ailleurs considéré comme tel, jusqu'ici.

Ce septième voyage, le dernier de la saison, devait lui rapporter de quoi passer l'hiver au chaud sur une plage mexicaine. Les belles *señoritas*, le soleil, la bière à gogo — que demander de plus ?

Pourtant, lorsqu'il vit l'énorme masse se dresser devant lui, l'homme comprit que la chance n'était pas au rendez-vous ce jour-là, finalement.

Le grizzly se mit à sautiller sur ses pattes avant, un peu comme un chien cherchant à jouer. Sauf que, d'après ce que l'homme savait des ours, ce comportement n'était pas une invite à faire ami-ami — bien au contraire.

Il recula lentement, sans quitter des yeux l'animal qui semblait le jauger, et — pour la énième fois — il regretta de ne pas être plus imposant.

— Tout doux, murmura-t-il, levant les mains en l'air. Tout doux...

Il tourna brièvement la tête pour regarder derrière lui... Son contact avait disparu.

— Le salaud, grommela-t-il, la mâchoire serrée.

Et puis, sans prévenir, l'ours chargea.

L'homme hurla, si fort que son cri retentit jusque dans la vallée.

Le grizzly ne ralentit pas pour autant.

L'homme pivota sur lui-même pour s'enfuir, mais il était trop tard.

L'ours le frappa avec une force indicible. L'homme sentit son haleine putride lui brûler la nuque, ses crocs pointus s'enfoncer dans sa chair, et il ferma les yeux.

Il entendit un claquement sec, et...

... le monde, la douleur, la peur..., tout cela s'arrêta.

1

Alexis Finch remontait péniblement la piste escarpée, en direction de l'endroit indiqué par les randonneurs.

Les corbeaux qui tournoyaient dans un ciel sans nuages semblaient montrer la route aux autres volatiles.

Ils allaient vers l'ouest, il n'y avait qu'à les suivre.

Bien qu'elle ait l'habitude de sillonner cette partie reculée du parc national de Glacier, Alexis avait des crampes dans les mollets. L'altitude l'obligeait à respirer plus vite et, pourtant, elle restait concentrée sur les profondeurs de la pinède qui l'entourait.

— Ranger Finch ?

Soulagée de pouvoir s'arrêter, ne serait-ce que le temps de reprendre son souffle et de réajuster les courroies de son sac à dos, Alexis se retourna vers l'envoyé de la CBP, l'Agence de protection des douanes et frontières, qui l'accompagnait ce jour-là.

— Oui, agent Lawrence ?

Casper Lawrence la rejoignit, les joues rosies par l'effort et le visage couvert d'une fine couche de sueur. C'était plutôt réconfortant de voir qu'après près de cinq kilomètres de montée le séduisant garde-frontière semblait aussi épuisé qu'elle.

— D'après le GPS, on ne devrait plus être bien loin, dit-il.

Le versant de la montagne était recouvert d'herbe givrée,

et de grandes plaques de neige s'étaient formées à l'ombre des arbres. Il n'y avait ni traces de lutte, ni sang, ni empreintes récentes.

Alexis désigna de l'index les oiseaux noirs qui continuaient à croasser au-dessus d'eux.

— GPS ou non, je serais d'avis qu'on suive les corbeaux. Écoutons la nature. C'est elle, notre meilleur guide.

Bien que consciente de se montrer un peu pédante, Alexis était presque sûre de son fait. De son expérience de ranger dans ce parc, elle n'avait retenu qu'une leçon : Dame Nature était très capricieuse. Elle faisait ce qu'elle voulait — jusqu'à mettre en danger ceux qui sous-estimaient son pouvoir.

— Vous n'en avez pas marre, d'être coincée ici ? lui demanda Casper Lawrence, retirant son Stetson pour s'éponger le front. J'aime les grands espaces, moi aussi. Comme tout le monde. Seulement il y a des limites à tout, vous ne pensez pas ?

Ses cheveux châtains qui tombaient sur ses yeux noisette devaient l'empêcher d'admirer la splendeur du paysage environnant, songea Alexis.

— Moi ? Coincée ici ? s'exclama-t-elle en riant.

Comment aurait-elle pu se sentir « coincée » dans un endroit pareil, où il n'y avait, à perte de vue, que le ciel et un relief accidenté ?

— Je préfère mille fois ça à un appartement urbain grand comme un mouchoir de poche, et je vous parle d'expérience. J'ai dû partager mon espace vital quand j'étais à la fac. Croyez-moi, ça n'a pas été facile tous les jours !

Casper Lawrence remit son chapeau. Le large bord lui obscurcissait les traits et faisait ressortir sa mâchoire carrée.

— C'est votre petite amie qui vous l'a offert ? demanda-t-elle, désignant le Stetson d'un geste du menton.

Casper Lawrence la considéra un instant d'un air vaguement perplexe.

— Non. Je l'ai acheté à Kalispell, il y a quelques années de cela.

— Vous êtes de moins en moins nombreux à porter des chapeaux de cow-boy, et c'est fort dommage, déclara Alexis avant de se remettre en route.

Un chapeau en disait long sur l'homme qui le portait. Ceux des éleveurs étant reconnaissables entre mille, les cow-boys du dimanche étaient trahis par les leurs, trop neufs, trop propres.

Celui de Casper Lawrence évoquait les troupeaux de bétail et les grands espaces.

— Vous avez grandi dans un ranch ? reprit Alexis, songeant qu'ils avaient peut-être un point commun.

De nouveau, il la dévisagea d'un air interrogateur. À la simple idée de constituer une énigme aux yeux de ce charmant représentant de la loi, Alexis se sentit tout excitée. Sans doute parce qu'elle était trop souvent seule, ces derniers temps...

— Pas du tout, non, finit-il par répondre. Je suis de Butte.

— De Butte ? répéta-t-elle. Vous êtes d'origine irlandaise, alors ?

Il lui décocha un sourire en coin tellement sexy qu'elle faillit trébucher.

— Gagné !

— Vous rentrez souvent chez vous ?

— La dernière fois, c'était pour les obsèques de mon frère, répliqua-t-il d'un ton bourru.

— Vous m'en voyez navrée.

Casper Lawrence haussa les épaules.

— Robert avait un tas de problèmes, commenta-t-il sobrement.

Comprenant à son intonation que le sujet était clos, Alexis se remit à marcher en silence. Bientôt, on n'entendit plus que le bruit de leurs pas, sur le sentier.

Ils franchirent la crête qui surplombait le lac Kootenai.

Dans ses eaux claires se reflétaient les monts déchiquetés et recouverts de neige du pic Citadel — un paysage grandiose, digne de figurer sur les cartes postales vendues au bureau d'accueil des visiteurs du parc.

Alexis fut tirée de sa contemplation par un nouveau croassement, encore plus sonore que les précédents. À quelques pas d'elle, un oiseau posé sur le tronc d'un arbre mort donnait de grands coups de bec dans le morceau de chair qu'il tenait entre ses pattes.

— Cette fois, je crois que nous y sommes, dit-elle en s'avançant vers le charognard. Rappelez-moi où les randonneurs ont déclaré avoir trouvé le corps, exactement ?

— À vrai dire, ils n'ont trouvé qu'une chaussure. Du moins, c'est ce qu'ils m'ont affirmé quand ils sont passés au poste frontière pour me faire part de leur découverte.

Une brise glaciale monta soudain du lac, faisant voleter un morceau de ruban rose, accroché à un arbuste.

— Là ! s'exclama Casper.

Une montée d'adrénaline lui faisant oublier sa fatigue, Alexis se précipita en direction de l'arbuste.

Elle espérait encore que les randonneurs s'étaient trompés et que la chaussure avait été abandonnée sur le sentier par un touriste particulièrement négligent. Sinon Casper Lawrence et elle-même seraient confrontés à un sacré problème...

Surtout en cette fin de saison.

Il n'y avait que des pommes et des aiguilles de pin, au pied de l'arbuste. Les rapaces et autres charognards étaient déjà passés par là, apparemment.

Laissant tomber son sac à dos, Alexis entreprit de fouiller les alentours. L'herbe était écrasée par endroits, et un vague passage menait vers les bosquets. Alexis le suivit et finit par s'enfoncer dans le bois.

— Ranger Finch ? appela Lawrence, une nuance de panique dans la voix.

— Je suis là ! cria-t-elle, se retournant pour agiter une main au-dessus de sa tête.

Elle entendit des brindilles craquer, puis un chapelet de jurons. Lorsque Casper Lawrence émergea enfin du couvert, une splendide balafre lui barrait la joue gauche.

— Ne disparaissez pas comme ça ! protesta-t-il. Je ne voudrais pas me retrouver avec deux cadavres sur les bras !

Alexis étouffa un petit rire. D'après ce qu'elle venait de voir, elle n'était pas la plus inadaptée des deux.

— OK, Robin des Bois. Je ne m'éloignerai plus de vous, puisque, manifestement, vous n'êtes pas rassuré.

Il s'essuya la joue et examina un instant les gouttes de sang sur son mouchoir.

— Vous êtes tout à fait en droit de vous moquer. Je ne l'ai pas volé. Cela dit...

Elle le fit taire d'un geste de la main.

— J'ai compris le message, agent Lawrence.

— Et cessez de m'appeler « agent Lawrence ». C'est bon pour les touristes, ça ! Vous m'avez autorisé à vous accompagner dans cette expédition, alors on pourrait... Je ne sais pas, moi... Être plus ou moins amis !

« Plus ou moins amis »...

La formulation la fit sourire.

En réalité, elle avait été ravie que Lawrence se tourne vers les rangers et leur expose son problème — et encore plus qu'ils aient décidé d'unir leurs efforts pour la circonstance. Pour la première fois depuis qu'elle travaillait dans ce parc, elle avait hâte que la saison se termine. Ses relations avec son ex-mari étaient de plus en plus tendues, et un peu de recul lui ferait le plus grand bien. Dans l'intervalle, le jeune garde-frontière et ses velléités d'amitié étaient les bienvenus.

Un bruissement se fit entendre dans la broussaille. Deux secondes plus tard, Alexis vit détaler devant elle une petite créature brune. Sans doute une martre, ou un autre mammifère tout aussi inoffensif. Cette apparition soudaine la rendit toutefois encore plus circonspecte qu'elle l'était déjà.

Si même les martres festoyaient, c'était qu'il y avait bel et bien un cadavre dans les parages. Auquel cas les ours, les loups et les pumas, attirés par l'odeur de la mort, rôdaient eux aussi.

Alexis se retourna pour prévenir son coéquipier et réprima difficilement un sourire narquois. Il avait sorti son arme et semblait aux abois.

— On est un peu nerveux, à ce que je vois, dit-elle. Rangez-moi ce revolver, Casper. S'il s'était agi d'un ours, il ne vous aurait pas servi à grand-chose, de toute façon.

— Hé ! je suis bon tireur ! protesta-t-il, remettant l'arme dans son holster d'un air penaud.

— Pas autant que moi, répliqua Alexis, songeant aux journées qu'elle avait passées à canarder de vieilles boîtes de conserve posées sur les piquets d'une des clôtures du ranch familial.

Le ranch…

Là-bas, dans la Bitterroot Valley, tout le monde connaissait son histoire. C'était bon de rencontrer quelqu'un qui ne savait rien d'elle et ne pouvait pas la juger.

S'avançant vers le buisson dont avait surgi l'animal, elle aperçut une chaussure de randonnée à moitié coincée sous une branche morte.

— J'ai trouvé ! s'écria-t-elle.

Casper Lawrence la rejoignit précautionneusement, évitant les brindilles sèches qui jonchaient le sol — sans doute pour ne pas faire de bruit.

— C'est peut-être quelqu'un qui l'a oubliée là ? suggéra le garde-frontière.

— Impossible. Aucun randonneur n'abandonnerait une de ses chaussures à une telle distance du sentier.

Alexis prit quelques photos avant d'attraper le soulier par

le lacet. On distinguait des taches sombres au niveau des orteils, de la cheville et du talon. La semelle avait presque entièrement disparu.

Quand elle fit pivoter la chaussure, Alexis sentit la bile lui monter à la bouche.

Il y avait un morceau d'os à l'intérieur. Des tendons lacérés et de la chair à vif.

Relâchant son emprise sur le lacet, elle fit un bond en arrière. Ce n'était pas la première fois qu'elle était confrontée à un cadavre, et pourtant elle n'avait jamais rien vu de tel. N'eût été la chaussure, elle n'aurait jamais su qu'elle avait affaire à des restes humains.

— À votre avis, qu'est-il arrivé à ce pauvre bougre ? murmura-t-elle, baissant instinctivement la voix.

— Aucune idée, marmonna Casper. Cela dit, nous avons un indice.

— Lequel ? lui demanda-t-elle, se retournant pour le regarder.

— Nous savons que notre randonneur n'est pas délibérément sorti de la piste.

Il passa une main sur sa mâchoire râpeuse et ajouta :

— Bien. On n'a plus qu'à chercher le reste de la dépouille !

2

L'hélicoptère de la Flathead Emergency Aviation Resources — on disait la FEAR — se posa près du lac, son hélice créant de petites vagues blanches sur la surface de l'eau.

Casper avait toujours détesté ce moment — celui où le commandement changeait de main, les privant, lui et son équipe, d'une partie de leur autonomie. En général, c'était avant l'arrivée de ses supérieurs qu'il trouvait les indices les plus probants. Cette fois-ci pourtant, la situation était différente, il devait bien l'avouer. Les seuls témoins dans l'affaire qui l'occupait présentement étaient les charognards en tout genre et, dans une moindre mesure, les deux randonneurs qui avaient trouvé la chaussure.

Alors oui, force lui était de reconnaître qu'il avait besoin de renfort... C'était bien dommage, car il aurait largement préféré continuer à travailler en tête à tête avec la belle Alexis Finch.

Ça avait été un véritable enchantement de la suivre sur cette piste de randonnée, les yeux rivés sur le pantalon vert qui lui moulait les hanches et mettait ses formes en valeur. Au point de lui rendre cette expédition pour le moins pénible un peu plus supportable. Ces uniformes standard avaient du bon, finalement, contrairement à ce qu'il avait toujours pensé.

La jeune femme mit une main en visière sur son front

pour se protéger de la poussière soulevée par l'hélicoptère. Puis, se tournant vers lui, elle grommela avec un cynisme inattendu :

— Que la fête commence !

Casper s'obligea à détacher le regard de ses lèvres pleines et des fines ridules qui se formaient au coin de ses yeux lorsqu'elle les plissait ainsi. Il était là pour s'acquitter d'une mission, pas pour fantasmer sur sa coéquipière du moment, si jolie soit-elle.

Il avait eu une chance folle que ces randonneurs viennent à lui. Et s'il était parvenu à convaincre son supérieur de le laisser mener son enquête, c'était parce qu'il avait prétendu que le promeneur égaré avait vraisemblablement traversé la frontière. Il ne perdait rien pour attendre, néanmoins. Au premier faux pas, on lui retirerait l'affaire, c'était certain.

Bref, ce cadavre était sa dernière chance. Si on le rétrogradait davantage, il se retrouverait au bureau des immatriculations. Cela dit, on l'avait déjà mis au rancart en l'envoyant dans ce minuscule poste frontière en bordure d'un lac auquel on n'accédait que par ferry ou à pied. Sa situation pouvait difficilement empirer.

Le coroner, courbé en deux pour échapper au souffle des pales, courut vers eux. De loin, il était blafard. Lorsqu'il se redressa et fut un peu plus près d'eux, Casper vit sur son nez strié les marques typiques de l'alcoolisme.

— Où est la dépouille ? hurla-t-il pour couvrir le son du moteur.

En guise de réponse, Alexis lui fit signe de les suivre.

Casper se surprit à regarder la chaussure ensanglantée avec une certaine fascination. Il s'en était acheté une paire identique, au début de l'été, et il se demanda fugacement si l'infortuné propriétaire de celle-ci ne s'était pas tenu à ses côtés, dans le magasin, au moment de l'essayage.

Il repoussa cette pensée. L'heure n'était pas au sentimentalisme.

C'était lorsqu'on prenait toute la mesure d'une situation donnée que les choses devenaient dangereuses. Parce qu'on se laissait facilement dépasser par ses émotions. Or, c'était précisément cela qui l'avait mis, lui, Casper, en délicatesse avec ses supérieurs du FBI. Les sentiments, les émotions, l'empathie. Ils auraient voulu un Robocop. Un homme capable de tuer dans les conditions les plus extrêmes et de manger tranquillement son sandwich dans la demi-heure suivante, sans une pensée pour le sang qu'il avait sur les mains et qui faisait son quotidien.

Casper réprima un soupir. S'il avait été plus apte à dissocier son cœur de sa raison, son existence en aurait été simplifiée d'autant.

— C'est tout ? demanda le coroner, manifestement soulagé d'avoir si peu d'éléments à rapporter au laboratoire.

— Oui, confirma Alexis. Pour le moment, c'est tout ce que nous avons récupéré.

— Il faut passer tous les alentours au crible, reprit le coroner en sortant de la pinède pour faire signe aux passagers de l'hélicoptère.

Deux rangers en descendirent et coururent jusqu'à eux. Alexis se crispa nettement en les voyant arriver. Et lorsqu'ils furent à leur hauteur, elle les salua du bout des lèvres. L'un des deux hommes — le brun —, la dévisagea avec insistance, comme s'il essayait d'attirer son attention. Une vieille connaissance, sans doute.

— Où va-t-on, Hal ? demanda-t-il au coroner.

— Je peux te dire exactement où tu peux aller, Travis, commença Alexis.

Elle aurait été plus précise si le coroner ne l'avait pas fait taire d'un regard torve.

— Travis, tu commences par la piste nord. Et toi, John, dit-il à l'autre ranger, tu prends celle du sud. Il ne nous reste plus qu'une heure ou deux avant la tombée du jour, et le pilote ne tient pas à voler de nuit. Alors on se dépêche, les gars !

Casper aimait assez l'attitude du coroner. Il avait toujours apprécié les gens capables d'aller droit au plus pressé. La vie aurait été tellement plus facile, si tout avait été comme ça !

— Toi, Alexis, tu pars vers l'est ; quant à vous, agent... ?

— Lawrence, répondit Casper.

— Agent Lawrence, vous cherchez à l'ouest.

Hal désigna d'un doigt la radio accrochée à sa ceinture.

— Si l'un d'entre vous trouve quelque chose, vous savez comment me joindre.

Sur ces mots, il se mit au travail, passant en revue les notes et les photos prises par Alexis.

La jeune femme attendit à peine que ses deux collègues aient tourné le dos pour se précipiter vers lui.

— Venez avec moi. Il vaut mieux que nous travaillions ensemble.

Malgré sa retenue, Casper eut le sentiment qu'elle avait peur. Il se tourna vers le coroner, déjà absorbé par sa tâche.

— Hal ne m'a pas l'air du style à tolérer qu'on désobéisse à ses ordres, fit-il remarquer.

Elle se planta devant lui, les bras croisés.

— Premièrement, ceci est mon enquête. C'était à moi de répartir les tâches, déclara-elle sans chercher à dissimuler son agacement. Deuxièmement, nous avons davantage de chances de trouver quelque chose en cherchant ensemble.

— Comme vous voulez, c'est vous le chef ! répliqua Casper.

En réalité, il était plus que ravi de la décision de la jeune femme. Si la solitude ne lui faisait plus peur — il avait été forcé de s'y habituer ces douze derniers mois, avec son emploi de garde-frontière —, il devait reconnaître que la présence d'Alexis Finch à ses côtés l'aidait à oublier les démons qui ne le lâchaient jamais.

De front et à quelques mètres l'un de l'autre, ils fouillèrent le bois en contournant le lac. Chaque fois qu'Alexis butait sur une branche morte, elle poussait un petit soupir. Tant et si bien qu'au bout d'un moment, Casper eut la certitude qu'il n'oublierait jamais ce son.

Son imagination s'emballant, il songea aux autres moments où il devait lui arriver de soupirer ainsi. À la manière dont elle se mouvait pendant l'amour. Au corps que dissimulait ce vilain uniforme kaki. Peut-être aimait-elle la lingerie fine ?

Non, le ranger Finch était sans doute adepte du confort le plus total. Culottes en coton et…

La vue d'Alexis en difficulté alors qu'elle enjambait un tronc mort un peu plus haut que les autres l'arracha à ses supputations. Le pantalon de la jeune femme s'était pris dans une branche et, comme elle tentait vainement de se libérer, elle finit par perdre l'équilibre.

Casper se précipita vers elle.

— Ça va ? s'enquit-il en l'aidant à dégager l'étoffe de l'emprise du bois mort.

L'accroc formait un L à la hauteur de la cuisse.

— Ça va, souffla-t-elle, bien que manifestement gênée.

— Et moi qui pensais que la forêt n'avait aucun secret pour les rangers ! la taquina-t-il, avant de lui tendre la main.

Elle la considéra une seconde sans faire mine de la prendre.

— Même les experts commettent des erreurs, figurez-vous, grommela-t-elle, s'efforçant toujours de se relever toute seule.

Comprenant qu'elle était trop têtue pour accepter son aide, Casper lui prit la main et l'attira à lui.

Ce contact l'électrisa tout entier. Alexis dut le ressentir elle aussi, car elle écarquilla les yeux et réprima un petit cri de surprise. Troublé, Casper la relâcha dès qu'elle fut sur pied.

— Merci, murmura-t-elle. La journée a été longue, et je ne suis pas au meilleur de ma forme.

— Ne vous inquiétez pas, je suis là, fit-il.

Ces paroles sonnèrent creux même à ses propres oreilles. Il avait tant d'autres choses à dire à cette femme splendide, tant de questions à lui poser !

Hélas ! ce n'était ni le moment ni l'endroit. Quant à l'émoi qu'elle avait suscité en lui… ce n'était qu'une conséquence du stress lié à leur macabre découverte.

Rien d'autre.

Il se remit en mouvement, ouvrant le chemin pour le cas où Alexis rencontrerait un nouvel obstacle — même si elle avait nettement ralenti l'allure et faisait plus attention à l'endroit où elle posait les pieds.

Soudain, il remarqua une grosse touffe de poils par terre, à quelques pas de lui. Les filaments grisâtres brillaient encore un peu sous les derniers rayons de soleil.

— Qu'est-ce que c'est que ça ? s'exclama-t-il, intrigué.

Alexis le rejoignit et désigna de l'index des empreintes, non loin de la boule de poils. Profondes et de taille respectable, elles formaient un cercle presque parfait.

— Il y a eu de la bagarre ici, on dirait, murmura-t-elle, songeuse.

Elle ramassa un peu de terre et la fit rouler entre ses doigts, comme si elle pouvait en tirer des indications quant à ce qui s'était passé.

Cette femme était décidément étonnante. Jamais elle ne s'intéresserait à un type comme lui, qui n'avait absolument rien à lui offrir. Sans compter qu'elle semblait tenir à son indépendance.

Elle leva vers lui de grands yeux presque assortis à la végétation environnante.

— Ce sont des empreintes de grizzlys. Ils ont dû être attirés par l'odeur de la charogne. À mon avis, ils étaient au moins deux et ils se sont battus.

Casper ferma les paupières. Il ne leur manquait plus que ça — deux ours affamés, prêts à leur bondir dessus.

Dans cette broussaille épaisse, ils risquaient fort de se retrouver nez à nez avec l'un d'entre eux. Et s'il s'agissait d'une femelle accompagnée de ses petits, c'en serait fini d'eux.

Il se pouvait que ce soit ce qui était arrivé à leur randonneur malchanceux, d'ailleurs. Une incursion imprudente à l'intérieur du bois et une rencontre inopinée avec une maman grizzly.

— Faites attention ! s'écria-t-il en se rapprochant de sa coéquipière d'un jour.

Les lèvres arrondies en un sourire craquant, Alexis Finch porta instinctivement la main vers la bombe anti-ours accrochée à sa ceinture.

— Ne vous en faites pas. Je ne suis pas du style à me laisser dévorer sans résistance !

Casper n'en doutait pas une seconde, même s'il avait cru entendre un semblant d'angoisse dans sa voix. D'un autre côté, il aurait fallu être idiot pour s'aventurer dans ces bois sans se préoccuper un seul instant des prédateurs qu'on pouvait y croiser.

Franchement idiot, même.

Le craquement sec d'une branche le ramena à la réalité du moment. Le bruit, venu d'un peu plus haut dans la montagne, rappelait celui qu'on faisait en se déplaçant à vive allure dans la broussaille.

Alexis s'était immobilisée à quelques pas de lui, le corps tendu comme un arc.

— Ce n'est rien, dit-il, autant dans l'espoir de la tranquilliser que pour se rassurer lui-même. Une bestiole quelconque. Elle est déjà partie.

Alexis fronça les sourcils.

— Attendez... Si ça s'agite là-haut, c'est peut-être parce qu'il y a de quoi se repaître. Il faut qu'on aille voir !

Casper prit une longue inspiration. La dernière chose dont il avait envie était de finir de la même manière que la victime qu'ils essayaient d'identifier. En même temps, pour rien au monde il n'aurait voulu passer pour un lâche auprès d'Alexis Finch.

— OK. Je marche devant, dit-il finalement.

Il se mit en route en essayant de ne pas trop réfléchir à la tâche qu'il s'était assignée. Au bout d'une dizaine de mètres, il aperçut une forme verdâtre.

S'agissait-il d'un morceau de tissu ou d'un simple carré de mousse ?

Non, c'était un sac à dos, constata-t-il en s'approchant. Un sac du modèle le plus courant, dont le haut de la sangle droite était maculé de sang. Avant d'y toucher, Casper fit signe à Alexis de prendre de nouvelles photos. Elle s'exécuta avec minutie.

Leur surprise fut grande de découvrir que le sac était rempli de drogue. De petits paquets carrés, méticuleusement emballés, qu'Alexis entreprit d'aligner un par un sur le seul support sec qu'elle trouva — un tronc mort — pour les photographier à leur tour.

— Bon sang ! s'exclama Casper. Il y en a combien comme ça ?

— Dix. Vous avez une idée de ce que c'est, comme drogue ?

En plissant les yeux, Casper parvint à discerner, sous les couches de film plastique, des centaines de pilules bleues.

— Je préfère attendre les analyses, si vous n'y voyez pas d'inconvénient. Une chose me paraît à peu près certaine cependant : ce n'est pas du Viagra.

Se rendant compte de ce qu'il venait de dire, il sentit son visage s'enflammer et baissa instinctivement les yeux vers la main qu'il avait tenue dans la sienne.

Comme si elle avait deviné ses pensées, Alexis partit d'un petit rire qui acheva de le faire rougir.

Soucieux de dissimuler son embarras, Casper s'absorba dans la contemplation de la mousse, à ses pieds. Alexis, pour sa part, finit de vider le sac. Elle en ressortit un bon millier de dollars, retenus par une épaisse bande élastique.

— À votre avis, Casper, comment ce sac à dos est-il arrivé jusqu'ici ? Ce sont les ours qui l'ont volé ? demanda-t-elle, une moue facétieuse aux lèvres.

— Vous connaissez beaucoup d'ours intéressés par l'argent et la drogue, vous ?

Le rire cristallin de la jeune femme flotta dans les airs comme un papillon, et s'éteignit presque aussitôt.

— Sérieusement, reprit Casper, soit notre randonneur l'a laissé tomber en fuyant, soit…

Il montra les traces de griffes qui lacéraient la toile, puis la multitude de gouttelettes de sang qui en maculaient la surface.

— … Soit elles ont été causées par un jet artériel, je peux vous le certifier. En clair, notre lascar portait toujours ce sac au moment où l'ours l'a attaqué.

Alexis haussa les épaules avec un certain fatalisme.

— Oui. L'hypothèse d'une rencontre fatale avec un grizzly se confirme, semble-t-il. Oh ! ce n'est pas la première fois et je doute que ce soit la dernière, seulement cette affaire m'intrigue ! Toute cette drogue, la liasse de billets… Il y a autre chose, Casper. Un détail nous échappe.

Casper dévisagea la jeune femme avec intérêt. Il éprouvait le même sentiment qu'elle. L'ambiance lui paraissait chargée, subitement. Comme chaque fois qu'il avait été confronté à une affaire d'importance, par le passé.

— Alexis ? Vous croyez que…

— « Lex », coupa-t-elle. C'est ainsi que mes amis m'appellent. Oh ! et puis nous n'avons qu'à nous tutoyer, pendant que nous y sommes, hein ? proposa-t-elle en rougissant légèrement. Qu'en pensez… Qu'en penses-tu ?

Il ne put réprimer un sourire.

Amis.

Comme il l'avait espéré...

Et soudain, les sentiments qu'il refoulait si souvent — et pour de bonnes raisons — refirent surface.

— Bref. Tu disais ? reprit Lex d'une voix douce.

— Je... Je disais qu'il se pourrait bien que tu aies raison. C'est l'endroit rêvé pour commettre un crime quand on ne veut pas avoir à se soucier du cadavre. Une fois sa victime abattue, le meurtrier n'avait qu'à laisser faire la nature. Il n'a pas eu de chance. On est en fin de saison. Encore quelques jours, et plus personne ne se serait aventuré dans ces montagnes. Et l'été prochain, le corps aurait entièrement disparu.

Voyant la jeune femme se mordiller la lèvre inférieure, Casper se mit à fantasmer sur tous les endroits où il aimerait poser les siennes.

— Comment sais-tu que c'est du sang artériel ? murmura-t-elle.

— Les éclaboussures sont plus rouges, et les gouttelettes plus petites parce qu'elles jaillissent du corps plus rapidement.

— Tu penses à une blessure par balle, alors ? fit-elle, songeuse.

— Sans examen médical et sans corps, il est difficile de deviner ce qui s'est passé. On devrait appeler Travis et les autres, tu ne crois pas ?

— Non, répondit-elle d'un ton sec. Pas besoin de Travis. Nous nous débrouillerons très bien sans lui.

Le doute n'était plus permis. Il s'était passé quelque chose entre les deux rangers. Casper ne put s'empêcher d'en concevoir une certaine jalousie.

Lex prit une dernière photo de leur trouvaille, remit les paquets de drogue dans le sac et se tourna vers le flanc de la montagne.

— Continuons à grimper. Si nous trouvons le reste de la dépouille, nous aurons peut-être la réponse à nos questions.

Son thérapeute l'aurait sans doute accusé de manquer

de maturité ou d'être égoïste, mais ce que Casper voulait par-dessus tout, en cet instant, c'était rester aussi longtemps que possible en compagnie d'Alexis. Il n'avait eu quasiment aucun contact avec d'autres êtres humains de tout l'été. Les touristes et autres randonneurs ne comptaient pas : à part échanger quelques banalités avec eux, il ne faisait que viser leurs passeports.

Les ombres des arbres s'étaient encore allongées de quelques centimètres lorsqu'ils se remirent en route. Sous leurs pieds, les plaques de neige étaient plus fréquentes et plus étendues. Un écureuil siffla au-dessus d'eux, le faisant sursauter.

— Regarde, murmura soudain la jeune femme, désignant de l'index une tache rouge dans la neige. On dirait...

Un morceau d'os jaunâtre était à moitié enfoui sous la neige. Sa surface était maculée de sang.

Casper sentit son estomac se soulever. Pourvu qu'il se soit trompé et qu'il s'agisse d'une attaque de grizzly, en fin de compte ! Ce genre d'accident était toujours terrible, mais si c'était à un meurtre qu'ils étaient confrontés, il y aurait une enquête, ce qui le ramènerait à un monde qu'il s'était promis d'oublier.

Alexis prit de nouveaux clichés avant d'enfiler une paire de gants en latex et de ramasser l'os. De forme arrondie, il était couvert de graisse.

Quand elle eut fini d'épousseter la neige qui y était restée accrochée, Lex poussa un cri d'horreur.

Ce qu'elle tenait en main était un morceau de crâne humain.

3

Le coroner posa délicatement le crâne à l'intérieur de la housse mortuaire. Quelques cheveux souillés et un lambeau de chair y étaient restés accrochés.

— Vous voyez cette cavité ? commença-t-il, désignant une marque circulaire à la base du crâne. Si elle avait été causée par une balle, elle serait lisse. Régulière. Par ailleurs, il y en aurait une deuxième, beaucoup plus importante et qui correspondrait au point de sortie du projectile.

— Selon vous, il s'agit donc bien d'un accident ? murmura Casper.

Il se baissa pour examiner le crâne de plus près.

— Absolument. Ce type de blessure aux contours irréguliers est généralement dû à une compression extrêmement forte, semblable à celle que provoquerait une morsure, par exemple, répondit Hal. Pour le reste, en l'absence d'un corps, il est difficile de dire si la compression est survenue avant, pendant ou après le décès.

Alexis détourna les yeux pour prendre un peu de distance. Elle devait considérer l'infortuné voyageur comme une victime anonyme du destin. Se dire que c'était la nature, ça aussi.

Casper posa une main dans le creux de ses reins.

— Ça va ?

Elle dut déglutir à plusieurs reprises pour faire passer le goût de la bile qui lui était montée à la gorge.

— Ça va, souffla-t-elle, regardant avec soulagement Hal refermer la housse.

— On en apprendra sans doute davantage à l'examen, dit ce dernier. En attendant, pour moi, la cause du décès reste à déterminer. Ne soyez pas étonnés si mes collègues concluent qu'il est la conséquence de blessures involontaires. Cette morsure, si c'en est bien une, n'a pu qu'être fatale à votre malheureux visiteur.

Travis s'approcha et lui tapa sur l'épaule.

— Tu es prêt ? Le pilote doit commencer à s'impatienter.

Hal hocha la tête avant de se tourner vers eux.

— On vous ramène ?

Sentant le garde-frontière prêt à le suivre, Alexis le retint. Elle n'avait aucune envie d'être assise à côté de son ex-mari dans une machine de mort volante.

— Non. C'est gentil, mais nous préférons redescendre à pied.

— Tu es sûre de ton coup, Alexis ? protesta Travis. Tu devrais...

Il s'interrompit brutalement. Manifestement, il venait de se souvenir qu'il n'avait plus aucune autorité sur elle.

— Oh ! et puis, fais ce que tu veux après tout ! De toute manière, tu n'as jamais suivi mes conseils.

Elle ne releva pas la pique, même si la réalité était tout autre : de manière générale, elle refusait de se laisser dicter sa conduite. A fortiori par l'homme qui avait prétendu l'aimer et l'avait épousée... pour la négliger complètement par la suite.

— Vous penserez à informer les collègues de la présence d'un ou plusieurs grizzlys potentiellement dangereux dans les parages, une fois arrivés au poste de garde, John et toi ? demanda-t-elle d'un ton léger. Il faut faire passer l'info aux derniers touristes de la saison. Leur rappeler de ne pas s'écarter des sentiers balisés.

— Tu ferais mieux de te soucier de ta propre sécurité, grommela Travis en jetant un coup d'œil à Casper.

Celui-ci lui répondit par un sourire si large qu'Alexis se demanda s'il ne s'était pas mépris sur le sens de la remarque de son ex.

— Ne vous en faites pas, dit-il. Elle ne risque rien avec moi.

Travis hocha brièvement la tête et tourna les talons en marmonnant des paroles inintelligibles.

Alexis le regarda s'éloigner avec des sentiments mitigés. Elle avait tant aimé cet homme !

C'était lui qui l'avait accueillie, le jour où elle avait pris ses fonctions au parc national de Glacier.

Il lui avait fait visiter les lieux et l'avait présentée à ses nouveaux collègues avec grande gentillesse. Plus tard, il n'avait pas hésité à faire trois heures de voiture pour aller lui chercher le Tylenol destiné à calmer une migraine tenace.

C'était un homme très attentionné qu'Alexis avait épousé. Au début de leur union, il ne partait jamais de chez eux sans lui laisser un mot doux ou un bouquet de fleurs sauvages sur le comptoir de la cuisine. Malheureusement, cela n'avait pas duré. Bientôt il s'était mis à la rabaisser, s'était renfermé sur lui-même. Et l'amour qu'elle avait éprouvé pour lui s'était transformé en une franche animosité — de celle qu'on éprouve après une déception amoureuse.

Sentant le regard de Casper sur elle, elle se força à adopter une expression neutre. La dernière chose dont elle avait envie était qu'il la questionne sur son passé.

— Merci pour tout, Hal. Et tiens-moi au courant, s'il te plaît, dit-elle, le saluant d'un geste bref de la main.

— Promis.

Travis revint sur ses pas.

— On allait oublier la drogue, expliqua-t-il, les yeux rivés sur le sac à dos.

— Nous la déposerons au poste de police en arrivant, lui répondit Casper.

— Vous êtes sûrs ? Vous ne préférez pas qu'on l'emporte avec nous ? Vous avez déjà vos sacs à porter. Ça vous soulagerait d'un bon kilo !

— Casper vient de te dire qu'on s'en chargeait, répliqua sèchement Alexis, qui se serait fait clouer sur place plutôt que d'accepter l'aide de son ex.

— Dans ce cas, il ne nous reste plus qu'à y aller, conclut Hal. Nous restons à votre disposition, mon équipe et moi, si jamais vous avez besoin de nous.

Sur ces mots, il courut vers l'hélicoptère dans lequel il s'engouffra.

La descente risquant d'être longue, Alexis prit la main de Casper pour l'inciter à se mettre en route. Surprise par la chaleur de sa peau, elle le relâcha presque aussitôt. Le garde-frontière eut l'air pour le moins étonné par son geste, mais elle fit mine de ne rien remarquer.

Si Travis la regardait — ce qu'elle espérait —, il pourrait au moins constater qu'elle continuait à avancer dans la vie. Sans lui.

L'hélicoptère décolla, projetant de la poussière et des débris dans toutes les directions. Alexis leva la tête juste à temps pour voir Travis s'emparer de son émetteur radio et prononcer quelques mots.

— Avec tout ça, nous allons devoir rentrer de nuit, lui fit remarquer Casper. Le soleil ne va pas tarder à se coucher.

— Je sais. Et ça, c'est la bonne nouvelle, répliqua-t-elle avec un sourire espiègle.

Il haussa un sourcil interrogateur.

— La mauvaise, poursuivit Alexis, c'est que j'arriverai la première, cette fois-ci encore.

Elle se mit en route en riant, tant elle était heureuse d'être à nouveau seule en compagnie du beau garde-frontière au chapeau de cow-boy.

Le pick-up Chevrolet de la CBP avait beau tirer à gauche et grincer au moindre coup de frein, Casper n'avait jamais été aussi content de l'apercevoir que ce soir-là.

S'il avait trouvé l'ascension éprouvante, le fait de redescendre au pas de course sur ce terrain escarpé avec, en plus de son propre sac, celui du narcotrafiquant malchanceux, avait failli le tuer.

— Tu sais que tu es complètement folle ? demanda-t-il, à bout de souffle.

Même à la lueur de sa lampe torche, il voyait la sueur perler sur les tempes de Lex. Pourtant, elle partit d'un rire léger. À croire qu'elle avait moins souffert que lui.

— Allez, c'était plutôt marrant, non ?

— « Marrant » ? Je suis passé à deux doigts de la crise cardiaque, moi ! protesta-t-il. Je n'ai plus vingt ans, je te signale !

Elle eut une moue dubitative tout à fait charmante. Puis elle tira deux barres protéinées de son sac et lui en tendit une.

— Tiens, « papi », railla-t-elle. Ça te remettra d'aplomb.

Casper laissa tomber son chargement sur la plateforme du pick-up et examina la jeune femme à la dérobée. Ses yeux étaient ceux d'une personne à qui on a brisé le cœur.

Et pas qu'une fois.

— Je peux te demander ton âge ?

— Disons que je suis suffisamment jeune pour que ce genre de promenade ne me soit pas trop pénible, et suffisamment âgée pour avoir le droit de ne plus répondre à cette question, dit-elle, lui décochant un de ces sourires en coin dont elle avait le secret.

Comme par enchantement, Casper sentit sa lassitude s'évanouir.

— Qu'est-ce qu'on fait ? Tu rentres à Apgar avec moi ou tu préfères que je te dépose au poste de garde le plus proche ?

— Apgar, ça me va, répondit-elle, posant une main sur son sac à dos. Sinon, je serais obligée d'attendre qu'un de mes collègues ait terminé son service pour qu'il me ramène chez moi.

— Hum… Avoue plutôt que tu n'as pas envie de tomber sur Travis.

Le beau visage de la jeune femme se ferma.

— Pardon, murmura Casper. Je retire ce que je viens de dire. Ce ne sont pas mes affaires, de toute façon. Allez, en route !

Il grimpa dans le pick-up avant que Lex ait le temps de réagir. Elle mit une bonne minute à le rejoindre.

Et garda le silence pour ce qui lui parut une éternité.

— Comment sais-tu, pour Travis ? finit-elle par demander.

— En cinq ans de service au FBI, j'ai appris à interpréter les interactions des gens entre eux.

— Si tu es si doué que ça, qu'est-ce que tu fabriques à Goat Haunt ? Je croyais que seuls les taiseux et les parias aimaient ce genre de poste. L'an dernier, il était tenu par une certaine… Gertrude, ou un nom de ce style-là. Je ne l'ai jamais entendue dire autre chose que « passeport ». Même pas « s'il vous plaît »

Lex parlait d'une voix douce, un peu comme si elle essayait de l'épargner, mais le mal était fait.

Elle avait parfaitement raison. Goat Haunt était son Alcatraz à lui.

— Que veux-tu que je te dise ? Je n'ai pas eu de chance, c'est tout ! répliqua-t-il d'un ton faussement léger.

Il continua à conduire le pick-up sur les lacets de la route étroite. La lune s'était levée et brillait juste assez pour qu'il distingue le sommet enneigé des montagnes environnantes. À leur gauche, seul un muret en pierre pouvait éventuellement empêcher un véhicule de dégringoler de plusieurs centaines de mètres.

Casper se força à faire taire l'angoisse qui ne manquait jamais de s'emparer de lui lorsqu'il effectuait ce trajet. D'autant que le parc était fermé pour la nuit et qu'il y avait très peu de circulation. Quelques touristes se dépêchant de regagner la civilisation, c'était tout.

— Désolée, Casper. Je n'aurais pas dû dire cela, murmura Alexis. Je... J'ai tendance à être sur la défensive dès qu'il s'agit de Travis. C'est mon ex-mari, tu comprends ? Et ces derniers temps, nos rapports sont un peu tendus.

Casper compatit. Il avait eu sa dose de ruptures, lui aussi. Après sa débâcle avec le FBI, deux ans plus tôt, il s'était promis d'éviter la fréquentation des femmes. C'était sa manière à lui de les protéger. En même temps, Alexis Finch lui donnait envie de renoncer à son célibat forcé. Il y avait quelque chose de très particulier, chez elle. Un peu garçon manqué, elle n'était pas du genre à appeler les pompiers lorsqu'elle se cassait un ongle. Elle devait aimer lire, se promener, partir en randonnée. Bref, c'était le genre de personne spontanée et naturelle qui l'avait toujours attiré. Parfois à son corps défendant, d'ailleurs.

— Tu as envie d'en parler ? hasarda-t-il en évitant de s'attarder sur la main délicate qu'elle avait posée entre eux deux, sur la banquette.

Elle secoua énergiquement la tête.

— Pas particulièrement, non. Parlons plutôt de toi. J'ai remarqué que tu ne portais pas d'alliance...

— C'est une longue histoire, répondit-il évasivement.

Elle laissa échapper un petit rire mi-figue, mi-raisin.

— C'est compliqué, les relations amoureuses, hein ? Quand la tienne fonctionne bien, tu trouves ça tellement naturel que tu ne l'apprécies plus à sa juste valeur, et quand elle ne fonctionne pas, tu passes ton temps à chercher un moyen d'en sortir.

La remarque d'Alexis lui évoqua le couple que formaient ses parents. Ils se détestaient cordialement, et Casper ne se souvenait pas de les avoir vus passer une seule journée sans se disputer. Malgré cela, ils étaient toujours ensemble — de sorte que, pour lui, le mot « mariage » avait un goût amer.

Il ne désespérait pas de parvenir à une forme de bonheur différente, cela dit… même s'il y avait peu de chances pour que ce soit auprès d'Alexis Finch. Qu'elle ait voulu le rassurer ou lui faire comprendre qu'il ne l'intéressait pas, elle venait de réduire à néant le vague espoir qu'il avait eu de transformer leur rencontre fortuite en autre chose de plus constructif.

Le vrombissement d'un moteur se fit entendre derrière eux. Comme il s'amplifiait, Lex se pencha sur sa droite pour jeter un coup d'œil dans le rétroviseur extérieur.

— Je me demande qui peut être assez fou pour rouler à moto, si tard, dans cette partie du parc ! s'exclama-t-elle.

En plus d'être escarpée et particulièrement sinueuse, la route, à la nuit tombée, avait la réputation de faire le bonheur des chèvres et autres animaux sauvages.

— Quelqu'un de très pressé, pour me coller au train comme il le fait, marmonna Casper.

L'engin s'était tellement rapproché que son phare ne formait plus qu'un halo dans le rétroviseur. Casper ralentit, le motard fit de même — tant et si bien qu'il ne tarda pas à disparaître entièrement, à la faveur d'un nouveau virage.

— Qu'est-ce qu'il fabrique ? demanda Lex, une pointe d'angoisse dans la voix.

— Je n'en sais rien. Ce type doit être ivre ou sous l'emprise d'un stupéfiant quelconque.

Casper connaissait mal ce chemin. En temps normal, lorsqu'il sortait du travail, il contournait le parc pour regagner Babb, la minuscule ville où il louait un appartement, au-dessus d'un magasin de pièces détachées pour automobiles.

— Il y a un endroit où on peut s'arrêter, dans le coin ?

Lex secoua la tête.

— Pas avant deux ou trois kilomètres. Pourquoi ?

Casper n'eut pas le temps de répondre. Une voiture qui arrivait en sens inverse l'aveugla. Son conducteur roulait trop vite et à cheval sur la ligne jaune. Au moment de les croiser, le véhicule se déporta sur leur voie. Casper braqua à fond et son pick-up sortit de la route, se rapprochant dangereusement du ravin.

La Chevrolet heurta violemment le muret dans un sinistre grincement de métal. Le contact de la carrosserie contre la pierre produisit des étincelles puis, comme au ralenti, la voiture bascula par-dessus le muret, et ce qui était au-dessus d'eux se retrouva en dessous.

Lorsque tout s'arrêta, le pick-up était sur le toit. Lex était suspendue par sa ceinture de sécurité, les bras ballants et les yeux clos. Du sang coulait le long de ses cheveux et tombait à grosses gouttes sur la moleskine usée.

— Alexis ? Lex ? s'écria Casper, paniqué. Lex ? Lex ? Ça va ?

Il tenta de se rapprocher d'elle, mais il était coincé par sa ceinture, lui aussi. Le sang commençait à lui monter à la tête, et il sentit nettement son visage gonfler.

Il essaya une nouvelle fois de se libérer, sans succès. Ses doigts avaient cessé de lui obéir.

Les battements assourdissants de son cœur se firent moins rapides, et sa vision se troubla. Bientôt, il ne distingua plus que le beau visage d'Alexis Finch, et tout s'apaisa en lui.

Quelle manière plus douce de quitter ce monde qu'en contemplant les longs cheveux et les lèvres pleines d'une femme pareille ?

4

La première chose qu'entendit Alexis en rouvrant les yeux fut un concert de voix affolées. Elle avait l'impression d'observer le monde à travers une étendue d'eau : tout était flou et dansait autour d'elle.

— Alexis ? appela une voix masculine, la ramenant à la réalité. Lex ? Lex ? Ça va ?

Elle cligna des yeux et vit Casper agenouillé auprès d'elle.

Casper… avec son badge argenté, ses cheveux châtains et ses épaules si larges qu'elle le soupçonnait de faire des pompes le matin, avant le petit déjeuner.

Casper… qui semblait terrorisé.

Alexis tenta de le rassurer, mais aucun son ne sortit de sa bouche. Elle avait atrocement mal à la tête, et aspirer et rejeter l'air constituait une torture.

— Que… Que s'est-il passé ? parvint-elle finalement à demander.

Le garde-frontière se pencha sur elle pour remonter ses cheveux sur son front.

— Ne t'en fais pas, ça va aller. Les secours sont en route. Ils ne vont pas tarder à arriver. En revanche… Essaie de rester éveillée, d'accord ? C'est important, Lex.

Il parlait vite, et elle avait du mal à comprendre ses phrases hachurées.

— Comment se fait-il… ?

Elle ne termina pas sa phrase. Les mots se mélangeaient dans son esprit.

— Nous avons eu un accident.

En un éclair, Alexis revit toute la scène. La Chevrolet gouvernementale dérapant sur la chaussée, le choc de la carrosserie contre le muret de pierre, le bruit de ferraille, l'odeur d'essence flottant dans les airs...

Elle voulut prendre une inspiration et en fut dissuadée par la douleur persistante dans sa poitrine. Elle essaya de se redresser.

Elle y renonça en voyant Casper secouer la tête.

— Ne bouge pas, dit-il doucement.

— Et toi, comment vas-tu ? demanda-t-elle, apercevant soudain la trace de sang qui avait dégouliné de son crâne pour s'échouer sur le lobe son oreille gauche.

Il secoua de nouveau la tête.

— Ça va, je n'ai rien, ne t'inquiète pas pour moi.

Parmi les gens qui les entouraient, un homme semblait particulièrement préoccupé par leur sort — du moins, si elle en jugeait par l'insistance avec laquelle il les dévisageait.

Sur un pan de son gilet de cuir, on lisait les inscriptions « Madness & Mayhem », « Montana » et « Filthy Few ». Sur l'autre, un patch rouge sur fond noir clamait une appartenance aux « one percenters ».

Ses cheveux gris et les lunettes noires vissées sur son nez malgré l'obscurité achevaient de lui donner l'air de ce qu'il était : un motard pur et dur.

De ceux qui vivaient en marge de la société, selon leurs propres lois.

L'inconnu dut s'apercevoir qu'elle l'avait remarqué, car il leva vaguement le menton. C'était probablement lui qui les avait talonnés, juste avant l'accident.

Malheureusement, au moment précis où elle allait l'interpeller pour lui demander s'il avait vu ce qui s'était passé, quelqu'un passa devant lui, et il redevint une silhouette anonyme parmi la petite foule de badauds.

Les lumières rouges et bleues de gyrophares éclairèrent soudain la nuit. Les secours arrivaient.

— Écartez-vous ! cria bientôt l'une des ambulancières, se frayant un chemin parmi les curieux.

Alexis fut aussitôt prise en charge. On lui prit le pouls et on vérifia ses réflexes. À la mine soucieuse des ambulanciers, elle ne tarda pas à comprendre que tout n'allait pas pour le mieux.

Vaincue par la lassitude, elle referma les yeux. Lorsqu'elle les rouvrit, elle était étendue sur une civière, les bras et les jambes fermement attachés, la tête maintenue par une large courroie.

— Casper, murmura-t-elle lorsque l'ambulancière grimpa avec elle à l'arrière du véhicule.

— Qu'est-ce que vous dites, mon petit ?

— Où est Casper ?

— Votre ami ?

— Oui. Mon ami. Je... je voudrais qu'il m'accompagne.

Une seconde plus tard — du moins à ce qui lui parut —, Casper était assis à la place de l'ambulancière.

Le sang qui avait coulé sur sa tempe avait séché.

— Casper...

— Je suis là, dit-il simplement.

— Reste avec moi, le supplia-t-elle, soudain apeurée.

Tout était tellement confus...

— Ne t'inquiète pas, ma belle. Je ne bouge pas d'ici. Je resterai à tes côtés aussi longtemps que tu auras besoin de moi.

Casper en avait vu, des gens blessés, mutilés ou pire, dans sa vie. Pourtant, jamais il n'avait été aussi alarmé que par le spectacle d'Alexis Finch en sang et totalement désorientée.

Elle n'aurait pas de séquelles, bien sûr — c'était impensable —, mais, pour le moment, elle avait l'air si fragile, si choquée…

Elle dormit tout le temps qu'il fallut au médecin pour revenir avec les résultats de son IRM. Et Casper se prit à haïr le bip à la fois monotone et suraigu du matériel de la salle des urgences.

Au bout d'un moment, il tira du sac en plastique déposé à ses pieds le minuscule nécessaire à couture qu'il avait acheté dans le magasin de l'hôpital. Il s'empara du pantalon de Lex, étendu au pied du lit, glissa une main sous l'étoffe et examina la déchirure. La jeune femme se moquait sans doute éperdument de l'état de son uniforme, mais Casper, pour sa part, ne pouvait pas rester sans rien faire.

Aussi se mit-il au travail. Après avoir passé le fil dans l'aiguille, il entreprit de réparer l'accroc.

Et se prit à bénir sa mère qui avait toujours considéré qu'on n'était pas un homme tant qu'on n'avait pas un minimum de connaissances en travaux domestiques.

Entre deux points réguliers, il jetait un coup d'œil à la blessée, dans l'espoir qu'elle se réveille et que tout redevienne normal, comme par miracle.

Il détestait les hôpitaux qui lui rappelaient trop de mauvais souvenirs. Il régnait toujours la même odeur de désinfectant dans ce genre d'endroit. Le personnel avait beau récurer les sols, nettoyer le sang et jeter les seringues dans les conteneurs appropriés, Casper sentait les remugles de la peur, du chagrin et de la mort. Ce qu'il ignorait, c'était si cette odeur était celle des patients… ou celle de leurs proches plongés dans l'angoisse.

Il tendit la main pour caresser celle de Lex. Elle ne craignait plus rien à présent, avec tous ces médicaments qui s'écoulaient lentement dans ses veines pour la réhydrater et atténuer sa douleur.

Non. La peur était son propre apanage, dorénavant.

Il en était à ce point de sa réflexion lorsque son téléphone vibra.

— Allô ?

— Agent Lawrence ? Ranger Grant, du Bureau des rangers du parc national de Glacier. Vous m'avez laissé un message.

— Oui. Oui, merci de m'avoir rappelé. Je voulais savoir si vous aviez retrouvé les preu... nos affaires.

Son interlocuteur hésita un instant avant de répondre.

— Heu... Nous avons récupéré deux gros sacs à dos : le vôtre et celui d'Alexis, je suppose. Plus un troisième, en toile de camouflage — vous savez, ceux qu'on achète dans les surplus de l'armée —, vide.

— Vide ?

— Oui.

— C'est une plaisanterie ! Vous avez bien regardé ? demanda Casper, se passant une main sur le front dans l'espoir de faire disparaître son mal de tête naissant.

— J'ai bien regardé, et je suis formel : le sac était vide.

— Écoutez, ce sac contenait de la drogue. Des pilules bleues conditionnées sous forme de petits paquets rectangulaires. Ils ont pu tomer au fond du pick-up ou sur la route, à l'endroit de l'accident, non ?

Il s'efforçait de paraître calme, ce qui était d'autant moins facile qu'il songeait déjà aux implications de cette inexplicable disparition.

— Remarquez, votre voiture en a pris un sacré coup, avec tous ces tonneaux...

Grant s'interrompit quelques secondes avant de poursuivre.

— Il est possible que les paquets de drogue se soient répandus dans la nature.

— Oui. Et il est tout aussi possible que quelqu'un les ait volés.

Casper réfléchit à toute vitesse. Qui avait bien pu s'emparer des pilules ? Seule une poignée de personnes savait que Lex et lui les avaient en leur possession.

Alors ? Le coroner ou un des rangers avaient-ils commis une indiscrétion ? Par ailleurs, que penser de cet accident ? Pure coïncidence ? Cela aurait été plus plausible si la drogue n'avait pas disparu...

S'il ne croyait guère aux coïncidences, Casper éprouvait quelques difficultés à imaginer Hal ou l'un des rangers dans le rôle du traître. D'autant qu'aucun d'entre eux n'avait montré d'intérêt particulier pour ce que transportait l'infortuné trafiquant. Si l'un des hommes avait insisté pour emporter ce chargement avec lui, Casper aurait eu un indice et...

Non. Il allait trop vite en besogne, là. Les paquets de pilules étaient probablement éparpillés le long de la route ou près de l'endroit où le pick-up avait terminé sa course.

— Ça ne vous ennuierait pas de retourner inspecter le lieu de l'accident ? Ces pilules ont une valeur marchande de plusieurs milliers de dollars, au jugé. Je ne voudrais pas qu'elles tombent entre de mauvaises mains.

— Pas de problème. Je vous rappelle si je trouve quoi que ce soit.

— Merci, Grant. Merci infiniment pour votre aide.

Il s'apprêtait à raccrocher quand son interlocuteur s'exclama :

— Attendez, Lawrence. Il y a autre chose.

— Hum ?

— Il y avait un ticket de caisse au fond du sac en toile. Tout chiffonné et collé dans un coin.

Un ticket de caisse ?

Casper repensa à ce qu'Alexis et lui avaient sorti de ce sac à dos. Rien qui ressemblait de loin ou de près à un ticket de caisse, c'était certain. Alors ? Était-il resté coincé au fond du sac... ou bien appartenait-il à la personne qui s'était emparée de la drogue ? Dans ce cas, une autre question se posait : ce ticket de caisse avait-il été oublié là, ou bien l'y avait-on déposé dans un but bien précis ?

— Il y avait de l'argent ?

— Non. Pas d'argent. Rien qu'un ticket de caisse, répondit Grant, étouffant un bâillement. Je prends une photo et je vous l'envoie, d'accord ?

— D'accord. Et merci encore !

— De rien. On va mettre quelques indics sur le coup. S'il s'avère que ces pilules ont été volées, on arrivera peut-être à les retrouver avant que ça se sache dans les milieux concernés. Il ne faudrait pas que vous ayez des problèmes, par-dessus le marché !

— Prévenez-moi si vous trouvez quelque chose, dit Casper avant de raccrocher.

Perturbé comme il l'était, il planta son aiguille dans l'étoffe du pantalon un peu trop vite et se piqua. En jurant, il porta son doigt à sa bouche.

Grant avait raison. Il aurait des ennuis si jamais on apprenait qu'il avait été victime d'un vol tel que celui-ci. En moins de vingt-quatre heures, tout un chacun, de son chef à ses anciens collègues, saurait qu'il avait égaré des pièces à conviction de la plus haute importance.

Et lui qui avait cru qu'il pourrait difficilement tomber plus bas, sur le plan professionnel !

Il coupa le fil excédentaire après avoir fait un nœud, examina son travail et remit le pantalon sur le pied du lit d'Alexis.

Il consulta sa montre : minuit. Pas étonnant que Grant ait eu une voix aussi fatiguée ! Pourtant Casper devait se mettre en rapport avec son chef, mais plutôt que de le réveiller — au risque de le mettre en colère —, il lui écrivit un mail en insistant sur le fait qu'il était au chevet de sa coéquipière blessée. S'il avait conscience d'être un peu vil en jouant la carte de la compassion, il avait besoin de temps. D'indulgence aussi.

Car il était hors de question que son chef pense une seule seconde qu'il avait perdu son précieux chargement... par incompétence.

Il entendit la porte de la chambre s'ouvrir. Le rideau qui entourait le lit étant tiré, il ne vit pas qui venait d'entrer.

— C'est là ? demanda une voix paniquée.

— Vous êtes dans la chambre de Mme Finch, oui. Et vous êtes monsieur... ?

— Yellowfeather. Travis Yellowfeather.

Casper sentit son cœur se serrer. Que venait faire là l'ex-mari d'Alexis ?

Il envisagea de la réveiller pour renoncer presque aussitôt. Elle semblait si paisible ainsi, ses paupières closes tressaillant légèrement et ses cheveux tout emmêlés formant un halo autour de son beau visage...

Mieux valait la laisser se reposer.

— Mme Finch n'est pas seule, expliqua l'infirmière, de l'autre côté du rideau. Or, la politique de cet hôpital est de n'autoriser qu'un visiteur à la fois.

— Au diable la politique de l'hôpital ! rétorqua Travis, tirant le rideau.

Le ranger se crispa nettement en découvrant l'identité du visiteur qui l'avait précédé.

— J'aurais dû m'en douter, susurra-t-il avec un mauvais sourire... Je croyais qu'elle ne risquait rien, avec toi ! C'est bien ce que tu m'as dit tout à l'heure, non ? Et maintenant qu'elle est blessée, tu restes là pour... pour quoi, au juste ? Tu veux te donner bonne conscience, c'est ça ?

Casper en resta momentanément sans voix. Ce type le connaissait à peine et, en plus de le tutoyer, il l'agressait ?

— Pour qui te prends-tu, Travis ? lança-t-il lorsqu'il

eut retrouvé l'usage de la parole. Qu'est-ce qui t'autorise à débouler ainsi et à m'accuser de tout et n'importe quoi ?

Le ranger s'approcha du chevet d'Alexis.

— Je suis son mari, au cas où tu l'ignorerais.

— Son ex-mari, corrigea Casper.

Le pli soucieux qui barrait le front de Travis Yellowfeather se creusa encore davantage.

— Alors comme ça, tu es déjà au courant ?

Il renifla avec mépris.

— Si Alexis t'a dit que nous étions divorcés, c'est qu'elle s'est remise en chasse, marmonna-t-il entre ses dents serrées.

— Je suggère que tu rentres chez toi, reprit Casper. Lex n'a aucune envie de te voir.

— Parce que tu t'imagines qu'elle veut de toi, peut-être ? Mon pauvre garçon, tu la connais mal, fit Travis, son rictus se faisant franchement hostile.

Il n'avait pas tout à fait tort sur ce point. Casper aurait été bien en peine de dire quel était le plat préféré de Lex ou à quel endroit elle avait grandi. Pour autant, il n'était pas prêt à la laisser seule avec un homme en qui, manifestement, elle n'avait pas confiance. Il savait reconnaître la peur et l'animosité — or, c'était cela qu'il avait perçu, chez la jeune femme, quelques heures plus tôt.

— Peut-être mieux que toi, si tu penses sincèrement qu'elle aimerait t'avoir à son chevet, répliqua-t-il.

Sentant la main de la jeune femme se crisper dans la sienne, il baissa les yeux vers elle.

— Cessez de vous chamailler, les garçons, dit-elle d'une voix faible.

Les lèvres de Travis s'étirèrent en une ligne fine. Toutefois, il ne fit aucun commentaire.

— Lex ! s'exclama Casper. Comment te sens-tu ?

Il lui aurait caressé la joue s'il n'avait senti le regard de son rival sur lui. Lex avait raison. Ce n'était ni le lieu ni le moment pour se livrer à un combat de coqs. En outre, et bien qu'il lui en coûtât de se l'avouer, le ranger avait raison. Il connaissait à peine Alexis Finch. Même s'ils avaient beaucoup discuté au cours de leur expédition.

La jeune femme cligna des yeux à plusieurs reprises, comme pour mieux comprendre la situation.

— Que fais-tu ici, Trav ?

Le ranger profita de la question pour se rapprocher encore d'elle et s'emparer de sa main libre.

— J'ai appris que tu avais eu un accident, alors je suis venu, c'est tout.

Soudain, Casper se sentit de trop. Lex venait d'appeler son ex par son petit nom. Alors il se pouvait qu'il se soit trompé, après tout. Et qu'Alexis Finch ne détestait pas ce Travis autant qu'il l'avait cru.

Il lui lâcha la main. C'était lui, l'intrus dans cette chambre. Malheureusement !

— Ça ne m'explique toujours pas ta présence ici, reprit-elle, se dégageant de l'emprise de son ex-mari.

L'espace d'une seconde, Casper se prit à espérer qu'elle chercherait son contact. Elle ne lui fit pas ce plaisir cependant, et il ne put s'empêcher d'être déçu.

— Tout est fini entre nous, non ? Tu as été assez clair sur ce point, il me semble ! reprit-elle d'un ton accusateur.

— Ce n'est pas parce que nous sommes divorcés que je ne dois pas m'inquiéter pour toi, répondit Travis.

Alexis appuya sur la télécommande destinée à relever la tête du lit.

— Si, justement. C'est le principe de base du divorce. Si ce n'était pas ce que tu voulais, tu n'avais qu'à me traiter comme une épouse, pas comme un mouchoir jetable.

Casper toussota discrètement. Il était de plus en plus mal à l'aise. Il n'aurait pas dû se trouver là, au milieu d'un imbroglio conjugal auquel il ne comprenait rien.

— Bon, moi je vais y aller, Lex. À plus tard, peut-être !

— Pas question, lança-t-elle avec force. Tu restes. C'est à Travis de sortir d'ici.

— Tu plaisantes ? lui lança l'intéressé, ulcéré. Tu vas laisser ce fils de...

Elle l'interrompit d'un geste de la main.

— Va-t'en, Travis. Sans faire d'histoires.

Travis ouvrit la bouche pour protester et la referma presque aussitôt.

— Tu la trouves géniale, hein ? dit-il à Casper. Seulement tu ne sais pas tout. Je peux te dire, par exemple, qu'il n'y a que deux choses qui l'intéressent : le parc et la place qu'elle y occupe. Tout le reste lui est égal. Et n'espère pas qu'elle changera ou qu'elle finira par t'apprécier pour ce que tu es, parce que tu vas au-devant de graves désillusions.

Sur un nouveau reniflement de mépris, il se leva, si brusquement que les anneaux du rideau cliquetèrent sur la tringle, et sortit de la chambre.

Casper se figea. Il ne savait pas quoi dire. Un divorce n'était jamais bien joli, surtout quand se profilait une nouvelle relation pour l'une ou l'autre des parties en présence. Or, bien que Lex et lui n'en soient pas encore là, il n'en restait pas moins vrai que Travis Yellowfeather avait vu son ex en compagnie d'un autre homme.

— Désolée, murmura Alexis.

Elle tenta vainement de bouger la tête et grimaça.

— Ça va ? s'inquiéta Casper.

— Ça va, dit-elle avec lassitude.

— Sérieusement, Lex, je peux m'en aller si tu préfères. Je ne voudrais pas...

L'ébauche d'un sourire illumina son visage tendu.

— Tu m'as fait une promesse, je te rappelle. Tu m'as dit que tu resterais à mon chevet.

Vaincu, Casper se rapprocha du lit. Il ne reprit pas la main d'Alexis, cependant : la visite de Travis l'avait refroidi, d'une certaine manière.

— Comment te sens-tu ? demanda-t-il, à défaut de mieux.

— J'ai l'impression de m'être battue contre un champion de lutte. D'ailleurs, j'aimerais bien que tu me dises qui a gagné. Lui ou moi ?

Elle souriait à présent. Casper n'eut ni le temps de s'en réjouir ni de répondre, car le rideau s'écarta de nouveau et un médecin apparut, une tablette noire dépassant de la poche de sa blouse blanche.

— Madame Finch ?

— « Mademoiselle », corrigea-t-elle.

— Mademoiselle Finch, excusez-moi. Dr Tag. Je suis le neurologue de cet établissement. Je viens d'avoir le Dr Paul Finch au téléphone. Il m'a paru très préoccupé par votre santé.

Alexis plissa le nez à l'évocation de son frère.

— Je suis désolée, docteur. Paul peut être un peu... tyrannique, par moments. Il ne pense pas à mal.

Le Dr Tag ne se dérida pas. Il ne hocha même pas la tête. En fait, il resta tellement impassible que Casper se demanda ce qui l'avait poussé à étudier la médecine.

— Il ne m'a pas dérangé. Cela dit, rappelez-le dès que possible. D'après ce que j'ai compris, il tenait à entendre le son de votre voix dès votre réveil.

Alexis hocha la tête sans rien dire.

— Bien. Les résultats de votre scanner, à présent. Nous avons constaté un léger hématome en rapport avec un traumatisme crânien.

— Ce qui signifie ? demanda Casper, s'essayant au détachement lui aussi.

— Que, pour le moment, je préfère garder Mlle Finch en observation. Mais elle devrait pouvoir rentrer chez elle dès demain. Ensuite repos complet, et tout rentrera dans l'ordre.

Il ouvrit sa tablette et entreprit de compléter le dossier.

— Vous avez eu de la chance, reprit-il en levant les yeux sur sa patiente. Un traumatisme crânien peut avoir un nombre incalculable de conséquences à long terme. Pas le vôtre, du moins à en juger par ce que révèle votre scanner.

Casper se remit à respirer normalement.

Enfin une note positive au terme de cette journée entachée de découverte macabre, d'accident et de trafic de stupéfiants !

5

Alexis posa prudemment un pied par terre tandis que Casper s'empressait de contourner la voiture pour l'aider à rentrer chez elle. Lui enlaçant la taille, il la maintint serrée contre lui.

Son geste lui fut d'un tel réconfort qu'elle dut se retenir de se rapprocher encore davantage de lui, pour réchauffer son corps endolori.

Malgré son séjour à l'hôpital, il émanait du beau garde-frontière une odeur enivrante de grand air. Fermant les yeux, elle s'en imprégna longuement dans l'espoir de se la rappeler lorsqu'elle serait seule, la nuit venue.

— Tu as ce qu'il te faut ou tu veux que j'aille te faire quelques courses ? lui proposa Casper, la tirant de sa rêverie.

— Hein ? Oh ! Non, pas la peine. Ça devrait aller, souffla-t-elle, levant les yeux vers lui.

Il était tendu. Inquiet. Au moins autant que lorsque le neurologue était passé la voir, la veille au soir.

Bien sûr, c'était très gentil de sa part de s'en faire autant pour elle, mais c'était inutile : elle était forte. Beaucoup plus qu'elle le paraissait.

— Merci de m'avoir ramenée sans verser dans le fossé cette fois-ci, dit-elle, s'efforçant de tourner leur accident en dérision.

Sa plaisanterie tomba à plat : Casper fronça les sourcils et se rembrunit aussitôt.

— Pardon, Lex. Tu ne peux pas savoir à quel point je m'en veux. Je...

Elle leva la main pour le faire taire.

À l'instant où son index rencontra ses lèvres, néanmoins, elle fut traversée par une onde magnétique et laissa vivement retomber son bras.

— Tu... Ce n'est pas ta faute. Je ne vois pas comment tu aurais pu éviter une voiture qui nous a littéralement foncé dessus. Et puis, vois le bon côté des choses. C'était ton véhicule de fonction, non ? Ça aurait pu être le tien, et...

Elle luttait, à la fois pour trouver les mots susceptibles de le rassurer... et contre l'envie de le toucher encore.

Un nouveau coup d'œil lui ayant permis de constater qu'il était un peu rasséréné, elle se libéra de sa douce étreinte et le guida vers l'entrée de sa maisonnette.

Le chalet en rondins avait une façade sombre, des fenêtres aux liserés blancs. Son charme rustique ne manquait jamais de lui réchauffer le cœur lorsqu'elle rentrait chez elle. Au cours des deux étés passés dans cet endroit minuscule avec Travis, elle s'était souvent plainte des pannes de courant et des pénuries d'eau chaude mais, malgré ces inconvénients, elle adorait vivre là.

Cela lui fit un drôle d'effet de remonter la courte allée en compagnie d'un autre homme que son ex-mari. Le soir où Travis l'avait quittée, Alexis s'était juré qu'aucun individu de sexe masculin ne mettrait plus jamais les pieds dans cette maison.

D'un autre côté, Casper n'avait rien en commun avec Travis.

Il était beau, pour commencer. Peut-être même un peu trop, d'ailleurs : toutes les infirmières qui s'étaient succédé à son chevet s'étaient attardées sur son profil de dieu grec un peu plus longtemps que nécessaire. Elle avait été tentée de leur faire comprendre que le garde-frontière n'était pas libre, mais cela aurait été mentir. Casper n'était que son coéquipier d'un jour — même s'il ne l'avait pas quittée un seul instant depuis l'accident.

Et puis, il n'avait pas que la beauté comme atout. Lorsqu'il s'était interposé entre Travis et elle, à l'hôpital, elle avait eu un aperçu de la générosité qu'il s'efforçait tant bien que mal de cacher au reste du monde.

Elle se retourna pour l'observer à la dérobée, mais son visage était dissimulé par l'ombre de son Stetson.

Dommage.

Elle aurait aimé s'assurer qu'elle ne se trompait pas, qu'elle n'était pas en train d'idéaliser son nouvel ami, comme elle en avait la fâcheuse habitude.

N'avait-elle pas pris Travis pour son prince charmant, par exemple ? Dès le départ, son entourage avait émis un certain nombre de réserves, mais elle les avait balayées du revers de la main. Elle avait trouvé tout à fait normal que Travis lui dise à quelle heure elle devait rentrer ou qui elle pouvait fréquenter... Pendant longtemps, elle n'avait pas non plus pris ombrage de la manière dont il la traitait, de ses silences boudeurs qui pouvaient durer des journées entières ou de ses colères noires. Non. À l'époque, seuls comptaient les battements fous de son cœur lorsque le grand Travis Yellowfeather daignait poser les yeux sur elle.

Si seulement elle avait écouté — en plus des conseils de ses amies —, la petite voix intérieure qui lui soufflait que tout cela était trop beau pour être vrai !

Elle ne pouvait s'exposer ainsi une deuxième fois. Elle avait trop souffert — un nouveau chagrin d'amour lui serait fatal, c'était certain.

— Que faisais-tu, avant ta nomination à Goat Haunt ? demanda-t-elle en glissant la clé dans la serrure.

Casper la suivit à l'intérieur sans mot dire. Avait-il entendu sa question ?

— Casper ?

— Hum ? Je... je te l'ai dit. Je travaillais pour le FBI. Sur la fin, j'étais surtout spécialisé dans les analyses calligraphiques, ce genre de choses.

Il se tenait là les bras ballants, tourné vers la porte qu'il venait de refermer, comme un animal pris au piège.

— Rentre chez toi maintenant, si tu préfères, murmura Alexis. Je peux me débrouiller toute seule.

Il sortit son portable de sa poche, consulta l'écran puis secoua la tête.

— Non. C'est bon. Grant ne m'a pas rappelé. Je ne pourrai rien faire tant que je n'en saurai pas davantage.

— Que t'a-t-il dit au juste ? demanda-t-elle avant d'aller s'asseoir sur le vieux canapé marron.

Une courtepointe usée jusqu'à la corde en ornait le dossier. C'était sa mère adoptive qui l'avait confectionnée pour elle quand elle n'était encore qu'à l'école primaire. Le plaid portait toujours la trace du vernis rouge vif qu'elle avait renversé dessus, quelques années plus tard.

— Que les pilules ont disparu.

— Quoi ? s'exclama Alexis, effarée. Comment est-ce possible ?

— Je n'en sais rien. Toujours est-il que je lui ai demandé de retourner ratisser l'endroit où nous avons eu notre accident.

Remettant le téléphone dans la poche de son blouson en jean, il se laissa tomber dans le fauteuil, face à elle.

— Il m'a aussi dit avoir trouvé un ticket de caisse, ajouta-t-il dans un soupir.

— Où ça ?

— Coincé au fond du sac de notre énigmatique randonneur.

Alexis fronça les sourcils.

— Bizarre. À part la drogue et l'argent, j'aurais pourtant

juré qu'il n'y avait rien d'autre dans ce sac... Toi qui as travaillé pour le FBI, tu crois que quelqu'un a pu le mettre là intentionnellement ?

À l'évocation de son ancien employeur, Casper sembla se recroqueviller sur lui-même.

Alexis aurait donné cher pour savoir pourquoi.

Reprenant son téléphone, il chercha les photos qu'il avait prises sur les lieux de leur découverte.

— Quelle que soit la manière dont il a atterri là, nous ne pourrons pas utiliser ce maudit bout de papier devant un tribunal. Nous ne parviendrons jamais à prouver qu'il n'était pas là dès le départ. Et nous ne sommes pas non plus en mesure de prouver l'inverse.

— N'empêche qu'il pourrait nous aider à découvrir l'identité de la victime, fit remarquer Alexis.

— C'est une possibilité en effet, dit Casper, un sourire forcé aux lèvres. Enfin, on verra ça plus tard. Dans l'immédiat, l'important est que tu prennes soin de toi et que tu te reposes.

Il se leva pour s'emparer de la courtepointe et l'en recouvrir. Alexis, troublée par son odeur déjà familière, ferma les paupières.

Elle se voyait soudain, l'attirant à elle pour se blottir contre lui sur le canapé. Ils passeraient la journée ainsi, lovés l'un contre l'autre et loin des misères du monde.

Lorsqu'elle rouvrit les yeux, Casper la dévisageait avec intensité. Elle tendit la main vers lui, mais il eut un mouvement de recul. Lorsqu'elle laissa retomber son bras, elle s'aperçut qu'il était resté enfoui sous la couverture. Casper n'avait donc pas pu deviner son intention, ce qui ne l'empêcha pas de se sentir rejetée.

— Euh... Thé ou café ? proposa-t-il avec son adorable sourire en coin.

À cette heure de la journée, Alexis en était généralement à

son deuxième ou troisième expresso bien serré. Aujourd'hui, cependant, la simple idée du breuvage lui leva l'estomac.

— Thé. Je m'en occupe, ajouta-t-elle en faisant mine de se lever.

— Non. Tu restes assise, lui ordonna-t-il d'un ton sans réplique. Je suis là pour ça.

Sur ces mots, il se dirigea vers la cuisine. Alexis entendit l'eau couler dans la bouilloire, puis les portes des éléments claquer.

— C'est une tasse que tu cherches ? cria-t-elle, se penchant légèrement en avant.

— J'en ai une. Par contre, je ne trouve pas les sachets de thé.

Alexis était une adepte du thé en vrac, bien meilleur à son goût que les infusettes. En même temps, demander à son nouvel ami de préparer un vrai thé, dans la théière prévue à cet effet, lui paraissait un peu exagéré.

— Il doit en rester quelques-uns au fond du placard, au-dessus de la cuisinière.

Un sourire satisfait aux lèvres, elle songea que c'était plutôt agréable d'avoir quelqu'un avec qui partager son petit intérieur — même si, ces derniers temps, elle avait trouvé un certain réconfort dans la solitude. Elle avait pu faire les choses à sa manière et avancer à son propre rythme, au lieu de subir l'autorité de Travis. L'indépendance avait du bon, elle aussi !

Casper se planta sur le seuil de la cuisine et agita une boîte de Lipton.

— C'est ça ? demanda-t-il avec un sourire qui l'enflamma tout entière.

— Oui. Tu es sûr que tu ne veux pas un coup de main ?

— C'est bon, Lex. Fais-moi confiance, tu veux bien ?

Alexis réprima un soupir. La confiance n'était pas son fort, surtout lorsqu'il s'agissait de l'accorder à un homme.

Aussi ne tarda-t-elle pas à se lever pour aller voir ce qui se passait dans la cuisine.

La première chose qu'elle vit fut un derrière musclé qui se trémoussait… ! Casper agitait les hanches en cadence avec un air qu'il devait avoir dans la tête. Au lieu de lui faire savoir qu'elle était là, Alexis profita du spectacle. Et tant pis si c'était légèrement voyeur de sa part. L'homme qui se tenait devant elle était trop beau dans son jean moulant pour qu'elle se prive de ce petit plaisir.

La bouilloire se mit à siffler, Casper se retourna pour attraper la tasse qu'il avait préparée, et… la vit.

— Ça fait longtemps que tu es là ? demanda-t-il sans se départir de son sourire.

— Suffisamment pour savoir que tu as manqué ta vocation. Tu aurais fait un excellent strip-teaseur, répliqua-t-elle en riant.

Ces mots avaient à peine franchi le seuil de ses lèvres qu'elle se sentit rougir jusqu'aux oreilles. Qu'est-ce qui lui prenait ? Elle n'était pas aussi cavalière, d'habitude…

— Pardon. Je n'aurais pas dû dire ça, souffla-t-elle. J'ai une fâcheuse tendance à parler sans réfléchir.

Le garde-frontière ne parut pas s'offusquer outre mesure.

— Ma mère ne serait sûrement pas d'accord avec toi — sur le premier point, j'entends. Quant à ta spontanéité, je l'avais déjà remarquée et, à mes yeux, c'est une qualité. Une de plus, si je puis me permettre.

Alexis rougit encore davantage. Il était conquis, semblait-il. Et elle ne savait pas trop comment réagir.

— Je… Heu… Le thé est prêt ?

Il versa l'eau dans la tasse et attendit quelques secondes avant de la lui tendre.

— Merci, murmura-t-elle avant de tremper ses lèvres dans le liquide bouillant.

Les sachets devaient être périmés, à en juger par le goût fadasse du breuvage. Alexis se força tout de même à l'avaler.

— Très bon ! s'exclama-t-elle avec un enthousiasme feint.

La courtepointe qu'elle avait gardée sur ses épaules commençant à glisser, Casper s'approcha d'elle pour la faire remonter sur son épaule. Alexis se surprit à poser la joue sur sa main.

— Et la tête, ça va ? s'enquit-il d'une voix douce.

— Très bien.

C'était vrai. Le vertige qui s'emparait d'elle dès que Casper l'approchait n'avait aucun rapport avec son traumatisme crânien.

— Tu n'as pas une photo de ce fameux ticket de caisse ? demanda-t-elle, histoire de penser à autre chose. Qui sait ? On en tirera peut-être quelques indications, surtout si l'achat a été réglé à l'aide d'une carte de crédit.

Le regard de Casper s'assombrit légèrement. À croire qu'il était déçu d'être ainsi ramené à la réalité.

Tant pis.

Il devrait se faire une raison, lui aussi. Alexis ne pouvait être qu'une amie pour lui. Elle n'était pas prête à s'embarquer dans une nouvelle histoire d'amour. Bien qu'une année entière ait passé, la blessure était encore fraîche. Une relation avec Casper Lawrence ne pourrait que tourner au désastre, et cela, elle le refusait.

De tout son être.

— Si, fit Casper en tournant l'écran de son portable dans sa direction. Regarde, apparemment, ce bout de papier provient d'un magasin appelé Le Prince au petit pois.

— Sacré nom ! s'exclama-t-elle en riant. D'ailleurs... Ça me dit quelque chose. Oui ! Je connais cette boutique. Elle se trouve dans les parages de Waterton, côté Canada.

Le parc des Lacs-Waterton, situé dans l'Alberta au Canada, était en fait, géographiquement parlant, le prolongement du parc américain de Glacier. Seule la frontière entre les deux pays justifiait l'existence de ces deux parcs nationaux. Encore qu'ils avaient été réunis symboliquement en un parc international de la Paix...

— C'est quel genre de commerce ?

Alexis réfléchit quelques secondes.

— Une boutique pour touristes, si ma mémoire est bonne. On y trouve sûrement la même chose que dans les boutiques du parc de Glacier. Sauf que, là-bas, les tasses, les T-shirts, les casquettes, etc., ont le logo Waterton.

Casper observa la photo du ticket de caisse entre ses yeux plissés.

— L'acheteur y a dépensé trente-sept dollars.

— On ne va pas loin avec ça, dans ce genre d'endroit. Rien n'est donné dans les parcs, tu sais.

Le ticket de caisse ne donnait aucun indice quant à la nature de l'achat ou à son mode de paiement.

En revanche...

— Regarde, dit-elle, désignant l'avant-dernière ligne du ticket. Il a été imprimé il y a trois jours. En début de soirée.

Instinctivement, le regard de Casper se tourna vers la porte. Il mourait d'envie de se rendre sur place pour voir de quoi il retournait, c'était l'évidence même.

— Allons-y, proposa Alexis. On ne peut pas négliger une piste pareille. Avec un peu de chance, on pourra nous renseigner !

Casper jeta un nouveau coup d'œil à la photo, sur son portable, avant de relever la tête.

— Tu es censée te reposer, je te rappelle. De plus, Grant a dû faire la même démarche que nous.

— Je n'en jurerais pas. Grant est un type super, très professionnel et tout ce que tu veux, mais il ne faut pas trop compter sur lui pour prendre des initiatives de ce genre.

En vérité, Alexis aimait bien le vieux ranger. S'il donnait la nette impression d'attendre tranquillement l'heure de la retraite, il avait un cœur d'or, et chérissait le parc au moins autant qu'elle.

Elle avala une nouvelle gorgée de son thé désormais tiède, et réprima difficilement une grimace. Il était encore plus insipide que tout à l'heure.

Sans raison particulière, elle se tourna ensuite vers la porte close de sa chambre à coucher.

Et se fustigea.

Si elle n'y prenait pas garde, elle risquait de retomber dans ses mauvais travers. Ceux qui la menaient un peu trop vite à l'intérieur de cette chambre, justement.

— Navré pour le thé, murmura Casper, lui retirant la tasse des mains.

Elle partit d'un grand rire.

— Tu m'en offriras un à Waterton ?

— Pourquoi ai-je l'impression que j'ai déjà perdu la partie ? demanda-t-il, haussant un sourcil.

Elle ne l'apprécia que davantage pour cette question.

Quand elle avait rencontré Travis, il respectait ses décisions et n'insistait jamais pour qu'elle change d'avis. C'était l'une des choses qui l'avaient attirée chez lui — le fait qu'il accepte son indépendance. Malheureusement, lorsque leur relation avait commencé à battre de l'aile, il s'était mis à haïr ce qu'il avait dit tant apprécier chez elle. Et bien qu'elle ait fait quelques concessions — renonçant notamment à certaines des libertés qu'elle s'était toujours octroyées —, il s'était montré trop possessif pour que leur couple survive.

Il se pouvait qu'il en aille autrement avec Casper, bien sûr.

Malheureusement, Alexis avait appris à ses dépens que lorsqu'elle s'attachait à un homme, il finissait par la quitter. Elle en avait déduit que si les histoires d'amour commençaient toujours bien, elles se terminaient généralement dans une douleur indicible.

De celles dont on se passait volontiers.

Ils passèrent la plus grande partie du trajet à discuter du climat de la région et de leur routine quotidienne.

Casper en fut soulagé, d'une certaine manière. Cela lui faisait oublier l'inquiétude qui le rongeait depuis l'accident. Néanmoins, à plusieurs reprises il se surprit à observer la jeune femme à la dérobée pour s'assurer qu'elle allait bien.

Ils remontèrent la Route 6, côté canadien. Waterton n'était plus très loin désormais, et plus ils s'en approchaient, plus Alexis se montrait taciturne.

— Ça va ? lui demanda Casper au bout d'un moment.

— Ça va, dit-elle simplement.

— Tu es bien silencieuse...

Elle se tourna vers lui, un sourire de circonstance aux lèvres.

— Je pensais à la collision d'hier, poursuivit-elle.

— Je suis désolé, Lex. Vraiment ! dit-il, recommençant à culpabiliser.

— Je sais. Et je ne te reproche rien. Je réfléchissais à cette voiture qui nous a foncé dessus. Grant en sait un peu plus sur son chauffeur ?

Casper revit le moment où le véhicule s'était déporté sur leur voie. Avec une telle netteté qu'il se souvint même du H qui ornait la calandre.

— Son chauffard, tu veux dire... Non, hélas ! personne n'a été en mesure de fournir quelque indication que ce soit sur son identité. Pourquoi cette question ?

— Tu te souviens du motard qui nous suivait, quelques minutes plus tôt ?

— Oui, pourquoi ? demanda-t-il, les mains soudain crispées sur le volant.

— Parce que je me demande s'ils n'étaient pas de mèche, figure-toi.

Casper jeta un coup d'œil à son Stetson, posé sur le tableau de bord, et se passa une main dans les cheveux.

— Ça m'étonnerait. La découverte que nous avons faite

à Kootenai est restée pour le moins confidentielle, et à part nous deux, seules trois autres personnes connaissaient la nature exacte de notre chargement.

Lex laissa échapper un soupir.

— C'est vrai. D'un autre côté, toute cette histoire me paraît tellement bizarre...

La lumière qui se reflétait dans ses grands yeux verts permit à Casper de s'apercevoir qu'ils étaient tachetés de brun.

Comment Travis avait-il pu laisser partir une femme pareille ?

Mais il rêvassait, là, et ce n'était guère le moment. Il devait se concentrer sur l'enquête en cours. Lex avait raison : quelque chose clochait, dans cette série d'événements.

Trop de coïncidences. Trop de...

Stop. Son raisonnement était sûrement altéré par la présence de Lex à ses côtés. En plus de réveiller des pulsions qu'il refoulait depuis longtemps, Alexis l'avait amené à se poser des questions sur l'homme qu'il était vraiment. Mais il n'allait tout de même pas croire à la théorie du complot ?!

— Tâchons de rester objectifs, dit-il. Si ça se trouve, les pilules se sont échappées du pick-up et ont roulé quelque part dans le ravin. Quant à la voiture qui nous a foncé dessus... Eh bien, il se peut que le chauffeur ait eu une absence, non ?

Elle lui jeta un coup d'œil dubitatif.

— Tu sais aussi bien que moi que ce n'est pas vrai, Casper. Si la drogue était restée là-bas, Grant en aurait au moins retrouvé une partie, depuis le temps. Non. Pour moi, elle a été volée.

— Admettons. Et ensuite ? Que faire d'une quantité de drogue pareille ? Et, surtout, pourquoi prendre le risque de la soustraire à des représentants de l'ordre ?

— J'imagine que le voleur pensait s'en tirer à bon compte, suggéra la jeune femme. Réfléchis. Nous avons un accident au milieu de nulle part, sur une route peu fréquentée à cette époque de l'année, et il y avait un paquet de fric à se faire...

Lex avait raison. Représentants de l'ordre ou pas, ils avaient constitué une cible idéale, tous les deux.

— Il se peut aussi que le voleur ait agi sans réfléchir, lui objecta-t-il. Par opportunisme, si je puis m'exprimer ainsi. Tiens ! Si ça se trouve, il est dans sa chambre d'hôtel, au moment où nous parlons, et il se demande comment il a fait pour se mettre dans un pétrin pareil... Parce qu'il n'est pas idiot et qu'il sait que nous finirons par le trouver. Ce n'est qu'une question de temps.

— Tu n'as pas l'impression de te fourvoyer en imaginant que ton voleur éprouve ne serait-ce qu'un semblant de remords, Casper ?

Si. Si, bien sûr.

Au cours de ses années au FBI, Casper avait été confronté à la lie de l'humanité. Ils étaient partout, les voleurs, les escrocs, les meurtriers d'un jour et les tueurs en série. C'était la nature humaine. Aucune tranche d'âge, aucune catégorie socioprofessionnelle n'y échappait.

Aucun des deux sexes non plus.

Cela établi, qu'est-ce qui avait amené Lex à avoir une vision aussi pessimiste de ses contemporains ?

— Quoi qu'il arrive, nous retrouverons la trace de cette drogue, poursuivit-elle. Quelqu'un finira par parler ou alors les pilules seront vendues dans la rue, et nous en serons informés par la police locale.

Casper réprima difficilement une grimace. L'idée de toutes ces autorités travaillant sur une même affaire ne lui disait rien qui vaille. À coup sûr, cela allait engendrer un certain nombre de rivalités, et il risquait d'être accusé d'incompétence.

— J'espère que nous aurons résolu le problème avant

d'en arriver là, dit-il, arrêtant la voiture devant Le Prince au petit pois.

C'était bel et bien une boutique pour touristes. La vitrine affichait tous les produits que l'on trouve en général dans ce genre d'endroit : du simple livre à la couverture polaire estampillée aux couleurs du parc.

Lex n'attendit pas, cette fois, qu'il lui ouvre la portière pour descendre de voiture. Sa pommette tuméfiée mise à part, elle paraissait en pleine forme.

En tout cas, suffisamment pour ne pas vouloir de son aide, nota Casper. Devant la porte de la boutique, il s'effaça pour laisser passer la jeune femme.

Un homme d'âge respectable se tenait derrière le comptoir, une tasse de café à la main.

— Madame, monsieur, bonjour, lança-t-il avec un léger accent canadien. N'hésitez pas à me solliciter, si vous ne trouvez pas votre bonheur.

Casper lui montra brièvement son badge.

— En fait, nous voudrions vous poser quelques questions. Voilà : nous avons trouvé une pièce à conviction provenant de ce magasin et nous avons pensé que vous pourriez nous aider.

L'homme passa une main dans la mèche de cheveux gris censée dissimuler sa calvitie naissante.

— Je... Oui, oui. Si je peux vous être utile, bien sûr.

— Parfait. Voici la pièce en question, dit Casper, lui montrant la photo du ticket de caisse sur l'écran de son portable. Regardez la date et dites-moi si cela vous rappelle quelque chose.

Il posa son portable sur le comptoir pour que l'employé puisse examiner le ticket en détail.

— Voyons... J'étais de service, ce soir-là, c'est déjà ça. D'un autre côté, on voit tellement de gens entrer et sortir, pendant la saison, qu'on finit par ne plus se souvenir des clients dont on s'est occupé la veille.

— Essayez tout de même, c'est important, insista Casper.

Il chercha du regard d'éventuelles caméras, en vain. Si Le Prince au petit pois en était équipé, elles étaient bien cachées.

Il allait poser la question lorsque Lex prit le relais :

— Quel genre d'article on peut avoir, pour ce montant-là ? s'enquit-elle.

— C'est vaste... Comme il fait froid, nous avons vendu pas mal de sweat-shirts et...

Le visage rubicond de l'employé s'éclaira soudain.

— Attendez... Ça y est, du moins je crois. Une femme m'en a acheté un justement, ce soir-là. Ça et un soda, si ma mémoire est bonne. Si on ajoute les taxes, ça fait exactement trente-sept dollars.

Une femme ?

Se pouvait-il que le sac en toile de camouflage n'ait pas appartenu à l'homme dont ils avaient retrouvé des restes dans le bois ?

— Je devrais pouvoir vous dire ça avec certitude, reprit l'employé. Donnez-moi le temps de vérifier sur mon ordinateur.

Casper hocha la tête en direction de Lex. Elle avait posé la bonne question. Dans ce métier-là, on pensait en termes de marchandise vendue, plutôt qu'en termes de clients.

— Ça y est ! s'écria le caissier. J'ai trouvé.

Il fit pivoter l'écran pour les associer à la lecture des informations.

— Là. C'était bien une femme. Elle a payé cash, en dollars américains. Elle a acheté un sweat-shirt bleu tout simple, avec un minuscule logo du parc sur la poitrine.

— Et vous pourriez nous la décrire, cette femme ?

L'homme leva la tête vers le plafond et plissa les yeux, comme s'il s'attendait à voir surgir l'image de sa cliente du néant.

— Pas vraiment. Je n'ai pas fait très attention. Environ trente-cinq ans, les cheveux... sombres, je crois...

Son intonation manquait nettement d'assurance.

— Vous ne vous souvenez pas de la manière dont elle était vêtue ?

— Ah si, parce que ça m'a étonné. Elle portait un blouson de cuir. Non. Pas un blouson, un gilet. C'est ça. Un gilet de cuir noir avec des... des trucs collés ou cousus dessus. Des pièces, si vous préférez, mais faites pour décorer, pas pour cacher un accroc.

— Elle était membre d'un club de motards ? demanda Lex, tout excitée subitement.

— Maintenant que vous me le dites, c'est tout à fait possible en effet. C'est même presque sûr... Il me semble qu'elle était à moto. Oh ! et elle n'a pas voulu de sac — ce qui m'arrangeait bien, soit dit en passant. Même s'ils ne nous coûtent pas bien cher, ça finit par chiffrer à la longue.

— Pourquoi a-t-elle refusé le sac ? s'étonna Casper. Transporter une canette et un sweat-shirt sur une moto, ça ne doit pas être pratique.

— Attendez... Oui, c'est ça : elle a enfilé le sweat-shirt et a rangé le soda dans son sac à dos.

— Vous ne pourriez pas nous dire de quoi il avait l'air, ce sac à dos, par hasard ? demanda Casper, gagné par l'excitation à son tour.

— Oh ! il était vert ! De plusieurs verts différents. Vous savez, comme ceux des militaires quand ils veulent se confondre avec la nature.

— Et son gilet, enchaîna Lex. Vous avez eu le temps de regarder les patchs ?

— Je me rappelle vaguement une paire d'ailes... Ah, et un autre patch, là...

Il désigna un endroit sur sa propre poitrine.

— ... Qui disait « Property of », ou quelque chose comme ça.

L'employé hocha longuement la tête.

— Voilà, c'est tout ce dont je me souviens, désolé. L'acheteuse n'a pas dû se montrer très bavarde, sinon je me la rappellerais mieux, c'est sûr.

— Les quelques renseignements que vous nous avez communiqués sont déjà précieux, merci beaucoup, déclara Lex avec un grand sourire. Nous n'allons pas vous déranger plus longtemps.

Casper se sentait le cœur un peu plus léger en sortant du magasin.

À défaut d'avoir découvert l'identité de la victime, ils avaient une piste qui, avec un peu de chance, lui permettrait de sauver la face.

Il ne perdrait pas son emploi, du moins pas dans l'immédiat.

En fait, si tout se passait comme il le voulait, il pourrait même rester.

S'installer définitivement dans la région, histoire de s'essayer une dernière fois aux relations amoureuses.

Encore que courir après l'amour était bien plus dangereux que pourchasser les criminels.

Il en avait fait la triste expérience.

6

Casper avait la même mine tendue et inquiète qu'à sa sortie de l'hôpital, nota Alexis en quittant Le Prince au petit pois. Elle le préférait souriant, bien sûr, mais le sérieux lui allait tout aussi bien et il lui parut si beau en cet instant qu'elle se sentit vaguement mal à l'aise.

Elle inspira lentement. Le vent avait fraîchi, et elle eut la chair de poule, subitement.

— Lex ? Ça va ? s'écria aussitôt Casper. Tu veux remonter tout de suite en voiture ? Bon sang, je n'aurais jamais dû t'amener ici. Je suis vraiment nul quand je m'y mets !

Cette déclaration la contraria tant qu'elle en oublia le froid ambiant.

— Primo, je voudrais que tu cesses de te faire du mouron pour moi. Je me porte comme un charme et je suis une grande fille, pour le cas où ce détail t'aurait échappé. Si je ne m'étais pas estimée suffisamment en forme pour faire le déplacement jusqu'à Waterton, je serais restée chez moi. Je connais mes limites.

Elle déplia un deuxième doigt avant de poursuivre.

— Secundo, j'espère que tu ne considères pas cette enquête comme la tienne, parce que tu te tromperais lourdement. Ton chef nous a demandé de bien vouloir t'inclure dans la recherche du cadavre et dans ses suites éventuelles. Ce n'est pas tout à fait la même chose, il me semble.

L'information parut anéantir Casper.

— Tu... tu as eu Randall au téléphone ?

— Oui. Et il m'a expliqué que la CBP souhaitait être partie prenante dans cette affaire, dans la mesure où la victime est soupçonnée d'être entrée sur notre territoire en fraude.

Pour le coup, le sang se retira du beau visage du garde-frontière.

— Je n'ai pas laissé entrer ce type aux États-Unis, Lex. Je peux te le garantir.

— Espérons que tu as raison, murmura Alexis.

Elle avait dû manquer de conviction, car Casper se recroquevilla encore davantage sur lui-même. Elle lui devait la vérité, néanmoins. Aussi alla-t-elle jusqu'au bout.

— Parce que, pour tout t'avouer, Randall avait l'air franchement contrarié à l'idée que tu aies laissé passer un clandestin. Et je n'ose pas imaginer sa réaction quand il entendra parler de la cargaison de drogue et de sa disparition.

— Encore une fois, je suis quasiment certain qu'aucun type chargé d'un sac à dos acheté dans les surplus de l'armée ne s'est présenté à Goat Haunt. Je m'en souviendrais, tu ne crois pas ? s'étrangla Casper. On ne peut pas me tenir pour responsable ! Bon sang, si ça se trouve, il n'est même pas passé par mon poste. Il a très bien pu se faufiler de l'autre côté de la frontière par un autre endroit, comme le font des milliers de gens chaque année. Je ne peux pas aller voir ce qui se passe chaque fois qu'un détecteur se déclenche et se met à sonner. J'irais même jusqu'à dire que, dans quatre-vingt-dix pour cent des cas, Randall ne me laisserait pas faire. S'il m'a autorisé à travailler avec toi dans l'affaire qui nous occupe, c'est uniquement pour le cas où la presse aurait vent de cette histoire. Rien d'autre.

— Ne t'en fais pas, nous finirons par avoir le fin mot de l'histoire, déclara-t-elle avec assurance. Mieux ! Nous allons tellement bien travailler tous les deux que l'un d'entre nous finira Employé du mois. Elle n'est pas belle, la vie ?

Casper se tourna vers elle, un sourcil haussé.

— « Employé du mois » ? Ça m'étonnerait. Pour moi, en tout cas, c'est cuit. Quant à toi... Ça n'est pas gagné non plus. Tu es trop indépendante pour ton propre bien. Ton chef sait où tu es en ce moment, par exemple ?

Alexis se renfrogna. Il n'allait pas lui faire une scène, si ? Avec Travis, elle n'aurait pas hésité une seconde à riposter. Ils se seraient affrontés, et elle se serait battue bec et ongles. Avec Casper, c'était différent. Il ne lui cherchait pas noise pour la dominer, mais plutôt...

... pour la protéger.

Du moins à ce qu'il lui semblait.

En sa qualité d'ex-agent du FBI, il paraissait logique qu'il éprouve le besoin de veiller à la sauvegarde de son entourage. Cela n'expliquait cependant pas qu'il ait été muté au milieu de nulle part, cela dit. Et bien qu'Alexis meure d'envie de savoir ce qui lui avait valu sa disgrâce, le moment était mal choisi pour lui reposer la question.

Elle se força à répondre calmement.

— Je crois que tu confonds indépendance et détermination. Or, dans l'immédiat, la seule chose qui puisse nous aider à éclaircir cette affaire, c'est la détermination justement. Je m'arrangerai avec mon chef plus tard. Quand tout cela sera terminé.

Elle avait à peine fini sa phrase que la sonnerie de son téléphone — le refrain de la chanson *Born to be Wild* — retentit.

Ce fichu portable n'aurait pas pu sonner à un autre moment ! Les joues en feu, Alexis se détourna pour éviter le regard sans doute railleur de son compagnon.

— Alexis ? lança la voix de Denver Dragger à l'autre bout du fil. Où es-tu ?

Quand on parlait du loup...

— Hum ? Oui ? demanda-t-elle d'un ton vague.

Elle essaya de se concentrer sur la voix de son chef, sans grand succès. Casper était irrésistible, avec sa mâchoire carrée et ce début de barbe qui lui assombrissait les joues. Bien qu'elle préférât généralement les hommes rasés de frais, Alexis trouvait cet air un peu négligé absolument craquant.

Dragger toussota bruyamment à l'autre bout du fil.

— Alexis, tu m'écoutes ?

— Oui. Nous sommes sur une piste dans l'affaire du randonneur mort. Je dirais même qu'on est à deux doigts de l'identifier. Avec un peu de chance, nous arriverons aussi à déterminer la provenance des pilules et à savoir où il les emportait.

Ce fut tout juste si elle n'entendit pas Denver Dragger secouer la tête de droite à gauche.

— Lex, je t'ai appelée pour prendre de tes nouvelles, après ton petit accident. Si j'avais su que tu passerais cette journée de repos forcé à écumer le parc...

Il marqua une pause avant d'ajouter d'un ton plus sec :

— Je vais mettre quelqu'un d'autre sur cette affaire. Mais comme tu es sur pied et qu'il y a du boulot, ici, tu es priée de revenir dès demain matin. Il faut que quelqu'un monte au chalet Sperry et le ferme pour l'hiver.

L'endroit en question n'avait de chalet que le nom. Il s'agissait en fait d'une cabane rudimentaire, un genre de refuge auquel on n'accédait qu'à pied ou à cheval. Et si, en temps normal, Alexis aimait bien participer à la fermeture des locations, cette fois-ci, elle était tout à fait prête à céder sa place. Elle n'avait aucune intention de confier l'enquête en cours à une tierce personne. Encore moins maintenant que Casper et elle tenaient une piste susceptible de leur apporter un certain nombre de réponses.

— Chef, je préférerais nettement poursuivre...

— Je te vois demain matin à la première heure, l'interrompit Dragger.

Elle n'eut pas le temps de protester davantage. Il avait déjà raccroché.

Alexis fronça les sourcils. Elle s'entendait plutôt bien avec Denver Dragger, d'habitude. Ils tombaient d'accord sur la plupart des points et se respectaient mutuellement. À telle enseigne qu'il lui avait un jour demandé de le considérer comme un simple collègue plutôt que comme son supérieur. Bref, ils avaient de bons rapports.

Jusqu'à maintenant.

Peut-être s'agissait-il d'un simple malentendu, cela dit. Ou alors, Dragger était stressé par tout ce qui restait à faire en cette fin de saison. Car le travail ne manquait effectivement pas : en plus des bungalows et autres refuges à fermer et à isoler en prévision des chutes de neige à venir, il fallait s'occuper des milliers de visiteurs qui continuaient à affluer, par la route ou sur les sentiers de randonnée.

Comme tous les parcs nationaux, Glacier manquait de personnel et de fonds. C'était un fait établi mais, jusqu'ici, ça n'avait encore jamais posé de trop gros problèmes.

Bref, Alexis ne comprenait pas le soudain accès d'autorité de son chef.

Et encore moins la raison pour laquelle il voulait lui retirer l'enquête.

D'autant que ce n'était pas la première fois qu'elle était confrontée à un décès dans le cadre de son travail. Chaque été, plusieurs personnes trouvaient la mort dans ces montagnes inhospitalières. L'année précédente, Travis et elle avaient dû élucider les circonstances d'un accident étrange : une femme était tombée dans une crique sans raison apparente et s'y était noyée. Dragger avait été tellement satisfait de leur travail qu'il avait tenu à les féliciter personnellement.

Alors, s'il appréciait tant ses qualités professionnelles, pourquoi la mettre sur la touche ?

Hélas ! Rien ne le ferait changer d'avis, Alexis le savait d'expérience.

Atterrée, elle remit son téléphone dans sa poche. Elle n'avait plus que quelques heures devant elle. Ensuite, toute l'affaire lui échapperait.

— Que se passe-t-il ?

Elle leva les yeux vers Casper et soutint son regard.

— Mon indépendance est en train de me jouer des tours, j'en ai bien peur. Je suppose que c'est ma faute... On m'a attribué une autre tâche pour demain. C'est un autre ranger qui va reprendre mon... notre enquête. Tu avais raison, ce n'est pas cette fois que je serai nommée Employée du mois.

— Dans ce cas, nous n'avons plus une minute à perdre. Qu'aurait fait Sherlock Holmes sans son cher Watson ?

— Ah, parce que tu te vois en Sherlock ? railla-t-elle, sentant son moral remonter en flèche.

En guise de réponse, Casper se redressa et fit mine de tirer sur une pipe.

Il avait l'art et la manière de lui redonner le sourire, c'était déjà ça.

— C'est moi qui devrais jouer ce rôle, je trouve. Enfin... Par où aimeriez-vous commencer, cher ami ? demanda-t-elle avec un accent anglais très exagéré.

Le rire sonore de Casper s'envola dans les airs et retentit dans toute la rue.

Un homme assis seul sur un banc se retourna pour les regarder et hocha la tête d'un air approbateur.

— Chut ! fit Lex, posant une main sur le bras de Casper en riant.

Même à travers l'étoffe de son blouson, sa peau lui parut brûlante, par contraste avec ses doigts gelés.

Elle les retira vivement.

Son geste n'échappa pas à Casper, à en juger par la manière dont il la regarda. Il parut hésiter quant à la conduite à tenir, avant de décider, finalement, d'en revenir au problème qui les occupait.

— Sérieusement..., commença-t-il. Si on en croit l'employé du Prince au petit pois, nous sommes à la recherche d'une femme vêtue d'un gilet de cuir noir orné d'un certain nombre de patchs. Elle doit faire partie d'un club de motards — ce n'est pas ce qui manque, dans la région !

— Qui te dit que cette femme ne fait pas de la moto pour le plaisir ? C'est possible aussi, ça, non ?

Le parc en fourmillait, de ces motards du dimanche. Il n'était pas rare qu'ils calent sur le col de Logan, victimes des effets de l'altitude, et que les rangers soient obligés d'aller les chercher.

— Non. Une simple motarde ne porterait jamais ce genre de vêtements. Encore moins avec un insigne « Property of » et un autre représentant une paire d'ailes.

— Pourquoi ça ? Je ne comprends pas.

— Parce que les femmes ne sont pas les bienvenues chez les vrais bikers, les purs et durs — les « un pour cent » qui sont hors-la-loi. Pour être acceptée, il faut être une *patronne*, une *brebis* ou une *régulière*.

Alexis écarquilla les yeux.

— La *régulière* est la femme ou la petite amie de longue date d'un de ces « un pour cent », expliqua Casper. Et si elle n'a pas à vendre son corps ou à passer de main en main comme les *brebis*, elle doit faire ce qu'on lui dit de faire. Obéir au doigt et à l'œil, si tu préfères.

— Mais enfin, c'est insensé ! s'écria Alexis, outrée. Quelle femme peut accepter d'être utilisée de cette manière ?

— Je peux comprendre que ça t'échappe, en effet, avec ton goût farouche pour l'indépendance. Seulement tout le monde n'est pas comme toi, Lex. Ces femmes se sentent sécurisées à l'intérieur de ces clubs d'« un pour cent ». Certes, elles vivent en marge de la société et de ses normes, mais elles y trouvent leur compte. Alors en échange de leur protection, elles respectent les desideratas des motards. Ils ont toute leur confiance. C'est leur famille, si tu préfères.

Alexis continuait à dévisager Casper avec perplexité.

— La force des membres de ces clubs réside dans leur solidarité à toute épreuve. L'ATF — tu sais, le Bureau de l'alcool, du tabac, des armes à feu et des explosifs — est constamment en train d'essayer de les infiltrer. D'autres agences fédérales aussi, d'ailleurs.

— Pourquoi ? Parce qu'elles ont peur de leur pouvoir ?

Casper lui prit doucement la main pour l'aider à remonter en voiture.

— Oui. Ces clubs sont bien plus puissants que le citoyen lambda l'imagine. Ils comptent parmi les plus gros trafiquants de drogue et d'armes des États-Unis. Et je peux te dire que leurs réseaux de distribution sont développés et particulièrement efficaces.

— Et personne n'a encore réussi à les faire tomber ? On ne voit pourtant que ça, à la télé. Des agents du FBI qui infiltrent des groupuscules et les mettent à genoux.

Elle boucla sa ceinture tandis que Casper se glissait derrière le volant. Il posa son chapeau sur le siège entre eux, comme pour éviter tout contact avec elle.

— Bien que le gouvernement ait remporté quelques succès par le passé, il faut se rendre à l'évidence : épingler ces types est un travail sans fin. Tu en as à peine terminé avec un club qu'une nouvelle faction se forme et reprend le business en cours. Il y aura toujours des gens désireux d'échapper aux règles auxquelles la société veut les soumettre. Et ils utilisent leur marginalité pour se fabriquer un réseau.

Alexis resta silencieuse un moment. D'une certaine manière, elle comprenait qu'une femme désire appartenir à un groupe qui l'acceptait pour ce qu'elle était — surtout lorsqu'elle avait le sentiment que le reste du monde était contre elle.

Enfant, Alexis était passée de famille d'accueil en famille d'accueil. Elle avait connu la peur de se retrouver seule et le sentiment d'impuissance qui allait avec. Alors il se pouvait qu'elle ne soit pas très différente de ces femmes, en fin de compte. À ceci près qu'elle consacrait sa vie d'adulte à lutter contre la violence, tandis que les *patronnes*, les *régulières* et les *brebis* luttaient contre la société dans son ensemble.

Ils remontèrent une rue commerçante, longèrent un jardin public en bordure de la ville, puis arrivèrent à la hauteur d'un hôtel de luxe. Lorsqu'ils eurent dépassé ses pelouses vertes et ses parterres de fleurs, ils se retrouvèrent dans la forêt. D'immenses pins pointaient vers le ciel, chacun d'entre eux tentant de s'approcher davantage de la lumière que ses voisins immédiats.

— Où allons-nous ? demanda Alexis.

— Au point de départ du sentier de randonnée, répondit Casper. On ne sait jamais. Il doit y avoir un lien entre cette femme et notre passeur malchanceux. S'il l'attendait près de la boutique, il y a de grandes chances pour qu'il ait commencé sa petite expédition à cet endroit précis.

Il haussa les sourcils, comme frappé par une nouvelle idée.

— Tu sais quoi ? Je suis prêt à parier que ce type a traversé la frontière après la fermeture de Goat Haunt. Réfléchis... C'est logique, non ? D'après le ticket de caisse, l'achat du sweat-shirt a été effectué à 18 heures. Du début du sentier, il faut environ trois heures pour arriver jusqu'à mon poste. Il a calculé son coup de manière à éviter de se faire repérer.

Ses yeux brillaient d'excitation, subitement. Et Alexis constata avec plaisir que ses joues avaient repris un peu de couleur. Le soleil se refléta dans ses cheveux châtains, les faisant briller. On voyait la marque de son chapeau, sur le haut de son crâne.

S'apercevant qu'elle l'examinait, Casper la gratifia de son sourire ravageur. Son regard s'attarda sur elle, et elle eut l'impression qu'il voyait au fond d'elle et qu'il la perçait à jour.

Cette pensée la mit mal à l'aise, elle se détourna.

Elle ne voulait pas de ce genre de regard.

Et si Casper n'aimait pas ce qu'il voyait ? Elle avait suffisamment été rejetée, par le passé, pour ne pas vouloir s'exposer à une nouvelle rebuffade.

Chacun portait sa croix, en ce bas monde, et le beau douanier en savait assez sur elle. Travis, son divorce... cela suffisait amplement. Les épreuves qu'elle avait traversées avant cela devaient rester dans l'ombre.

Du moins, c'était préférable.

La route se terminait par un petit parking. Casper coupa le contact et descendit de voiture.

Non sans avoir repris son chapeau.

Et caché ses cheveux.

Dommage.

Les quelques véhicules garés là étaient immatriculés dans l'Alberta ou dans le Montana. Il n'y avait aucune moto en vue.

— Qu'est-ce qu'on cherche, exactement ? s'enquit Alexis.

— Je ne sais pas trop. Tout ce que je peux te dire dans l'immédiat, c'est que nous le saurons... quand nous tomberons dessus.

Il ne restait plus qu'à espérer qu'il ait raison. Ils n'avaient que très peu de temps devant eux, et Alexis n'avait aucune envie de passer des heures à fouiller les environs pour rien.

Casper commença par faire le tour des places de parking en étudiant attentivement les pneus des voitures. Au bout de la dixième, il s'arrêta et passa une main sur le bord de son Stetson en un geste de frustration.

— Bon sang ! J'avais pourtant bon espoir, maugréa-t-il.

— On va bien finir par avoir un coup de chance. Un renseignement sur notre motarde, par exemple. De la part de quelqu'un qui l'aura vue sortir de la boutique ou rejoindre l'homme dont nous avons trouvé la dépouille.

Elle lui effleura le bras pour le rassurer et se rétracta aussitôt, saisie une fois encore par l'énergie qu'il dégageait.

— Continuons à chercher. Tiens, dans le bois, par exemple qu'en penses-tu ? s'empressa-t-elle de suggérer, désignant la rangée d'arbres, devant eux.

Casper s'exécuta, et Alexis baissa les yeux vers ses doigts. Elle devait se faire des idées. La décharge électrique qu'elle ressentait au moindre contact avec cet homme n'était que le fruit de son imagination.

Oui. C'était sans doute ça.

Sans qu'elle s'explique pourquoi, elle se mit à repenser à la première fois qu'elle était venue au parc national de Glacier. Elle était encore toute jeune, on venait de la placer dans sa troisième famille d'accueil, et sa nouvelle mère adoptive, Melody Finch, l'avait amenée au lac McDonald.

Ses eaux étaient si claires qu'on avait l'impression d'apercevoir un arc-en-ciel emprisonné sous sa surface. Les sommets enneigés des montagnes environnantes complétaient ce somptueux tableau.

Et pour la première fois de sa vie, Alexis s'était sentie vraiment libre. Sa petite main dans celle de Melody, elle avait éprouvé un amour sans limites, à la fois pour ce paysage et pour la femme qui lui avait montré une telle splendeur.

Étrange de constater à quel point un épisode furtif pouvait changer le cours d'une vie...

Aujourd'hui, Alexis prenait toute la mesure du sacrifice qu'avait fait sa mère adoptive en accueillant une enfant aussi perturbée qu'elle sous son toit. Melody l'avait aimée. Elle l'avait élevée avec ses propres enfants, Paul, Raquel, Lorna et Anna, sans jamais faire aucune différence.

Sans elle, Alexis aurait mal tourné, elle en était convaincue. Peut-être même serait-elle tombée aussi bas que ces femmes de bikers dont Casper venait de lui décrire le mode de vie.

Elle jeta un coup d'œil dans sa direction. Il se frayait un chemin à travers un bosquet particulièrement touffu, non loin des places de parking. Et bien qu'il ne fasse pas particulièrement chaud, elle vit des gouttes de sueur perler sur son front.

— Viens voir ! lui cria-t-il soudain.

Alexis s'avança précautionneusement jusqu'à lui. Du bout de sa santiag, il désigna une fine trace noirâtre et de l'herbe couchée.

— Quelqu'un est passé par ici.

La végétation était trop dense pour laisser passer une voiture de tourisme. En revanche, un deux-roues avait pu s'y faufiler sans aucun problème.

Voyant Casper s'enfoncer un peu plus loin dans le bois, Alexis se dépêcha de le rattraper pour le retenir.

— Attends. On ne sait pas ce qui nous guette au bout de ce chemin.

Devant eux, le sentier était absorbé par l'ombre des arbres, puis disparaissait complètement dans la forêt qui semblait sinistre, subitement.

— Cela ne mènera probablement nulle part, mais je tiens à continuer, répliqua Casper. Et ne t'inquiète pas, je suis là pour te protéger, ajouta-t-il d'un ton qui se voulait rassurant.

Alexis se hérissa, elle avait l'impression que le garde-frontière la prenait un peu de haut. Et qu'on se le dise : elle n'avait pas peur, elle était tout simplement... raisonnable !

Casper ne sembla pas remarquer son agacement néanmoins, car il poursuivit comme si de rien n'était :

— Si ça se trouve, c'est un gamin qui s'est amusé à faire un peu de tout-terrain avec sa moto, tout bêtement. Fais-moi confiance, Lex. Tu n'as aucune raison d'avoir peur. Je me ferais tuer sur place plutôt que de laisser quiconque te faire du mal.

Et comme pour appuyer son propos, il lui prit la main.

Ses doigts légèrement calleux étaient brûlants, et de nouveau Alexis fut parcourue par cet étrange fourmillement. Sans réfléchir, elle pressa sa main, et sa mauvaise humeur s'envola comme par enchantement.

Ils se mirent en route, Casper ouvrant la voie, et petit à petit Alexis sentit son appréhension s'évanouir.

Bien qu'elle soit censée chercher d'éventuels indices, elle ne pensait qu'à leurs doigts entrecroisés. Elle se prit à imaginer ce que ce serait que d'étreindre cet homme d'une façon beaucoup plus intime, et un gémissement faillit lui échapper. Les joues en feu, elle s'arracha au spectacle de leurs mains soudées.

Fermant les paupières, elle tenta de se ressaisir et s'obligea à penser à autre chose qu'à la passion que Casper suscitait en elle.

Et comme elle ne regardait plus où elle mettait les pieds elle finit par se cogner à lui.

— Oh ! Désolée, murmura-t-elle, les yeux baissés pour qu'il ne voie pas son trouble.

N'obtenant aucune réaction, elle se risqua à relever la tête.

Casper s'était figé sur place, comme fasciné par un point invisible devant lui. Alexis avança de quelques pas, dans l'espoir d'en apprendre davantage.

Là, au pied d'un arbre et grossièrement dissimulée par deux ou trois branches mortes, gisait une Harley Davidson.

L'engin était recouvert d'aiguilles de pin et de poussière. Il était là depuis plusieurs jours, à première vue.

Casper avait eu raison. Il arrivait qu'on reconnaisse un indice au moment où on tombait dessus.

Et celui-ci était de taille !

Alexis frissonna à la vue des deux têtes de mort géantes peintes sur le dessus du réservoir à essence.

7

Les têtes de mort appuyées l'une contre l'autre évoquaient un sacrifice païen. Les cavités oculaires avaient été peintes en un rouge si vif que Casper pensa immédiatement au sang artériel qui avait maculé la chaussure du défunt contrebandier. Un serpent était enroulé à la base du motif, sa tête en forme de diamant pointant entre les deux crânes, l'air d'attendre le moment propice pour attaquer.

Tout comme le reste du réservoir, le garde-boue arrière de la Harley était de couleur bleu nuit, et présentait des motifs de fils de fer barbelés.

— Il ne manque plus qu'un panneau « Attention : danger de mort », et le tableau serait complet, railla Lex.

Casper étouffa un petit rire.

— Je ne te le fais pas dire. Ça donne vraiment envie de faire un gros câlin au propriétaire.

Il désigna du doigt la mention « Madness & Mayhem » qui s'étirait sur le corps de l'engin et hocha la tête.

— Ça se confirme... Ce type devait être un amour. Une crème d'homme. Il manque toutefois un ornement de taille à sa bécane de collection, ajouta-t-il en reprenant son sérieux.

— Quoi ?

— Le numéro d'immatriculation.

Il ne restait en effet que deux trous béants, là où la plaque avait été vissée.

— Comment on va faire pour le re
nounours ?

— Il doit y avoir un numéro d'iden
murmura Casper, se baissant deva

Hélas ! il ne trouva que des ray
cule avait été effacé, lui aussi. Comme
Harley Davidson avait su qu'il serait forcé d

Casper passa les environs au crible, sans succ
avait rien dans ce carré de pinède. Pas un emballage
chewing-gum, pas une canette de bière, pas même un mégot de cigarette. Le motard avait tout nettoyé pour qu'on ne puisse pas remonter jusqu'à lui.

Du travail de pro.

Cette pensée lui donna la chair de poule.

D'un autre côté, ces bikers n'avaient aucune idée de la ténacité dont pouvait faire preuve un agent de la CBP quand il était investi d'une mission.

Surtout lorsque, à chaque minute qui passait, il voyait diminuer ses chances de découvrir l'identité d'un passeur de drogue. Car il ne fallait pas se voiler la face : s'ils n'identifiaient pas ce type très rapidement, jamais ils ne trouveraient le fournisseur de Canadian Blue et jamais ils ne pourraient mettre fin à l'afflux des pilules. Du moins pas sur le territoire dont il avait la surveillance.

Il donna un coup de pied rageur dans la roue arrière de la moto.

Alexis grimaça.

— Qu'est-ce qu'on fait ?

— Sans plaque minéralogique et sans numéro d'identification, je ne vois pas trente-six solutions. Nous allons devoir nous tourner vers la rue.

Lex haussa les sourcils d'un air interrogateur.

— La rue ? Comment ça ?

— J'ai un copain bien placé dans les forces de police. Il

n Steel, il est capitaine et, si je le lui demande , il n'hésitera pas à placer quelques indics dans - confrérie des motards ainsi qu'à l'intérieur du carcéral. Avec un peu de chance, il trouvera quelque ., et nous pourrons nous mettre à la recherche de la ,térieuse cliente du Prince au petit pois. Mais ça risque prendre du temps.

Et d'ajouter, en fourrageant dans sa chevelure :

— Dans l'immédiat, malheureusement, nous allons être obligés de signaler ce véhicule aux autorités locales. Nous sommes du mauvais côté de la frontière. Au Canada. Hors de notre juridiction.

Aussitôt dit, aussitôt fait. Quand il eut quelqu'un de la Police montée en ligne, Casper précisa que l'engin abandonné dont ils venaient de faire la découverte avait probablement un lien avec une enquête en cours sur le territoire des États-Unis.

— Ils arrivent, dit-il, avant de remettre son téléphone dans la poche de sa chemise de flanelle.

Au-dessus d'eux, le ciel s'obscurcit, rendant l'ombre encore plus menaçante et faisant ressembler les branches des pins à des membres de squelettes.

— Ils en ont pour une petite heure, d'après ce qu'ils m'ont dit. J'ai l'impression qu'on va se faire saucer en attendant.

Au même moment, un coup de tonnerre assourdissant retentit, qui fit sursauter Lex. Casper dut lutter contre l'envie de l'attirer à lui et de la serrer dans ses bras pour la rassurer.

— Tu ne veux pas qu'on retourne à la voiture ? demanda la jeune femme, faisant un signe en direction du parking. On attendra aussi bien là-bas, non ?

Voyant ses yeux agrandis par la peur, Casper eut encore plus de mal à résister à son impulsion première.

Dire que cette femme extraordinaire, intrépide et forte, capable de se confronter à la mort et de résister aux accidents de voiture... avait peur des orages !

C'était tout bonnement craquant.

Elle vint se planter devant lui et, sans mot dire, le prit par la main. Il mêla ses doigts aux siens, et ils redescendirent le sentier côte à côte. Casper rallongea délibérément le parcours, choisissant les passages les plus faciles et contournant les bosquets d'arbres.

C'était si bon de sentir la peau de Lex contre la sienne...

La pluie se mit soudain à tomber en gouttes épaisses sur la terre noirâtre à leurs pieds et, bientôt, le bas de leurs pantalons fut maculé de boue.

Ils parvinrent à la hauteur de deux rangées d'arbres plantés si serré qu'il leur fut impossible de continuer à marcher de front. Lex fut forcée de se tourner légèrement... et ils se retrouvèrent face à face.

Elle leva les yeux vers lui en battant des paupières.

Casper leva doucement la main pour chasser les gouttes de pluie qui dégoulinait sur le visage d'Alexis, puis fit courir son pouce sur ses lèvres charnues. Son haleine tiède réchauffa ses doigts engourdis par la pluie glaciale, et la sensation ne fit qu'augmenter encore son désir.

— Tu es tellement belle, murmura-t-il, se rapprochant encore un peu.

Elle n'attendit pas qu'il fasse le premier pas. Se hissant sur la pointe des pieds, elle posa les lèvres sur sa bouche, puis fit courir sa langue sur la sienne.

Ce baiser fut un véritable catalyseur.

Il voulait cette femme.

Tout de suite et pour toujours.

Il la serra contre lui, pressant son corps voluptueux contre l'écorce d'un arbre. Puis il fit descendre les mains le long de son dos — s'arrêtant juste en dessous de ses reins —, et les referma. Ses courbes délicieuses lui paraissaient encore plus rondes maintenant qu'il les touchait. Musclées aussi. Encore plus parfaites que ce qu'il avait pu s'imaginer.

Elle répondit à sa caresse par un doux gémissement. Casper en conçut une telle excitation qu'il ne put retenir un grondement de plaisir.

Ce moment avait quelque chose de si naturel, cette femme semblait tellement faite pour lui, qu'il en oublia toutes ses inquiétudes, et ses derniers doutes s'envolèrent vers le ciel.

L'écorce craqua doucement tandis qu'il soulevait la jeune femme. Elle enroula aussitôt les jambes autour de sa taille. Elle était brûlante à présent.

Elle avait envie de lui, elle aussi.

Intensément.

Lex se renversa en arrière pour reprendre son souffle. Casper en profita pour embrasser sa gorge gracile. L'instant d'après, il s'enhardissait jusqu'à faire glisser la fermeture Éclair de son sweat-shirt, afin d'exposer un minuscule carré de peau.

Lex était tellement douce. Tellement vivante contre lui.

Tellement... sienne !

— Euh, c'est vous qui nous avez appelés ? demanda une voix d'homme à l'accent canadien très prononcé.

La magie était rompue.

Casper relâcha Alexis, qui chancela légèrement. Instinctivement, il lui prit la main pour l'aider à retrouver son équilibre, mais il dut se rendre à l'évidence : il ne tenait pas très bien sur ses jambes, lui non plus.

Derrière lui, l'homme partit d'un rire gras.

— Excusez-nous. On ne voudrait surtout pas vous déranger. Si vous voulez, nous pouvons revenir un peu plus tard...

Casper aurait adoré les voir disparaître, en effet. Lex et lui n'avaient pas terminé ce qu'ils avaient commencé. Mais il n'eut pas le temps de répondre : déjà la jeune femme s'avançait vers les importuns en époussetant le dos de son sweat-shirt.

— Pas du tout, pas du tout, messieurs, s'exclama-t-elle

d'un ton ingénu. Nous vous attendions et sommes ravis que vous soyez parvenus jusqu'à nous sans encombre.

Casper leur fit un compte rendu succinct de la situation, sans rien leur cacher du peu d'informations dont il disposait, tandis qu'ils parcouraient le chemin en sens inverse jusqu'à la moto abandonnée.

Cela le contrariait d'avoir à mêler un autre organisme à cette affaire. D'un autre côté, une collaboration étroite avec la police canadienne ne pouvait être que bénéfique. Surtout si cette dernière trouvait quelque chose de son côté de la frontière.

Le sergent l'écouta attentivement et hocha la tête à plusieurs reprises. Son regard semblait irrésistiblement attiré par la Harley Davidson.

— Vous avez déjà vu cette moto ? Vous savez à qui elle appartient, peut-être ? finit par lui demander Casper.

L'officier qui accompagnait le sergent se pencha vers celui-ci pour lui murmurer quelques mots à l'oreille. Casper crut percevoir le mot « barbelé ». Le sergent secoua énergiquement la tête et fit un signe éloquent à son subalterne. De toute évidence, il tenait à le faire taire.

— Non, répondit-il ensuite d'un ton ferme en se tournant vers eux. Nous n'en avons aucune idée. Ça ne nous empêchera pas de chercher, cela dit. Vous pouvez compter sur nous.

— Nous vous en serions reconnaissants. Nous sommes preneurs du moindre renseignement susceptible de nous faire avancer. Pour l'instant, nous naviguons à vue, je dois bien l'avouer, ajouta Casper dans l'espoir d'amadouer les deux officiers.

Le sourire à la fois pincé et méprisant du sergent fut sans équivoque, lui aussi. Ce type se délectait de leurs difficultés, c'était manifeste.

Pour qui se prenaient-ils, ces deux-là ? Ils s'imaginaient

sans doute qu'ils valaient mieux que leurs confrères américains ? Qu'ils leur étaient supérieurs en tout point ?

Ou était-ce pour une tout autre raison que le sergent avait réagi de cette manière ?

Casper repoussa ces pensées hostiles. Ce que la Police montée canadienne pensait des forces de l'ordre américaines n'avait strictement aucune importance. L'important était que leurs agents travaillent en bonne intelligence avec la CBP.

Avant qu'ils ne chargent la moto à l'arrière de la dépanneuse venue en renfort, Casper reprit quelques photos de l'engin, ainsi que de l'endroit où Lex et lui l'avaient trouvé. Il les envoya aussitôt à Evan Steel, avec une petite note explicative.

Deux minutes plus tard, son téléphone se mettait à sonner. Avisant le nom de son correspondant, Casper jeta un coup d'œil en direction des deux Canadiens. Ils étaient en grande conversation avec le chauffeur de la dépanneuse. Il les avait probablement mal jugés, mais son instinct lui criait de ne pas laisser Alexis seule avec eux. Il se tourna vers elle.

— Je dois prendre cet appel, expliqua-t-il en agitant son portable devant elle. Reviens avec moi au parking, que je ne te perde pas de vue.

Elle commença par se rembrunir, puis lui décocha un sourire craquant bien qu'un peu incertain.

— Si ça peut te rassurer…

Un peu tranquillisé, Casper s'éloigna en direction du parking, là où il pourrait parler sans crainte d'être entendu par ses pairs canadiens, tout en veillant sur Lex.

— Tu es dans l'impasse, vieux ? lui lança Steel en guise de salut.

Sa phrase était à mi-chemin entre la question et la simple constatation.

— Je n'ai jamais dit cela, répondit Casper avec un petit rire contrit. Même si je suis content que tu me rappelles aussi rapidement. Tu as déjà vu des motos ressemblant de près ou de loin à la photo que je t'ai fait parvenir ?

— J'ai procédé à une petite recherche et, d'après les résultats, les deux têtes de mort rassemblées par un serpent sont l'emblème des Hells Keepers. Un club de motards « un pour cent ». Mouillés jusqu'au cou dans toutes les magouilles possibles et imaginables.

— Et ils sévissent où, ces braves gens ?

— Leur QG est à Calgary, et ils ont une multitude de chapitres tout le long et de part et d'autre de la frontière. Côté américain, ils officient jusque dans l'État de Washington.

— Tu connais des gens qui ont eu affaire à eux ?

Steel soupira bruyamment.

— Non, malheureusement. Ce sont des anguilles, ces types. Insaisissables. Si j'en juge par les informations que j'ai pu réunir sur leur compte, ils fonctionnent comme tous les clubs américains de leur acabit. Avec leurs propres lois. Quand on leur tombe dessus, on a un mal fou à leur extirper le moindre renseignement. Des « un pour cent », je te dis. Des purs et durs !

— Tu ne saurais pas s'il leur manque un *frère*, par hasard ? On aimerait bien, ma coéquipière et moi, mettre un nom sur une dépouille que nous avons retrouvée dans la montagne avant-hier.

Steel fit entendre un rire tonitruant.

— Tu plaisantes ? C'est un peu comme si tu me demandais si les fantômes existent vraiment. Parce qu'il ne faut pas se voiler la face... c'est ce que sont ces gens. Des fantômes. Passés maîtres dans l'art d'échapper aux radars — au sens propre comme au sens figuré du terme. Et quand ils y sont, dans notre radar, ils s'évaporent dans la nature. Sans aucun problème.

Casper grimaça.

— Tu pourrais me trouver une liste des derniers membres connus de vos services ?

— Je t'envoie ça dès que possible. Du moins si leurs noms figurent dans nos fichiers.

Casper se tourna une nouvelle fois vers Lex. Appuyée contre la Chevrolet, elle regardait dans le vide.

À quoi pouvait-elle bien penser ?

Il la vit passer un index sur ses lèvres et se raidit à l'idée de leur baiser écourté.

— Parfait. Autre chose. Les femmes de ce club… Tu sais quelque chose sur elles ?

— Là, c'est plus facile. Nous disposons de quelques-uns de leurs noms et de leurs adresses. Je t'envoie ça tout de suite.

— Super. Merci, vieux.

— De rien. Et si tu as besoin d'autre chose, n'hésite pas à demander. Je me suis donné pour mission de faire tomber le plus grand nombre possible de ces foutus gangs. Ils constituent une véritable nuisance. C'est la lie de notre société. J'espère que tu les choperas, ces fumiers. Et qui sait ? Avec un peu de chance, on pourra s'appuyer sur cette affaire pour lancer une nouvelle campagne et attirer l'attention sur la drogue qui transite par la frontière canadienne. Tout le monde parle du Mexique, alors que les trafiquants canadiens sont tout aussi dangereux et vendent des stupéfiants beaucoup plus variés !

— Tu n'as pas eu vent d'une arrivée de Canadian Blue sur le marché, ces derniers temps ? s'enquit Casper.

— Ça fait des années que la Blue arrive par le Montana et qu'elle est vendue dans le nord du pays — les deux Dakota, l'Idaho et l'État de Washington.

— Même si je ne peux encore rien t'affirmer, je suis prêt à parier que ces petites pilules magiques transitent par le parc de Glacier. Depuis le début.

Steel prit le temps de digérer l'information avant de reprendre la parole.

— Si c'est le cas, dit-il finalement, tu dois faire tout ce qui est en ton pouvoir pour tirer cela au clair.

— On va essayer. Merci pour ton aide, Steel.

Il s'apprêtait à raccrocher lorsque son ami ajouta :

— Lawrence ? Permets-moi de te donner un petit conseil. Ces types, ce ne sont pas des rigolos. Rien que cette année, ils ont été impliqués dans des crimes révoltants. Des meurtres de femmes et d'enfants, et même d'animaux, c'est te dire ! Alors fais attention à toi. Rien ne les arrêtera. Ils tiennent à rester dans l'ombre et ils n'hésiteront pas à s'en prendre à un agent du gouvernement, voire à sa famille et ses amis.

— Compris. Merci pour le tuyau, Steel.

— Bonne chance, Lawrence. Et fais-toi aussi discret que possible. Je ne te le répéterai jamais assez.

Jamais il ne laisserait ces fumiers faire du mal à la seule personne qui lui importait en ce bas monde, se jura Casper. Un frisson d'angoisse le parcourut malgré tout.

Il se rapprocha de Lex et l'enlaça, elle semblait transie. Il la garda serrée contre lui jusqu'à ce que les Canadiens les rejoignent sur le parking.

— Dites-moi, vous avez entendu parler des Hells Keepers ? lança-t-il, les interrompant dans leur conversation.

Le sergent pivota lentement sur lui-même pour lui faire face.

— Pourquoi ? Qu'est-ce qu'ils vous ont fait ?

— Donc, vous les connaissez, souligna Casper.

— Bien sûr qu'on les connaît ! Et je répète : pourquoi ? Vous pensez que ceci leur appartient ?

Il désigna la moto arrimée à la remorque, puis jeta un œil à son collègue comme pour le prendre à témoin.

La jauge interne grâce à laquelle Casper mesurait le danger monta en flèche.

Ces hommes savaient quelque chose. À l'évocation du nom

du gang, l'atmosphère était devenue chargée et la tension palpable. Or, la dernière chose dont Casper avait besoin était que les membres de ce club criminalisé apprennent qu'ils étaient dans la ligne de mire de la police américaine. Steel avait suffisamment insisté là-dessus : il devait travailler dans l'ombre.

— À votre place, j'éviterais de mettre mon nez dans les affaires des Hells Keepers, fit le sergent d'un ton vaguement menaçant. Ce n'est pas bon pour la santé, si vous voyez ce que je veux dire.

Il s'était tourné vers Lex en disant cela.

La menace était à peine voilée et Casper en eut la chair de poule. Si rien ne prouvait que le sergent soit de mèche, à quelque niveau que ce soit, avec le club de bikers, une chose était certaine : il ne pouvait pas prendre le risque d'exposer Lex au danger.

— Je me posais simplement la question, c'est tout. Ça s'arrête là, dit-il en haussant les épaules.

Le sergent se détendit visiblement.

— On ne vous a jamais dit que vous étiez un petit futé, agent Lawrence ? demanda-t-il, s'appuyant nonchalamment contre l'arrière de la dépanneuse. Dommage que vous ne soyez pas canadien, parce que je vous embaucherais sans hésiter.

Casper ne parvint pas à feindre l'amusement.

Cette conversation avait un goût amer.

Il avait cafouillé, dans sa vie. Il avait commis des erreurs.

Mais, contrairement aux hommes qui se tenaient devant lui, il ne s'était jamais laissé corrompre.

Et il n'avait pas l'intention de commencer maintenant.

8

Alexis consulta plusieurs fois son téléphone, sur le long trajet du retour.

Lorsqu'ils eurent retraversé la frontière et aperçurent les montagnes enneigées du parc de Glacier, dans le Montana, elle laissa échapper un soupir de contentement.

— Ah, enfin ! J'ai du réseau.

Elle tapa le nom Hells Keepers, puis lança la recherche.

Les gros titres de journaux locaux lui sautèrent aux yeux. La plupart rapportaient des affaires de drogue qui avaient mal tourné et s'étaient soldées par des règlements de comptes. D'autres évoquaient des exactions plus graves auxquelles avait été mêlé, de près ou de loin, le club de motards.

— Punaise ! s'exclama-t-elle, sidérée, en se tournant vers Caper. Tu sais qui sont ces Hells Keepers ?

Elle vit les mains de Casper se crisper sur le volant. À croire qu'il le savait parfaitement depuis le départ et qu'il avait eu peur de le lui dire.

— Qu'est-ce qu'il y a, Casper ? demanda-t-elle, laissant retomber son portable sur ses genoux.

— Rien, marmonna-t-il, la mine sombre.

— Ne me raconte pas d'histoires, s'il te plaît. Qu'est-ce qui ne va pas ?

Il lui jeta un coup d'œil furtif avant de retirer son Stetson qu'il posa sur le tableau de bord.

— Rien, répéta-t-il, se passant la main sur le visage et dans les cheveux avec exaspération. Rien... Je commence simplement à penser qu'il vaudrait mieux que tu te retires. Que... que c'est une bonne chose que ton chef t'ait dessaisie de cette affaire.

— Quoi ? ! Tu t'y mets, toi aussi ? Qu'as-tu à me reprocher ? demanda-t-elle, blessée mais s'efforçant de ne pas le montrer.

Elle n'avait rien fait de mal, elle le savait. Ces deux derniers jours, elle s'était simplement attachée à résoudre une énigme. Ça faisait partie de son travail. De celui de Casper aussi. Et voilà que suite à une rencontre surréaliste avec la Police montée canadienne, on la mettait au rebut.

Ça n'avait aucun sens.

Casper s'agita sur son siège.

— Tu n'as rien fait, Lex. Seulement...

Au lieu d'achever sa phrase, il soupira, ce qui la rendit encore plus furieuse qu'auparavant.

Il commençait à se lasser d'elle, c'était ça ?

Non, impossible. Ils n'étaient qu'amis... Bon, d'accord, il y avait eu ce baiser, tout à l'heure, dans la forêt, mais depuis qu'ils avaient été pris en... flagrant délit, c'était tout juste si Casper parvenait à la regarder en face.

— Si c'est à cause de... de... Tu sais... de ce qui s'est passé tout à l'heure là-bas, commença-t-elle, faisant un geste vague derrière elle.

Elle avait conscience de ne pas être très claire, mais Casper comprendrait parfaitement à quoi elle voulait en venir.

— Hein ? De quoi parles-tu ?

Elle serra les dents, et tenta de se contrôler.

— De ce baiser, Casper. Ou de cette étreinte, comme tu veux, fulmina-t-elle. On n'aurait pas dû, c'est ça ?

La bouche de Casper s'arrondit en un O presque parfait. Il ne savait que répondre, apparemment.

— Je suis d'accord, enchaîna-t-elle. C'était une bêtise. Ça ne se reproduira pas, si ça peut te rassurer.

— Lex, non ! Tu n'y es pas du tout ! Je...

— Ne te fatigue pas. On n'a qu'à décider ensemble de ne plus commettre ce genre d'erreur. Ce sera mieux pour tout le monde. Ça nous permettra de mieux nous concentrer sur ce que nous avons à faire, l'un et l'autre.

Elle envisagea un instant de demander à Casper d'arrêter la voiture et de continuer seule afin d'échapper à la tension ambiante. Elle y renonça presque aussitôt.

Elle n'avait nulle part où aller. Ils se trouvaient à des dizaines de kilomètres de la ville la plus proche, et celle-ci n'avait de ville que le nom, avec ses quatre habitations, son saloon et son église. De toute façon, il faudrait bien qu'elle rentre chez elle à un moment ou un autre.

Bref, il n'y avait aucune échappatoire.

— Lex, écoute-moi. Ce... ce n'était pas une erreur. J'en avais envie. J'avais envie de toi.

— N'essaye pas de me consoler. Nous nous sommes comportés comme deux idiots, point barre. Qu'est-ce qui nous a pris, tu peux me le dire ? Demain, je retourne à mon petit train-train quotidien, et la semaine prochaine, je serai à Apgar. Quant à toi... Où seras-tu, au juste ? Le sais-tu toi-même ? Oui ? Non ? Tu ne me dis rien, Casper. Quand je te demande de me parler un peu de toi, tu réagis comme si je voulais t'extorquer tes secrets les plus honteux.

Elle s'interrompit, inspira longuement et conclut :

— Je ne sais pas qui tu es, Casper. Je ne sais rien de toi !

Le voyant se pencher vers elle et faire mine de lui prendre la main, elle se rétracta vivement.

— Ne me touche pas, dit-elle d'un ton glacial.

Apparemment, pour Casper, ce fut pire que si elle l'avait giflé. Il eut un mouvement de recul lui aussi, et prit un air chagrin.

Alexis regretta aussitôt de s'être montrée aussi agressive. D'un autre côté, elle avait raison et elle le savait. Casper refusait de s'ouvrir à elle. Or, s'il ne lui faisait pas confiance, elle n'en voulait pas dans sa vie.

Elle repensa à Travis.

Il lui avait caché tant de choses ! Ses retours tardifs, les coups de fil auxquels il ne répondait pas, les mensonges... Avec une cruauté rare, il n'avait cessé de lui répéter qu'elle vivait dans une chimère, qu'elle attendait trop de lui. Tout cela parce qu'elle osait lui demander où il avait été ou ce qu'il avait fait. Et s'il ne l'avait jamais trompée — du moins à sa connaissance —, ils avaient vécu sous pression tous les deux.

Jusqu'à ce qu'Alexis commence à faire marche arrière et que les rôles s'inversent. À son grand étonnement, Travis, qui l'avait pourtant trouvée si importune, si collante, s'était mis en tête de la retenir...

Quoi qu'il en soit, plus jamais elle ne se laisserait maltraiter de la sorte.

Par aucun homme.

Pas même par ce beau garde-frontière qui faisait battre son cœur depuis la veille.

Elle devait se protéger. Son cœur meurtri était encore trop fragile pour qu'elle s'expose à nouveau.

Et, surtout, elle n'avait plus droit à l'erreur.

— Qu'est-ce que tu veux savoir ? lui demanda enfin Casper.

Son expression peinée n'avait pas changé d'un iota.

— Rien. Je ne veux pas te forcer à me dire quoi que ce soit. Si tu éprouvais, ainsi que tu le prétends, un tant soit peu quelque chose pour moi, ça te viendrait naturellement. Tu mourrais d'envie de me confier tes secrets, de me parler de ton passé.

— Ce n'est pas aussi simple que tu sembles le croire, lui objecta-t-il.

Mauvaise réponse ! Alexis serra les poings.

— Bon sang, Lex... Je ne suis pas comme toi. Ça n'a pas été facile pour moi, ces dernières années. Ma vie est devenue un véritable enfer. J'ai perdu le seul boulot qui me plaisait vraiment et je suis coincé ici, à l'endroit le plus désolé d'une frontière pourtant sacrément longue.

Alexis bouillait à présent.

— Parce que tu crois que ça a été *facile*, pour moi ? Tu t'imagines que j'ai passé mon temps à me balader dans le parc et à cueillir des fleurs sauvages ?

Casper passa à l'offensive à son tour.

— Tu me reproches de ne rien te dire, seulement tu n'as pas l'air de te rendre compte que, moi non plus, je ne sais rien de toi. Qu'est-ce qui s'est passé avec Travis, par exemple ?

À l'évocation de son ex-mari, Alexis sentit sa colère décupler.

— Comme si ça t'intéressait ! persifla-t-elle.

Le garde-frontière se radoucit visiblement.

— Ça m'intéresse au plus haut point, mais libre à toi de penser le contraire.

Il marqua une pause avant d'ajouter, presque timidement :

— À défaut de mieux, nous pourrions au moins rester amis, non ?

Bien qu'elle restât persuadée que leur relation était vouée à l'échec tant que Casper ne lui ferait pas assez confiance pour s'ouvrir à elle, Alexis décida de s'en tenir là. De toute évidence, Casper était déjà suffisamment tourmenté. Inutile d'exacerber sa souffrance en le poussant dans ses retranchements.

Ce serait contre-productif. Si Casper voulait que leur situation évolue, à lui de faire en sorte de se livrer un tant soit peu.

Dans l'intervalle, elle se refusait à aller plus loin.

C'était trop dangereux.

— OK, dit-elle à contrecœur. Soyons amis alors.

Il sembla se satisfaire de sa réponse. Pour lui, le problème était-il donc résolu ?

Elle retint un profond soupir. Pour elle, ce passé dont Casper faisait tant mystère constituait un obstacle de taille à un rapprochement entre eux. Ne comprenait-il donc pas qu'elle aurait voulu qu'il combatte ses propres démons pour elle ? Ne serait-ce qu'intérieurement ?

Oh ! et puis elle verrait bien, après tout ! Si Casper persistait dans ses mystères, ce serait signe qu'ils n'étaient pas faits l'un pour l'autre, en fin de compte. Car malgré son attirance pour lui, et bien qu'elle ne veuille rien tant que retomber dans ses bras musclés, elle ne pouvait l'obliger à... rien.

Agacée, elle ramena l'écran de son portable à la vie et le fixa du regard.

— Tu as du nouveau ? lui demanda Casper.

Manifestement, il n'avait aucune idée de la tempête qui faisait rage en elle.

Elle se garda bien de lui en faire la remarque cependant.

— Oui. Ces... Hells Keepers sont en bisbille avec le Parlement canadien. D'après l'article que j'ai sous les yeux, il semble que l'un d'entre eux ait été inculpé pour tentative de meurtre sur la personne d'un sénateur.

Elle lui montra l'écran de son portable avant d'ajouter :

— Apparemment, il s'en est tiré avec trois ans de prison. Tu ne trouves pas ça un peu léger, pour quelqu'un qui a tiré sur un élu et l'a blessé à la jambe ?

Casper se gara alors sur le bas-côté de la route, et lui prit l'appareil des mains d'un air incrédule.

Ce contact la mit en émoi, mais elle parvint à se dominer. Peu importait ce que son corps lui dictait. Elle devait l'oublier.

Et se concentrer sur l'affaire qui les concernait tous deux.

— Ça m'étonne. Prends l'affaire Gabrielle Giffords, par exemple, commença Casper. Loughner, le tireur, a pris au moins quatre peines de prison à vie. Alors j'ai un peu de mal à croire que le gouvernement canadien ait opté pour la clémence envers un biker sanguinaire.

— C'est pourtant ce qui s'est produit ! s'exclama Alexis.

Casper se tourna vers la vitre et contempla le paysage d'un air songeur.

— Je ne comprends pas. Ça n'a aucun sens. D'autant que les médias auraient pu instrumentaliser cette histoire pour essayer de prévenir une attaque similaire. Pourquoi la justice l'a-t-elle laissé s'en tirer à si bon compte ?

— C'est peut-être un coup monté...

Casper releva les yeux vers elle.

— Possible. Ou alors, il en savait tellement long sur les dessous de la politique du pays qu'ils ont eu peur de lui. Il les tenait, si tu préfères. Enfin, il doit bien y avoir une explication, bon sang !

Il fit défiler l'article et continua à le lire en silence.

— Il s'appelle Peter Kagger, mais dans le milieu il est connu sous le nom de « Bug-Eye ». Et... Oui, tu as raison, il purge une peine de prison chez nos amis canadiens.

Alexis se pencha pour voir l'écran, si près de Casper qu'elle sentait l'odeur de la pluie et de l'air des montagnes sur sa peau.

C'était tellement enivrant que, fermant les yeux, elle inhala longuement.

Elle avait conscience du fait que se rapprocher ainsi de lui ne réglerait pas tous leurs problèmes, bien sûr.

Mais savait-on jamais ?

Une photo apparut sur l'écran du portable. C'était celle d'un homme vêtu d'un gilet de cuir noir orné de patchs divers, comme il se devait.

Le fameux Peter Kagger, sans aucun doute. Auprès de qui se tenait une femme aux yeux fatigués et aux traits tirés.

Elle n'avait que la peau sur les os. On aurait dit qu'elle revenait de l'enfer.

— Qui est-ce ?

— Je n'en sais rien, répondit Casper, agrandissant la photo.

L'inconnue paraissait encore plus squelettique, maintenant qu'elle remplissait l'écran. Quant à ses yeux, ils semblaient hantés par les secrets les plus noirs.

— Une certaine Lois Trainer, d'après la légende. Une amie de Kagger ? Son nom n'apparaît nulle part ailleurs dans l'article.

Alexis se redressa sur son siège.

— Attends... On tient peut-être quelque chose, là.

— Kagger ne peut pas être notre macchabée puisqu'il est en prison, fit valoir Casper. Cela dit, vu le peu d'indices dont nous disposons, pourquoi ne pas commencer par là ? Lançons-nous à la recherche de cette Lois Trainer. Avec un peu de chance, elle sera en mesure de nous dire si un des membres de son club a disparu récemment !

Il parut se souvenir d'un détail et écarquilla les yeux.

— Ça me fait penser que Steel devait m'envoyer une liste des femmes gravitant dans les clubs de motards surveillés par le FBI. Tiens-moi ça deux secondes, s'il te plaît.

Il lui rendit son portable et sortit le sien pour voir s'il avait reçu des mails.

Alexis sentit son cœur se serrer.

Son beau garde-frontière était tellement passionné par cette enquête... Pas étonnant qu'il ait du mal à parler de son emploi précédent — celui qui lui avait tant tenu à cœur. Il était sans doute de ces hommes qui n'existaient que par leur travail — ou par un hobby quelconque. De sorte que, lorsqu'il était tombé en disgrâce, il avait dû avoir l'impression de perdre une partie de lui-même... Oui, c'était sûrement ça...

Et tandis qu'elle examinait les ridules nichées au coin de ses superbes yeux noisette, elle sentit sa colère retomber quelque peu.

Pas au point de disparaître complètement, cela dit. Quand

on aimait quelqu'un, il fallait savoir parler de ses échecs autant que de ses réussites.

C'était ça, le véritable amour — l'honnêteté.

La franchise.

— Je l'ai, fit Casper, contenant à peine son enthousiasme.

— Qui ?

— La femme de la photo... Lois Trainer. Elle vit à Columbia Falls. D'après les fichiers du FBI, elle a été mêlée à des trafics de drogue de grande envergure, sans que personne ne soit jamais parvenu à prouver quoi que ce soit. En clair, elle n'a jamais été condamnée.

— Tu crois qu'il pourrait s'agir de la femme que nous recherchons ? Celle du Prince au petit pois ? s'enquit Alexis, gagnée par l'excitation à son tour.

Il exhala longuement, puis se passa une main sur le visage, le temps de réfléchir à la question.

— Je ne sais pas. Je l'espère, bien sûr. Seulement, avec la chance que j'ai, cette dame ne sait sans doute rien. Et dans le cas contraire, elle ne nous le dira pas.

— Ça vaut tout de même la peine d'essayer, non ? On n'a qu'à passer la voir. Ça va nous faire faire un sacré détour, mais je ne me vois pas rentrer chez moi avant d'avoir exploré cette piste.

Lois Trainer vivait en bordure du parc national de Glacier, et elle était liée aux Hells Keepers... Pouvait-il s'agir d'une simple coïncidence ?

— Le détour, comme tu dis, va nous prendre deux bonnes heures, répliqua Casper, le visage tendu. Je te rappelle que tu relèves à peine d'un sérieux accident... Tu te sens suffisamment en forme pour aller jusqu'à là-bas ?

Était-ce une manière détournée de lui faire comprendre qu'il l'avait assez vue ou bien craignait-il qu'elle lui en veuille toujours ?

Le mieux était encore de lui poser la question.

— Qu'est-ce que tu veux, Casper ? Pour nous, j'entends...

— Je... je sais que tu me trouves trop évasif. Que tu as l'impression que je refuse de m'ouvrir à toi. Et tu te trompes, Lex. La vérité, c'est que je ne suis pas doué pour l'amour. Je ne l'ai jamais été.

Il commençait à jouer la franchise.

Enfin !

— Explique-toi, tu veux bien ? Je ne suis pas certaine de comprendre où tu veux en venir.

Il posa sa main droite entre eux, la paume vers le plafond. Visiblement, il attendait qu'elle y glisse ses doigts.

Elle n'en fit rien, toutefois. Elle n'était pas disposée à lui pardonner son mutisme.

Pas encore.

— Ma dernière aventure a pris fin il y a un peu plus d'un an. Et ça a été une rude épreuve, crois-moi.

Il parlait à voix basse. Lentement.

Manifestement, faire resurgir ces souvenirs de l'endroit où il les avait enfermés lui était terriblement douloureux.

— Je... je l'aimais, tu comprends. Je l'aimais infiniment.

— Que s'est-il passé ?

— Elle s'appelle Elicia. Elle travaillait pour le FBI, elle aussi. Dans le même groupe que moi.

Alexis sentit son cœur se serrer. Elle envisageait déjà plusieurs possibilités, pires les unes que les autres.

— Elle est tombée enceinte quand nous faisions équipe.

— De toi ?

Le regard de Casper s'assombrit, et il reprit cette expression soucieuse qu'elle détestait tant chez lui.

— C'est ce qu'elle m'a dit, oui. Malheureusement, j'ai appris plus tard que je n'étais pas le seul homme dans sa vie.

Alexis souffla doucement pour dissimuler sa consternation. Pauvre Casper... Elle comprenait mieux sa réserve, à présent.

— Ça n'a pas été facile à accepter, ça non plus. En même

temps, il faut avouer que le sexe est une arme efficace au sein du FBI. Et il arrive qu'un agent soit amené à se sacrifier pour le bien de tous. Du moins, c'est ce qu'Elicia m'a raconté.

— Tu l'as crue ?

Il hocha la tête, presque imperceptiblement.

— Sa mission était parmi les pires. Elle devait infiltrer des groupuscules, ce qui l'obligeait parfois à coucher avec des types peu recommandables. Je pouvais difficilement le lui reprocher, bien sûr. Sauf que ça n'a pas arrangé les choses quand...

Il s'interrompit brutalement.

— Quand quoi ? murmura Alexis, se décidant à poser un doigt au creux de sa main pour lui rappeler qu'elle était là, à l'écoute et, plus simplement, pour le remercier de sa franchise.

— Quand elle a perdu le bébé. On l'avait envoyée dans le nord de l'État de Washington. Le forcené à qui elle a eu affaire ce jour-là appartenait à une milice. Avec l'aide de ses coéquipiers, elle a essayé de le convaincre de se rendre, mais il a perdu les pédales et... et Elicia a pris un mauvais coup.

Il laissa échapper un soupir sonore.

— Je lui avais pourtant déconseillé d'aller là-bas. Je ne voulais pas qu'elle risque sa vie — en plus de celle de notre bébé —, pour un boulot, FBI ou pas. Elle n'a rien voulu savoir. Rien.

— Je suis navrée, Casper, murmura Alexis, atterrée.

Elle regrettait d'avoir tant insisté pour qu'il se confie à elle. La souffrance se lisait sur son visage, et elle comprenait mieux à présent qu'il évite le plus possible de se confronter à son passé.

— Tu n'as pas à être désolée, Lex. Je...

De nouveau, il s'interrompit.

Si longtemps qu'Alexis craignit qu'il ne se referme de nouveau comme une huître.

— Par la suite, j'ai tué ce type, le milicien, finit-il par avouer d'une voix à peine audible. Il... il n'était pas armé quand je lui suis tombé dessus. Il était inoffensif, Lex ! Exactement comme l'enfant que portait Elicia. Et... et je l'ai abattu. De sang-froid.

— Comment as-tu...

— Échappé à la prison ? Grâce au FBI. Mes supérieurs ont prétendu que j'avais agi en état de légitime défense. Ce n'était pas vrai. J'étais fou de rage. Je voulais le tuer, ce type. Il était à l'origine de plusieurs attentats, il avait empêché mon enfant de voir le jour... Bref, j'étais convaincu d'être dans mon bon droit. Aujourd'hui, je sais que je ne valais pas mieux que lui, en réalité.

— C'est pour cela que tu as atterri à Goat Haunt ?

Casper hocha lentement la tête.

Ses yeux étaient remplis de larmes qu'il refusait de laisser couler.

— Mes supérieurs m'ont qualifié de « franc-tireur » et ils avaient raison. Regarder les gens que j'aime se faire molester sans réagir est au-dessus de mes forces. Je ne peux pas, Lex. Je ne peux tout simplement pas.

— Ce n'est pas ta faute si Elicia a été blessée. Elle a fait son choix, et le malheur s'est abattu sur elle. Tu ne peux pas porter ce poids toute ta vie...

— C'est pourtant ce que je fais ! Je suis un monstre et je ne l'oublierai jamais.

— Non, Casper. Tu n'es pas un monstre, loin de là. L'homme que tu as tué était un danger public. Ce que tu as fait est illégal, j'en conviens. Ce n'était pas ce que le FBI attendait de toi, certes. Seulement, parfois, il est difficile de faire la différence entre la justice et la légalité.

Elle se mit à lui caresser les doigts avec la même douceur que s'il s'était agi d'un enfant malade, puis reprit :

— Tu t'es fait justice toi-même. Parce que tu ne pensais

pas avoir le choix. Et d'après ce que tu me dis de ta victime, ton acte était justifié.

— Justifié ou non, le résultat est le même. Quoi qu'il en soit, je ne peux trop te conseiller de ne pas trop t'approcher de moi. Tiens-toi à distance, Lex. Je ne veux pas qu'il t'arrive malheur à toi aussi. Concentre-toi sur ton avenir. Sans moi. Je suis la dernière personne qu'il te faut, dans la vie. Je n'apporte que la souffrance à mon entourage.

— J'ai l'habitude de souffrir, murmura Alexis.

Elle songeait à l'époque où elle vivait avec ses parents biologiques, dans une misère noire. Elle voyait encore les rallonges rouillées de l'unique table de la maison. Le papier peint jauni du salon.

La saleté.

Alors non, elle ne renoncerait pas. Sous ses dehors rudes, Casper était un homme brisé. En se soutenant l'un l'autre, ils parviendraient peut-être enfin à tourner la page.

À tirer un trait définitif sur leur passé respectif et à aller de l'avant.

9

Le mobile-home était niché au fond d'un terrain de camping très en retrait de la route, et abrité des regards par des arbres immenses. Sans la tonnelle chargée de fleurs flétries qui en signalait l'entrée, Casper l'aurait longtemps cherché.

Ils descendirent de voiture et s'avancèrent jusqu'à un petit porche délabré dont les marches menaçaient de s'affaisser. Le temps avait fait des ravages, ici. Le temps et le manque d'entretien.

Casper se tourna vers sa coéquipière.

— Tu ne préfères pas m'attendre ici ? suggéra-t-il. Nous ne savons pas sur qui nous allons tomber. Cette femme a une réputation sulfureuse. Elle pourrait s'en prendre à nous et...

... et je ne voudrais pas qu'il t'arrive malheur.

Il parvint à garder pour lui cette dernière pensée. Lex avait dû remarquer sa tendance à vouloir protéger ceux qu'il aimait. Or, plus il passait de temps en compagnie de la jolie ranger, plus il s'attachait à elle.

Elle parut sur le point de protester, mais finit par hocher la tête et s'arrêta devant les marches.

— Sois prudent, souffla-t-elle.

Une douce chaleur s'empara de lui. De celles qu'il éprouvait généralement lorsqu'il s'apercevait que quelqu'un se souciait de lui et comprenait ses angoisses.

Leur relation était peut-être plus forte qu'une simple

amitié, en fin de compte. Même s'il était inutile de se faire trop d'illusions dans l'immédiat.

Il frappa un coup sec à la porte, et le son se réverbéra sur la fine paroi de bois. À l'intérieur, un chien aboya bruyamment jusqu'à ce qu'une voix féminine râpeuse — celle d'une fumeuse de longue date ? — le somme de se taire. Il y eut le bruit métallique d'un fauteuil qu'on redressait, puis des pas lourds se firent entendre.

— Qui va là ? reprit l'occupante des lieux. J'vous préviens, j'ai une carabine, et j'ai pas peur d'm'en servir !

La porte fut ouverte si vivement qu'elle alla heurter le mur de l'entrée. Et Casper vit un bâtard qui ressemblait davantage à un gros furet qu'à un chien surgir comme une flèche avant de se mettre à danser à ses pieds en jappant.

Il se baissa vers l'animal qui lui renifla la main avec méfiance sans cesser de japper. Le chien lui donna ensuite de petits coups de museau, comme s'il voulait jouer, mais détala dès que Casper fit mine de le toucher.

— Burt, fous-lui la paix ! gronda sa maîtresse.

Au lieu de s'exécuter, le chien continua sa petite valse-hésitation. Visiblement, il n'avait pas l'habitude de voir du monde.

Une femme aux cheveux gras et dépeignés s'avança sur le seuil. Casper faillit reculer, d'une part parce qu'il émanait d'elle une forte odeur de tabac et de corps mal lavé, et de l'autre parce qu'il ne s'était pas attendu à être confronté à une telle épave.

La vie n'avait pas ménagé Lois Trainer, c'était le moins qu'on puisse dire.

— Qui êtes-vous ? Qu'est-ce que vous m'voulez ? demanda-t-elle avec hargne.

— Casper Lawrence, du service des Douanes et frontières, dit Casper en exhibant son badge. Je souhaiterais vous poser quelques questions à propos d'une disparition à l'intérieur du parc.

Elle haussa les sourcils pour lui indiquer qu'elle ne voyait absolument pas de quoi il parlait.

— J'sais rien. Rien du tout. Comment qu'vous m'avez trouvée ? Qu'est-ce que vous fichez ici ?

Lois Trainer sortit sur le perron en refermant la porte derrière elle, de sorte que Casper ne put voir ce qu'il y avait à l'intérieur du mobile-home.

— Comme je viens de vous le dire, ma collègue et moi souhaitons simplement vous poser quelques questions, répéta Casper en se tournant vers Alexis. Une de vos connaissances n'aurait pas disparu, ces temps derniers ? Un homme...

Le petit chien courut rejoindre Lex et la renifla à son tour. Lois Trainer le suivit du regard.

— J'sais rien du tout, j'vous dis. Ni sur un homme ni sur le parc, dit-elle succinctement.

— Et sur les clubs de moto du coin ?

Elle se raidit visiblement. Ses narines se gonflèrent et ses yeux se mirent à lancer des éclairs.

— Si vous n'avez pas de mandat, et à moins que j'sois en état d'arrestation, j'ai rien à vous dire.

Casper s'efforça de conserver son calme.

— Je comprends parfaitement votre point de vue, chère madame. Cela dit, comme nous n'avons aucune envie de revenir vous embêter, nous avons pensé que vous accepteriez de nous aider sans faire d'histoires. Si ce n'est pas le cas, nous repasserons... avec une paire de menottes. Vous ne préférez pas vous éviter un tel désagrément ? On n'a pas grand-chose à vous demander, vous savez ! En tout cas, rien qui puisse vous attirer des ennuis dans l'immédiat.

Instinctivement, la femme croisa les mains et les fit courir sur ses poignets. Elle avait déjà été menottée par le passé et elle en avait conservé un mauvais souvenir, Casper l'aurait parié.

— J'ai rien à voir avec les Keepers, marmonna-t-elle.

Le simple fait qu'elle les désigne nommément tendait à prouver le contraire. Seul un très petit nombre de gens avaient entendu parler de ce club. Et il n'y avait qu'une initiée pour en utiliser le nom abrégé.

Casper tira son téléphone de sa poche pour y chercher la photo de Peter Kagger.

— Si vous dites vrai, comment se fait-il que vous apparaissiez sur ce cliché en compagnie d'un membre des Hells Keepers — qui purge en ce moment une peine de prison au Canada, soit dit en passant ?

Le sang se retira du visage fatigué de la motarde.

— Ce... C'est vieux, tout ça. Cette photo a été prise y a une éternité.

— Pas vraiment, objecta Casper en tapotant sur la date, au bas de l'écran. Cette photo a été prise il y a trois mois.

Il se tourna vers Lex, occupée à gratouiller les oreilles du chien enfin calmé.

— Alexis ? Tu dirais que trois mois, c'est une éternité ?

La jeune femme leva brièvement les yeux vers lui.

— Tout dépend, Casper... Trois mois, ce n'est rien, à l'échelle d'une vie entière. En revanche, si tu les passes derrière les barreaux... oui. Tu peux avoir l'impression que ça n'en finit pas.

— Vous n'avez pas séjourné en prison récemment, mademoiselle Trainer, si ?

Casper n'avait même pas essayé de dissimuler la menace implicite dont sa question, en apparence bien innocente, était porteuse.

— Faut que j'appelle mon avocat ? grogna Lois.

Il balaya la suggestion d'un grand geste de la main.

— Bien sûr que non. Ça ne ferait que compliquer encore

la situation. Pour vous comme pour nous, d'ailleurs. Une fois qu'on a mis un avocat dans le coup, les choses prennent une tournure différente. Plus... officielle. Vous devriez le savoir, non ?

Il toussota à une ou deux reprises avant d'ajouter :

— Mieux vaut faire simple, croyez-moi.

Lois Trainer le considéra un instant entre ses yeux plissés.

— Parfait. Alors puisque vous voulez tout savoir, j'ai un peu fréquenté Peter. Rien d'bien sérieux, hein ! On se voyait quand il était de passage dans la région, c'est tout.

Ses yeux brillaient d'une lueur toute différente, maintenant qu'elle évoquait ses rencontres avec le biker.

Casper en déduisit qu'elle ne lui disait pas l'entière vérité.

— Et ça lui arrivait souvent ? D'être de passage dans la région ?

— Bah... Il vit dans l'nord de l'Alberta, alors je dirais que j'le voyais deux à trois fois par mois. Quand il avait le temps d'descendre jusqu'ici.

— Que venait-il faire aux États-Unis, au juste ?

En guise de réponse, elle tapa dans les mains pour rappeler son chien.

Burt l'ignora royalement.

— Mademoiselle Trainer ? répéta Casper, comprenant qu'elle essayait de gagner du temps. Je vous ai posé une question. Pour quelle raison votre petit ami venait-il aux États-Unis ?

— Ben, pour me voir, tiens ! C'est c'qu'on fait quand on sort ensemble, généralement. Pas vrai..., *Lex* ? Vous n'faites pas ça, vous deux ?

Alexis sursauta. Avait-elle été surprise de s'entendre appeler par son surnom, ou bien avait-elle été prise de court par les propos de la motarde ? Casper n'aurait su le dire.

— J'ai bien peur de ne pas comprendre... De quoi parlez-vous ? répondit Alexis au bout de quelques secondes.

— Vous voulez m'faire croire qu'vous n'sortez pas ensemble ? riposta Lois Trainer en les toisant. À d'autres ! On peut dissimuler beaucoup d'choses, seulement quand on aime bien quelqu'un, ça se voit. Et vous arrêtez pas de mater votre collègue, agent Lawrence.

Casper sentit son visage s'empourprer et tenta de dissimuler son embarras. Lois Trainer avait vu juste. Il était attaché à Lex et il languissait de la serrer à nouveau dans ses bras.

Mais il n'était pas là pour parler de sa vie sentimentale. Encore moins pour se faire cuisiner par cette motarde décatie.

Il s'empressa donc de rétablir les choses et d'en revenir au sujet qui le préoccupait.

— C'est dur d'être éloigné de ceux qu'on aime, répliqua-t-il. C'est pourquoi je m'interroge sur la raison pour laquelle vous ne viviez pas avec Peter. Si j'en juge par ce que je vois sur cette photo, vous lui étiez très attachée. Sans quoi vous n'auriez pas été à ses côtés sur les marches d'un palais de justice !

Lois Trainer s'absorba dans la contemplation de ses santiags.

— J'vois pas c'que ma relation avec Peter vient faire dans cette histoire de personne disparue, marmonna-t-elle au bout d'un long moment.

Casper réprima un sourire. Elle venait de reconnaître qu'elle était plus proche du motard qu'elle voulait bien le dire.

— Nous pensons que le randonneur disparu appartenait au même club de motards que Kagger, alors nous nous sommes dit que vous pourriez nous éclairer sur son identité.

— Qu'est-ce que vous voulez savoir sur lui, exactement ?

Casper ne répondit pas tout de suite. Était-elle en train d'admettre implicitement qu'elle connaissait l'homme dont les restes étaient en train d'être analysés par les laboratoires de la police scientifique de Missoula ?

— Nous avons une photo de sa moto. Si vous pouviez nous confirmer qu'elle appartenait bien à...

Il n'acheva pas sa phrase, de manière à amener son interlocutrice à lui fournir le nom qui leur manquait.

— Le salopard ! s'exclama-t-elle en voyant le cliché.

— C'est elle ? C'est sa moto ?

Lois Trainer leva vers lui des yeux agrandis par la surprise. Par la colère aussi.

Qu'est-ce qui avait bien pu la mettre dans une telle rage ?

— Ben oui ! C'est la bécane de Razor. Vous l'avez trouvée où ?

Razor ? Pas de patronyme ? Même pas un vrai prénom auquel se raccrocher ?

Casper réprima un soupir de découragement. Il avait besoin d'autre chose que ce surnom incongru pour avancer dans son enquête.

— Au point de départ d'un sentier de randonnée. Là où nous supposons que votre... Razor a commencé son excursion à travers le parc.

Il se garda bien d'ajouter que le malheureux n'était plus de ce monde. Inutile d'alarmer la communauté des motards encore davantage qu'il le faisait déjà. Si les Hells Keepers apprenaient que leur « frère » était mort, ils refuseraient catégoriquement de les aider. À l'inverse, s'ils pensaient qu'il avait disparu et qu'il restait une chance de le retrouver, ils se résoudraient peut-être à collaborer avec les autorités, pour une fois.

— Vous avez une idée de la raison pour laquelle il a entrepris de traverser le parc ? lui demanda Lex, posant un pied sur la première marche du porche.

Elle tenait le chien dans ses bras à présent. Et il lui léchait allègrement le visage.

— Burt vous aime bien, constata Lois. C'est rare. Il aime personne d'autre que moi. Il pouvait pas supporter Peter, par exemple. Qu'est-ce que vous lui avez donné à bouffer ? De l'ecstasy ?

À entendre le rire joyeux de Lex, Casper en oublia presque

la raison qui les avait amenés là. Il adorait ce rire. Ce son cristallin le ramenait à la vie.

— Encore que... Il aimait bien Billy, maintenant que j'y pense. Un jour, il l'a laissé le prendre dans ses bras, comme vous. Il y a longtemps de ça, poursuivit Lois Trainer.

— Billy ? répéta Lex, manifestement perdue.

— Razor, dit Lois sans réfléchir.

L'instant d'après, le peu de tendresse dont elle avait fait preuve en parlant de son chien fit place à la méfiance.

— Au fait, vous m'avez pas dit qui vous êtes, vous ! lança-t-elle à Lex, non sans une certaine agressivité.

— Ranger Alexis Finch, répondit aussitôt celle-ci. Employée du parc national de Glacier. En ce moment, je travaille en collaboration avec l'agent Lawrence, pour l'enquête qui nous occupe.

— Je croyais que vous recherchiez une personne disparue, s'écria la motarde en se tournant vers lui, l'air de se demander jusqu'à quel point il avait dit vrai.

Il s'empressa de la rassurer.

— Tout à fait. Et avec un peu de chance, cette enquête aura une fin heureuse, et nous serons en mesure de ramener Billy à sa famille.

Pour le coup, Lois Trainer fit une moue franchement dubitative. Et Casper sut aussitôt qu'il n'avait pas dit ce qu'il fallait.

— Partez d'ici, siffla-t-elle entre ses dents.

Elle descendit les marches du perron pour arracher le petit chien aux bras de Lex.

— Foutez-moi l'camp et remettez pas les pieds ici. Si vous avez d'autres questions, posez-les directement à mon avocat. Ça vous évitera d'vous déplacer pour rien.

Sur cette déclaration, elle remonta sur le porche d'un pas rageur, rentra dans le mobile-home et claqua violemment la porte derrière elle.

Casper entendit le verrou glisser dans sa base, puis le chien se remettre à aboyer avec désespoir.

Pauvre bête... Ce qu'il voulait, c'était partir de là, en fin de compte. Non pas protéger sa maîtresse !

— Tu crois qu'elle l'a baptisé ainsi en hommage à Burt Reynolds ? demanda Alexis.

— Ça se pourrait. En tout cas, il est assez poilu pour ça. Du moins, si on se réfère au Burt Reynolds des années soixante-dix !

Ils rejoignirent la voiture. Casper ouvrit la portière côté passager à Lex, et jeta un dernier coup d'œil au carré de terrain qui disparaissait quasiment sous les mauvaises herbes avant de se glisser derrière le volant.

Au moment de démarrer, il composa le numéro de téléphone du médecin légiste. Une secrétaire prit son appel avant de lui passer son interlocuteur, un dénommé Les Traver.

— Où en êtes-vous ? lui demanda Casper en manœuvrant le pick-up pour sortir du terrain de camping. Vous avez eu le temps de vous pencher sur le cas du cadavre de Glacier ?

Le légiste dut changer de position, car Casper entendit un bruissement à l'autre bout du fil.

— Vous tombez à pic. J'étais justement en train de lire le rapport de mes collaborateurs. Intéressant comme histoire, dites donc !

Casper mit le haut-parleur et prit la main de Lex, étrangement silencieuse à ses côtés. Elle était glacée.

— Nous avons trouvé les traces d'une cicatrice sur l'arcade zygomatique droite de la victime. Calcifiée, ce qui indique que votre randonneur a été blessé à la joue bien avant sa mort. Et quand je dis « bien avant », je compte en années, voire en décennies.

Le cœur battant d'excitation, Casper serra les doigts d'Alexis entre les siens.

L'existence de cette balafre, ajoutée aux renseignements

qu'ils avaient réussi à extirper à Lois Trainer, limiterait d'autant leur champ de recherche. À présent, il ne leur restait plus qu'à trouver la personne qui leur fournirait le nom complet de la victime et qui, dans l'idéal, l'identifierait.

— Vos collaborateurs n'ont pas réussi à déterminer son identité ? demanda-t-il à tout hasard.

— Pas encore, non. Nous avons commencé à chercher du côté des dentistes, sans succès. Et vous ? Vous en êtes où au juste ?

— Sans vouloir trop m'avancer, je crois pouvoir dire que nous tenons enfin une piste. Il semblerait que notre macchabée ait pris l'alias de Razor et que son petit nom ait été Billy — c'est-à-dire William, dans la plupart des cas. Il faisait partie d'un gang de bikers local. Les Hells Keepers.

— Super ! On va diriger nos recherches dans ce sens.

Casper entendit le médecin légiste noter quelque chose sur une feuille de papier.

— Heu... Au fait, pendant que j'y pense, reprit Les Traver. Vous aviez bien regardé les morceaux de la dépouille ?

— Disons que j'étais là quand elle a été enlevée. Pourquoi cette question ?

— Vous avez examiné le crâne ? La cavité oculaire, près de l'os sphénoïde ?

— L'orbite, vous voulez dire ?

Le médecin légiste s'autorisa un petit gloussement amusé. Manifestement, il n'était guère impressionné par les connaissances anatomiques de son interlocuteur.

— Son orbite, oui. À la hauteur du nez. Il y avait une cav... un trou à l'intérieur.

Casper ne put s'empêcher de repenser aux empreintes de grizzly qu'Alexis et lui avaient remarquées dans le périmètre où ils avaient retrouvé la chaussure du randonneur.

Il avait vu des centaines de cadavres et de scènes de crime lorsqu'il travaillait pour le FBI. Pourtant, à l'idée de ce que les derniers instants de Razor avaient pu être, avec cet ours qui lui avait sans doute brisé la nuque, il ne put réprimer un frisson d'horreur.

— Un trou compatible avec une attaque animale ?

— Non, justement. À en juger par ses contours réguliers, il aurait plutôt été causé par un projectile — dont la nature reste à déterminer — au moment de... disons, l'accident. Au début, nous nous sommes basés sur le rapport du coroner et sur la manière dont il a décrit le lieu où s'est déroulé le drame. Tout laissait supposer qu'il s'agissait effectivement d'une rencontre inopportune avec un ours ou un loup.

— Et ensuite ? le pressa Casper, maîtrisant difficilement son impatience.

À ses côtés, Lex retenait son souffle. Elle aussi brûlait de connaître la suite.

— En étudiant la question d'un peu plus près, nous nous sommes aperçus qu'il n'y avait aucune autre abrasion sur l'os. Il aurait été logique d'y relever des marques similaires à celles que pourraient causer les canines d'un prédateur en se refermant sur les chairs. Pourtant, il n'y avait rien de semblable. J'ai fait procéder à toute une batterie de radios du crâne et du pied de la victime, et là...

Le médecin légiste marqua un temps d'arrêt, afin de ménager son effet.

— Là, nous sommes tombés sur un détail particulièrement intéressant. Il s'agissait des traces d'une balle fragmentée, à première vue. De petit calibre, a priori, et toujours selon mon humble opinion. Du .22, je pense.

Casper cessa de respirer à l'idée des implications de ce rebondissement.

— Attendez, Les. Je voudrais être sûr d'avoir bien compris. Vous êtes en train de me dire que notre randonneur n'est pas mort des suites de sa rencontre malencontreuse avec un grizzly, c'est bien ça ?

— Plus ou moins, oui. Vu les dégâts notés à la hauteur du cerveau et sur le sphénoïde, je…

Les Traver toussota et s'éclaircit la voix avant de poursuivre.

— Oui. Je dirais que c'est une balle qui est à l'origine du décès. Pour autant, je n'exclus pas la théorie selon laquelle votre randonneur aurait été attaqué par un ours. Tout ce que je dis, c'est que ce n'est pas le plantigrade qui lui a porté le coup de grâce.

Cette fois, Casper eut la chair de poule. Dans tous les cas de figure, la victime était morte dans des circonstances atroces, dignes d'un film hollywoodien à gros budget.

Il se tourna vers Lex ; elle avait blêmi.

— Ah ! Un dernier détail, lança le médecin légiste, au moment où Casper allait raccrocher.

— Oui ?

— Si on se fonde sur le fait qu'il n'y avait aucun point de sortie pour la balle en question, on peut en déduire qu'elle n'est pas entrée à une vitesse folle.

— En clair ?

— En clair, il ne s'agit pas non plus d'un suicide. La balle qui a achevé ce pauvre bougre a été tirée par une tierce personne.

Casper garda le silence, le temps de digérer l'information.

— Bref, votre randonneur a été assassiné…, déclara le légiste.

Casper se renversa sur son siège. La nouvelle lui avait complètement coupé le souffle.

D'autant qu'elle changeait complètement la donne.

— Nous n'avons pas terminé nos recherches, ajouta Les Traver. Il nous faut encore examiner les chairs résiduelles et procéder à un certain nombre d'examens toxicologiques. On en saura sûrement davantage une fois que nous aurons l'ensemble des résultats.

Il se tut de nouveau avant d'ajouter :

— Je dois vous avouer que ce sont les restes les plus macabres que j'aie jamais vus… peut-être pas de ma vie, mais depuis un bon bout de temps. L'autre jour, on nous a envoyé un type mort chez lui en pleine vague de chaleur…

Casper écouta d'une oreille distraite le pathologiste lui décrire l'état du cadavre dont il parlait. Il ne pensait plus qu'au crâne qu'il avait tenu entre ses mains. La sensation avait été épouvantable, et le souvenir lui souleva l'estomac.

— Sacrée histoire, en tout cas, conclut Les. Je n'aurais pas voulu être dans ses pompes, à votre victime !

Il rit tout seul de sa mauvaise blague.

— Une balle dans la tête et la jambe broyée par un ours… C'est le grand chelem ! Il y a des manières plus cool de quitter le monde, vous ne trouvez pas ? Le sort s'est acharné sur ce pauvre bougre. C'est bien simple, pour moi, il était écrit que ce… Razor devait mourir deux fois.

10

Alexis aimait son travail. Elle adorait venir en aide aux visiteurs, ainsi qu'aux animaux quand l'occasion s'en présentait. Quand on était ranger, on ne savait jamais de quoi la journée serait faite, ce qu'elle trouvait particulièrement stimulant. Rien à voir avec un emploi de bureau aux horaires confortables, sous les ordres d'un chefaillon toujours prompt à vous harceler.

Bref, elle n'avait jamais été tentée de se faire porter pâle.

Pourtant, aujourd'hui, elle aurait volontiers appelé Denver Dragger pour lui annoncer qu'elle serait dans l'impossibilité de prendre son poste le lendemain matin. Peut-être qu'elle pourrait faire valoir qu'elle avait préjugé de ses forces en sortant de l'hôpital ? Qu'elle reconnaissait en définitive avoir besoin d'un peu plus de repos que prévu ?

Elle ricana intérieurement. Ça ne passerait pas, bien sûr. Une telle démarche lui vaudrait de ne plus avoir d'emploi ni de logement... et plus aucun moyen d'assister Casper dans son enquête.

En d'autres termes, elle perdrait tout.

D'un autre côté, sa voix intérieure lui disait qu'elle ne devait pas abandonner la partie. Elle ne pouvait se résoudre à tout laisser en plan. Elle voulait aller jusqu'au bout de cette histoire.

Plus qu'une envie, c'était un besoin vital.

Elle envisagea un instant de tenter une négociation. Peut-être parviendrait-elle à convaincre Dragger qu'il fallait absolument trouver un moyen de faire cesser le trafic de produits illicites par leur parc. Surtout si cela menait à des meurtres : on se passait volontiers de ce genre de publicité, n'est-ce pas ?

Hélas ! Dragger pourrait lui rétorquer que dame Nature se chargerait de mettre fin à ce trafic bien plus sûrement qu'eux.

Et il se pourrait qu'il ait raison sur ce point.

D'autant qu'il était encore possible que cette opération de contrebande ait eu un caractère d'exception. Qu'il se soit agi d'un coup d'essai, destiné à voir ce qu'on pouvait faire à cet endroit de Glacier. Auquel cas, Casper et elle-même étaient en train de s'échiner pour rien.

D'un autre côté, Dragger devait comprendre que les rangers se retrouveraient sous les projecteurs lorsque les médias s'empareraient de l'affaire. Et ça irait franchement mal pour eux si on s'apercevait qu'ils n'avaient pas fait le nécessaire pour mettre fin à toutes ces exactions. Jusqu'à présent, le parc national de Glacier n'avait eu à déplorer que deux meurtres depuis son existence. Mais celui-ci ne manquerait pas de faire les gros titres.

Alors oui, Alexis devait convaincre son supérieur de donner la priorité à cette enquête.

Sans plus attendre, elle s'empara du sac posé à ses pieds et en sortit son portable.

— Qu'est-ce que tu fais ? lui demanda Casper, sans quitter la route des yeux.

— Une nouvelle tentative pour amadouer mon chef. Je voudrais vraiment qu'il m'autorise à continuer à travailler avec toi sur cette affaire.

Le beau visage du garde-frontière se crispa d'inquiétude.

— Non ! Lex, arrête. Ne compromets pas ta carrière, s'il te plaît. J'adorerais que nous continuions à collaborer, mais il est hors de question que tu risques ton boulot pour ça. Parce que si tu t'imagines que tu vas faire céder Dragger en le rappelant, tu te trompes. Ça va l'agacer, en plus d'attirer son attention sur toi.

— Je ne vois pas en quoi il peut être plus important d'aller fermer les locations pour l'hiver que de résoudre les circonstances d'un meurtre. C'est... Ça me dépasse complètement.

Casper lui posa une main sur la jambe et la caressa lentement.

— Écoute-moi, Lex. Je n'ai aucune idée de la manière dont tout cela va tourner. Nous ne sommes sûrs de rien, en fait... Si ça se trouve, on ne saura jamais qui est à l'origine de la mort de ce pauvre type. Alors ? Tu crois vraiment que ça vaut le coup de risquer ton avenir professionnel ? Et je ne te parle même pas de ta sécurité. Tu connais mon opinion là-dessus. N'oublie pas que nous sommes confrontés à un gang de motards, et pas n'importe lequel.

Alexis appuya sur une touche de son téléphone et constata avec soulagement qu'elle avait du réseau.

— Tu as parfaitement raison, Casper, dit-elle, les yeux rivés sur son fond d'écran — les sommets déchiquetés du Citadel Peak. Ces types sont dangereux. Mais ils ne me font pas peur. Je ne suis pas du genre à me défiler quand les choses se compliquent. Sans quoi je ne travaillerais pas dans un des parcs nationaux les plus accidentés de tous les États-Unis. J'aurais un poste bien confortable, derrière un bureau et en ville.

Elle eut un petit sourire contrit.

— Je veux que ma vie soit une aventure, tu comprends ? Je veux aider mes prochains et, surtout, je tiens à ce qu'il y ait un minimum de justice en ce bas monde. C'est ma façon à moi de faire la différence, si tu vois ce que je veux dire.

Elle posa la main sur la sienne et la caressa à son tour.

Casper hocha la tête et eut un sourire las. Il ne semblait pas surpris par sa réponse.

Pas du tout.

— C'est ce que j'aime chez toi, Lex. Cette soif de justice, d'équité. Entre autres, bien sûr... Seulement, je tiens à ce que tu saches dans quoi tu mets les pieds. Que tu sois réaliste, si tu préfères.

Alexis songea à Travis. Travis qui lui avait si souvent reproché de ne pas l'être, réaliste, justement. De vivre dans un monde chimérique, de trop en demander. Tout cela parce qu'elle avait tenté de parler avec lui de leur couple et de ce qu'elle voulait construire avec lui.

Lex ne demandait pas une union parfaite en tout point : tout ce qu'elle voulait, c'était un minimum de franchise et suffisamment de respect mutuel pour maintenir et renforcer une relation de qualité. Avec Travis, ça n'avait pas été possible. Il avait commencé à se distancier, jusqu'à ce qu'il soit impossible de lui soutirer le moindre propos qui sorte du cadre de leurs quatre murs ou des affaires courantes du parc.

Bref, son « manque de réalisme » — son désir de faire autre chose qu'attendre docilement un conjoint fuyant — lui avait coûté son mariage.

Malgré cela, Alexis était contente de ne pas s'être accommodée de la situation. Elle avait trop souffert du silence et de la suffisance de son ex.

— Je sais ce que je veux et je sais ce que je fais, Casper. Fais-moi confiance, dit-elle, la voix rendue un peu cassante par ces réminiscences.

Elle le vit écarquiller les yeux de surprise. De toute évidence, il ne s'était pas attendu à une telle rebuffade.

Dragger prit son appel dès la première sonnerie.

— Oui ? Un problème pour monter au chalet demain matin ? lança-t-il d'un ton bourru.

Alexis fut tentée de se rebiffer. Elle préféra s'abstenir, néanmoins. Elle venait de dire à Casper qu'elle était forte, qu'elle croyait en elle et en sa capacité à faire plier son chef. Il ne fallait pas qu'elle lui prouve le contraire en montant sur ses grands chevaux.

— Monsieur Dragger, rétorqua-t-elle avec emphase. J'avais peur de ne pas réussir à vous joindre à cette heure-ci. Il y a du nouveau dans l'enquête qui nous occupe, et je voudrais faire le point avec vous.

— Tout ce qui m'intéresse, c'est que tu passes la main. Rien d'autre.

— C'est précisément pour cela que je vous appelle, chef, dit-elle, gardant délibérément ses distances. Il me semble que vous seriez mal avisé de confier l'enquête à une tierce personne, vu la tournure que prennent les choses.

Dragger se fit plus cassant.

Plus formel aussi.

— Ce n'est qu'une attaque de prédateur parmi d'autres, ranger Finch. Alors oublie ça, je te prie. Je vais envoyer Travis là-haut pour qu'il finisse de nettoyer l'endroit, et l'incident sera clos. Nous n'avons ni le temps ni le budget pour nous occuper de ça en ce moment. Dois-je te rappeler que le nombre de nos visiteurs a chuté de douze pour cent cette année ? Et qu'on risque de réduire encore nos subventions si nous n'y prenons pas garde ?

Lex ne l'écoutait plus. Elle s'était arrêtée au moment où son supérieur avait prononcé le nom de Travis. Il était inconcevable que ce soit lui qui prenne le relais.

Absolument hors de question.

— Je vous appelais pour vous dire que nous venons de parler à Les Traver, le pathologiste qui s'est occupé de l'analyse de la dépouille, annonça-t-elle calmement.

— Et ?

— Ce n'est pas à une mort accidentelle que nous sommes

confrontés. Il semblerait qu'il s'agisse plutôt d'un homicide. En bonne et due forme.

Un silence lourd de sens suivit sa déclaration. Lex en profita pour enfoncer le clou.

— Cette histoire prend donc une tout autre ampleur, et la presse ne va pas tarder à s'en emparer. C'est pourquoi je souhaite continuer à contribuer aux efforts mis en place pour élucider cette énigme.

La formule était un peu ampoulée, elle en avait conscience. Mais l'idée était de rendre sa demande aussi respectable que nécessaire.

Dragger fit claquer sa langue avec agacement.

— J'apprécie ton enthousiasme et ta franchise, ranger Finch. Vraiment ! Toutefois, ça ne change rien à ma décision de confier cette affaire à Travis. Vous le retrouverez, toi et l'agent Lawrence, au poste de garde demain à la première heure. Cela vous permettra de le briefer et de lui transmettre vos notes. Il en fera bon usage, sois-en assurée. Quant à toi, tu viens d'être victime d'un accident, et je ne voudrais pas t'exposer au danger plus que tu ne l'as déjà été.

Son intonation, sèche et vaguement menaçante, contredisait totalement ce qui aurait pu passer pour des propos modérés.

Bien que consciente que Dragger ne pouvait pas la voir, Alexis fit rouler sa nuque sur ses épaules et objecta :

— Je me porte comme un charme. Je n'ai aucun vertige, pas de maux de tête, rien. Ce n'était qu'un traumatisme mineur.

— Mineur ou pas, il ne faut pas plaisanter avec ça. Inutile de te mettre davantage la pression.

Il soupira bruyamment avant de poursuivre :

— Ne discute pas, Alexis. Ce pauvre bougre est mort et rien ne le fera revenir. Alors ne te casse pas la tête avec ça, ça n'en vaut pas la peine.

— Vous avez raison, chef, seulement il n'en reste pas

moins que ce pauvre bougre, comme vous dites, a été assassiné parce qu'il passait en contrebande de la drogue par le parc. Comment peut-on être sûrs que ça ne se reproduira pas ? Si jamais on apprend que nous ne faisons pas tout ce qui est en notre pouvoir pour mettre fin à ce trafic, nous risquons de voir encore moins de touristes l'an prochain que cette année.

Cette fois, Dragger perdit franchement patience.

— Cette enquête n'est plus de ton ressort, ranger Finch, tonna-t-il. Dorénavant, c'est l'affaire de Travis. Pour le reste, l'hiver n'attendra pas. Si tu ne montes pas au chalet Sperry demain matin ainsi que je t'en ai donné l'ordre, je te considérerai démissionnaire. C'est clair ?

Il raccrocha sans attendre sa réponse.

— Le fumier, gronda Lex, jetant son portable dans son sac en un geste rageur. Je n'y crois pas ! Il passe l'affaire à Travis. Tu te rends compte ?

Elle donna un tel coup de poing sur le tableau de bord qu'elle en eut mal dans tout l'avant-bras.

Travis devait jubiler, en cet instant. Il avait dû supplier Dragger de lui confier l'affaire. Lui lécher les bottes, comme il en avait l'habitude. Normal : il avait toujours rêvé de se couvrir de gloire.

Alexis poussa un énorme soupir. Elle devait empêcher Travis de se saisir de l'affaire.

À tout prix.

En même temps, si elle désobéissait à son supérieur hiérarchique, elle serait renvoyée.

Et les choses s'arrêteraient là.

À moins, bien sûr, qu'elle ne découvre l'auteur ou le commanditaire du meurtre avant le lendemain matin. Autant dire que c'était mission impossible...

— Ça signifie que je vais faire équipe avec ton ex-mari ?

Moi ? lui demanda Casper, s'enfonçant l'index dans le torse pour marquer sa surprise.

— Ça en a tout l'air, oui. Tu en as, de la chance, tu ne trouves pas ?

Les mains du garde-frontière se crispèrent sur le volant. Alexis s'absorba dans le silence.

— J'ai peut-être une idée ! s'exclama-t-elle au bout d'un moment. J'ai entendu parler d'un bar, au nord de Columbia Falls, qui...

Casper ne la laissa pas terminer sa phrase.

— Tu crois vraiment que c'est une bonne idée de prendre une cuite quand on relève d'un traumatisme crânien ? lui demanda-t-il, les sourcils haussés.

Elle lui décocha un petit sourire narquois.

— Ce n'est pas ce que j'avais en tête, gros malin ! ricana-t-elle. Le Pig Snout est un bar de motards. Je n'y suis jamais entrée, mais il y a toujours plein de Harley Davidson sur le parking. Peut-être que quelqu'un y saura quelque chose ?

Elle se raccrochait à trois fois rien, et elle le savait. Car en admettant que les bikers du Pig Snout soient effectivement membres d'un club, il y avait peu de chances pour qu'ils se montrent plus bavards que Lois Trainer.

D'un autre côté, Alexis devait agir. Elle ne pouvait pas rester sans rien faire. Elle refusait catégoriquement de laisser Travis s'emparer de son enquête.

Il saccagerait tout.

À commencer par ses rapports avec Casper.

Car rien de bon ne sortirait de son idylle naissante avec le beau garde-frontière, si ce dernier était obligé de collaborer avec son ex-époux.

C'était l'évidence même.

Moins d'une demi-heure après, ils s'arrêtaient devant le Pig Snout. Quelques ampoules de l'enseigne lumineuse ayant grillé, on ne lisait plus que « Pig no t ».

La bâtisse, quant à elle, penchait dangereusement sur la gauche. À croire qu'elle avait vu tant d'ivrognes sortir en titubant de ses entrailles qu'elle suivait le mouvement.

Le parking en gravier était encombré de motos en tout genre. Alexis, bien que non experte en la matière, reconnut parmi elles des choppers, avec leurs fourches très longues et leurs sièges reculés. La plupart des engins étaient des Harley Davidson et...

Elle repéra soudain une moto dont les roues étaient ornées de crânes aux orbites sanguinolentes.

Deux crânes... Comme sur le réservoir de la moto de Razor. Tiens tiens... Était-ce une coïncidence ? Ou bien ce bar servait-il de repaire aux Hells Keepers ? Peut-être Razor y était-il venu peu avant de trouver la mort dans le parc. Qui l'avait tué ? Un des habitués du Pig Snout ?

Tant de questions sans réponses... La tête lui en tournait. Alexis avait les nerfs à vif. Si les clients du Pig Snout connaissaient Razor de près ou de loin, l'endroit était un véritable nid de vipères. D'après ce qu'elle avait compris, les membres de ces clubs « un pour cent » ne faisaient pas que se croire au-dessus des lois. Ils l'étaient.

— Tu es sûre de ton coup ? lui demanda Casper, les yeux rivés sur le bâtiment penché. Nous ferions peut-être mieux de nous cantonner à ce que nous avons. Ou alors on pourrait réexaminer l'intérieur du sac, histoire de voir si on ne peut pas en tirer d'autres informations sur la victime ou sur l'endroit d'où elle venait...

C'était un prétexte, bien sûr. Casper savait aussi bien qu'elle que le sac ne leur apprendrait rien de plus. Ne serait-ce que parce que c'était l'accessoire le plus courant des marginaux en tout genre — survivalistes, bikers, miliciens, etc. —, et qu'il devait y en avoir des millions en circulation dans le pays.

Certes, il aurait été moins dangereux de continuer sur cette piste. Seulement Alexis n'avait pas le temps de s'attarder sur des questions de sécurité. Il lui fallait des réponses.

Et vite.

Et il était plus que temps que Casper commence à comprendre qu'elle était plus coriace qu'elle n'en avait l'air.

Elle ouvrit la portière, puis se tourna vers lui.

— Tu viens avec moi ? s'enquit-elle. Je te parie qu'un des habitués de ce charmant endroit ne demandera pas mieux que de te payer une bière.

Elle s'interrompit, un large sourire aux lèvres.

— Un détail, cependant. Ton badge… Tu fais comme tu veux mais, à ta place, je le laisserais dans la voiture.

Il baissa les yeux et eut l'air surpris. Il avait dû oublier qu'il l'avait accroché à sa ceinture ce matin-là.

— Excellente idée. On serait accueillis à bras ouverts, si je m'aventurais là-dedans avec ça, répondit-il, lançant le badge sur le tableau de bord du pick-up avant d'en sortir à son tour.

— Ça ne changera peut-être rien, remarque, rétorqua-t-elle sobrement.

Elle partit devant, marchant à quelques pas de son compagnon, pour le cas où on les observerait déjà. Lorsqu'elle ne fut plus qu'à quelques mètres de la porte, elle tira sur sa chemise et fit remonter ses seins, de manière à montrer un peu son décolleté.

— Qu'est-ce que tu fabriques ? s'écria Casper à qui son manège n'avait pas échappé.

— Je mets toutes les chances de mon côté. J'ai la ferme intention d'obtenir les renseignements dont nous avons besoin, figure-toi. Alors tous les moyens sont bons. Ah, et si on nous pose la question, nous sommes frère et sœur, d'accord ?

Une nouvelle idée lui venant soudain à l'esprit, elle s'immobilisa.

— Non… Attends un peu avant d'entrer. Je vais tâter le

terrain. Profites-en pour rappeler ton copain flic, histoire de lui demander s'il a quelque chose sur ce fameux Razor. Ce ne serait pas mal de connaître son vrai nom, pour commencer.

Sur ces mots, et sans attendre la réaction de Casper, elle poussa la porte du bar et s'enfonça dans la salle.

Des hommes étaient alignés devant le comptoir. La plupart devant des bières, certains devant des verres plus petits et remplis d'un liquide ambré.

Tous portaient des gilets de cuir — des « cuts », comme on disait dans le milieu. Le dos du client le plus proche de la porte était orné d'un énorme patch représentant le motif peint sur la moto de Razor : deux crânes inclinés l'un vers l'autre et réunis par un serpent à la tête en forme de diamant.

Et au-dessus, on lisait l'inscription « Hells Keepers ».

Bingo !

Elle était au bon endroit. À présent, il ne lui restait plus qu'à trouver le bon interlocuteur.

Elle continua à avancer, consciente du silence qui se faisait sur son passage.

Un homme aux cheveux poivre et sel et à la barbe presque entièrement blanche était assis tout au bout du bar. Il lui fit signe d'approcher.

Alexis jeta un bref coup d'œil derrière elle, Casper ne l'avait pas suivie.

Elle frissonna. Elle avait peut-être commis une erreur en lui ordonnant de rester à l'extérieur, finalement. Sa présence lui aurait assuré un minimum de protection.

Il était trop tard pour reculer. Alors, ce n'était pas le moment de faiblir.

Elle se dirigea donc vers le vieux biker d'un pas faussement nonchalant. Des chaises vides lui obstruaient le passage, et elle se sentait comme hypnotisée par le spectacle de toutes ces bottes de moto aux bouts en acier, posées sur les barreaux des tabourets.

La fine goutte de sueur qui se mit à glisser dans son dos exacerba encore son anxiété. Elle devait se ressaisir. Si jamais ces types s'apercevaient de sa nervosité — ou si elle faisait un faux pas —, on ne lui révélerait rien.

Pire, elle se mettrait dans une position encore plus périlleuse qu'elle ne l'était déjà.

— Comment ça va, ma jolie ? lui lança l'homme en lui faisant signe de s'asseoir sur le tabouret libre à côté de lui.

Alexis étudia rapidement les inscriptions qui ornaient son gilet de cuir. Sur un pan du vêtement : « Madness & Mayhem » et « Hells Keepers ». Sur l'autre, deux patchs : « Président » et « Chapitre du Montana ». Le tout entouré de strass et de lettres de l'alphabet — sans doute un autre signe de reconnaissance dont elle ignorait la signification.

— Pas mal, merci, dit-elle d'un ton aussi ingénu et avenant que possible. Et toi ? T'as passé la journée sur la route ?

L'homme la regarda s'installer sur le tabouret et héla le barman.

— Une bière ?

Lex réprima une grimace. Il était un peu tôt pour cela. Malheureusement, elle n'avait pas le choix.

— Oui. Une bonne petite bière... Excellente idée !

Le barman remplit une chope à la pression et la fit glisser sur le comptoir.

Alexis referma ses mains dessus, comme si elle avait fait ça toute sa vie. En réalité, elle n'avait vu cela que dans des films, et ce geste ne fit que renforcer son malaise. Elle n'était pas à sa place, ici.

Pas du tout.

— On peut savoir ce qu'un joli brin de fille comme toi fait dans un endroit pareil ? Ton mec t'a fichue dehors ou quoi ?

Elle porta le verre à sa bouche et se força à en avaler une gorgée.

La bière était amère. Et pas très bonne. Le bas de gamme, manifestement.

— Pas du tout. J'ai vu vos motos, j'ai compris que vous étiez là, alors je me suis arrêtée.

— Elle a compris qu'on était là..., répéta le président, mi-songeur, mi-amusé.

Il se tourna un instant vers ses comparses pour les prendre à témoin, puis reporta son attention sur elle.

— C'est marrant, parce que je ne t'ai jamais vue par ici. Tu cherches quelqu'un de précis ?

— En fait, je... J'ai rencontré un biker, il y a quelque temps. Razor. Vous connaissez ?

Elle se retint de frissonner au souvenir des circonstances exactes de sa « rencontre » avec Razor.

Le président du club héla un homme installé à l'autre bout du bar. Aussitôt, celui-ci se leva pour venir les rejoindre. Il se posta si près d'elle qu'Alexis sentit sa sueur ainsi que l'odeur de l'huile avec laquelle il graissait son gilet de cuir. C'était un « sergent », si on en croyait l'inscription sur son patch.

— Cette poupée cherche Razor. Tu l'as croisé, toi, ces derniers temps ?

Alexis tenta d'interpréter l'expression du président, mais elle ne parvint pas à définir s'il avait posé la question en toute honnêteté ou s'il était en train de mettre son sous-fifre en garde, mine de rien.

Les mains moites d'angoisse, elle but une nouvelle gorgée de bière.

— Non. Pas depuis un bon moment. Aux dernières nouvelles, il était dans le Nord. Je suis pas sa nounou... Tu veux que j'essaie de te le trouver ?

Le président esquiva la question.

— C'est la p'tit' dame qui le cherche. Pas moi. Où tu m'as dit que tu l'as rencontré, déjà, poupée ?

— Je ne te l'ai pas dit, rétorqua Alexis du tac au tac.

L'alcool lui donnait-il du courage ? Elle se sentait de taille à se confronter aux hommes qui l'entouraient, tout d'un coup.

Le président partit d'un rire grinçant, presque aussi dur que son visage buriné.

— Je commence à comprendre ce qui lui a plu chez toi, à Razor. Il a toujours aimé les greluches au caractère bien trempé.

Se penchant vers elle, il ajouta :

— Il n'est pas là, comme tu peux le constater. Alors si t'as envie de montrer ton caractère ailleurs, je peux toujours le remplacer...

Alexis regarda son alliance d'un air appuyé.

— Et ta femme ?

Le président se remit à rire.

— Ma régulière, tu veux dire ? T'inquiète pas pour elle. Ce qu'elle ne sait pas ne peut pas lui faire de mal.

Un autre biker, qui écoutait leur conversation depuis la table voisine, vint chuchoter quelques mots à l'oreille du président avant de lui montrer l'écran de son portable. Par chance, il parla juste assez fort pour qu'Alexis capte de précieuses informations.

— Nos passeurs proposent qu'on se voie demain à 9 heures, à l'endroit habituel, l'entendit-elle dire.

— Pour la bleue ? demanda le président.

— Ouais. Qu'est-ce que je leur réponds ?

— Dis-leur qu'on a leur fric et que, cette fois, ils n'ont pas intérêt à nous planter.

L'homme retourna s'asseoir en tapant son texto.

Alexis risqua un nouveau coup d'œil en direction de la porte. Dommage que Casper n'ait pas assisté à l'échange. Parce que c'était probablement de Canadian Blue qu'il avait été question. Et, de toute évidence, les Hells Keepers comptaient en acheter.

Bref, elle se trouvait peut-être en présence des hommes que recherchait le garde-frontière.

Ceux qui faisaient transiter de la drogue par le parc national de Glacier.

Un détail la chiffonnait néanmoins. Si les Hells Keepers étaient impliqués dans ce trafic, pourquoi achetaient-ils la drogue ? La logique aurait plutôt voulu qu'ils la vendent, non ?

Songeant qu'elle n'en apprendrait pas plus en ce lieu, elle s'apprêta à descendre de son tabouret.

Le président la rattrapa fermement par le coude et la força à se rasseoir.

— Reste là, poupée. Désolé d'avoir été interrompu, mais qu'est-ce que tu veux, les affaires sont les affaires. On est parfois obligé de les faire passer avant le plaisir.

Il ponctua son propos d'un clin d'œil égrillard.

Une chose était certaine : son plaisir à elle ne passerait pas par cet affreux bonhomme.

— Je ne voudrais pas te retarder, dit-elle, pointant un pouce vers l'homme au portable.

— T'inquiète pas pour ça, c'est réglé. Revenons-en à toi et à Razor. Tu n'es pas sa régulière et...

Alexis jugea sage de l'interrompre. Le terrain était miné, et elle n'en savait pas suffisamment sur les us et coutumes des Hells Keepers pour soutenir une conversation sans être démasquée.

— Tiens donc ? Et tu sais ça comment ?

Elle minaudait, à présent. Elle aurait fait n'importe quoi pour tenter de dissimuler son intérêt.

N'importe quoi pour éloigner le danger croissant.

— Bah, parce qu'il en a déjà une, pardi ! Alors ? Tu fais partie de son chapitre ou tu appartiens au club en général ?

Alexis se hérissa. Elle n'était la propriété de personne et elle n'avait aucune intention de le devenir.

— Je ne suis rien de tout ça. J'ai un peu fricoté avec Razor, et il m'a dit de passer au Pig Snout cette semaine. S'il n'est pas là, je n'ai plus rien à faire ici.

Elle essaya de se dégager, en vain. Le président la tenait d'une poigne ferme.

— Bouge pas, j'te dis. Si Razor t'a dit de venir et que tu l'as écouté, c'est que tu es exactement le genre de greluche qu'on recherche dans ce club.

Il l'examina un instant de ses yeux froids.

— C'est pas qu'on en manque, remarque, ajouta-t-il en se tournant vers le billard.

En effet.

Un essaim de femmes d'âges divers était attroupé autour des joueurs. Toutes portaient des Daisy Duke — ces shorts en jean ultracourts et ultramoulants si prisés dans le milieu —, avec des débardeurs aux décolletés plongeants. Certaines avaient enfilé un « cut » semblable à ceux des hommes du club, mais avec des patchs différents : « Property of the Keepers », y lisait-on. Ou encore « Property of... » suivi d'un prénom masculin.

Alexis les examina attentivement dans l'espoir que l'une d'entre elles corresponde à la maigre description du gérant du Prince au petit pois. Malheureusement, l'éclairage était trop mauvais pour qu'elle parvienne à distinguer une femme brune d'une autre.

— On est corrects avec nos nanas, tu sais, poursuivit le président. On peut t'intégrer, si ça t'intéresse.

— Tu peux m'expliquer pourquoi je ferais un truc pareil ? demanda-t-elle, en essayant de ne pas laisser trop transparaître son indignation.

— Parce que nos filles ne manquent de rien, pour commencer. Tu pourrais voyager dans le monde entier à l'arrière de n'importe quelle moto. L'argent ne serait plus un problème... Et puis on te protégerait. Bref, je ne sais pas ce que tu cherches à fuir, mais il se pourrait bien que nous soyons exactement la famille qu'il te faut.

Alexis fuyait un bon nombre de choses, en effet. Des choses du passé : des souvenirs abominables de ses premières familles d'accueil, des nuits passées cachées dans un cagibi de peur d'être battue une fois de plus.

Dans l'immédiat, néanmoins, c'était ce bar qui lui donnait envie de prendre ses jambes à son cou.

— Qu'est-ce qui te fait penser que je fuis quelque chose ? hasarda-t-elle, faisant tourner son verre entre ses mains.

Il étouffa un petit rire.

— Ben, disons que puisque tu es venue jusqu'ici pour un type comme Razor, soit tu cherches les ennuis, soit tu as besoin de protection rapprochée. Et comme de protection t'as pas l'air d'en vouloir, j'vois plus qu'une solution : la première.

Il se mit à pianoter sur le comptoir.

— Les ennuis, je peux t'en causer, moi. Plus que tu ne te l'imagines, poulette.

C'en était trop ! Alexis se leva, en dépit des doigts épais du biker toujours enfoncés dans son bras.

— Fiche-moi la paix, je ne veux rien de toi, déclara-t-elle avec le plus d'assurance possible. Attends que Razor apprenne ça, *président*. Ça va barder pour ton matricule, tu vas voir. Il va te tomber dessus à bras raccourcis !

Le biker renversa la tête en arrière en hurlant de rire.

— Ma pauvre fille... S'il y a un truc qui ne me fait pas peur, c'est bien la réaction de ton Razor. Il n'est pas en état de régler ses comptes.

Se dégageant d'un geste brusque, Alexis se précipita vers la sortie. Elle entendit les tabourets grincer sur le sol, et comprit qu'elle n'avait pas une minute à perdre.

Depuis le seuil, elle avisa Casper, à l'intérieur du pick-up. Il était au téléphone. Elle s'élança dans sa direction.

— Démarre ! lui cria-t-elle, lui faisant signe de tourner la clé de contact.

Il la dévisagea un instant sans comprendre, puis s'exécuta. Elle vit sa bouche s'arrondir de surprise et se retourna, juste au moment où le président émergeait du bar.

Elle pressa le pas.

Le président resta en haut des marches du Pig Snout et les fusilla du regard, Casper et elle.

Puis, avisant le badge de Casper sur le tableau de bord de la voiture, il fit glisser son index sur son propre cou, lentement et de gauche à droite.

Le message était on ne pouvait plus clair.

11

Casper bouillait de colère.

Littéralement.

— Qu'est-ce que tu as fichu, bon sang ? gronda-t-il, démarrant si vite que les pneus du pick-up en crissèrent.

— Rien ! lui affirma Lex sans se démonter. C'est d'ailleurs là tout le problème.

Elle se retourna pour observer les réactions des bikers. C'était une véritable meute qui les regardait s'éloigner à présent.

— Je croyais que tu voulais entrer dans ce trou à rats pour essayer d'en apprendre davantage sur Razor. Alors j'aimerais que tu m'expliques comment tu as réussi à t'attirer les foudres de tout un gang de bikers et à te faire virer de leur antre.

Alexis se remit droite sur son siège et prit le temps d'attacher sa ceinture de sécurité avant de répondre.

— Ils ne m'ont pas virée, c'est moi qui suis partie, nuance !

— Je vois... Et pourquoi as-tu été obligée de partir en courant ? insista Casper, jetant un coup d'œil inquiet dans le rétroviseur.

Il fronça les sourcils. Il venait d'envisager une autre hypothèse, apparemment.

— Attends... Tu crois qu'un de ces types est celui qui nous suivait hier soir, juste avant l'accident ?

Lex haussa les épaules.

— Je n'en sais rien. En revanche, je peux te dire qu'il a été question de Canadian Blue. Les Hells Keepers étaient en pourparlers avec leurs contacts pour en acheter.

— Comment ça ?

— Je discutais avec le président du club quand un de ses sous-fifres est venu lui donner l'info. D'après ce que j'ai compris, nos « amis » ont rendez-vous demain pour se procurer de la « bleue ».

— Tu ne sais pas où, par hasard ? Ce serait…

Le pick-up fit une embardée. Ses pneus avaient dérapé sur la chaussée humide.

— Pas la peine de rouler comme un malade, Casper ! s'exclama Lex avec agacement. Nous ne sommes pas suivis.

— C'est ça, railla-t-il en redressant le rétroviseur. Et hier non plus, personne ne nous suivait. Je ne veux plus qu'il t'arrive quoi que ce soit, Lex. Tu sors tout juste de l'hôpital et…

C'en était trop.

— Je ne suis pas en sucre ! l'interrompit Alexis, excédée d'avoir à revenir sur cette question. J'ai survécu jusqu'à aujourd'hui toute seule, comme une grande. Je n'ai pas eu besoin de ta protection, ni de celle de quiconque. Alors cesse de me materner, s'il te plaît.

— Je ne doute pas de ta force, Lex, dit Casper d'un ton conciliant. C'est la mienne qui me pose problème.

— Comment ça ? Je ne comprends pas…

— Tu ne t'es jamais demandé si ce n'était pas moi que je protégeais, au fond ?

— Qu'est-ce que tu veux dire par là ? demanda-t-elle dans un souffle.

— Je… Je t'ai parlé du bébé, de ma petite amie, de mon passé. Tout cela a été très dur et…

Il prit une longue inspiration avant de poursuivre.

— Bref, je ne peux pas me permettre de perdre une

autre personne chère. Ce serait… trop. Je ne pourrais pas le supporter.

Il s'assura de nouveau qu'ils n'étaient pas suivis, puis marmonna :

— Je n'aurais jamais dû te laisser entrer dans ce bar toute seule. C'était de l'inconscience.

Alexis n'entendit qu'à peine sa dernière remarque. Elle était restée sur la précédente.

« Je ne peux pas me permettre de perdre une autre personne chère. »

Il l'avait clamé haut et fort, et…

… et cela changeait tout. Cela signifiait qu'ils sortaient tout doucement de la zone de confort dans laquelle ils avaient commencé à s'installer en tant qu'amis.

Enfin, en tant qu'amis qui n'hésitaient pas à s'embrasser et y prenaient un plaisir fou…

Elle se tourna vers lui. La vue de ses yeux noisette tachetés d'or et du désarroi qui se lisait sur son beau visage l'apaisa totalement.

Casper n'avait rien en commun avec les hommes dont elle avait croisé le chemin jusqu'alors. Il ne la maintiendrait pas à distance. Du moins pas délibérément. Il devrait se faire violence pour s'ouvrir à elle, mais il essaierait.

Il essayait déjà, d'ailleurs, à bien y réfléchir : il lui avait confié des choses dont elle doutait qu'il ait parlé à âme qui vive depuis son arrivée à Haunt Goat.

À présent, c'était son tour de s'ouvrir à lui. Elle le lui devait bien.

— Tu sais, tout à l'heure… Tu n'avais pas tort quand tu m'as dit que, moi aussi, j'évitais d'aborder les sujets vraiment importants.

Il se tourna vers elle, l'air de se demander ce qui lui valait ce brusque changement de conversation.

— Je… Je n'ai jamais perdu d'enfant, même à naître,

commença-t-elle un peu timidement. Je n'ose imaginer à quel point ça t'a fait souffrir et…

Elle se mordilla la lèvre inférieure. Elle était allée un peu vite en besogne, finalement. Peut-être aurait-elle mieux fait d'attendre que les choses se précisent, entre eux.

D'un autre côté, si elle retardait encore le moment de vérité, elle aurait beaucoup plus de mal à lui parler de son enfance si leur relation devenait sérieuse.

Or, elle ne voulait rien lui cacher.

Casper devait savoir quelle femme elle était vraiment.

— Ça a été dur, oui, dit-il doucement. Peu m'importait de savoir si j'étais vraiment le père de ce bébé, tu sais. À mes yeux, c'était mon enfant. Alors quand Elicia m'a appelé…

Alexis vit ses mains agripper le volant, avec une telle force que ses articulations en blanchirent.

— Ça ne sert à rien de revenir en arrière. On ne peut pas changer le passé, soupira-t-il.

— Je sais… J'ai essayé.

— Comment ça ?

— Je n'avais que six ans quand mes parents biologiques ont été arrêtés pour… pour tout un tas de délits. Ils étaient toxicomanes et en manque depuis plusieurs jours. Ni l'un ni l'autre ne travaillait. Je restais souvent sur ma faim, au sens littéral du terme. Et le soir… Le soir, c'était encore pire.

En un éclair, elle revit les scènes infernales auxquelles se livraient son père et sa mère à la tombée du jour. Les vociférations. Les reproches. Les coups…

— Un soir, ma mère a pris la carabine dans l'intention de tuer mon père. J'ai couru me réfugier chez les voisins et je leur ai expliqué ce qui se passait.

Elle vit la mâchoire de Casper se crisper de rage. Son expression se durcit nettement.

— J'ai été prise en charge par les services sociaux, on m'a placée dans des familles d'accueil. Pendant sept ans, je suis passée de foyer en foyer, pour finalement atterrir chez les Finch.

De nouveau, elle dut s'interrompre. Pour faire passer la boule qui lui obstruait la gorge.

— Les Finch... qui ont eu la bonté de m'ouvrir leur porte, de m'offrir le gîte et le couvert, et surtout de m'aimer telle que j'étais. C'était la première fois que je jouissais de tout cela. Ces... ces gens ont changé le cours de ma vie.

Casper lui prit la main et la porta à ses lèvres. Puis, avec une douceur infinie, il embrassa l'un après l'autre chacun de ses doigts.

— J'ai mis un temps fou à accepter leur amour, poursuivit Lex. Je... je leur ai résisté de toutes mes forces. D'une part parce que je ne m'en sentais pas digne, et de l'autre parce que je n'avais pas confiance. Je ne pouvais pas admettre que tout ce qu'ils voulaient, c'était m'apporter un peu de joie et de stabilité. J'avais appris à mes dépens que rien n'est gratuit en ce bas monde.

— Tu le penses toujours ? lui demanda-t-il sans lui lâcher la main.

— Oui. Même si je n'en suis pas très fière, dit-elle à voix basse.

Elle aurait tant voulu être différente, capable de percevoir la bonté des hommes comme elle percevait la beauté de la nature... Casper allait lui reprocher son pessimisme, c'était certain !

Sa surprise fut grande lorsque, contre toute attente, il renchérit.

— Ah ! les accidents de la vie... Ils nous coûtent cher, hein ?

Lex hocha énergiquement la tête.

— J'irais même jusqu'à dire que tu payes certains choix jusqu'à la fin de tes jours — même quand tu n'as pas eu ton mot à dire et que tu n'as rien choisi du tout...

Ces mots résonnèrent bizarrement à ses propres oreilles. Presque comme un adieu à Casper.

Soudain, elle avait l'impression que, malgré ce qui commençait à les unir, tous deux portaient des fardeaux trop lourds pour pouvoir se rejoindre un jour.

Grant les attendait lorsqu'ils arrivèrent chez elle.

Alexis fut surprise de le trouver là à une heure aussi tardive. Pourtant, c'était bien lui, appuyé contre la calandre de son pick-up, les bras croisés sur la chemise kaki dont les boutons menaçaient de céder à la hauteur de l'estomac.

Il avait ramené ses cheveux en arrière à grand renfort de gel pour tenter de dissimuler sa calvitie naissante. Ce en quoi il avait tort : cela ne faisait que le vieillir.

Alexis se réjouit à l'idée que Casper allait devoir échanger quelques mots avec le ranger, et qu'elle profiterait donc de lui quelques minutes supplémentaires.

En même temps, leur dernière conversation avait indéniablement eu un petit goût d'au revoir. Alors, à quoi bon ?

Grant vint à leur rencontre. Il attendit que Casper descende de voiture et lui tendit la main.

— Agent Lawrence, je suppose ?

Voyant Casper écarquiller les yeux, Lex se souvint qu'il n'avait encore jamais rencontré Grant en personne.

— Casper, je te présente mon collègue, le ranger Grant. Vous avez eu une conversation téléphonique, hier soir.

— Ah oui ! Ravi de faire votre connaissance, Grant. Vous avez trouvé le temps de retourner sur les lieux de l'accident pour voir si ces pilules bleues n'y étaient vraiment plus ?

Grant toussota, puis passa un doigt épais entre son cou et le col de sa chemise.

— En fait, c'est la raison de ma présence ici ce soir. Je tenais à vous parler de vive voix et…

— Comment saviez-vous où me trouver ? coupa Casper d'un ton soupçonneux.

— Comme ça, fit Grant avec un sourire finaud. J'ai deviné... Bref. Revenons-en à ces fameuses pilules. Je me suis mis en rapport avec un de mes amis, à Kalispell. Un policier bien placé. Et il m'a annoncé que la Canadian Blue venait de faire son apparition dans son comté.

— Vous êtes certain que ce sont les pilules que nous avons retrouvées dans la montagne ? Il pourrait s'agir d'une autre cargaison, non ?

— Tout à fait d'accord avec vous, rétorqua Grant en haussant les épaules. Seulement, toujours d'après mon contact, les camés du coin sont passés par une période de vaches maigres récemment. Il n'y avait plus rien sur le marché, et voilà que tout d'un coup — moins de vingt-quatre heures après que vous vous êtes fait voler votre chargement —, les rues sont inondées de Canadian Blue. C'est un peu gros, comme coïncidence, vous ne pensez pas ?

— Elle ne peut pas provenir d'une autre source ? demanda Alexis.

Grant secoua lentement la tête en signe de dénégation.

— Ce n'est pas comme la méthamphétamine qu'on trouve partout. Alors, non. Pour moi, nous sommes confrontés à un trafic relativement circonscrit et qui démarre dans la région. On ne peut pas se procurer de Blue au-delà de la frontière de l'État de Washington, de la banlieue de Spokane et, si on va vers l'est, du Dakota du Nord où elle est principalement revendue dans des villes fantômes.

— De sorte que, selon vous, ces pilules entrent bel et bien dans le pays par le biais du réseau sur lequel nous enquêtons, enchaîna Casper.

— Ça ne fait pas l'ombre d'un doute. Si vous dessiniez le tracé des endroits où elles circulent, vous vous retrouveriez avec un cercle dont nos montagnes seraient l'épicentre.

Alexis se mordilla nerveusement la lèvre. Grant ne lui avait encore jamais donné aucune raison de douter de sa parole, ni de se méfier de lui. Même dans les situations les plus épineuses. Pourtant, ce soir, quelque chose dans son attitude — et dans le fait qu'il ait su où les trouver et à quelle heure — la rendait nerveuse.

12

Bien qu'on ne soit qu'à la fin de l'été, l'intérieur du chalet était glacial.

Normalement, à cette époque de l'année, il faisait encore assez bon au-dehors pour qu'on puisse se passer de chauffage. Malheureusement, les nuages qui s'étaient installés au-dessus de la vallée avaient commencé à lâcher leurs pluies, et les températures en baisse annonçaient déjà l'arrivée de l'automne.

Alexis laissa échapper un gros soupir. Elle allait bientôt retrouver son train-train quotidien et, avant peu, l'aventure exceptionnelle qu'elle vivait depuis deux jours ne serait plus qu'un souvenir.

Par la fenêtre de la cuisine, elle observait Casper se baisser pour ramasser des bûches — avant de partir, il lui avait proposé d'aller chercher du bois sur la pile adossée à la maisonnette.

Il se redressa et, l'apercevant, la gratifia d'un sourire un peu provocateur, celui qu'il semblait lui réserver et qu'elle aimait tant. Son Stetson dégoulinait de gouttes de pluie qui coulaient en ruisselets sur ses épaules.

Lex n'était encore jamais sortie avec quelqu'un qui portait constamment un chapeau de cow-boy, et force lui était de constater que cette coiffure le rendait terriblement sexy. Et viril — contrairement aux hommes qu'elle croisait si souvent dans le parc, avec leurs queues-de-cheval ou leurs chignons japonais. À se demander...

Une pensée subite s'imposa à elle.

Elle ne sortait pas avec Casper Lawrence...

Plus encore, il était fort probable que cette soirée soit leurs derniers moments ensemble. Une fois qu'elle aurait passé le relais à son ex, Casper et elle n'auraient plus aucune raison professionnelle de se fréquenter. Elle vivait à plus d'une heure et demie de voiture de Waterton et de Goat Haunt, et elle avait toujours pensé que les relations à distance étaient vouées à l'échec. Au mieux, ils parviendraient à se voir une ou deux fois par semaine, peut-être plus au début, et puis chacun serait rattrapé par son quotidien, leurs rencontres s'espaceraient et, bientôt, il ne resterait plus rien de leur aventure.

Seulement quelques souvenirs et beaucoup de regrets.

Non...

Il valait décidément mieux qu'ils gardent leurs distances. Ça ne marcherait jamais, entre eux.

Elle lui maintint la porte ouverte et le regarda transporter son chargement dans le salon. Les bûches étaient lourdes : Casper bandait ses muscles et respirait fort.

— Ce n'est pas désagréable d'avoir une deuxième paire de bras, murmura-t-elle, soudain douloureusement consciente du désir inopportun qui l'animait. Merci, Casper !

— De rien, dit-il en déposant une à une les bûches dans la caisse, à côté du fourneau, avant d'allumer le feu.

Les flammes ne tardèrent pas à danser derrière la petite vitre. Casper referma le clapet et se frotta les mains avec satisfaction.

— Voilà. Avec ça, il devrait faire meilleur en un rien de temps, ici. Et... Si tu n'y vois pas d'inconvénient, je vais rester me réchauffer un peu avant de reprendre la route.

Lex réprima tant bien que mal un petit sourire. Casper

n'avait-il pas sauté sur le premier prétexte venu pour s'attarder quelques minutes de plus dans son petit intérieur ?

Était-il possible qu'il se trouve dans le même état de confusion émotionnelle qu'elle ?

— Parce que tu as l'intention de rentrer chez toi ? Et les bikers ? Tu n'as pas peur qu'ils viennent prendre leur revanche ? minauda-t-elle, se mordillant la lèvre inférieure en une mimique suggestive.

— Tu devrais être tranquille de ce côté-là. Tu ne leur as pas donné ton nom, j'imagine, répliqua Casper d'un ton parfaitement innocent.

Il n'avait donc pas compris qu'à sa façon elle venait de l'inviter à passer la nuit avec elle ?

— Non, non, bien sûr. N'empêche que je serais plus tranquille si tu restais ici. Pour le cas où ils nous auraient suivis.

— Au fait, à propos des bikers... Pourquoi n'as-tu rien dit à Grant de leur rendez-vous de demain ? demanda-t-il, en tenant ses mains au-dessus du poêle.

Lex avança de quelques pas pour aller le rejoindre et haussa les épaules.

— Je n'en sais rien. Je n'en ai pas eu envie, je serais bien en peine te dire pourquoi.

— Tu craignais que l'info ne remonte jusqu'à Travis ?

Elle n'avait pas pensé à cela, mais c'était une possibilité en effet. En fournissant l'information à Grant, elle aurait considérablement simplifié le travail de son ex. Non qu'elle soit particulièrement vindicative ni qu'elle veuille sa part de gloire, elle aussi, mais tout de même... L'idée que Travis reprenne l'enquête continuait à la miner, et elle ne doutait pas une seconde que c'était lui qu'on féliciterait quand il trouverait le ou les coupables.

Elle esquissa une grimace.

— De toute façon, je vais être obligée de le briefer, que je le veuille ou non.

— Dans ce cas, pourquoi n'en as-tu pas parlé à Grant ? Il ne m'a pas fait l'effet d'être un mauvais bougre. Je dirais même qu'il nous a bien aidés en se renseignant auprès de ses collègues des villes environnantes. Et puis, n'oublie pas que je l'ai envoyé retourner voir si la cargaison de Canadian Blue n'avait pas roulé quelque part dans le fossé, ce qu'il a fait sans rechigner !

Alexis tendit l'oreille.

— Ah oui, tiens... tu as raison ! C'est Grant qui s'est occupé de passer les lieux de l'accident au crible... À deux reprises. De sorte que...

Se précipitant vers la petite table de la cuisine, elle s'empara d'un bloc sur lequel elle rédigea une liste.

— Regarde, reprit-elle, brandissant le bloc-notes pour que Casper puisse lire ce qu'elle avait écrit. Ça, ce sont les gens qui savaient que nous transportions les pilules ce soir-là. Travis, Hal, John — tu sais, le deuxième ranger présent —, toi et moi. Il n'y avait personne d'autre à l'endroit où nous avons trouvé le crâne de Razor.

— On en a déjà parlé, Lex. Je ne vois pas comment tes collègues pourraient être impliqués là-dedans. Rien que sur le plan matériel, ça me paraît difficile.

— Réfléchis... Qui Travis et John ont-ils pu prévenir de notre découverte ?

Casper secoua la tête d'un air perplexe.

— Eh bien, Grant, pardi !

Elle se passa la main dans les cheveux avec excitation.

— Quand ils sont repartis, au moment où l'hélicoptère décollait, j'ai vu Travis discuter par radio. Je parie qu'il a dit à Grant que nous avions trouvé une cargaison de drogue et que nous redescendions avec. Ensuite, tout ce beau monde s'est débrouillé pour que nous ayons un « accident », et Grant a eu beau jeu d'aller récupérer les pilules.

— Tu plaisantes ? s'étrangla Casper. Tu penses vraiment

que Travis et Grant ont quelque chose à voir avec ça ? Ça ne te paraît pas un peu gros ?

Elle haussa les épaules.

— Alors comment Grant a-t-il su que nous serions ici ce soir ? Comment savait-il que nous avons passé la journée ensemble ? Les dernières personnes à nous avoir vus en compagnie l'un de l'autre sont les Hells Keepers.

— Et ? Tu vas me dire que les Keepers sont de mèche avec Grant et consorts, à présent ?

Casper retira son chapeau et le jeta sur le canapé. Il atterrit sur la courtepointe que lui avait confectionnée sa mère adoptive.

— On n'est pas dans un épisode de *New York Section Criminelle*, là, ma belle. Le monde entier n'est pas ligué contre nous ! Non... Il doit y avoir une explication bien plus simple à tout cela.

— Je ne trouve pas mon idée si saugrenue que ça ! protesta Alexis, s'efforçant de ne rien laisser transparaître de sa contrariété grandissante.

— Je ne dis pas qu'elle est saugrenue. Simplement, je ne peux pas admettre que toute une brigade de rangers se soit acoquinée avec un gang de motards hors-la-loi. Je veux dire...

Il s'ébouriffa les cheveux, le temps de chercher un argument à lui opposer.

— Prends ton cas, par exemple. Tu as été mariée à Travis. As-tu jamais eu la visite d'un biker en Harley Davidson ?

Alexis fut forcée de reconnaître que non.

— Alors ? Y a-t-il eu quoi que ce soit, avant cette affaire... Le moindre incident qui puisse te faire penser une seule seconde que ton ex-mari ou une autre de tes relations de travail ait pu collaborer avec les Hells Keepers ?

Elle reposa le bloc-notes sur la table en soupirant.

— Tu as sans doute raison. Je vais un peu vite en besogne.

Seulement je... J'ai tellement à cœur de tirer cette affaire au clair !

— On va y arriver, ne t'inquiète pas. La vérité finira par éclater, même si ce n'est pas ce soir.

Casper se posta derrière elle et entreprit de lui masser les épaules. Alexis ne s'était pas rendu compte de la tension qui l'habitait, et la sensation des doigts de Casper sur ses muscles crispés fut un véritable délice.

— En tout cas, on a bien raison de dire qu'à quelque chose malheur est bon, murmura-t-il.

Lex rouvrit les yeux et tourna la tête vers lui.

— Ah bon ? Et pourquoi ?

— Parce que cette histoire m'aura permis de te rencontrer, et que c'est la meilleure chose qui me soit arrivée depuis bien longtemps.

Sur ces douces paroles, il se pencha vers elle, et leurs bouches se soudèrent l'une à l'autre.

Alexis sentit son corps s'embraser. C'était si bon de sentir la langue de Casper lui titiller les lèvres, si bon de sentir son haleine mentholée...

Elle pivota sur elle-même sans interrompre leur étreinte, et fit glisser ses doigts dans ses mèches un peu trop longues.

Ses cheveux étaient doux comme la soie.

Elle l'attira davantage contre elle.

Elle en voulait plus.

Tellement plus...

Sa voix intérieure continuait à lui recommander la plus grande prudence. Elle l'écouta pendant quelques instants, puis se laissa bercer par la vague d'euphorie dans laquelle la plongeait ce baiser.

Elle avait droit au bonheur, même éphémère.

Droit à un homme comme Casper.

Ici et maintenant.

Au diable les conséquences, et au diable l'avenir.

Elle était une adulte. Une adulte et une femme, avec tout ce que cela comportait de désirs et de besoins. Or, en cet instant, ce dont elle avait le plus envie, c'était serrer contre le sien le corps musclé de Casper Lawrence.

Un corps dont la réaction prouvait, si besoin était, qu'il la désirait terriblement, lui aussi.

Il l'attira à lui. Sa chemise était encore humide, et il dégageait une odeur de pin et de sueur, renforcée par l'arôme encore plus enivrant de la luxure. Si Alexis avait dû définir la senteur la plus sexy de la planète, à coup sûr elle aurait désigné celle de Casper en cet instant précis.

Elle fit passer l'extrémité de ses doigts sur le début de barbe qui recouvrait ses joues. Puis elle recula un peu pour faire courir son pouce sur ses lèvres légèrement gercées. Il le prit dans sa bouche et le titilla du bout de la langue avant de le mordiller avec ardeur. Alexis le retira, un peu surprise de constater que la douleur n'avait fait qu'exacerber son désir.

S'emparant du bras qu'il avait glissé autour de sa taille, elle imita son geste et suça un de ses doigts.

Lentement.

Il y avait une petite blessure à son extrémité, et Casper grimaça légèrement lorsqu'elle enroula la langue autour.

Elle s'arrêta aussitôt.

— Ça va ? demanda-t-elle, s'emparant de son majeur blessé pour l'examiner.

Il s'était piqué, semblait-il, et la peau qui entourait le minuscule point rouge était tout enflée.

— Oui. Ne t'en fais pas pour ça, souffla-t-il.

— Qu'est-ce qui t'est arrivé ? demanda-t-elle, plus pour prolonger leur délicieuse attente que par curiosité.

— Je me suis planté l'aiguille dans le doigt en reprisant ton pantalon. Rien de grave, je t'assure, expliqua-t-il en se penchant vers elle pour recommencer à l'embrasser.

Alexis se déroba.

— Tu as raccommodé mon pantalon ? s'exclama-t-elle, sidérée.

— Oui.

— Lequel ? insista-t-elle.

— Ton pantalon d'uniforme. Celui que tu as déchiré sur l'arbre mort.

— Moi ? Quand ça ?

Casper gonfla les joues et soupira bruyamment. Venait-il de comprendre son petit jeu ?

— À l'hôpital. Pendant que tu dormais.

Alexis se dégagea de son étreinte pour aller chercher le bas de son uniforme dans le panier à linge.

Casper n'avait pas menti. Il avait effectivement réparé l'accroc à petits points réguliers.

Le résultat était surprenant. Bien mieux que si elle s'en était chargée elle-même. Du vrai travail de professionnel.

Casper, qui l'avait suivie dans la salle de bains, s'appuya contre le chambranle de la porte.

— Satisfaite ? lui demanda-t-il avec ce sourire malicieux qu'elle aimait tant.

Elle laissa retomber le pantalon dans le panier.

— Il faudrait être sacrément difficile !

Et elle le prit par la main pour le guider jusqu'à son lit.

L'idée de Casper s'attaquant à l'accroc en attendant qu'elle se réveille lui allait droit au cœur. Il y avait quelque chose de terriblement craquant dans l'image de cet homme protecteur et viril se piquant le majeur avec une aiguille à repriser.

Il s'était occupé d'elle et n'avait pas reculé devant une tâche domestique. De quoi balayer les derniers doutes qui lui restaient.

Casper Lawrence avait toutes les qualités requises pour un homme.

Il était fort, intelligent, attentionné, gentil. Il n'avait pas peur de dire ce qu'il pensait, et n'hésitait pas à admettre qu'il s'était trompé lorsque c'était le cas.

Bref, le beau garde-frontière était un phénomène.

Le prince charmant dont rêvait toute femme normalement constituée.

Et il s'intéressait à elle, Alexis Finch, un simple ranger.

Elle entreprit de défaire un à un les boutons de sa chemise de flanelle.

— Qu'est-ce que tu fais ? s'enquit-il.

— Tu as pris soin de moi, alors je te rends la pareille.

Elle le gratifia d'un petit sourire espiègle.

— Il faut que tu retires tes vêtements, Casper. Ils sont trempés, et je ne voudrais pas que tu attrapes froid.

Il partit d'un grand rire.

— Je vois… Tu…

Il n'acheva pas sa phrase. Elle venait d'atteindre les boutons du bas et effleurait la toile rude de son pantalon.

Alexis adorait ce petit jeu. Le faire attendre, se faire désirer…

Casper fit glisser sa chemise de ses épaules carrées et se tint devant Lex, les flammes qui dansaient dans le poêle se reflétant sur son torse.

Une fine toison recouvrait ses pectoraux. Juste assez pour qu'Alexis puisse y enfouir les doigts.

Elle se rapprocha de lui pour prendre un de ses mamelons dans sa bouche et le suçoter.

Lorsqu'elle passa à l'autre, Casper se mit à respirer plus fort. Elle sentit son haleine tiède sur sa nuque puis dans son dos, et ses seins se durcirent à leur tour.

Casper reprit les commandes. La forçant à se redresser, il essaya de la débarrasser de son chemisier. Malheureusement, il était si fébrile que ses doigts refusaient de lui obéir. Abandonnant la partie, il arracha le tout, et une dizaine de boutons minuscules volèrent à travers la pièce.

— Heureusement que tu sais coudre, ironisa-t-elle.

Casper souriait toujours, mais ses yeux brillaient d'une telle lueur que les fourmillements, dans le bas de son ventre, s'intensifièrent.

Il fit glisser la fermeture Éclair de son jean, qu'il laissa ensuite tomber sur leurs vêtements déjà au sol. Puis, avec une douceur infinie, il la souleva pour l'allonger sur le lit.

— Ça va ? demanda-t-il.

À en juger par la nuance sombre qui lui crispait le visage, subitement, Alexis comprit qu'il faisait allusion à son accident.

Elle s'empressa de le rassurer. C'était du désir, qu'elle voulait lire dans ses yeux. Rien d'autre.

Surtout pas de l'inquiétude.

— Oui. Ne pense pas à ça. Essayons de vivre le moment pour ce qu'il est, Casper. Et il est… merveilleux.

Elle le débarrassa à son tour de son pantalon d'uniforme.

Avec une lenteur infinie, elle fit descendre un index le long de son érection.

Et eut la joie de voir revenir cette lueur dangereuse dans ses yeux noisette.

Alors, elle fit glisser le boxer qu'il portait.

Casper la pénétra sans attendre.

Et Alexis sentit son corps pulser d'énergie tandis qu'elle gémissait du délice de l'avoir enfin en elle.

S'il ne tenait qu'à elle, la nuit serait longue.

Très, très longue…

13

Lorsqu'elle arriva au poste de garde des rangers, tôt le lendemain matin, Alexis se ressentait encore des délicieuses courbatures qui suivaient généralement une nuit de passion.

Elle sourit à la pensée de tout ce temps qu'elle avait passé entre les bras de Casper. Ah ! le plaisir de le sentir se mouvoir en elle, la chaleur de son torse contre son front...

Elle fantasmait toujours sur l'avenir radieux qui semblait s'offrir à elle lorsque sa collègue et amie Kelly sortit du bureau du fond et se planta devant le comptoir de l'accueil.

Kelly avait environ trente-cinq ans. Pas bien grande, et un peu grassouillette, elle portait une chemise maculée de beurre de cacahuète à la hauteur du poignet. Un de ses enfants avait dû s'en servir comme d'une serviette.

— Lex ! s'exclama-t-elle. Qu'est-ce que tu fais ici ? Je te croyais toujours en convalescence ! Je comptais faire un saut chez toi après mon service, histoire de voir si tu allais mieux.

— Dragger a insisté pour que je revienne dès aujourd'hui. La fermeture du chalet Sperry ne peut pas attendre, apparemment.

— Tu plaisantes ? s'étrangla Kelly. Tu ne vas pas monter là-haut ! Pas après ce qui t'est arrivé !

Elle marqua une pause avant de demander :

— Et a-t-on fini par retrouver l'abruti qui vous a envoyés dans le ravin ?

Lex secoua la tête et, pour la énième fois depuis le début de cette journée qui ne faisait pourtant que commencer, regretta que Casper ne soit pas à ses côtés.

En même temps, c'était sa faute : elle avait demandé à ce dernier de poursuivre ses recherches sur les Hells Keepers, plutôt que de l'accompagner au poste de garde, comme prévu.

— Non. Le chauffeur ne s'est pas présenté à la police, et les rares témoins sont introuvables. Même par Grant.

Alexis dévisagea un instant son amie d'un air songeur.

— À propos, tu l'as vu, récemment ?

— Qui ? Grant ? Non. Il m'a appelée hier soir pour me demander si je savais où tu étais. J'en ai déduit qu'il te cherchait. Vous avez réussi à vous croiser, finalement ?

Lex acquiesça, l'esprit ailleurs.

Casper avait vu juste. C'était par le plus grand des hasards — et parce qu'il la savait proche de Kelly —, que Grant avait su où les attendre.

Elle se fit l'effet d'une idiote. Elle commençait à suspecter tout son entourage et...

Et il se pourrait bien qu'elle soit en train de perdre la tête.

À moins que ce ne soit son passé qui, remontant à la surface, interférait avec le présent.

Elle ne parvenait toujours pas à croire qu'un homme comme Casper s'intéresse à elle, vu ce qu'elle lui avait raconté sur son enfance. Probablement ne se doutait-il pas de l'ampleur des dégâts. Ou alors...

Ou alors, la nuit dernière n'avait été pour lui qu'un galop d'essai. Une tentative pour voir s'il était fait pour les aventures sans lendemain...

Lex sentit la panique l'envahir. Était-ce possible ? Sa nuit d'amour avec Casper Lawrence se réduisait-elle à cela, en fin de compte ? Son expression devait être parlante, car Kelly lui demanda :

— Lex ? Ça va ?

Alexis hocha la tête et eut un sourire forcé. Kelly ne fut pas dupe cependant, car elle continua à la dévisager d'un air soucieux.

La voix de Travis lui parvenait du bureau du fond, sans qu'Alexis puisse dire de quoi il parlait ou avec qui.

Sans aucune joie, elle l'écouta rire d'une plaisanterie ou l'autre, puis vit sa silhouette massive se dessiner dans le couloir. Il la repéra aussitôt et lui décocha un sourire suffisant.

— Ah, t'es là, toi ? Je te croyais prête à nous laisser tomber !

Tiens donc !

Il avait eu un petit entretien avec Dragger, lui aussi, de toute évidence.

Lex n'aurait pas dû s'en étonner. Sauf que...

Pour quelle raison Dragger lui avait-il parlé de la menace qu'il lui avait faite de la considérer comme démissionnaire ? Cela ne concernait personne d'autre que son chef et elle, non ?

En aucun cas, Travis n'aurait dû être au courant.

— Désolée de te décevoir, renvoya-t-elle à ce dernier, rassemblant toute l'assurance dont elle se sentait encore capable.

Dragger et John sortirent à leur tour du bureau. John, le ranger blond qui les avait assistés lors de la découverte des restes du contrebandier, se pavanait comme un paon. Il bomba encore davantage le torse à sa vue.

— Qu'est-ce que vous avez, tous ? demanda Alexis, interloquée.

— Rien, rien. Si ce n'est qu'il y a un petit changement

au programme, annonça Dragger. C'est John qui reprend l'affaire, finalement.

— Je... vous..., bafouilla Lex, les yeux écarquillés. Mais pourquoi... ?

— Eh bien, j'ai changé d'avis ! fit Dragger en haussant les épaules. Ou plutôt, j'ai cédé à Travis qui a demandé à t'accompagner au chalet Sperry.

— Qu'est-ce que...

Furieuse, elle pivota sur ses talons pour affronter son ex. Pour qui se prenait-il ? De quel droit revenait-il s'immiscer dans sa vie ? Elle ne lui avait rien demandé, si ?

— Qu'est-ce qui te prend, Travis ?

— Que nous soyons divorcés ne change rien à l'affaire, Lex. Je me fais du souci pour toi, contrairement à l'agent de la CBP qui ne te lâche pas d'une semelle depuis deux jours. Tu relèves à peine d'un accident, et il est hors de question que je te laisse monter jusqu'au chalet toute seule pour y passer la journée. Ce serait criminel de ma part.

Depuis quand Travis jouait-il les grands seigneurs ? Il ne s'était jamais soucié de son confort pendant leurs années de vie commune, songea Alexis. Tout — ou presque — tournait autour de lui, de ses envies, et surtout de ce qu'il appelait « son temps libre ».

Non. Il y avait autre chose.

Quelque chose qu'il ne lui disait pas.

— Que me vaut ce soudain revirement de ta part ? fulmina-t-elle. Tu te fiches de moi comme d'une guigne d'ordinaire, non ?

Kelly la gratifia d'un sourire complice et leva les pouces en l'air. Elle s'amusait bien derrière son bureau, visiblement.

— Ça suffit, vous deux, gronda Dragger. Vous aurez tout le loisir de régler vos comptes en chemin.

Alexis envisagea une seconde de marquer sa mauvaise humeur en refusant catégoriquement de travailler avec son ex-mari. Elle y renonça presque aussitôt néanmoins : à en juger par la mine ombrageuse de Dragger, cela ne lui vaudrait rien de bon. Il ne se gênerait pas pour la réprimander devant tout le monde. Ou, pire, il la renverrait sans autre forme de procès.

— Prenez deux chevaux et empruntez la Gunsight Trail, poursuivit-il. Ça vous permettra de vérifier que tous les randonneurs sont redescendus et de fermer le sentier pour l'hiver.

Et se tournant vers Travis, Dragger hocha discrètement le menton. Ce geste furtif avait-il une quelconque signification ? Si oui, Lex aurait aimé savoir laquelle.

— Ah, Alexis, avant de partir, n'oublie pas de passer voir John pour le briefer sur l'enquête. Tiens, au fait... Où est l'agent Lawrence ? Il n'était pas censé rejoindre son nouveau coéquipier ?

Alexis se félicita mentalement d'avoir conseillé à Casper de disparaître dans la nature.

— Aucune idée, chef, répondit-elle.

Ce n'était qu'un demi-mensonge. Tout ce qu'elle savait, c'était que le beau garde-frontière était en train de mettre à profit le peu de temps qui lui restait avant qu'elle n'ait été obligée de passer la main.

Casper ferma les paupières, appuya la tête contre la vitre de la voiture et se laissa bercer par les souvenirs de la nuit précédente.

Le corps d'Alexis et le sien emmêlés, la sueur, l'odeur du sexe... Cela suffit à le mettre en émoi, mais il s'efforça de n'en tenir aucun compte.

Il avait une chance incroyable.

Il avait fantasmé sur ce que cela pourrait être de passer une nuit avec cette femme merveilleuse, et elle l'avait comblé au-delà de ses rêves les plus fous. Ça avait été...

fantastique. Un véritable feu d'artifice. Et s'il ne tenait qu'à lui, c'était dans le lit d'Alexis Finch qu'il passerait le restant de ses nuits.

Que pouvait-il demander de plus à la vie ?

Il fut tiré de sa rêverie par un petit coup frappé à la vitre. Evan Steel se tenait devant le pick-up, son regard perçant rivé sur lui.

— On se met au boulot ou tu préfères continuer ta sieste ? grommela ce dernier, la voix étouffée par la paroi de verre qui les séparait.

— Monte au lieu de dire des bêtises, rétorqua Casper, un sourire aux lèvres. Je t'attends depuis si longtemps que j'ai cru que tu t'étais perdu. Vous n'avez pas vraiment le sens de l'orientation, dans vos services, à ce qu'on dit.

— Désolé. La nuit a été agitée, tu comprends, lui renvoya Steel.

Casper s'esclaffa.

— Tu as de la chance que je sois de bonne humeur, tiens !

Steel se laissa tomber lourdement sur le siège du passager.

— De très, très bonne humeur, même, à ce que je vois. Et moi qui commençais à penser que tu t'étais aigri, à force de végéter dans ta cahute, à la frontière !

Le policier se pencha pour sortir un bloc-notes de son sac.

— Trêve de plaisanterie. Tu m'as parlé des bikers. À part ça, tu as du nouveau ?

— Lex commence à se méfier de ses collègues. Je ne saurais te dire si elle a raison ou si elle se fait des idées, mais je pense que ça vaut la peine d'examiner la question.

Steel haussa un sourcil.

— Lex ?

— Alexis Finch. La ranger avec laquelle je collaborais jusqu'à hier. Son chef l'a écartée de l'enquête ce matin même. Je suis censé travailler avec un de ses collègues.

— Pourquoi lui a-t-on retiré l'enquête ? demanda Steel. Parce que vous couchez ensemble ? C'est ça ?

Casper ne put s'empêcher de rougir jusqu'aux oreilles. Son ami, qui l'observait attentivement, fit les yeux ronds.

— Oui ? Ben, mon cochon...

— Attends ! Ce n'est pas ce que tu crois, je te le jure. Du moins, ce n'est pas ce qui a coûté l'enquête à Lex. Son chef ne pouvait pas le savoir. Il lui a annoncé la nouvelle hier, avant que les choses commencent à se préciser entre elle et moi.

Steel lui fit un petit clin d'œil.

— Et c'est parce que les choses se sont « précisées », comme tu dis, que tu es d'humeur si joyeuse, conclut-il d'un ton goguenard.

— Oui, bon, ça reste entre nous, hein ! Je ne suis pas du style à me vanter d'avoir obtenu les faveurs d'une dame.

— Excellente politique, vieux. Tu peux compter sur ma discrétion.

Rassuré, Casper hocha la tête.

— Donc, ta petite amie...

Casper l'interrompit.

— Lex n'est pas ma petite amie.

— D'accord. Ta... Lex soupçonne ses collègues. Et toi, tu penses qu'elle a raison de le faire ?

— Je ne sais pas trop. Je veux dire... Lex pourrait être influencée par d'autres facteurs susceptibles d'affecter son jugement.

— Comme ?

— Comme le fait qu'elle travaille au même poste de garde que son ex-mari, par exemple.

— Et ils s'entendent suffisamment bien pour que ça fonctionne ? s'étonna Steel.

— Pas vraiment, non.

Steel hocha la tête. Il commençait à comprendre, visiblement.

— Elle vient de m'envoyer un texto, poursuivit ce dernier. Apparemment, elle va être obligée de passer la journée entière en tête à tête avec lui. Dans le parc et à des kilomètres de sa base.

— Ouah ! Elle doit être ravie ! commenta Steel, tirant un ordinateur portable de sa sacoche.

Il s'agissait d'un de ces appareils surdimensionnés, équipé d'une coque pare-balles et d'un revêtement de plastique particulièrement résistant. Casper, qui avait toujours rêvé d'en posséder un semblable, envia brièvement son ami.

— J'ai fait suivre tes copains les Keepers, la nuit dernière. L'idée était d'apprendre avec qui ils ont rendez-vous aujourd'hui, et surtout où. Je peux te dire que j'ai dû me plier en quatre pour ça. Tirer pas mal de ficelles. Me rappeler au bon souvenir de quelques personnes qui m'étaient redevables.

— Je t'en remercie, vieux. Quand cette affaire sera résolue, tu verras que tu ne t'es pas donné tout ce mal pour rien.

Steel lui fit signe de démarrer.

— Prends la direction de Columbia Falls, lui dit-il simplement.

— Pourquoi Columbia Falls ?

— Il semblerait que nos lascars y attendent une nouvelle cargaison de Canadian Blue.

— En provenance de ?

Steel lui sourit de toutes ses dents. Il était content de lui, manifestement.

— Les Keepers ont rancard à l'entrée arrière du parc, devant le portail désaffecté. Nous n'avons pas réussi à déterminer avec qui, mais nous sommes convaincus que, comme tu le supposais, la drogue transite par le parc.

— Tu veux que je demande des renforts ? Parce qu'on risque de se sentir un peu seuls, tu ne crois pas ?

— Quoi ? Deux représentants de la loi pour une vingtaine de motards, c'est honnête, non ? Si on est plus nombreux, ils vont être désavantagés. Un peu de fair-play, enfin, Lawrence !

Steel avait beau plaisanter, Casper avait un mauvais pressentiment. Non qu'il redoutât les bikers en général, mais ceux-ci avaient proféré des menaces claires à son encontre et, surtout, à celle de Lex.

Or, depuis la nuit dernière...

Oui. Subitement, Casper avait le sentiment d'avoir une raison de vivre.

— Tu ne crois vraiment pas que...

— Remets-toi, Lawrence, fit Steel, reprenant son sérieux. Je te faisais marcher. Trois de mes collègues sont censés nous rejoindre sur place. On a eu un tuyau sur le président du club. Il s'est échappé d'un pénitencier fédéral, il y a trois ans de cela. D'après nos indics, il sera là tout à l'heure. Avec un peu de chance, cette petite entrevue va booster nos carrières, mon gars. Ou leur redonner de leur splendeur.

Casper accusa le coup. S'il n'était pas surpris que son ami soit au courant de ses déboires professionnels, il ne s'était pas attendu à ce qu'il y fasse allusion.

— C'est bien pour ça que tu t'acharnes ainsi sur cette histoire, non ? souligna Steel. Pour pouvoir retourner bosser au FBI, je me trompe ?

Bien que Casper n'ait pas pensé à cela en ces termes, Steel n'avait pas complètement tort. Un coup d'éclat — en l'occurrence le démantèlement d'un réseau de trafic de drogue à l'échelle internationale — ne pouvait que jouer en sa faveur, si jamais il décidait de frapper de nouveau à la porte de son ancien employeur.

Il prit une longue inspiration et réfléchit à la question. Il ne serait plus obligé de vivre dans un trou perdu au milieu de nulle part, pour commencer. Ni de passer ses journées à tamponner des passeports ou à fouiller des sacs. Bref, il ne serait plus tout en bas de l'échelle.

D'un autre côté, s'il réintégrait le FBI, il lui faudrait quitter le Montana.

Et donc renoncer à Lex.

Parce que ça ne fonctionnerait jamais, évidemment. D'une part à cause de l'éloignement, de l'autre parce qu'il recommencerait à vivre selon la cadence infernale inhérente à ce genre d'emploi. Il travaillerait d'arrache-pied toute la journée et, le soir venu, il se demanderait comment s'améliorer encore. Il le savait pour être tombé dans le piège, dans son existence précédente. Tout comme il savait qu'il ne devait pas sacrifier sa vie privée, renoncer à son éventuelle part de bonheur, simplement pour redevenir membre du prestigieux Bureau.

Les yeux rivés sur le ruban d'asphalte qui se déroulait devant lui, il repensa à la sensation de Lex dans ses bras. Ses cheveux qui lui chatouillaient le torse, la douceur de ses hanches entre ses mains, leurs jambes entremêlées... La nuit précédente lui apparaissait déjà comme un rêve, trop belle pour être vraie...

Tout au long de la saison, il avait considéré le poste frontière de Goat Haunt comme une prison. Il avait eu tort : en fait, c'était un nouveau départ que lui offrait cet endroit.

Du moins l'espérait-il.

Casper fronça les sourcils. Tout cela était tellement compliqué !

Il avait cru détester cet endroit. La guérite de Goat

Haunt, le parc national, la frontière, et même le Montana. Seulement, tout avait changé, ces derniers jours.

Comment réagirait Lex, s'il lui exposait son dilemme ? L'encouragerait-elle à aller de l'avant ou bien, au contraire, essaierait-elle de le retenir ?

Il imagina sa peine, s'il devait lui annoncer qu'il reprenait ses anciennes fonctions, et sentit quelque chose bouger en lui.

Il ne se le pardonnerait jamais, s'il lui brisait le cœur.

Et il sentait déjà le sien se serrer à la simple idée d'avoir à la quitter.

Casper refoula toutes ces pensées. Avant de devoir prendre une décision cruciale, il lui fallait en avoir terminé avec cette enquête. Prouver le lien entre les Hells Keepers et le trafic de drogue, comprendre exactement pourquoi et comment les pilules transitaient par le parc et, enfin, découvrir le meurtrier de Razor.

Fort heureusement, il n'était pas tout seul.

— Grant — un des collègues de Lex — est passé me voir, hier soir, annonça-t-il à Steel. Histoire de m'informer que les rues et la banlieue de Kalispell étaient inondées de Canadian Blue, tout d'un coup. Il pense qu'il s'agit de la cargaison que je me suis fait voler.

— Sans blague ? fit Steel. Et il sait qui les a volées, ces pilules ?

Casper secoua la tête.

— Non, mais mon instinct me dit que nous n'allons pas tarder à avoir la réponse.

— Comment ça ?

— Juste avant d'avoir cet accident, nous avons remarqué un motard, derrière nous. Je pense qu'il nous suivait.

Il pianota sur le volant, le temps de rassembler ses esprits.

— Je sais qu'il ne s'agit que d'une présomption, seulement tout semble tourner autour de ce gang de bikers, dans cette affaire. Je suis prêt à te parier mon dernier dollar que ce sont eux qui ont fait le coup. D'une façon ou d'une autre, ils ont su que nous transportions la Blue pour la déposer à Apgar. Alors ils ont choisi un endroit relativement isolé de la route et nous en ont fait sortir.

— Dans l'intention de vous tuer tous les deux ? s'enquit Steel.

Casper fut pris de nausée en pensant à cette éventualité. Il se ressaisit vite cependant.

— S'ils avaient voulu notre peau, ils l'auraient eue, vieux. Ils ont eu largement le temps de se débarrasser de nous. Encore que...

— Quoi ?

Casper repensa aux événements de cette nuit maudite. Il avait perdu connaissance, au moment où le pick-up avait heurté le muret. Et quand il était revenu à lui, il était entouré de badauds.

— Les curieux... Ils n'ont pas tardé à affluer.

Steel siffla entre ses dents.

— D'après ce que tu me dis, vous avez eu une chance folle, ta petite... ton amie et toi. Parce que si ces types sont aussi dangereux que je le pense, et si c'est bien eux qui sont derrière le meurtre et le trafic de drogue, ils avaient tout intérêt à vous liquider, l'un comme l'autre. À part vous, il n'y avait pas grand monde pour les désigner comme coupables.

14

Les sabots de la jument cliquetaient contre les pierres, sur la Gunsight Trail, tandis qu'ils gagnaient de l'altitude et se rapprochaient du chalet Sperry.

La végétation se faisait plus rare et, sur le flanc exposé de la montagne, leurs montures commençaient à rencontrer de fines couches de neige ou de verglas.

La jument inspira si profondément que Lex sentit ses jambes s'écarter sur les sangles. L'instant d'après, l'animal se mettait à souffler, comme si elle était aussi lasse que sa cavalière.

Travis, qui avait été particulièrement taciturne pendant les trois quarts du chemin, se montra soudain plus loquace.

— Tu te souviens du jour où nous avons retrouvé le corps de cette touriste ? Tu sais, celle qui était tombée dans la crique ? demanda-t-il, parvenu à la hauteur d'une petite cascade émergeant d'une crevasse, dans la pierraille.

Alexis essaya de repousser l'image qui lui vint aussitôt à l'esprit. Les lèvres bleuies de la victime, ses yeux sans vie... Pendant des mois, elle avait été hantée par cette vision qui l'avait empêchée de s'endormir sereinement.

— Tu es vraiment obligé de me reparler de ça ? rétorqua-t-elle, pivotant légèrement sur sa selle pour jeter un coup d'œil à son ex-mari.

Celui-ci haussa les épaules.

— C'était juste histoire de te faire la conversation, dit-il d'un ton boudeur.

— Alors c'est pour cela que tu t'es débrouillé pour qu'on me retire mon enquête ? Pour pouvoir me « faire la conversation » ? explosa Lex, ulcérée. Il ne t'est pas venu à l'idée que j'étais à *ça* de découvrir la vérité ?

Elle rapprocha son pouce de son index pour bien se faire comprendre.

— À *ça* ! répéta-t-elle avec emphase.

— Toujours aussi réaliste, hein, notre Lex ! railla-t-il. Je peux t'assurer que tu n'aurais rien trouvé de probant avant un bon bout de temps. Et, pour info, ce n'est pas ma faute si on t'a retiré l'enquête.

— Ah bon ? C'est celle de qui alors ?

— La tienne. Toi, avec ta sale manie de l'ouvrir pour un oui et pour un non, lui renvoya-t-il, un sourire suffisant aux lèvres.

Lex sentit sa rage augmenter encore d'un cran.

— Explique-toi. Qu'est-ce que tu veux dire par là ?

— Rien ! Rien du tout !

Il soupira bruyamment.

— Écoute, Alexis, je ne t'ai pas accompagnée jusqu'ici pour qu'on se chamaille, crois-le bien.

Il y avait une étrange tonalité dans sa voix. Dans sa formulation aussi. On aurait dit qu'il se retenait d'en dire davantage.

Il lui cachait quelque chose.

Assez de non-dits. Jugeant que cette petite comédie avait suffisamment duré, Lex décida d'aller droit au but.

— Tu n'essaierais pas de me reconquérir, par hasard ?

Travis partit d'un rire si sonore qu'il se réverbéra dans le ravin et continua à descendre vers la vallée. Le son fut presque sinistre.

— Non. On n'était pas faits pour vivre ensemble, j'ai fini par le comprendre. Tu es trop bien pour moi.

— Elle est bien bonne, celle-là ! se récria-t-elle. J'en ai entendu, des excuses à la noix, de ta part. Mais « trop bien pour toi » ? C'est nouveau, ça !

Ils arrivèrent au sommet d'une dernière côte et le refuge, en pierres naturelles polychromes, leur apparut. Avec la rangée d'arbres qui l'entourait, il semblait sortir tout droit de l'univers de Tolkien.

— Tu te rappelles la dernière fois que nous sommes venus ici ? reprit Travis.

Elle ouvrait la bouche pour répondre quand sa jument hennit doucement et dressa l'oreille gauche. Quelque chose semblait l'inquiéter. Elle était nerveuse et avançait d'un pas hésitant.

Lex se baissa pour lui tapoter le cou.

— Tout va bien, ma belle, murmura-t-elle dans l'espoir de la rassurer. Calme-toi !

Relevant la tête, elle regarda autour d'elle pour voir ce qui avait pu l'effrayer, en vain. Rien, dans les environs, ne lui parut de nature à provoquer une telle réaction chez sa monture.

Elle se tourna alors vers le hongre noir et blanc de Travis. Il s'était mis sur le côté de l'étroite piste lui aussi et, malgré les efforts de son cavalier, refusait obstinément d'avancer.

— Arrête, Travis. Ne le force pas. Il a peur, dit-elle, s'obligeant à parler d'une voix aussi égale que possible pour ne pas affoler les chevaux plus qu'ils ne l'étaient déjà.

Pour une fois, Travis lui obéit. Cessant de tirer sur les rênes, il se tint immobile.

Alexis sentit la jument se raidir à nouveau. Elle se remit à souffler et à hennir, de peur cette fois.

— Le refuge est censé être occupé ? demanda Lex, perplexe.

— Non, fit Travis en secouant la tête. Normalement, tout

le monde est redescendu. Les derniers locataires ont payé leur note hier matin.

Lex donna un tout petit coup de botte à la jument qui, au lieu d'avancer, recula vers le bord de la piste.

— Holà ! Ho ! Du calme, ma belle. Du calme, s'écria Lex, tirant sur les rênes pour la retenir.

Le cheval s'arrêta à deux centimètres du ravin. D'un mouvement très lent, Lex fit passer une jambe au-dessus de la selle et se laissa retomber sur la terre ferme.

— Tout va bien, ma belle, répéta-t-elle, se postant devant l'animal pour le cas où il se mettrait à ruer. Viens...

Elle reprit les rênes et les agita doucement.

— Viens, avance un peu. Tu es trop près du ravin, poursuivit-elle d'un ton monocorde.

Ils n'étaient qu'à quelques dizaines de mètres du chalet Sperry. Si elle parvenait à en rapprocher sa jument, peut-être que la vision familière de la construction de pierre réussirait à calmer sa monture.

La jument finit par se laisser convaincre ; elle fit quelques pas et puis, soudain, ses yeux s'agrandirent d'épouvante. Elle rua, hennit bruyamment et tira sur les rênes qu'elle arracha des mains d'Alexis. Ainsi libérée, elle fit demi-tour et redescendit la piste au grand galop.

Bientôt, on ne vit plus d'elle que la poussière soulevée par sa course effrénée.

Le hongre voulut la suivre, bien sûr. Travis tenta de l'en empêcher ; le hongre dérapa, se cabra comme un bronco et finit par se débarrasser de son cavalier.

Malheureusement, le pied droit de Travis resta coincé dans l'étrier. Le ranger fut traîné sur quelques mètres, avant que son pied soit dégagé.

Lex avait assisté à la scène avec impuissance. Elle retint son souffle en voyant Travis étendu sur la piste. À en juger par sa position, son pied était fracturé. Une fine trace de sang maculait les éboulis qui jonchaient le sol. Elle dessinait le trajet qu'avait fait prendre le hongre à son cavalier en l'entraînant dans sa course.

— Travis ? hurla-t-elle, prise de panique. Travis ?

Elle s'élança vers lui mais ne le toucha pas. S'il s'était brisé le dos ou le cou, elle ne pouvait pas prendre le risque de le déplacer.

— Travis ?

Rien. Il restait inerte et ne proférait aucun son.

Il n'était tout de même pas... mort ! ?

S'agenouillant auprès de lui, Alexis lui posa deux doigts sur la carotide pour lui prendre le pouls. À son grand soulagement, elle constata que son cœur battait encore. Lentement mais avec régularité.

Travis n'en restait pas moins sérieusement blessé. Il fallait appeler les secours.

Sans tarder.

Elle s'empara de son téléphone... Pas de réseau.

Songeant qu'elle aurait peut-être davantage de chance avec celui de Travis, elle releva précautionneusement le bas de son blouson pour pouvoir accéder à l'appareil, qu'il rangeait toujours dans sa poche intérieure.

Elle effleura au passage un objet métallique.

Travis portait un holster sous l'aisselle. À l'intérieur duquel se trouvait un petit revolver à la crosse argentée.

Lex fronça les sourcils. Ils étaient venus fermer un refuge pour l'hiver. Du travail de routine qui ne justifiait absolument pas le port d'un revolver. À aucun moment, à l'époque où ils étaient mariés, elle ne l'avait vu armé, sauf quand il y était obligé par une intervention professionnelle spécifique ou lorsqu'il devait abattre un animal quelconque.

Or, leurs chevaux mis à part, Alexis était le seul « animal » dans les parages.

Elle sortit l'arme de son holster, la glissa à l'arrière de sa ceinture et secoua la tête.

Elle faisait fausse route. Casper l'avait accusée de regarder trop de séries policières lorsqu'elle lui avait fait part de ses soupçons.

À juste titre sûrement.

Il devait y avoir une explication toute simple au fait que Travis était armé.

Quoi qu'il en soit, dans l'immédiat, il avait besoin d'aide, et elle, d'un téléphone en état de marche. Elle se remit donc à fouiller les poches de son ex, trouva son portable et s'en empara d'un geste vif.

Le sachet de plastique qui, du même coup, s'échappa de la poche, tomba à ses pieds.

Il contenait de petites pilules bleues — au moins une vingtaine, si ce n'était davantage.

Alexis poussa un petit cri de surprise.

Qu'est-ce que...

Elle sentit alors qu'on la saisissait à la taille et qu'on la délestait du revolver. Deux secondes plus tard, une main épaisse se posait sur sa bouche, étouffant ses cris.

— Ta gueule, Alexis ! lui chuchota un homme à l'oreille.

Il fit lentement remonter le canon du revolver jusqu'à l'une de ses tempes.

— Si tu tiens à la vie, tu la boucles et tu écoutes attentivement ce que je vais te dire.

Steel brandit le téléphone qu'il tenait en main.

— Peter Kagger, le secrétaire des Hells Keepers pour le chapitre de l'Alberta, accepte de collaborer avec nous. En échange, il veut être extradé aux États-Unis. Il exige également qu'on efface son casier à l'arrivée, annonça-t-il d'un ton neutre.

— C'est tout ? Il ne veut pas les honneurs militaires, pendant qu'il y est ?

Désabusé, Casper secoua la tête.

— Ce type a tiré sur un sénateur canadien. Hors de notre juridiction et dans un pays sur lequel nous n'avons qu'une influence limitée. Alors je ne vois vraiment pas comment nous pourrions accéder à sa demande, de toute façon.

— Il lui reste deux ans à tirer, et il est citoyen américain, ajouta Steel, imperturbable.

— Hein ? C'est la meilleure ! Alors comme ça, un de nos ressortissants a attenté à la vie d'un élu canadien, et la presse n'en a rien su ? Si Kagger s'imagine qu'on va risquer l'indignation générale sous prétexte qu'il est susceptible de nous fournir des renseignements dont nous ne sommes même pas certains qu'ils nous seront utiles, il se met le doigt dans l'œil !

Steel étouffa un petit rire.

— Je comprends parfaitement ton point de vue, vieux. Le hic, c'est que ce type est notre passeport pour le monde des bikers. Nous n'en avons pas d'autre.

Il désigna de l'index la rangée de motos garées devant le Mooses's Pizza Joint de Kalispell.

— Tu nous vois débarquer là-dedans et nous mettre à poser des questions sans rien avoir à proposer en échange ? Moi pas. Nous sommes coincés, Lawrence. Obligés de négocier. J'ai des relations au Parlement canadien. Ce serait bien le diable si je n'arrivais pas à en faire jouer quelques-unes !

Casper se renfrogna. Il fallait absolument trouver qui était derrière cette sordide affaire et quel rôle jouaient les bikers, dans tout cela.

— Dis-lui bien qu'on veut des renseignements solides. De ceux qu'on peut porter devant un juge fédéral. Quand on les aura, on verra ce qu'on peut faire pour le ramener sous sa chère bannière étoilée.

Steel se remit à parlementer.

À l'intérieur de la pizzeria, les choses commençaient à bouger. Un homme d'un certain âge, vêtu d'un « cut » de cuir noir, s'approcha des deux motards à l'allure peu engageante qui se tenaient près de la porte.

Le président des Hells Keepers pour le chapitre du Montana... ! Bien que Casper n'ait fait que l'apercevoir, la veille au soir, il l'aurait reconnu entre mille.

Le toisant par la porte vitrée, le motard prononça quelques mots inaudibles. Sa barbiche poivre et sel lui donnait l'air féroce d'un molosse prêt à mordre.

Casper ne baissa pas les yeux. Ce type était un animal dangereux. Or, c'était au moment où on leur tournait le dos que les bêtes féroces attaquaient. Son année à Goat Haunt lui avait au moins appris cela.

Aussi préféra-t-il agiter une main en un petit bonjour amical.

— Qu'est-ce que tu fabriques ? gronda Steele, refermant son téléphone d'un claquement sec. Tu es malade ou quoi ?

— Tu as obtenu quelque chose ? lui renvoya Casper, esquivant la question.

Steel força Casper à baisser le bras avant de répondre.

— D'après Kagger, le type avec lequel tu es en train de faire ami ami est le président du chapitre du Montana. Rien que ça.

— Je sais. Lex a fait connaissance avec lui pas plus tard qu'hier. Un véritable gentleman, d'après ce que j'ai cru comprendre. Et sur le meurtre de Razor ? enchaîna Casper. Tu as réussi à savoir ce qui s'est passé ?

Le président du chapitre conversait toujours avec ses sous-fifres. À aucun moment, les trois hommes, tournés vers le parking, ne cessèrent de surveiller leur pick-up.

— Apparemment, le club n'a rien à voir là-dedans. Kagger affirme qu'aucun membre du gang n'aurait osé s'en prendre à lui. Sous aucun prétexte. Razor était un homme de main — le bras droit de son président, qui lui faisait faire tout son sale boulot. Si on lui avait réglé son compte, ça aurait été la guerre.

— Dans ce cas, pourquoi les Hells Keepers se sont-ils rassemblés dans cette pizzeria ?

— Bien que Razor ait été membre du chapitre de l'Alberta, et non de celui du Montana, il semblerait que tous les gangs locaux soient aux trousses du tueur, eux aussi. Sauf qu'aucun d'entre eux ne sait avec certitude qui a tiré et qu'ils sont prêts à tout pour obtenir un nom. Alors je me suis dit qu'elle était peut-être là, notre monnaie d'échange. Dans ce meurtre.

Evan Steel glissa son téléphone dans la poche de sa chemise immaculée et conclut :

— Une chose est certaine : si jamais ils retrouvent le tueur avant nous, on ne le saura jamais. Ou alors uniquement parce qu'on sera chargés de ramasser les morceaux.

La porte vitrée s'ouvrit, et l'un des deux colosses qui montaient la garde se dirigea vers eux d'un pas nonchalant. Son gilet n'était orné que d'un seul patch relativement modeste.

D'accord. Le président leur avait envoyé un prospect — une nouvelle recrue qui n'avait pas encore fait ses preuves et à laquelle il ne tenait pas particulièrement.

Casper se crispa. Les choses n'allaient pas tarder à tourner au vinaigre.

— On appelle les renforts ? suggéra-t-il à Steel.

— Non. Normalement, on devrait s'en sortir tout seuls. S'il y a une chose dont ces types ne veulent pas, c'est bien être à l'origine d'un bain de sang. Ce sont des « un pour cent », je te rappelle. Ils n'aiment pas beaucoup se frotter aux forces de l'ordre — encore moins quand il s'agit de la police fédérale.

Le prospect n'était plus qu'à quelques pas d'eux. Steel le

regarda approcher avec un sourire forcé. Il avait machinalement porté la main au holster dissimulé sous son bras gauche.

Le motard se planta devant la vitre côté passager et attendit en silence que Casper l'ait entièrement baissée.

Ce type devait être le produit du croisement d'un sumo et d'une championne de lutte. Son cou n'était qu'une masse de muscles et, à chaque inspiration, son « cut » menaçait de craquer sous la pression de son torse impressionnant.

— Salut, fiston ! lui lança Casper, sur le ton qu'il aurait employé pour s'adresser à un chien de poche alors qu'il avait manifestement affaire à un pit-bull.

— *Fiston ?* Ch'suis pas ton fiston ! gronda-t-il.

Casper l'aurait volontiers remis à sa place — ce n'était pas la repartie qui lui manquait —, mais il jugea préférable de s'abstenir.

— Pardon. Je ne voulais pas te vexer. Qu'est-ce qu'on peut faire pour toi ?

Le motard tira sur son gilet et s'éclaircit la voix.

— Mon pote, là-bas...

Il pointa un pouce en direction de la pizzeria.

— Il aimerait savoir pourquoi vous nous suivez, acheva-t-il.

— Nous ne vous suivons pas, lui objecta Casper.

— Mon œil, lui renvoya le motard d'une voix qui ne promettait rien de bon. Depuis qu'ta p'tite amie est passée au siège, hier soir, on nous file le train. Avant vous, c'était les US marshals. On n'est pas complètement idiots, on les a repérés !

Casper se tourna vers Steel qui acquiesça en silence.

— C'est pour ça que vous avez annulé votre rendez-vous d'aujourd'hui ? hasarda Casper. Vous étiez censés voir des dealers, non ?

Les sourcils du motard se soulevèrent, formant une ligne qui n'était pas sans rappeler une énorme chenille noirâtre.

— J'comprends rien à c'que vous racontez, les mecs. On

connaît pas d'dealers et on touche pas à la drogue. On est là parce que le Moose's fait la meilleure pizza de toute la région.

Son sourire étira tellement sa peau brûlée par le soleil que ses lèvres gercées craquèrent, laissant échapper de minuscules gouttes de sang. Le manque de pratique, sans doute.

— D'ailleurs, maintenant qu'j'y pense... Ça fait un bout d'temps qu'vous êtes là, à nous mater. Vous d'vez avoir faim, non ? Vous devriez entrer, histoire d'manger un petit quelque chose.

À en juger par son intonation, il ne s'agissait pas d'une invitation.

— Nous sommes très bien ici, déclara tranquillement Steel.

Casper sentit les battements de son cœur s'accélérer. Soit son ami n'avait pas compris que le motard venait de leur donner un ordre, soit il avait décidé de passer outre. Auquel cas...

L'homme plongea la main dans sa poche.

— Z'inquiétez pas, marmonna-t-il. J'sors mon téléphone.

Casper referma son poing sur la crosse de son revolver.

— Oui. Eh bien, vas-y doucement. Pas de mouvements brusques ou tu risques de te retrouver avec des trous dans ton beau gilet, lança Steel, soulevant un pan de son blouson pour laisser voir son holster.

— Hé ! calmos ! protesta le motard en tirant lentement son portable de la poche. J'chuis pas là pour vous chercher des crosses. Ce s'rait l'intérêt d'personne.

Il fit défiler l'écran, trouva ce qu'il cherchait et ajouta :

— Et y s'trouve qu'nous en avons un en commun, d'intérêt. Vo'copine...

Il tourna l'appareil vers eux, et Casper fut parcouru par un frisson d'horreur.

C'était une photo de Lex, les mains ligotées derrière le dos et un bandeau sur les yeux.

Un filet de sang séché maculait une de ses tempes.

— Qu'est-ce que vous lui avez fait ?

— Moi ? Rien. Par contre, on dirait que quelqu'un s'est mis en tête de tuer ta nana en not'nom.

Son sourire s'effaça, et il se lécha les lèvres.

— Alors j'crois qu'y vaut mieux qu'vous m'suiviez, acheva-t-il, comme s'il ne faisait que souligner l'évidence.

Sans attendre leur réponse, il pivota sur lui-même et reprit la direction du restaurant.

Steel et Casper se tournèrent l'un vers l'autre.

— Où était-elle censée aller ? demanda Steel à mi-voix.

— Son patron l'a envoyée fermer un chalet perdu dans les montagnes. Elle est partie à 6 heures du matin.

— De sorte qu'elle pourrait y être, à l'heure qu'il est ?

Casper réfléchit à toute vitesse. Dragger avait ordonné à Alexis et Travis d'emprunter la Gunsight Trail, longue de près de vingt kilomètres. Il fallait une bonne demi-douzaine d'heures pour couvrir cette distance à cheval.

Il consulta sa montre.

— Oui. En théorie, c'est faisable. Le tout, c'est d'être sûr qu'elle est bien arrivée à destination.

— Tu l'as vue, ce matin ?

Casper hocha la tête.

— Et tu es sûr qu'elle s'est présentée à son poste ? Ses ravisseurs n'ont pas pu l'enlever avant qu'elle y parvienne, par exemple ?

— Je ne l'ai pas accompagnée là-bas en personne, mais elle m'a envoyé un message. Ça avait l'air d'aller. Tout semblait normal.

— En dehors du fait qu'on venait de lui retirer une enquête portant sur un meurtre, et ce au moment où les choses commençaient à se préciser, tu veux dire...

Casper descendit de voiture et claqua la portière.

— À t'entendre, on dirait que c'est ma faute... Tu ne vas

tout de même pas me reprocher de ne pas l'avoir empêchée d'aller au travail ce matin ?

— Tu sais très bien que, parfois, notre meilleur atout dans ce genre de situation, c'est notre propre intuition. Alors je ne sais pas, moi... Lex te dit qu'elle ne fait plus confiance à ses collègues, et toi... tu la laisses les rejoindre. Résultat, elle est en mauvaise posture. On a très bien pu l'emmener à des centaines de kilomètres d'ici, je te signale. Au Canada, par exemple. Alors au risque de te froisser, oui c'est ta faute. Tu aurais dû rester avec elle.

— Tu ne la connais pas ! s'insurgea Casper, ulcéré. Jamais elle n'aurait accepté que je lui serve de garde du corps. Tu crois que je suis parti de chez elle de gaieté de cœur, ce matin ? Si je pouvais remonter le temps et changer mes plans, je le ferais. Je... Je l'aime, bon Dieu ! Je pensais la protéger en l'incitant à reprendre son poste comme elle en avait reçu l'ordre.

— Eh bien, si tu l'aimes tant que ça, c'est le moment de le lui prouver ! Tu es peut-être le seul à pouvoir lui sauver la vie.

15

Le président du chapitre était retourné à sa table, dans un coin du restaurant. Les doigts déployés devant lui, il semblait attendre avec impatience que ses « invités » veuillent bien prendre place.

— Mon protégé vous a annoncé la couleur ? commença-t-il.

Sa voix était rauque. Conséquence d'une mauvaise hygiène de vie, sans doute.

— Si vous touchez un seul de ses cheveux, je vous jure que ça va aller mal pour vous tous, déclara Casper d'une voix menaçante. En plus de vous faire enfermer dans un pénitencier d'État pour le restant de vos jours, je m'assurerai personnellement qu'aucun membre de votre foutu club ne conduise plus jamais une moto !

— Ouh là ! On se calme, fit le président, levant les mains en signe d'apaisement. Tu m'as mal compris, gamin. On ne lui a rien fait, nous, à ta greluche. Encore que je dois bien admettre que ce n'est pas l'envie qui m'en manquait. C'est un joli p'tit lot. Tu as bien du bol de la tirer.

— Ne parle pas de Lex en ces termes, gronda Casper, passant au tutoiement lui aussi. Où est-elle ? Tu me le dis immédiatement, sinon c'est toute la police fédérale du Montana que tu vas avoir sur le dos. En moins de temps qu'il ne faut pour le dire.

— Non mais écoutez-le, le petit garde-frontière ! s'esclaffa le président. N'importe quoi ! Leçon numéro un, agent Lawrence : pas de menaces en l'air. Tu sais aussi bien que moi qu'en tant que garde-chiourme tu as à peu près autant de pouvoir que le vigile du centre commercial du coin. On aura vraiment tout entendu ! Je...

— La ferme ! coupa Steel. Si tu crois que c'est comme ça que tu vas nous rallier à ta cause, tu es vraiment niais. Par ailleurs, à ta place, je me méfierais. Lawrence a parfaitement raison. Insiste encore un peu, et tu te retrouves en cellule avant la nuit. Avec tes petits camarades de jeu. Alors si tu penses que vous n'avez rien de mieux à faire ce soir, continue comme ça. Dans le cas contraire, accouche. Dis-nous où on peut trouver Lex et qui la retient prisonnière.

Le président ne fut pas impressionné outre mesure par ce beau discours. Renversant la tête en arrière, il partit d'un rire tonitruant.

— Ouah ! De mieux en mieux ! Et moi qui pensais qu'on était à la ramasse sur ce coup-là... Bon. Vous savez que le type, là-haut — celui dont vous avez retrouvé des morceaux — était un de nos frères. C'est ce qui vous a amenés à passer à notre QG hier soir pour nous faire votre petit numéro, ta copine et toi, ajouta-t-il en se tournant vers Casper. Exact ?

Casper vit Steel lui décocher un regard chargé de reproches.

Alexis et lui avaient tenté le diable en allant voir ce qui se tramait chez les motards de Columbia Falls. En même temps, ils n'avaient pas vraiment eu le choix, pressés par le temps comme ils l'avaient été. À présent, néanmoins, Casper regrettait d'avoir attiré l'attention du gang.

Ça avait été une erreur.

Un terrible manque de discernement de sa part, qui avait mis la vie de Lex en péril.

Tout ça pour un motard mort et un sac de Canadian Blue.

Jamais ils ne seraient parvenus à empêcher l'afflux de drogue dans le pays, de toute façon. Du moins pas sans aide.

Ils avaient été bien naïfs de s'imaginer qu'ils pouvaient mener cette enquête à bien, que leur initiative pourrait changer le cours des choses.

Casper avait sincèrement pensé que son existence prendrait un autre tour, après son départ du FBI. Et il était là, de retour à la case départ. Avec une personne chère dans une situation périlleuse.

Tout ça parce qu'Alexis et lui avaient voulu jouer les redresseurs de torts.

Une serveuse s'avança vers leur table en se dandinant.

— Je vous sers quelque chose, messieurs ?

Casper secoua la tête. Son agitation était telle qu'il se sentait incapable de prononcer mot.

— Mets-leur deux sodas, tu les ajouteras à ma note, dit le président, ponctuant sa commande d'une petite tape sur les fesses de la jeune femme. Et magne-toi avec ma pizza, sinon c'est toi que j'vais manger, ma jolie ! Toute crue !

L'allusion grivoise et le gloussement de la fille les firent grincer des dents.

— Où est-elle ? rugit Casper. Où est Lex ?

— Asseyez-vous, ordonna le président.

Ses anges gardiens tirèrent des chaises, et Casper et Steel s'exécutèrent.

Le président attendit que la serveuse se soit éloignée pour reprendre la parole.

— Je tiens à ce que les choses soient claires. Nous n'avons rien à voir avec la disparition de ta régulière, mon gars. On a même essayé de dissuader nos contacts de l'enlever. Le problème, c'est qu'ils la considèrent comme une monnaie d'échange possible...

Il marqua une petite pause avant d'expliquer :

— Elle a joué avec le feu, la p'tit' Finch, que veux-tu que je te dise ! Et je ne vois pour elle qu'un seul moyen de s'en sortir.

— Qu'est-ce que tu entends par là ? demanda Casper, la bouche sèche.

— Elle s'est mis les mauvaises personnes à dos, ta nana. Et à nous seuls, on peut rien pour elle — ou pas grand-chose.

— Qui s'est-elle mis à dos ? insista Steel.

— Je ne vous le dirai qu'à condition que Kagger sorte de taule et que nous bénéficiions tous d'une impunité totale...

Steel tenta d'affirmer son autorité.

— Donnez-nous une seule raison d'accepter des conditions pareilles, dit-il en se renversant nonchalamment sur sa chaise.

— Allons, allons, messieurs... Vous savez aussi bien que moi que vous n'avez pas le choix. Je vous tiens, les gars. Si vous ne vous décidez pas tout de suite, non seulement vous vous serez cassé la tête pour rien, parce que vos adversaires se débrouilleront pour faire disparaître toutes les preuves de façon qu'on conclue à un simple accident, mais, en plus, ils tueront votre copine. Sans la moindre hésitation.

Il regarda Casper droit dans les yeux.

— Vous ne voudriez pas avoir ça sur la conscience, agent Lawrence, si ? Il me semble que vous avez suffisamment de sang sur les mains comme ça, non ?

— On n'est pas là pour discuter de mon passé. Dis-nous où est Lex, un point, c'est tout ! ordonna Casper, de plus en plus paniqué.

N'y tenant plus, il fit mine de se lever. L'un des anges gardiens du président lui posa une main ferme sur l'épaule pour le forcer à se rasseoir.

— Reste là, toi, gronda-t-il. Tu n'iras nulle part tant qu'le boss t'y aura pas autorisé.

Le président hocha la tête d'un air approbateur et s'adressa à Steel.

— Tu sais avec qui tu travailles, mec ? Ton pote, là... Il a perdu son boulot au FBI à cause d'une nana. D'après mes informations, il aurait pété les plombs parce que sa régulière le trompait. Elle est tombée enceinte, elle a perdu le bébé… et Lawrence a tué le responsable. Comme ça. De sang-froid !

— Je suis au courant, fit Steel, impassible. Et j'ajoute que c'est mesquin d'essayer de manipuler ainsi un agent du gouvernement. Sans compter que tu te crois vraiment en position de juger ? Tu ne mènes pas une existence exemplaire, toi non plus, il me semble !

— Oh ! moi, ce que j'en dis… Je voulais simplement m'assurer que tu étais au courant, c'est tout. C'est toujours utile de savoir que ton binôme est un impulsif, pas un cérébral. Il fonctionne à l'affectif. Ou à autre chose, d'ailleurs…

C'en était trop ! Casper, excédé, se dégagea de l'emprise du garde et se leva d'un bond.

— Où est-elle ? hurla-t-il.

Il dégaina et mit le président en joue.

Là ! Entre les deux yeux, il l'aurait, ce fumier !

— Tu me dis où ils l'ont emmenée ou tu es un homme mort. Et comme tu viens de le dire toi-même, je suis un impulsif. Je ne recule devant rien.

Il tenait son revolver d'une main ferme en effet.

Steel se leva à son tour et, l'arme au poing, fit signe aux motards de reculer.

Le président ne sembla pas s'émouvoir outre mesure de la situation.

— Si Lawrence tire, vous ne me survivrez pas plus de trois secondes, ricana-t-il. Et qui ira la sauver, votre petite Alexis ? Hein ? Réfléchissez un peu !

— Dis-nous où elle est et nous acceptons vos conditions. Vous bénéficierez de l'impunité, tous autant que vous êtes.

— Tu veux dire que vous oubliez notre petit trafic et toutes les autres infractions qui pourraient nous mener droit derrière les barreaux ?

— Alors tu avoues avoir fait entrer de la Canadian Blue aux États-Unis ? lança Steel.

Pour le coup, le président faillit s'étrangler de rire.

— Ce sont eux qui m'ont volé ces pilules, s'exclama subitement Casper, se tournant vers Steel. Ils savaient parfaitement que je n'avais pas assez de preuves ou pas assez d'influence pour le leur faire payer.

Il dévisagea les motards l'un après l'autre.

— Qui ? Lequel d'entre eux nous a délestés de notre chargement ?

Le président haussa les épaules.

— En admettant que j'aie l'info, ça te servirait à quoi de le savoir ?

Et d'ajouter, d'un air nettement moins amène :

— N'oubliez pas, les gars, impunité totale. Vous manquez à votre parole et... bref. Je ne vous dis même pas ce qu'on vous fait, à vous et à vos proches.

— La femme qui a accompagné Razor à Waterton, c'était Lois Trainer ? hasarda Casper.

— Ah, Lois... Vous lui avez fichu une sacrée trouille en allant la voir, l'autre jour, répliqua le président.

— Alors, c'est bien elle qui était avec Razor ?

Le sang se retira du visage du président.

— Ne vous occupez pas de la gamine qui était avec Razor. Elle est innocente.

— Et pas Lois ?

Le vieux biker ne répondit pas.

— Lois est votre dealer, c'est ça ? C'est elle qui écoule la marchandise...

Casper soupira en repensant au mobile-home délabré et au roquet nostalgique de la motarde.

Pas étonnant qu'elle ait pris peur en les trouvant sur son perron, Alexis et lui. Ils étaient passés chez elle le lendemain même du jour où les pilules avaient disparu. Elles devaient être là, tout bêtement ! Derrière la porte, ce qui expliquait tout : le fait qu'elle se soit arrangée pour qu'ils ne voient pas son intérieur, le fait qu'elle apparaisse avec Kagger sur une photo, et enfin le fait que le gang dans son ensemble soit si impatient de voir sortir Kagger de prison.

— C'est comme ça qu'ils ont échappé à notre vigilance pendant si longtemps, poursuivit-il à l'égard de Steel. Parce qu'ils se servaient de ces femmes… Comme ils le font dès qu'une de leurs petites magouilles minables risque d'attirer l'attention du public. Si tout s'était passé comme ils le voulaient, personne n'aurait jamais rien su de Razor ou de ses petites promenades de part et d'autre de la frontière. Manque de chance, il s'est fait tirer dessus et…

— Ça y est ! beugla le président. On a un gagnant. Y en a au moins un des deux qu'a pigé, dites donc, les mecs. C'est rassurant !

Il gratifia ses comparses d'un clin d'œil complice, puis reprit son sérieux.

— Trêve de plaisanterie. Je récapitule : vous nous fichez la paix. Il n'y aura aucune charge contre nous. Ni contre Lois, bien sûr. Contre personne, pigé ?

— Pigé. Vous avez gagné. Du moins en ce qui concerne votre impunité sur toutes les accusations en cours, répondit calmement Casper. Cela dit, si on vous reprend, toi ou tes copains, en train de faire entrer de la drogue aux États-Unis, vous vous en mordrez les doigts. On vous tombera dessus, et on y mettra les moyens, je peux te le garantir.

— Nous, faire passer de la drogue en territoire américain ? s'écria le président, franchement hilare. Vous n'y êtes pas, les gars. Pas étonnant que la petite Alexis soit coincée là-haut. Elle n'est pas aidée, avec vous !

Il secoua la tête d'un air désabusé.

— Mes pauv' garçons… Vous n'avez vraiment rien compris. Vous ne savez pas qui sont vos vrais ennemis.

L'hélicoptère de la FEAR fendait l'air, survolant les chaînes de montagnes et les vallées qui entouraient le lac McDonald.

Casper avait trouvé affreusement long le temps qu'il leur avait fallu pour régler les derniers détails avec le gang de bikers et faire venir l'hélicoptère. La vie d'Alexis était en péril, et rien n'allait assez vite à son goût.

— Hé ! Lawrence ! lui cria Steel dans son micro. Tu espères convaincre le pilote d'avancer plus vite en tapant du pied comme ça ?

Casper grimaça.

— Si nous n'arrivons pas dans les minutes qui viennent, c'est ailleurs que je vais le lui mettre, mon pied, à ton pilote.

Bien qu'il ait voulu détendre l'atmosphère, son intonation en avait dit long sur l'angoisse qui l'habitait.

Steel eut cependant la bonne grâce de laisser échapper un petit rire, vaguement crispé lui aussi.

Casper ne parvenait pas à se débarrasser de l'image de Lex, les mains ligotées derrière le dos, les yeux bandés et le visage en sang.

Celui qui s'était imaginé qu'il pouvait lui faire du mal et s'en tirer à bon compte allait rapidement comprendre qu'il s'était lourdement trompé.

— À quoi penses-tu ? Aux bikers ? lui demanda Steel, l'arrachant à ses sombres pensées. On a eu une sacrée chance qu'ils acceptent de nous renseigner, tu sais ! Même si nous disposions d'une monnaie d'échange…

— Je ne te le fais pas dire, marmonna Casper, les yeux rivés sur les eaux claires du lac. Je sais que je devrais m'estimer heureux — pour ne pas dire reconnaissant — que nous ayons obtenu leur collaboration. Seulement… Je ne sais pas. Quelque chose continue à me tracasser, dans tout cela. Nous n'aurions jamais pu les coincer. Ni pour le vol des pilules ni pour trafic de drogue. D'accord, ils tenaient à récupérer

Kagger mais, à mon avis, ce n'était pas leur principale motivation. Il y a autre chose. Forcément.

Steel le considéra d'un air incrédule.

— À cheval donné, on ne regarde pas les dents, vieux. Tu connais le dicton !

Certes...

Toutefois, cela ne changeait rien à rien. Quelque chose clochait, et cela ajoutait encore à son anxiété.

— Quoi qu'il en soit, nous n'avons rien à nous reprocher, toi et moi, reprit Casper. Alors normalement, ça ne devrait pas nous retomber dessus. Tu ne perdras pas ton boulot, si tu préfères.

— Ni toi le tien, répliqua Steel.

— Mon boulot n'a aucune importance, en l'occurrence. Tout ce que je veux, c'est tirer Lex de ce mauvais pas. Saine et sauve. Parce que, si elle est blessée... je ne réponds pas de moi. Tu risques d'être obligé de me passer les menottes.

Steel prit une longue inspiration.

— Quoi qu'il arrive, Lawrence, je suis avec toi. Je te soutiendrai.

16

Les yeux bandés, Lex se sentait en totale empathie avec le monde des aveugles.

Elle inspira profondément, et l'effluve des pins et de la terre emplit ses poumons. Le lieu ne dégageait aucune des odeurs diverses qui imprégnaient invariablement le chalet à la fin de la saison.

Un souffle frais et humide lui effleura la peau. Se trouvait-elle à l'extérieur ? Non. Sûrement pas. Elle était adossée contre une paroi en terre battue, semblait-il. Tendant le pied, elle sentit un mur, à sa droite.

Oui. Elle était bel et bien enfermée. Le tout était de savoir où.

Dans un endroit doté d'une ouverture, sans doute, puisque l'air naturel lui parvenait. Une grotte ?

Alexis essaya de se rappeler ce qu'il y avait dans les environs du chalet Sperry, sans succès. Rien ne lui vint à l'esprit.

Ses poignets ligotés serrés dans son dos la faisaient horriblement souffrir. Elle tira sur la corde qui ne fit que s'enfoncer encore davantage dans ses chairs martyrisées. Malgré la douleur, elle s'entêta et la corde finit par se détendre un tout petit peu.

— Reste tranquille ! lui ordonna un homme.

Lex crut reconnaître cette voix, sans parvenir pour autant à mettre un nom dessus.

Il fit un tout petit peu moins sombre, soudain. Son

geôlier s'était-il déplacé ? Oui, c'est cela, il avait dû se tenir jusque-là devant l'entrée de sa prison, lui bloquant ainsi la lumière du jour.

Une entrée, donc une porte…

La station de pompage.

Elle était retenue dans la station de pompage du chalet. À présent, il s'agissait de comprendre pourquoi. L'idée était-elle de la cacher parce que ses ravisseurs craignaient une arrivée inopportune ? Ou bien la station était-elle tout simplement le premier endroit auquel ils avaient pensé ?

Mystère.

Lex ramena ses jambes sous ses cuisses pour s'asseoir en tailleur. Ses pensées se mirent à vagabonder.

Casper.

Il ne pouvait pas se douter de la fâcheuse posture dans laquelle elle se trouvait. Elle-même ne comprenait pas ce qu'elle faisait là. Bref, il n'y avait aucune chance pour qu'on vienne à sa rescousse. Elle ne pouvait compter que sur elle-même.

Sur sa force et sur sa détermination.

Casper était avec elle, au moins en esprit. Elle le sentait. Aussi sûrement que s'il avait été à ses côtés.

— Qu'est-ce que je fais ici ? demanda-t-elle à son geôlier.

— La ferme ! Tu n'es pas là pour discuter.

Elle attendit quelques minutes avant de reprendre la parole.

— Et Travis ?

La question était simple et parfaitement inoffensive — du moins l'espérait-elle.

L'homme fit quelques pas en traînant les pieds — sans doute se demandait-il s'il devait répondre ou non.

— Il est toujours en vie ? insista-t-elle.

— T'occupe pas de Travis. Si tu avais un minimum de jugeote, c'est pour ta propre santé que tu t'inquiéterais. Parce que c'est ta peau qui est en jeu. Pas la sienne.

— Qui êtes-vous ?

Il renifla avec mépris.

— Si tu pensais à autre chose qu'à ta petite personne et au mélodrame minable qui s'est déroulé entre Travis et toi ces dernières années, tu le saurais. Peut-être même que tu comprendrais ce que tu fais ici, justement. C'est ton attitude qui t'a attiré tous ces ennuis. Il est temps de payer l'addition !

— Mon attitude ? répéta-t-elle, médusée.

Au travail, elle était plutôt discrète, pourtant. Elle se tenait à l'écart des petites magouilles internes et faisait tout pour éviter les ragots. Elle pensait donc avoir eu une attitude saine, surtout à l'époque de son divorce.

— Tu t'es toujours crue supérieure à tout le monde. Meilleure que les autres. Tu sais qu'on t'appelle « Wonder Woman » quand tu as le dos tourné ?

— Quoi ?

— Eh oui ! Dès qu'une tâche hors du commun se présente, on se tourne vers Wonder Woman. Normal, puisque tu as toutes les réponses. Tu es tellement contente de toi... L'autosatisfaction, ça te connaît, hein ? Et tu ne commets jamais d'erreur. C'est fatigant, à la fin.

— Si je suis Wonder Woman, pourquoi Dragger m'a-t-il retiré l'affaire ? Vous pouvez me l'expliquer, ça ?

Elle avait à peine terminé sa phrase que la réponse s'imposa à elle. Dragger lui avait retiré l'enquête... *parce qu'il ne voulait pas qu'elle trouve le ou les coupables.* Et si c'était effectivement le cas, cela signifiait qu'il était mêlé à tout cela.

De près ou de loin.

L'homme se remit à rire, produisant un son lugubre et singulièrement menaçant.

— Tu n'auras qu'à le lui demander toi-même quand il reviendra. D'après ce que j'ai compris, ça sera sans doute la dernière fois que t'auras l'occasion de parler à quelqu'un. Un petit conseil : débrouille-toi pour poser les bonnes questions

— celles dont tu veux vraiment connaître la réponse, parce qu'une fois que Dragger en aura terminé avec toi, ton seul interlocuteur sera Dieu en personne.

Alexis n'en crut pas ses oreilles. Qu'avait-elle fait à son chef pour qu'il la déteste au point de vouloir la tuer ?

Son geôlier dut s'appuyer contre le chambranle de la porte, car Lex entendit le bois craquer sous son poids.

— Si tu t'étais montrée plus souple, reprit-il, il y a bien longtemps que cette affaire serait classée avec les autres accidents du même style, et tu n'en serais pas là. Seulement, comme d'habitude, il a fallu que tu fasses du zèle. Tu as toujours adoré faire passer tes collègues pour des nuls.

— Tu n'as pas besoin de moi pour ça, John, lança-t-elle, presque certaine d'avoir identifié son interlocuteur.

— Va te faire voir, Alexis.

Il n'avait pas nié. C'était bien John, son geôlier. Le ranger qui était venu avec Travis et Hal récupérer la dépouille de Razor.

Sa séquestration était donc bien liée à l'enquête qu'elle avait menée. Il ne restait plus qu'à déterminer le rôle de ses collègues dans cette sombre affaire.

Elle recommença à faire rouler la reprise de Casper entre ses doigts. Si seulement il avait été là, avec elle... À eux deux, ils auraient sûrement trouvé comment se sortir de ce mauvais pas...

La voix de Travis s'éleva soudain au-dehors. À son intonation, Lex comprit qu'il était contrarié. Dommage qu'elle soit trop loin pour entendre ce qu'il disait.

— Travis a l'air d'aller mieux, dit-elle dans l'espoir d'en apprendre davantage.

— T'occupe, rétorqua John. Son problème, c'est qu'il parle trop, lui aussi. Et qu'il devient sentimental, avec le temps.

Travis dut se rapprocher de la station de pompage, car Alexis l'entendit nettement crier :

— On a payé. Les bikers ont ce qu'ils voulaient. Il... Il doit y avoir moyen de faire autrement, bon sang ! Il le faut !

Lex changea de position, le dos toujours appuyé contre le mur humide.

— Arrête de gigoter, gronda John. Je reviens tout de suite.

Il sortit en claquant la porte derrière lui.

Et Alexis se retrouva seule.

Avec, à l'esprit, la quasi-certitude que la prochaine fois que la porte de son cachot improvisé s'ouvrirait, c'en serait fini d'elle.

Le chalet Sperry grossissait à vue d'œil. Le pilote avait entamé sa descente pour se poser dans la clairière située non loin du refuge lorsque, soudain, ils virent un homme se planter en plein milieu.

Muni d'une carabine, l'individu cria quelque chose que personne n'entendit à bord de l'hélicoptère, à cause du bruit que faisaient le moteur et les hélices.

— Vous le connaissez, ce type ? leur demanda le pilote.

— Non, répondit Casper dans son micro.

— Merde. S'il ne bouge pas de là, je ne vais pas pouvoir atterrir. J'ai bien vu une autre trouée dans les pins, mais elle se trouve au moins à deux kilomètres du chalet.

— Pas question de rebrousser chemin. Ça nous obligerait à revenir à pied, et je ne veux pas laisser Lex entre les mains de ces pervers plus longtemps que nécessaire. Alors tant pis. Pose-toi. Cet abruti sera bien obligé de céder !

Le pilote acquiesça, mais Casper lut la crispation sur son visage fermé.

L'homme de la clairière dut lancer un appel, car un deuxième individu, plus grand, plus carré et plus ventru, sortit du chalet d'un pas traînant. Il leva le nez vers l'hélicoptère et leur fit un magnifique doigt d'honneur.

— Heu... J'ai l'impression que nous ne sommes pas les

bienvenus. En tout cas, l'accueil laisse à désirer, commenta Steel d'un ton cynique en tirant son arme de son holster.

Casper en fit autant.

— Avec ces deux zozos sur la zone d'atterrissage, je ne vois pas comment descendre, annonça le pilote. Ils vont sûrement nous canarder, de toute façon. Alors, si vous voulez rester en vie, il faut ficher le champ.

Casper baissa la tête vers la corde de rappel enroulée à ses pieds.

— Tu te sens d'humeur sportive ? demanda-t-il à Steel, désignant la corde du doigt.

— Voyons... Je n'ai pas fait d'escalade depuis l'époque de ma formation à Glynco. Il est temps que je reprenne l'entraînement, répliqua Steel en riant.

Ils se harnachèrent en toute hâte, puis Casper se positionna devant la porte.

— Tu me couvres ?

Steel hocha brièvement la tête.

— À ta place, je vérifierais que mon arme est prête à l'emploi. Et assure-toi que le magasin est plein. Ces types sont aux abois, vieux. Ils n'ont plus rien à perdre. Nous allons avoir du mal à prévoir leurs mouvements.

Le conseil était tout à fait superflu. Casper n'était que trop douloureusement conscient du danger. S'il commettait la moindre erreur, aucun d'entre eux ne verrait la fin de la journée. Ils disparaîtraient ou seraient « victimes d'un accident d'hélicoptère », et personne ne saurait jamais ce qui s'était vraiment passé.

Personne sauf les responsables, bien entendu.

Il s'élança. La corde en vibrant lui lacéra les mains. Il serra les dents. Il fallait qu'il tienne bon, qu'il gagne coûte que coûte la terre ferme pour sauver la femme qu'il aimait.

Une balle siffla, obligeant le pilote à faire un écart sur sa gauche. Casper endura l'embardée et s'accrocha de toutes ses forces à la corde.

Au-dessus de lui, assis sur le rebord du sas, les jambes dans le vide, Steel mettait leurs assaillants en joue.

Il tira, produisant un bruit sec, et Casper profita de ce qu'il était couvert pour se laisser glisser jusqu'en bas de la corde.

Il attendit à peine que ses pieds aient touché le sol pour se débarrasser de son harnachement et sortir son arme.

À quelques mètres de lui — mais hors de sa portée — se tenait le ranger blond qui était venu récupérer ce qui restait de Razor.

Un dénommé... John.

Ce fumier le visait et aurait tiré sans hésiter si son comparse n'avait pas attiré son attention sur l'hélicoptère et Steel.

— Occupe-toi d'abord d'eux ! cria-t-il.

— Comme tu veux, Dragger, répondit John, levant sa carabine vers le ciel.

Le coup partit et atteignit sa cible. La balle rebondit sur la carlingue blindée avec un bruit métallique.

Dragger ? Le supérieur d'Alexis ?

Il avait trempé là-dedans, lui aussi ?

Casper sentit une rage indicible s'emparer de lui.

Évidemment. Tout s'expliquait, à présent. C'était pour cette raison que Dragger avait envoyé Lex au refuge par le chemin le plus dangereux. Pour cela aussi qu'il lui avait retiré l'enquête...

Lex était tombée dans le piège que ses collègues lui avaient tendu. Quel idiot il était de ne pas l'avoir crue quand elle lui avait fait part de ses doutes ! Il aurait pourtant dû savoir que, parfois, ceux que l'on prenait pour des amis se révélaient être de redoutables ennemis.

Dragger visa à son tour, mais le pilote le vit à temps et s'éloigna avant qu'il ait pu tirer. L'hélicoptère piqua vers l'ouest. Probablement pour se poser sur l'autre clairière, à plusieurs kilomètres du chalet Sperry.

De sorte que Casper se retrouvait seul.

Seul face à deux hommes armés et fermement décidés à en découdre.

Peu importait, là encore. Ce n'était pas ça qui l'arrêterait. Pas quand la vie de la femme qu'il aimait était en jeu.

— Baissez vos armes ! cria-t-il en regardant par-dessus le rocher derrière lequel il s'était réfugié.

Il mit Dragger en joue et poursuivit :

— Je répète. Baissez vos armes. Sinon, ça va mal finir pour vous.

John consulta Dragger du regard. Il attendait des instructions, visiblement.

— Restez en dehors de tout cela, Lawrence, répondit le chef des rangers. Vous n'êtes pas concerné.

— Comment ça, pas concerné ? Vous plaisantez ? Vous enlevez une femme qui m'est chère et vous vous imaginez que je vais vous regarder faire les bras ballants ? Je vais vous étriper, oui !

Dragger partit d'un rire mauvais.

— Au cas où ce détail vous aurait échappé, vous êtes en position de faiblesse, côté logistique. Aussi bien en termes d'effectifs que d'armement. Vous n'avez aucune chance de vous en sortir vivant. Alors je suggère que vous cessiez de faire le malin et que vous écoutiez ce que j'ai à vous proposer.

Il marqua une pause avant de conclure :

— C'est ça ou on vous abat tout de suite. À vous de voir.

Comme Dragger avait parlé en agitant son arme dans sa direction, Casper aurait été parfaitement dans son droit s'il avait appuyé sur la détente. Il s'abstint cependant. La situation n'avait rien de comparable avec celle qui lui avait coûté sa place au FBI.

Il fit rapidement le point. Le fait qu'il ne voie que deux

hommes ne signifiait pas pour autant qu'il n'y en avait pas d'autres dans les parages... ou avec Lex, à bien y songer. En tirant sur ses adversaires immédiats, c'était donc deux vies qu'il mettait en péril.

La sienne et celle de Lex.

— Qu'est-ce que vous me voulez ? lança-t-il en désespoir de cause.

— Vous voyez, patron ! Je vous avais dit qu'il se rendrait à la raison, commenta John.

Dragger le fit taire d'un geste de la main.

— Qu'est-ce que vous êtes venu faire ici, Lawrence ?

Casper prit le temps de réfléchir avant de répondre. L'enjeu était énorme, et il avait parfaitement conscience que la moindre erreur pouvait lui coûter très cher.

— Je suis venu chercher Lex.

— Pas nous faire jeter en prison ?

Bien sûr que si. Toutefois Casper jugea plus sage d'esquiver la question.

— C'est pour Alexis que je suis venu, répéta-t-il. Je veux être certain qu'elle est saine et sauve avant de négocier avec vous. Compris ?

Dragger se tourna vers son subordonné.

— Va la chercher.

John s'empressa de se diriger vers une petite bâtisse, un peu en retrait du refuge.

— Vous n'avez pas vraiment répondu à ma question, Lawrence, reprit Dragger d'un ton finaud. Ne vous imaginez surtout pas que ça m'a échappé.

Il baissa légèrement sa carabine, et Casper se prit à espérer qu'elle soit trop lourde et qu'il commence à fatiguer.

— Comment avez-vous su que nous étions ici ? Et que savez-vous au juste ?

Casper sourit. Cette fois, c'était lui qui détenait l'information. Alors il allait essayer de jouer cette carte-là, dans l'espoir d'obtenir les aveux dont il avait besoin pour envoyer ce type et sa fine équipe devant un tribunal.

— Je sais tout. Tout sur vos petits trafics, Dragger, répondit-il d'un ton faussement détaché. Sacrée organisation, dites donc ! Elles vous ont rapporté combien, rien que cet été, ces petites pilules de Canadian Blue ?

— Moins que si vous étiez restés hors de tout cela, tous les deux.

— Et on vous a coûté combien, au juste ?

— Pas loin de cent quarante mille dollars.

— Ce qui n'est qu'une broutille, comparé aux gains accumulés pendant la saison, je suppose...

— Nos partenaires canadiens nous ont fait payer un supplément pour la mort de leur gars, en plus de nous prendre notre part. Et pire, ils menaçaient de changer de fournisseurs. Alors on a essayé de les amadouer en leur promettant de nous occuper des gêneurs, à commencer par Alexis. Une fois que nous l'aurons éliminée, on n'aura pas trop de mal à vous tuer à votre tour.

— Vous avez sacrément tort de penser que je vais vous laisser faire.

— Vous n'allez sans doute pas me croire, mais ce n'est pas de gaieté de cœur que je me débarrasse d'elle. Alexis est un excellent ranger. Fiable, consciencieuse, tout ce que vous voulez... Seulement, si nous ne faisons rien pour retenir nos associés, c'est le parc national de Glacier qui en souffrira au bout du compte. Je me débrouille pour faire passer la moitié de ce que nous rapporte ce commerce dans le budget, vous comprenez ?

Casper comprenait et, surtout, il n'en croyait pas un mot. Dragger n'avait rien d'un Robin des bois. Ce type était un escroc doublé d'un meurtrier en puissance, et il était plus que probable qu'il se constituait un joli magot avec la totalité de cet argent mal acquis.

— Cessez de me prendre pour le dernier des abrutis, Dragger. Je sais pertinemment que le fric n'atterrit pas dans les caisses du parc. Ce sont vos poches, que vous remplissez, nuance !

Le chef des rangers le considéra un instant, un sourire roublard aux lèvres.

— Si vous êtes capable de tenir votre langue, vous pourriez en faire autant. Vous pourriez même nous faciliter considérablement la tâche. Ce serait pratique, pour nous, d'avoir un contact à la frontière ! On pourrait quadrupler les gains. Pas mal, non ? Qu'en dites-vous ?

— Faut voir, marmonna Casper sans se compromettre.

Dragger jeta un coup d'œil en direction de la bâtisse dans laquelle était entré son comparse. La porte s'ouvrit et John réapparut.

Il tirait Lex par le bras.

Sans hésiter, Casper se précipita vers eux. Et tant pis, s'il n'était plus protégé par le rocher.

Alexis passait avant tout.

— Lâchez-la ! ordonna-t-il, poussant John pour arracher le bandeau qui recouvrait les yeux de la jeune femme.

Il eut un peu plus de mal à lui délier les mains, mais il finit par y parvenir.

Elle avait les poignets à vif.

— Vous n'aviez pas le droit de la traiter ainsi, souffla-t-il entre ses dents serrées.

Il devait avoir l'air féroce, car John recula d'un pas.

— Lex... Lex, balbutia Casper en l'enlaçant.

L'odeur de terre, de sueur et de peur qui émanait d'elle exacerba sa colère contre ces salauds de rangers.

— Chut... Tout va bien, maintenant, murmura-t-il à son oreille. Je suis là, ma belle. Avec toi. Je vais nous tirer de ce mauvais pas, je te le promets. Laisse-moi faire et, surtout, joue le jeu, ajouta-t-il plus bas.

Elle recula légèrement pour le regarder. La lumière du jour l'éblouissant, elle cligna des yeux à plusieurs reprises. Elle acquiesça presque imperceptiblement.

— Où est Travis ? demanda-t-elle d'une voix rauque.

— Je ne sais pas. Pourquoi ? Il est là, lui aussi ?

— Il est monté jusqu'ici avec moi, et son cheval l'a désarçonné. Il m'a paru assez sérieusement blessé, mais méfie-toi. Il est dans le coup, lui aussi, même si je n'ai pas très bien compris de quoi il retourne exactement. Je...

Elle se tut brusquement. Dragger s'était rapproché, il n'était plus qu'à quelques pas d'eux.

Casper fronça les sourcils. Si Yellowfeather était blessé, il n'avait pas pu aller bien loin... À moins bien sûr que d'autres complices l'aient déjà évacué.

En même temps...

Non. Si Dragger et consorts étaient venus dans l'intention de se débarrasser d'Alexis pour regagner les faveurs des Hells Keepers, ils avaient dû se débrouiller pour qu'il y ait aussi peu de témoins que possible.

Il fit courir ses doigts sur la tempe tuméfiée de Lex. C'était de là que le sang s'était échappé. D'une petite entaille que surmontait une vilaine bosse.

— Vous êtes un véritable salaud, Dragger ! aboya-t-il.

Le chef des rangers le toisa avec dédain.

— Si vous acceptez ma proposition, je suis à peu près certain que nous arriverons à convaincre les Keepers de continuer à traiter avec nous. La complicité d'un agent de la CBP ne peut que les séduire. On pourra enfin se tourner vers l'avenir, voir si on ne peut pas faire autre chose qu'être des marchands de mort. Le tout en empochant des millions.

Casper sentit Lex se raidir dans ses bras.

— Réfléchissez, Lawrence, poursuivit Dragger. Vous auriez tout ce dont vous avez toujours rêvé. Vous seriez à l'abri du besoin pour le restant de vos jours, Alexis et vous.

Il se tourna vers celle qui avait si longtemps fait partie de son équipe.

— Tu pourrais même reprendre ton poste. Ça te dirait ? Pour ma part, je t'ai toujours appréciée. Ça me chagrinait beaucoup d'avoir à... mettre un point final à notre collaboration.

— Pas trop quand même, lui renvoya Lex sans dissimuler son dégoût. Sans quoi...

Casper lui serra doucement la taille.

— Je sais que c'est dur, mais fais mine d'abonder dans son sens, lui chuchota-t-il à l'oreille. Il faut gagner du temps, nos renforts sont encore à deux bons kilomètres d'ici.

En soupirant, elle s'écarta de lui et, grimaçant de douleur, se massa les poignets.

— Et que faudrait-il qu'il fasse, exactement ? demanda-t-elle à Dragger.

Celui-ci avait écarquillé les yeux.

— Bon sang, John ! Tu ne m'as pas écouté, encore une fois ! Je t'avais dit d'utiliser des menottes en plastique. Regarde-moi ses bras !

Pour toute réponse, le ranger haussa les épaules.

— Va chercher la trousse de premiers secours, dans l'armoire à pharmacie du chalet. Et occupe-toi de Travis, par la même occasion.

John tourna les talons et s'éloigna en tapant des pieds. Manifestement, il était vexé de se trouver ainsi écarté des négociations en cours.

— Désolé, Alexis, reprit Dragger, se tournant vers eux. Vraiment ! Malheureusement, je ne t'apprendrai rien en te disant que Travis et John sont un peu... légers, par moments.

Lex partit d'un petit rire amer.

— Ce n'est pas moi qui vous contredirai sur ce point. Je comprends parfaitement que vous les ayez choisis comme comparses ! Par contre, je voudrais bien que vous m'expliquiez ce qu'ils faisaient, exactement. Quelle était leur fonction, si vous préférez. Bref, j'aimerais savoir dans quoi vous voulez nous embarquer, Casper et moi.

— Je vais t'expliquer, mon petit, fit Dragger, paternaliste subitement. Chaque semaine, on retrouve quelqu'un de notre côté de la frontière. Avant, on traitait avec la Police montée canadienne qui fournissait les Keepers un peu plus au nord, seulement ça a fini par attirer l'attention. Du coup, depuis deux ou trois mois, on travaille directement avec les bikers. Ils entrent aux États-Unis à pied, et par Waterton afin d'éviter Goat Haunt.

Casper eut soudain l'impression d'être franchement incompétent. Il était passé du FBI à la CBP et, même là, il avait failli à sa tâche.

Enfin... Il tenait tout de même sa chance de démanteler ce réseau de pourris.

Et de prouver ses capacités.

— J'envoyais un de mes hommes retrouver les motards, poursuivit Dragger. Ils lui donnaient la drogue que nous faisions transiter par le parc. Voilà. Simple et efficace. Nous ne pouvions pas nous faire prendre. Nous ne sommes pas à la tête de ce trafic. Nous ne sommes que de simples intermédiaires.

— Des mules, en quelque sorte. Vous voudriez qu'on devienne des mules, nous aussi, murmura Lex manifestement perplexe.

Dragger se remit à rire.

— Non. Mieux que ça. Réfléchissez, tous les deux. Notre rôle à Glacier consiste à faire appliquer le règlement. Nous représentons l'autorité. Personne ne peut nous arrêter parce que c'est nous qui faisons la loi. Je vous accorde qu'il y a eu un léger cafouillage — à cause de ton ex-mari, d'ailleurs, Alexis. Il aurait dû laisser cet ours en finir avec sa proie, voilà tout ! Ça nous aurait évité bien des désagréments.

— Pourquoi l'a-t-il tué, au juste ? demanda Casper.

Le chef des rangers prit une mine consternée.

— Quoi qu'ait pu vous en dire Alexis, Travis n'est pas un mauvais bougre. Un peu réservé, peut-être, mais dans notre partie, ce serait plutôt un atout. Quand il a vu le grizzly foncer sur Razor, il l'a abattu pour lui éviter une mort atroce. Il a agi par commisération. C'est tout à son honneur, il me semble.

Casper serra les dents. Les mots « honneur » et « Travis » lui paraissaient franchement incompatibles.

Un bruit de verre brisé suivi d'une détonation les fit tous sursauter. Dragger se jeta au sol. Casper, lui, attrapa Lex par la main pour l'entraîner derrière le rocher qui l'avait abrité un peu plus tôt.

Une fois Lex à l'abri, Casper se redressa pour voir ce qui se passait. Steel et le pilote de l'hélicoptère se trouvaient de l'autre côté de la clairière. Ils se cachaient derrière les arbres, dans la pinède.

— Reste là. Surtout, ne relève pas la tête, ordonna Casper à Lex.

— Qu'est-ce qui se passe ? demanda-t-elle d'une voix lasse.

— Nos renforts viennent d'arriver. Je vais les retrouver.

Douloureusement conscient que ce serait peut-être leur dernier baiser, il se pencha vers la jeune femme et lui effleura les lèvres. Aussitôt, elle lui encadra le visage de ses mains.

Un sifflement accompagna de peu une nouvelle détonation. La balle ricocha sur les pierres du refuge. Après une seconde d'hésitation, et à regret, Casper mit fin à leur étreinte.

— Lex, dit-il en soupirant. Au cas où ça tournerait mal... S'il m'arrivait quelque chose, je veux dire... Je veux que tu saches que je t'aime.

Elle repoussa doucement une mèche de ses cheveux derrière son oreille.

— Moi aussi, je t'aime, Casper... Et encore plus quand

tu portes ton chapeau, ajouta-t-elle, esquissant un pauvre sourire.

Son Stetson... Tiens, oui. Il l'avait complètement oublié, avec tout ça ! Il avait dû le laisser dans l'hélicoptère.

Une troisième détonation retentit. Casper se releva juste à temps pour voir la balle se loger dans le torse de Dragger, qui s'était relevé.

Le chef des rangers recula en titubant, puis porta une main à sa poitrine, les yeux écarquillés par la surprise. Il lâcha sa carabine qui tomba à ses pieds. L'instant d'après, il s'effondrait à son tour.

Contrairement à ce que tu pensais, la corruption comporte certains risques, pauvre idiot ! songea Casper, complètement désabusé.

Steel se précipita vers lui.

— C'est bon ? Tu n'as rien ? Lex non plus ? lui demanda Steel, hors d'haleine.

— Tout va bien, rassure-toi. Reste avec elle, s'il te plaît. Ça vous permettra de faire connaissance. Moi, je vais retrouver nos amis. Travis et John sont restés à l'intérieur du chalet.

— Fais attention à toi, dit Steel. C'est peut-être un piège. Ils n'ont pas pu ne pas entendre nos tirs.

Casper embrassa brièvement Lex, toujours en espérant que ce ne soit pas pour la dernière fois. Elle leva vers lui des yeux suppliants.

S'il s'était écouté, il serait resté auprès d'elle. Malheureusement, c'était impossible. Il devait aller jusqu'au bout de sa mission.

— Tout ira bien, ne t'inquiète pas, souffla-t-il.

Il se redressa et tourna les talons avant qu'elle ait le temps de protester. Il gagna le chalet par étapes, courant d'arbre en arbre pour se couvrir, au cas où ses adversaires attaqueraient les premiers.

Une fois parvenu devant la bâtisse, il grimpa les marches et se posta contre la façade en pierre, à droite de la porte.

— John, Travis ! Sortez de là, les mains en l'air ! ordonna-t-il.

Rien ne se produisit.

Ils étaient pourtant à l'intérieur ! Ils n'avaient pas pu prendre la fuite ni se réfugier ailleurs. Lex avait précisé que Travis était blessé, non ?

Casper se déplaça d'un petit mètre et ouvrit la porte d'un violent coup de pied.

La pièce de devant était plongée dans l'obscurité. Une table en occupait tout le centre, et Casper ne s'attarda pas.

De part et d'autre d'un couloir menant à une cage d'escalier se trouvaient les chambres.

Casper entreprit de les passer en revue une à une. La première était vide. Il s'avançait vers la seconde lorsqu'il entendit un bruit, derrière une porte.

— Je sais que vous êtes là, cria-t-il en se plaquant contre le mur. Allez ! Sortez de là, ça vaudra mieux pour tout le monde. Je répète. Sortez les mains en l'air et tout se passera bien !

— Pour que ça se passe bien, il faut que tu crèves ! rétorqua John en ricanant.

Presque aussitôt, la porte de la chambre s'ouvrit à toute volée. Le ranger levait son arme lorsque Casper pivota vers lui. Ils restèrent un instant face à face, John les yeux agrandis par la peur, et le doigt tremblant sur la détente.

— Ne fais pas de bêtise, John, murmura Casper, visant le torse de son adversaire.

Le ranger ouvrit la bouche pour parler, la referma, et tira.

Le bruit du coup de feu fut assourdissant, dans l'étroit couloir. Casper, qui avait réussi à esquiver la balle, tira à son tour. Le recul de son arme lui occasionna une vive douleur à l'épaule, mais il n'avait pas raté sa cible.

Le ranger recula jusqu'à un mur contre lequel il prit appui. Là, il regarda, choqué, son sang s'écouler par à-coups.

Deux secondes plus tard, son corps inerte glissait contre la paroi et s'écrasait sur le sol avec un bruit mou. Ses yeux gris, restés ouverts, ne tardèrent pas à prendre la fixité de la mort.

— Travis ? hurla Casper. Travis Yellowfeather ? Il ne reste plus que toi. Tu n'as pas le choix. Sors sans faire d'histoires.

— Viens me chercher ! entendit-il.

La voix du ranger provenait d'une chambre plus proche de la cage d'escalier.

Casper fit quelques pas précautionneux dans le couloir.

— Cesse de faire le malin, Yellowfeather. Sors de là, c'est tout ce que je te demande. Ce sera mieux ainsi. Pour toi comme pour moi. Allez...

Ne m'oblige pas à t'abattre.

Il ne pouvait imaginer la réaction de Lex s'il tuait son ex-mari. D'un autre côté, ce type avait fait du mal à la femme qu'il aimait.

Pire, il avait eu l'intention de la tuer.

Casper sentit la rage l'aveugler.

Il s'était promis de ne plus jamais tuer de sang-froid. En même temps, les Travis de ce monde méritaient-ils vraiment de vivre ?

La porte de la chambre étant entrouverte, Casper risqua un coup d'œil à l'intérieur.

Yellowfeather était étendu sur le lit, une jambe posée sur un gros oreiller et le bras gauche enroulé dans une serviette qui lui servait d'attelle. Un petit revolver était posé à côté de son corps meurtri — un .22, à première vue.

De manière tout à fait incongrue, Casper se demanda si c'était avec cette arme qu'il avait achevé Razor.

Songeant que l'heure n'était pas aux interrogations, il mit le ranger en joue, poussa la porte et pénétra dans la pièce.

Travis tendit sa main valide vers son revolver.

— Pas touche, sinon je tire, le prévint Casper, le doigt sur la détente. Ne me donne pas de raison supplémentaire de t'abattre comme le chien que tu es.

Travis s'immobilisa, mais Casper nota que ses doigts étaient restés à quelques centimètres de la crosse argentée du revolver.

— Arrête ton char, Lawrence. Je sais aussi bien que toi que, quoi que je fasse, je suis un homme mort. J'ai lu tes exploits sur Internet. Je sais exactement comment et pourquoi tu t'es fait virer du FBI.

— Tu ne me connais pas..., commença Casper.

— Suffisamment pour savoir à qui j'ai affaire. Tu es du genre à te croire au-dessus des lois. C'est normal, puisque ton crime est resté impuni.

— Tu n'y es pas du tout. Je ne me crois pas au-dessus des lois, mais ce n'est pas ce qui m'empêchera de faire ce que j'estime nécessaire. Ou juste, si tu préfères.

— Ça, c'est ce que tu te dis pour te justifier à tes propres yeux, mec. Tu as tué un homme qui t'avait causé du tort. *Je* t'ai causé du tort. Alors tu vas appuyer sur cette détente. Simple question d'ego.

Casper mourait d'envie de tirer, en effet. Son index le démangeait. Il voulait que le ranger paye pour ce qu'il avait fait *et* pour ce qu'il avait infligé à Alexis.

— Tu es un salaud, reprit Travis qui, fichu pour fichu, s'était apparemment fixé pour objectif de l'entraîner dans sa chute. Tu l'as toujours été et tu le seras toujours. Tu perds tout contrôle de toi-même dès qu'il y a une femme en jeu.

Casper leva légèrement le canon de son arme et appuya sur la détente. La balle s'enfonça dans le lambris qui recouvrait le mur, le perforant juste au-dessus de la tête de Travis.

— Si je ne me contrôlais pas, tu ne serais plus de ce monde, Yellowfeather, gronda Casper.

Il tremblait de tous ses membres, tant sa colère était grande.

— Allez, ça suffit, en route. Toi pour la prison, et moi pour une vie entière auprès d'Alexis.

17

Un mois avait passé, et le Parc national de Glacier était fin prêt pour l'hiver, grâce à son nouveau chef. Elle-même y avait également beaucoup contribué, songea Lex. La neige avait commencé à déposer son manteau blanc sur les pics des plus hautes montagnes. De petites plaques de verglas jonchaient le sentier de randonnée par endroits.

Bien que l'air froid lui picotât le visage, Lex était ravie de se retrouver dans la nature, loin du stress et de l'agitation de la ville. Le procès de Travis avait été particulièrement éprouvant, et ce qui s'était produit à son arrivée en prison bien davantage.

Entendant Casper panteler, elle se tourna vers lui.

— Ça va ? lui demanda-t-elle en souriant d'un air moqueur. Tu me le dis, si je marche trop vite pour toi. Je peux ralentir le pas !

— Moque-toi tant que tu veux. C'est moi qui arriverai le premier au sommet, rétorqua-t-il entre deux halètements.

Une petite clairière prolongeait l'un des côtés du sentier. Elle était recouverte d'éboulis parmi lesquels les dernières fleurs de la saison essayaient de s'épanouir, malgré les frimas de l'automne.

— On fait une pause ? proposa Casper.

Sans attendre la réponse, il se débarrassa de son sac à

dos et en sortit la couverture et le pique-nique qu'ils avaient apporté.

Alexis l'aida à disposer leur repas — deux sandwichs à la dinde, du raisin et une bouteille de vin rouge — sur leur table improvisée.

Elle soupira d'aise. Elle n'avait pas trop fait attention à la beauté du paysage qui les entourait, en montant. Pourtant, c'était une splendeur.

En dessous d'eux, une vallée. Et, au loin, les restes d'un ancien glacier surmontaient des étendues vertes alimentées par les eaux qui continuaient à s'en écouler.

Casper versa le vin dans deux gobelets de plastique.

— Merci, dit-elle avant de tremper ses lèvres dans le liquide vermeil.

— Lex, es-tu heureuse ? lui demanda Casper à brûle-pourpoint.

La question la prit par surprise.

— Disons que le dernier mois a été difficile...

Elle posa son gobelet sur la couverture avant d'ajouter :

— ... Mais ta présence à mes côtés m'a été infiniment précieuse. Surtout après la disparition de Travis.

— Je suis désolé qu'il se soit évaporé ainsi, ma belle. Sans doute les bikers ont-ils voulu lui faire payer ses erreurs... Qui sait ? Il était peut-être plus impliqué dans ce trafic que nous le pensions.

— C'est possible, en effet. Seulement ça ne me rassure pas trop de le savoir dans la nature. Il doit être tellement furieux... S'il est toujours en vie, bien sûr.

— Ne t'inquiète pas. Steel aura le fin mot de l'histoire. Nous finirons par savoir ce qu'est devenu ton ex. J'en suis certain.

Il se pencha vers elle pour lui prendre la main. Ses doigts lui parurent brûlants.

— Quoi qu'il arrive, souviens-toi que tu n'es absolument

pas responsable de ce qui s'est produit. Pour le reste, ne t'inquiète pas. Je suis là pour te protéger.

Alexis poussa un gros soupir.

— Je n'arrive pas à croire que je n'ai rien vu. J'ai été mariée à un homme que je ne connaissais pas, au fond. Oh ! bien sûr, je le trouvais trop secret, trop taciturne ! Mais pas un seul instant, je ne me suis doutée qu'il avait versé dans le trafic de drogue.

— Comment aurais-tu pu le savoir ? Il était doué dans sa partie... Hum... Il *est* doué, je veux dire.

Il se saisit d'un grain de raisin et le lui donna à croquer. Elle sentit son jus sucré se répandre dans sa bouche lorsqu'il éclata sous ses dents.

— En tout cas, j'ai compris une chose essentielle, ces derniers temps, reprit Casper d'une voix soudain rauque. Il faut profiter de la vie. La mordre à pleines dents.

Il la gratifia de son sourire le plus sexy, celui qui la faisait immanquablement fondre.

— Je suis loin d'être parfait, Lex, mais dès l'instant où je t'ai vue, j'ai eu envie de... de faire de toi ma femme.

D'une de ses poches il tira un écrin de velours.

À l'intérieur se trouvait un anneau en or blanc, serti de diamants.

Classique et discret.

D'abord médusée, Alexis laissa échapper un petit cri de joie.

— J'espère que ça te plaira. Je voulais quelque chose de simple.

Il se saisit de l'anneau, laissa tomber l'écrin sur l'herbe, et dit :

— Alexis Finch, veux-tu...

Se souvenant manifestement de la procédure habituelle, il se mit à genoux.

— Veux-tu devenir mon épouse ?

La petite voix intérieure qui la mettait généralement en

garde et lui dictait de s'enfuir en courant ou de s'attendre au pire...

... cette voix se tut, pour la première fois depuis bien longtemps.

— Oui, Casper. Mille fois oui.

Sans plus attendre, il lui passa la bague au doigt.

Alexis leva la main vers le ciel, et les diamants se mirent à briller.

Ils reflétaient la beauté du monde qui les entourait.

— Cette bague est magnifique, murmura-t-elle, émerveillée.

— Elle est à ton image, Lex. Solide et gracieuse à la fois. Parfaite.

— Oh non, je ne suis pas parfaite ! protesta-t-elle, un doux sourire aux lèvres.

— À mes yeux, si, tu l'es.

Il l'attira à lui, et Alexis se laissa bercer.

Ensemble, ils avaient l'éternité.

L'éternité pour grandir.

L'éternité pour s'aimer.